新潮文庫

さよならを言う前に

メアリ・H・クラーク
宇佐川晶子訳

新潮社版

7065

さよならを言う前に

主要登場人物

ネル・マクダーモット…………マンハッタンに住む著名なコラムニスト
コーネリアス・マクダーモット…ネルの祖父。有力な元下院議員
ガート・マクダーモット…………コーネリアスの妹
アダム・コーリフ…………………ネルの夫。建築家。建築会社経営
ウィニフレッド・ジョンソン……アダムの秘書
ジェッド・カプラン………………歴史的建築物の隣家の所有者
ピーター・ラング…………………大物不動産ブローカー
リーサ・ライアン…………………ネイリスト
ジミー・ライアン…………………リーサの夫。建設会社の社員
ダン・マイナー……………………小児外科医
ベン・タッカー……………………クルーザー事故の目撃者。8歳
クィニー……………………………ホームレスの女性
ボニー・ウィルソン………………交霊術師

謝辞

またお礼をいう時期になった——どう感謝すればいいのかわからないけれど、やってみましょう。

一年がすぎるたびに、長年のおつきあいである編集者のマイケル・コーダと、彼の上司で上級編集者のチャック・アダムズへの感謝はふくらみつづける。彼らはつねにはげまし、辛抱し、正しい言葉をかけてくれる。

宣伝係のリスル・ケイドに祝福を——彼女はいつも変わらぬたのもしい伴走者であり、大切な友であり、思慮深い読者である。

エージェントのユージーン・ウィニックとサム・ピンカスには末永く感謝したい。彼らはわたしが質問しないうちに、さっさと答えを見つけてくれる。本当に真実の友だちだ！

校正のアソシエイト・ディレクター、ジプシー・ダ・シルヴァは鋭い目とすてきな忍耐をもっていつもそこにいてくれる。いつもいつもありがとう、ジプシー。

校正者のキャロル・キャットとスキャナーのマイケル・ミッチェル、あなたがたの注意深い仕事ぶりに祝福を。

合衆国沿岸警備隊のライオネル・ブライアント下級准尉《じゅんい》には、ニューヨーク湾で発生しうる爆発事故について、専門家としての慎重なアドヴァイスをしていただいた。

ニューヨーク市警のスティーヴン・マロン巡査部長とリチャード・マーフィー刑事、ニューヨーク郡地区検事局は、本書のような出来事が現実に起きたとしたら、警察の諸手続きや捜査がどのようにおこなわれるか、すばらしい助言をくださった。

建築家のエリカ・ベルシーとフィリップ・マーラ、インテリアデザイナーのイヴ・アーディアは、建築やデザインに関する疑問点についてプロの知識をさずけてくださった。ドクター・アイナ・ウィニックは心理学的な質問にいつも快く答えてくださった。ありがとう、アイナ。

仮定の質問にたいし思慮深い分析をしてくださったドクター・リチャード・ルークマ、ありがとう。

貸金庫についての疑問点に関しては、リッジウッド・セーヴィング銀行の支店長、ダイアン・イングラッシアに大変お世話になった。

アシスタントであり友人であるアグネス・ニュートンとナディーン・ペトリ、執筆中からの読者であるアイリーン・クラークにも感謝を。

娘であり作家仲間であるキャロル・ヒギンズ・クラーク、いつも意見を述べてくれ、古くさい表現をつかわないよう注意してくれて、ありがとう。

わたしの元気の源、子供たちと孫たちに変わらぬ感謝を。子供たちのひとりはこういった、「本を書くのって、いっぱい宿題をやるみたいなものなの、ミミ？」

いつも締め切りにおわれている作家と結婚したことをユーモアをもって泰然と乗りきってくれる夫、ジョン・コンヒーニーには特別愛情のこもったありがとうをいいたい。

十五世紀の修道僧の言葉をよろこんでふたたびここに引用します。「仕事は終わった。作家を遊ばせてやろう」

追伸：友人たちに──もういつでもディナーをご一緒できるわよ。

献辞

大切な友人であり、すばらしい編集者である
マイケル・コーダに
二十五年分の感謝をもって

プロローグ

十五歳のネル・マクダーモットは身体《からだ》をターンさせ、岸にむかって泳ぎはじめた。雲ひとつない空の太陽、さわやかなそよ風、まわりで砕けて泡だつしょっぱい波頭、それらのすばらしいコンビネーションを視界におさめながら泳いでいると、若い全身がうきたつような爽快感《そうかいかん》をおぼえた。マウイ島に着いてからまだ一時間しかたっていなかったが、ネルは過去数年間、祖父が毎年クリスマス後の休暇のために家族を連れていくカリブ海より、こっちのほうが断然いいとはやくも決めこんでいた。

実のところ、〝家族〟というのは少々おおげさだった。家族を構成するのが祖父とネル自身のふたりだけになってから、今年で四年になる。五年前、ニューヨーク出身の有名な下院議員コーネリアス・マクダーモットは、ブラジルへ研究旅行に出かけたともに人類学者である息子とその妻が、小型チャーター機の墜落で死亡したとの報をうけて下院の議場から飛び出した。

彼はただちに学校にいるネルを連れ帰るために、ニューヨークへ駆けつけた。それは彼の口から教えてやらねばならない知らせだった。学校に着いてみると、孫娘は保健室で泣いていた。

「朝の休み時間が終わって教室にはいろうとしたら、急にダディとママがそばにいるのを感じたの。わたしにさよならをいいにきたんだって思ったわ」コーネリアスが思わず抱きしめると、ネルはそういった。「ほんとに見えたわけじゃないけど、ママがわたしにキスして、そのあとダディが髪をなでてくれるのを感じたの」

その日の午後、ネルは両親の留守をあずかっていた家政婦とともに、祖父が生まれ、父が育った東七十九番通りにある褐色砂岩の家に移った。

今、祖父のいる岸へもどりはじめたネルの脳裡《のうり》をそのときの記憶がかすめた。荷物を解く前にいそいでひと泳ぎしたいというネルのたっての希望にしぶしぶ折れた祖父のコーネリアスは、パラソルの下でビーチチェアにすわっていた。

「あまり遠くまで行ってはいかんぞ」本を開きながら、コーネリアスはそう警告した。「もう六時だし、そろそろ看視員もひきあげる時間だ」

もうすこし水につかっていたかったが、ビーチにはもうほとんど人気《ひとけ》がなかった。あと二、三分もすれば、祖父が空腹に気づき、いらいらしはじめるのは目に見えている。荷ほどきもまだすませていないのだから、なおさらだ。ネルはずっと前に母親から、コーネリアス・マクダーモットを空腹で疲れた状態のままにしておいてはならないと注意されていた。

岸まではまだかなりの距離があったが、祖父は読書に没頭しているようだった。だが、それもそう長くつづかないのはわかっている。ネルはピッチをあげながら思った——

「さあ、帰ろう」

突然身体が一回転したかのように、方角がわからなくなった。どうなってるの？ 岸が視界から消えて、身体が左右にひっぱられたかと思うと、いきなり下にひきずりこまれた。ネルはおどろいて助けを叫ぼうとしたが、とたんにしょっぱい水が喉《のど》に流れこんできた。苦しくなってしぶきをあげながら、息をつこうとあえぎ、うきあがろうともがいた。

離岸流だわ！ 祖父がホテルのフロントでチェックインの手続きをしているとき、ふたりのベルボーイがその話をしていた。先週、島の反対側で離岸流が発生し、男性ふたりが溺《おぼ》れ死んだとひとりがいっていた。おとなしく離岸流に身をまかせればよかったのに、さからってじたばたしたから死んだのだといっていたっけ。

〈離岸流とは相反する潮が正面からぶつかりあって生じる危険な流れのこと〉ネルは腕をばたつかせながら、《ナショナル・ジオグラフィック》で読んだ説明を思い出していた。

しかし、岸からネルを引き離し、下へ下へひきずりこもうと逆巻く波にさからわずにいるのは不可能だった。

このまま沖合へ流されちゃだめよ！ 不意に襲ってきたパニックの中でネルは思った。

だめ！　ここから出ないと、絶対にひきかえせないわ。懸命に方角をねらいさだめて首をのばすと、岸とキャンディストライプのパラソルが一瞬見えた。

「助けて！」大声で叫ぼうとしたが、塩水が口いっぱいに流れこんできて、声をかき消した。潮流がすさまじいいきおいでネルをひっぱり、海中にひきずりこもうとしていた。ネルは死にものぐるいで仰向《あおむ》けになり、腕の力をぬいた。が、身体が岸から遠ざかり、助からないかもしれないという恐怖から、すぐにまたもがきはじめた。

死にたくない！　ネルはつぶやきつづけた。死にたくない！　波が身体をもちあげ、ほうりなげ、さらに沖へとひっぱった。「助けて！」もう一度つぶやいたあと、彼女はすすり泣きはじめた。

すると、きたときと同じようにいきなりそれが通過した。目に見えない泡だつ鎖が突然ネルを解放し、ネルは沈まないように両腕をばたつかせた。ホテルでベルボーイたちがいっていたのは、これだったのだ。いつのまにか彼女は離岸流の外へ投げだされていた。

あの中にもどっちゃだめ、ネルは自分にいい聞かせた。あれを迂回《うかい》して泳ぐのよ。

しかしもうくたくただった。岸ははるか遠くにあり、目をこらしても見えなかった。まぶたが重く、目をあけていられないほどだった。水が毛布のように暖かく感じられはじめた。睡魔が襲ってきた。

泳ぐのよ、ネル、あなたならできるわ！

それは負けるなと励ます母親の声だった。

ネル、早くしろ！

父親の切迫した命令がネルの五感を刺激し、眠気をふきとばした。ネルは盲目的にそれにしたがって手足を動かし、離岸流の水域を大回りして泳ぎはじめた。一息ごとにしゃくりあげ、水をひとかきするごとに、腕が重くて折れそうになったが、あきらめなかった。

苦闘の数分がすぎ、いまにもへばりそうになりながら、ネルはやっとのことで大波に乗った。波は彼女をしっかりつかみ、岸にむかって猛スピードで移動した。やがて大波は大きくうねって砕け、ネルを固く濡《ぬ》れた砂地へほうりなげた。

激しくふるえながら立ちあがろうとしたとき、力強い両手に助けおこされるのを感じた。「おまえを呼びもどそうとしていたところだ」コーネリアス・マクダーモットはぴしゃりといった。「今日の泳ぎはこれまでだ、お嬢さん。看視員が赤旗を立てている。近くで離岸流が発生しているそうだぞ」

ネルはうなずくのがやっとだった。

マクダーモットは不安の皺《しわ》を顔にきざんで、タオル地のローブを脱ぎ、それで孫娘をくるんだ。「こごえているじゃないか、ネル。もっと早くあがってくるべきだったんだ」

「ありがとう、おじいちゃん。だいじょうぶよ」たった今起きたことを敬愛する生真面目《きまじめ》な祖父にいうべきではないとわかっていたし、死んだ両親がまた話しかけてきたことはとりわけ知らせたくなかった。現実一本槍《いっぽんやり》の祖父にそんな話をしたら、若い者にありがちな埒《らち》もない空想だと一蹴《いっしゅう》されるにきまっていた。

十七年後
六月八日　木曜日

1

パーク・アヴェニューと七十三番通りの角にあるアパートメントから七十二番通りとヨーク通りの角にある祖父のオフィスまでの通いなれた道を、ネルはきびきびと歩きはじめた。三時までにオフィスにくるようにとの有無をいわさぬ呼び出しから、ボブ・ゴーマンの一件が重要な局面に達しているのはあきらかだった。祖父と会うのがちょっと憂鬱《ゆううつ》だった。

考えごとに没頭していたので、ときおり通行人からむけられる称賛のまなざしには気づかなかった。ネルはアダムと幸せな結婚をしていた。それでも、スポーツで鍛えたスリムで強靭《きょうじん》な身体や、湿気のせいでくるくると巻き毛になっている栗色《くりいろ》のショートヘア、ミッドナイトブルーの目、ふっくらとしたくちびるをもつ長身の自分を、魅力的だと思う人がいるのは知っていた。成長して、しばしば祖父のお供として公的行事に出席するようになると、ネルはメディアが自分を紹介するときに、判で押したように〝魅力的〟と表現するのに気づいた。それはうれしくない発見だった。

「わたしにとって魅力的というのは、男の人から〝あまり美人じゃないけど、すごく個性的だ！〟といわれるのと同じよ。がっかりだわ。一度でいいから〝美しい〟とか〝エレガントだ〟とか〝目もさめる美人〟とか〝かっこいい〟とかいわれたい」二十歳のとき、ネルはそう不満をいった。

祖父の返事はいかにも祖父らしいものだった。「そういうくだらんことをいうもんじゃない。肩の上に頭がのっていて、その使いかたを知っているだけでありがたいと思いなさい」

憂鬱なのは、きょう祖父がなにを話すつもりでいるのかわかっているからだった。もっと頭を使えといわれるにちがいない。祖父がネルのために温めている計画と、それにアダムが反対していることが議論の種になるのはあきらかだった。

コーネリアス・マクダーモットは、過去数十年にわたって、彼をアメリカでもっとも傑出した下院議員のひとりにした気迫を八十二歳になる現在もいささかも失っていなかった。三十歳で生まれ育ったマンハッタン・ミッドタウン地区の代表者に選ばれ、上院への立候補を誘うあらゆる訴えにはしから首をふって、五十年間下院議員の地位を守ってきた。八十歳の誕生日に、コーネリアスは再出馬しない道を選び、「連邦議会の最高齢議員、ストロム・サーモンドの記録を破るつもりはさらさらない」と宣言した。マックにとっての引退とは、コンサルタント業の開始と、ニューヨーク・シティとニューヨーク州を出身政党でがっちりとかためることでもあった。新人の政治活動家にとって、マックの支持を得るのは当選のお墨付きをもらうようなものだった。数年前にマックが制作したテレビコマーシャルは、党はじまって以来もっとも有名な選挙宣伝になった。「他の連中がこれまでみなさんになにをしてくれましたか?」という言葉のあとに、沈黙と困惑したいくつもの表情がひとしきりつづくのである。有名人コーネリアス・マクダーモットが通りを歩けば、かならず愛情と尊敬のこもった挨拶《あいさつ》が雨あられとそそがれた。

ときおり彼はネルにむかって、地元の名士という立場についてこぼしたことがある。「いつ写真に撮られてもいいように身なりをきちんととととのえてからでないと、一歩も外に出られんのだよ」

それにたいしてネルは答えた。「みんなに無視されたりしたら、心臓発作を起こすくせに」

祖父のオフィスに着くと、ネルは受付係に手をふって祖父のスイートへむかい、長年祖父の秘書をつとめるリズ・ハンリーに「ご機嫌は?」とたずねた。

ダークブラウンの髪に生真面目な表情をした六十歳の上品なリズは、目を天井へむけた。「暗い嵐《あらし》の一夜でしたわ」

「やれやれね」ネルはためいきをもらし、専用オフィスのドアをノックして中にはいった。「こんにちは、下院議員」

「おそいぞ、ネル」コーネリアス・マクダーモットはほえるようにいうと、デスクチェアをぐるりとまわしてネルとむきあった。

「わたしの時計によれば、遅刻じゃないわ。三時ぴったりよ」

「三時までにここにくるようにいったはずだがね」

「コラムをわたさなくちゃならなかったのよ。わたしの編集者も時間にはすごくうるさいの。さあ、有権者のハートをとろかす勝利の笑みをわたしにも見せたら？」

「きょうは気分がのらん。すわってくれ、ネル」ニューヨーク・シティの東と北の見事な景色が見わたせる角の窓下にあるソファを指さした。マクダーモットがこのオフィスを選んだのは、長年下院議員をつとめてきた地域が見えるからだった。

ネルはそれをマックの地盤と呼んでいた。

ネルはソファに腰をおろして、心配そうに祖父を見た。ブルーの目に見慣れない疲労がにじみ、いつもの俊敏な目つきをくもらせている。すわっていても実際より長身の印象を与えるぴしりと伸びた背筋もきょうは心なしか丸まっているようだ。マックのトレードマークでもある豊かな白髪すら、かさが減ったようだった。じっと見ていると、祖父は両手を組みあわせ、目に見えない重荷をおろそうとしているように肩をすくめた。記憶にあるかぎりはじめて祖父が年齢相応に見えることに気づいて、ネルは悲しくなった。

コーネリアス・マクダーモットは長いあいだネルの背後に目をすえていたが、やがて立ちあがり、ソファのそばのすわり心地のいい肘《ひじ》掛《か》け椅《い》子《す》に移った。

「ネル、われわれは危機に直面している。おまえがそれを解決しなければならん。第二期の指名を受けたあと、あのボブ・ゴーマンめが出馬しない決心をしたのだ。新しいインターネット会社を興《おこ》すという甘い誘惑にのりおった。選挙までの任期はつとめるが、下院議員の給料では生活できんとぬかした。二年前の出馬をわしが支持してやったときは、市民に奉仕することしか口にしなかったことを指摘してやったよ」

ネルは待った。ゴーマンが第二期には出馬しないという噂《うわさ》を、祖父が先週はじめて耳にしたのを彼女は知っていた。噂が噂に終わらなかったのはあきらかだった。

「ネル、今から参入して党の議席を確保できる人間はひとりしかいない――わしの意見ではひとりだけだ」マクダーモットは顔をしかめた。「わしが引退した二年前に、おまえはそうしておくべきだったんだよ、わかっているだろう」彼はひとまず言葉を切った。

「いいかね、おまえには政治家の血が流れておるんだ。はじめからおまえは政治の世界にはいりたかったんだ。だがアダムが説得してやめさせた。二度とそういうことは起こさんでくれ」

「マック、アダムの話を蒸し返すのはよして」

「蒸し返そうなどとはしておらんよ、ネル。おまえのことはわかっている、おまえは根っからの政治家だといっておるんだ。おまえが十代の頃からわしは自分の仕事を引き継ぐようにしつけてきた。おまえがアダム・コーリフと結婚したときはいささか気落ちしたが、しかし忘れんでくれ、わしだってなにもしてやらなかったわけじゃない。ニューヨークで一からはじめるアダムのために、わしのもっとも大切な支持企業のひとつである優良建築会社ウォルターズ&アーステールに紹介の労だってとってやったんだぞ」

マックは口元をひきしめた。「ところが三年たらずでアダムはチーフ・アシスタントを連れてあそこを辞め、自分の会社を作った。わしの面目は丸つぶれだ。しかしそれもよかろう、ビジネスとはそういうものだ。だがアダムははじめからわしがおまえをゆくゆくは議員にしたいと考えているのを知っていたし、おまえ自身がその気でいたのも知っていたはずだ。突然それをいやがるようになったのは、なぜなんだ？　わしが引退したら、おまえはわしの議席を引き継ぐために立候補することになっていた。アダムも承知の上だった。当時も今も、おまえにそれを断念させる権利などアダムにはない」

「マック、わたしはコラムニストの仕事を楽しんでいるわ。気づいてないかもしれないけど、評判もすごくいいのよ」

「すばらしいコラムだよ。それは認める。しかしそれだけじゃ物足りないはずだ、おまえもわかっているだろう」

「ねえ、今わたしがしぶっているのは、アダムにいわれて出馬という考えをあきらめたからじゃないわ」

「ちがう？ それじゃなんのせいなんだ？」

「わたしたち子供がほしいのよ。わかるでしょう。子供を産んでからでも遅くないんじゃないかとアダムはいってるの。十年たっても、わたしはまだ四十二よ。立候補するにはちょうどいい年齢だわ」

祖父はいらだたしげに立ちあがった。「ネル、十年もぐずぐずしていたら、パレードは通りすぎてしまうんだ。そんなに悠長なものじゃない。素直に認めたらどうだ。おまえは立候補したくてうずうずしている。わしをマックと呼ぶことにすると宣言したとき、おまえがなんといったかおぼえているかね？」

ネルは前かがみになって組み合わせた両手で顎《あご》を支えた。おぼえていた。あれはジョージタウン大学の一年生のときだった。祖父に反対されても、ネルは一歩もひかなかった。「だって、おじいちゃんはいつもわたしのことを一番の友だちだといってるじゃない。おじいちゃんの友だちはおじいちゃんのことをマックと呼んでるでしょう。このままずっとおじいちゃんと呼んでたら、わたしはいつまでたっても子供扱いだわ。一緒に人前に出るときは、おじいちゃんの副官と思われたいの」

「それはどういう意味だね？」祖父はあのときそういった。

ネルは辞書をもちあげた自分をおぼえていた。「定義を読むから聞いて。簡単にいうと、副官とは〝下位の、もしくは腹心の助手〟って意味よ。今のところ、わたしがその両方だってことは神様だってごぞんじだわ」

「今のところ？」

「おじいちゃんが引退して、わたしが議席を引き継ぐまではってこと」

「おぼえているかね、ネル」コーネリアス・マクダーモットの声が記憶をたどっていたネルを現在にひきもどした。「ああいったときのおまえは生意気な学生だったが、本気だった」

マクダーモットはネルの真正面に立つと、腰をかがめて顔をネルの顔の前にぐいとつきだした。「ネル、今のこの瞬間をつかむんだ。逃がすと後悔するぞ。ゴーマンが不出馬宣言したら、指命権をめぐって争奪戦が起きるだろう。委員会には最初からおまえのほうが他の候補者たちより見込みがあると考えてもらいたいのだ」

「最初に公表されるのはいつなの？」ネルは用心深く聞いた。

「今月の三十日。年に一度のディナーの席だ。おまえとアダムも出席する。ゴーマンは任期が終了したら辞職する意志をあきらかにするだろう。目に涙をため、鼻水をすすりながら、やつはこういうだろう。むずかしい決断でしたが、あることが後押しをしてくれました。それから涙をふき、鼻をかんで、おまえを指さし、おまえ、コーネリア・マクダーモット・コーリフが、祖父が五十年近く占めていた議席を引き継ぐことになるだろうと叫ぶだろう。コーネリアスに代わるのはコーネリアになる。第三の黄金時代の波の到来だ」

自分自身とその見通しに満足したらしく、マクダーモットは晴れやかに微笑した。

「ネル、下院は大騒ぎになるぞ」

さすような後悔とともにネルは二年前を思い出した。ボブ・ゴーマンがマックに代わって立候補したとき、彼女は自分がそこにいたい、祖父の議席を引き継いだ自分を見たいというういてもたってもいられぬ焦《あせ》りを感じていた。マックのいうとおりだった。彼女は政治家になるために生まれてきた人間だった。今、競技場にはいっていかなければもう手遅れだ――すくなくとも、政治家としてのキャリアの第一歩にしたいと願っていたその議席を確保するには手遅れなのだ。

「アダムはなにがいやだというんだ、ネル？　前は文句などいわなかったじゃないか」

「ええ」

「うまく行っているのか？」

「もちろん」ばかな質問をしないでというように、ネルは笑ってみせた。

いつからだろう？　アダムがうわの空になり、よそよそしくさえなったのはいつからだったろう？　はじめのうち、どうかしたのかとたずねると、アダムはなんでもないとあっさり一笑に付した。が、今では反応にとげとげしさが感じられる。つい最近ネルは、自分たちの関係に深刻な問題があるのなら、わたしにはそれを聞く権利があると単刀直入にいったところだった。「どんな問題でもよ、アダム。なにがなんだかわからないのが、一番始末が悪いわ」

「アダムはどこにいるんだ？」祖父がたずねた。

「フィラデルフィアよ」

「いつから？」

「きのう。建築家とインテリアデザイナーのためのセミナーで講演しているの。明日には帰ってくるわ」

「三十日のディナーにはアダムにもきてもらいたい。おまえの隣でおまえの決断に喜びを表明してもらいたいんだ。いいね？」

「どの程度喜ぶかしら」ネルの声に憂鬱の影がさした。

「結婚当初、アダムは妻が未来の政治家であることをやたらとうれしがっていたじゃないか。この変わりようはどういうわけなんだ？」

マック、あなたのせいよ。アダムはわたしが祖父とばかり時間をすごすことに嫉妬《しっと》しているのだ。

結婚したとき、アダムはネルがマックのアシスタントとしての活動をつづけることを、熱狂的に支持した。ところが、祖父が引退を宣言すると、手のひらを返したように反対しはじめた。

「ネル、ぼくたちが全能のコーネリアス・マクダーモット中心の人生と決別するには、今がチャンスなんだ」アダムはそういっていた。「きみがマックのいいなりになっているのにはもううんざりだ。むかしむかしてくる。マックが手放した議席に自分が立候補すれば、すこしは自由な時間がもてるようになるとでも思っているのか？　教えてやるよ。きみの代わりに彼が息をしているならいざ知らず、息をつくチャンスなどマックがくれるわけがないんだ」

ふたりの望む妊娠はいっこうにその気配がなく、子供をもつことがアダムの主張の中心となった。「きみは政治のことしか知らない。子供ができるのを待とう、ネル。《ジャーナル》はきみに毎回コラムを書いてもらいたがってるし、きみだって自由な生活が好きになるさ」

アダムの懇願に負け、ネルは立候補しない決心を固めていた。しかし今、アメとむちを使いわける祖父の主張を聞いて、ネルは自分の本心を冷静に見定めた。政治の世界についてコメントするだけでは物足りない。わたしはやっぱり政治そのものを活動の場としたいのだ。

ついにネルはいった。「マック、はっきりいうわ。アダムはわたしの夫よ。彼を愛しているわ。でもあなたはアダムに好感をもったことさえなかった」

「それはちがうぞ」

「だったらこういわせて。アダムが自分の会社を作ったときからずっと、失敗すればいいと思っているわ。ねえ、わたしが立候補したら、また昔みたいな生活になるのよ。ふたりで毎日長時間一緒にすごすようになる。もしもそうなったら、自分がそうされたいと思うようにアダムにも接する、そう約束して」

「わしがアダムを胸に抱きしめると約束したら、おまえは立候補するのか？」

一時間後、コーネリアス・マクダーモットのオフィスを出たとき、ネルはボブ・ゴーマンがしりぞいたあとの下院議員の空席をうめてみせると約束していた。

2

七番街に近い二十七番通りにあるコーリフ＆アソシエイツ建築事務所の前をジェッ

ド・カプランが通過したのは、それで三度めだった。改装された褐色砂岩のビルのウィンドウ・ディスプレイがジェッドの目をとらえていた。金色のドームをてっぺんにいただく模型——アパートメントとオフィスとショッピング街を兼ねたモダンな四十階建ての複合ビルの模型だ。最小限におさえた装飾と白い石灰岩のファサードが特徴の見事なまでにポストモダンなビルは、光を放ちながらゆっくり回転する煉瓦《れんが》のドームとあざやかな対照をなしていた。

ジェッドはジーンズのポケットに両手をつっこんで、ウィンドウに顔がくっつきそうになるまで首を前につきだした。一見しただけでは、彼の風貌《ふうぼう》は風変わりでも印象的でもなかった。ごく平均的な身長、痩《や》せ形で、短い砂色の髪。

しかしそれは目くらましだった。色あせたスウェットシャツの下の肉体は、たくましくひきしまり、痩せているように見えておどろくべき力を隠しもっていた。よく見れば、長年太陽と風にさらされて顔の皮膚が荒れ、くすんでいることがわかるだろう。視線がぶつかれば、たいていの人はとっさに不安をかきたてられるにちがいない。

三十八歳のジェッドは人生の大半を孤独な根無し草としてすごしてきた。オーストラリアで五年を送り、未亡人となった母親を訪ねるために数年ぶりに帰国してみると、四代にわたって家族の所有物だったマンハッタンの小さな土地を建物ごと母親が売却していた。かつては繁盛《はんじょう》したが現在ではろくな儲《もう》けのない毛皮商が多数出入りしていたビルで、一階の店の上は賃貸式アパートメントになっていた。

ジェッドはそれを聞いたとたんにかんかんになり、母親と激しい口げんかをした。

「どうすりゃよかったんだい？」母親はあわれっぽくいった。「ビルはぼろぼろだし、保険料だって、税金だってあがりっぱなしで、店子《たなこ》はどんどん出ていってしまうし。毛皮の商売なんて、もうはやらないんだよ。おまえは知らないかもしれないけれど、毛皮を着るのは今時正しいことじゃないのさ」

「あのビルは親父《おやじ》がおれに残したものだったんだ」ジェッドはどなった。「権利もないくせに、よくも売りやがったな！」

「父さんはおまえが母親にやさしい息子になることを望んでいたんだよ。おまえが腰をすえて、結婚して子供をもって、ちゃんとした仕事につくのを望んでいたんだ。だのにおまえときたら、父さんが死にそうだと手紙を出したって、顔も見せなかったじゃないか」母親は泣きだした。「エリザベス女王やヒラリー・クリントンが毛皮を着た写真をおまえが最後に見たのは、いつだった？　アダム・コーリフはあのビルにいい値をつけてくれたよ。金は銀行にいれてある。これでいつ死ぬにしても、借金の心配をせずに夜眠れるんだ」

ジェッドはふくれあがる苦々しさを胸に、複合ビルの模型を眺めた。ドームの下の銘を彼はせせら笑った。ヘマンハッタン一新しく、エキサイティングな住宅地の雰囲気を

かもしだす美の旗印〉
ビルは母親がアダム・コーリフに売った土地に建てられる予定だった。あの土地は一財産の値打ちがあったんだ、とジェッドは考えた。コーリフはあの歴史的廃墟《はいきよ》、ヴァンダーミーア邸が隣にあるから、土地を開発するのは無理だといって母親を丸めこんだにちがいない。コーリフがうるさくつきまとわなかったら、そもそもあの土地を売ろうなどということを母親が思いつくわけがなかった。
たしかに、コーリフの買値は正当なものだった。しかしそのあとヴァンダーミーア邸が焼失し、大物不動産ブローカーのピーター・ラングがわれがちに跡地を購入し、カプラン家の土地と抱きあわせて一等開発地をつくりあげた。ひとつになった土地は、ふたつ別々の土地だったときより全体としてさらに価値のあるものになっていた。
ジェッドの聞いたところでは、ヴァンダーミーア邸にはいりこんでいたホームレスの女が、暖をとろうと火をつけたのだという。なんでそのホームレスはコーリフがおれの土地に手をつける前に、あのいまいましい歴史的建造物を燃やしてくれなかったんだ？
ジェッドは心の中で憤慨した。激しく苦い怒りが喉《のど》もとまでせりあがってきた。コーリフをぶっ殺してやる。絶対に殺してやる。あのしけたぼろ家が歴史的建造物と呼ばれなくなったあとも、まだあの土地をもっていたら、今頃は億万長者になっていたものを
……。

ジェッド・カプランはいきなりウィンドウから顔をそむけた。複合ビルのミニチュアを見ているうちに、ほんとうに吐き気がしてきた。ジェッドは七番街のほうへ歩きだし、ちょっと立ちどまって逡巡《しゅんじゅん》してから南へむかった。七時、彼は世界金融センターのマリーナに立っていた。羨望《せんぼう》のまなこで上げ潮にゆれるつややかな小型クルーザーの列を眺めた。

見るからに真新しい四十フィートのキャビンクルーザーがジェッドの注意をとらえた。船尾のわきばらにゴシック体で〈コーネリア二世号〉と名前が書かれている。

コーリフのクルーザーだ。

ニューヨークに帰って以来、ジェッドはアダム・コーリフについて可能なかぎりのことを調べ、いつも同じ思いを胸に何度もこの場所へ足を運んでいた。あの野郎とやつの大切なクルーザーをどうしてやろう？

3

フィラデルフィアで開かれていた建築学セミナーの最終セッションが終わると、アダム・コーリフは同僚ふたりと夕食をとり、静かにホテルをチェックアウトして車でニューヨークへ戻った。

フィラデルフィアを発《た》ったのは十時半だったから、有料道路はすいていた。

夕食の席でワード・バトルは、アダムが自分の会社を作る前に働いていた建築会社ウォルターズ&アースデールが、不正入札と建築業者からの収賄《しゅうわい》の疑いで検察の捜索を受けたことを認めていた。

「聞いた話だと、あれは氷山の一角らしいよ、アダム、つまり元社員としてきみもいろいろ聞かれるだろうってことさ。知っておいたほうがいいだろうと思ってね。なにかあったとしても、マクダーモットの口ききがあれば、手加減してもらえるさ」

マックが助けてくれるだと？　アダムは心の中でせせら笑った。よしてくれ。おれがいかがわしい金銭取り引きにかかわっていると思ったら、マックはおれを追及しろと検察をたきつけるだろう。

食事中、アダムは平静を保っていた。

「心配するようなことはまったくない」彼はバトルにいった。「ウォルターズ&アースデールではぼくは小物のひとりにすぎなかったんだ」

そんな話を聞かされることになるとは思ってもいなかったため、アダムはフィラデルフィアに一泊するつもりでいたし、ネルにもそうつたえてあった。ネルは明日までアダムは帰ってこないと思いこんでいる。リンカーン・トンネルを出たとき、アダムは一瞬ためらってから、左折してアップタウンのアパートメントに帰る代わりに右折した。五分後、彼は二十七番通りのガレージに車をいれた。

片手にスーツケース、片手に鍵束《かぎたば》をもち、オフィスまでの半ブロックを歩いた。ウィンドウの照明は自動システムでとっくに消えていたが、街灯の明かりの中にミニチュアの複合ビルのシルエットが美しくうかびあがっていた。

アダムは立ちどまってそれを眺めた。左手のスーツケースの重さも忘れ、右手で鍵束をせかせかとひっぱっていることにも気づかなかった。

初対面から早々に、コーネリアス・マクダーモットは冗談半分にこういった。「アダム、きみは見かけと中身はちがうといういい見本だな。ノースダコタの田舎町の出身なのに、容貌も話しぶりもイェール出のプレッピーのようだ。どうやって身につけたんだね？」

「自分でないものになりすまそうとしているわけじゃありません。これが本来のぼくなんです。オーヴァーオールを着て、鍬《くわ》でもかついでいたほうが似合うとでもお思いなんですか？」アダムは受け身になってそういった。

「そうぴりぴりするな」マックはそっけなくいった。「ほめ言葉のつもりだったんだよ」

「そうでしょうね」

マックはネルにイェール出のプレッピーと結婚してもらいたかったのだ、ニューヨークで苦労してトップまで登りつめた父親をもつプレッピーと。マックは下院の大物かもしれないが、ノースダコタについて知っていることといえば、《ファーゴ》（訳注 ノースダコタ州の都市ファーゴを舞台にしたアメリカ映画）のレンタルビデオから得たものだけじゃないか、アダムはひとりごちながら、妻の祖父を頭から追い払った。

そのとき人気《ひとけ》のない通りの先でなにかが彼の注意をとらえた。目を走らせると、近くの戸口に男がひとり立っていた。アダムはすばやく三歩でオフィスのドアの前に立ち、鍵をあけた。今夜強盗にあうのはまっぴらだった。

オフィスにはいってドアをロックするまで彼は気をゆるめなかった。美しいオークの戸棚にテレビとバーが設置されている。アダムは扉をあけて、シーヴァス・リーガルの瓶をつかみ、グラスにたっぷりついだ。ソファに腰をおろし、ゆっくりとスコッチをすする。一瞥《いちべつ》しただけでは、長い一日を終えた男がくつろいでいるように見えただろう。

たしかに人々はアダムを都会的で育ちのいいエリートと見なした。六フィートという実際の身長より背が高く見えるのは、すわっているときでも、背筋をぴんと伸ばすことを常に心がけているせいだった。きびしいエクササイズの甲斐《かい》あって、きたえぬかれた身体《からだ》には贅肉《ぜいにく》ひとつついていない。あかるい茶色の目とすぐにほころぶ口元は、肉の薄い顔の中の美点だった。濃い褐色の髪には白髪がかなり目立つが、アダムにとってはそれは歓迎すべきことだった。白髪がないと、若く見えすぎるきらいがあるからだ。

彼は上着を脱ぎ、ネクタイをゆるめて、シャツの一番上のボタンをはずした。携帯電話はポケットの中だった。それをとりだし、テーブルの上に眼鏡と並べておいた。ネルがホテルに電話をかけて、夫がチェックアウトしたことを知る心配は無用だった。用があるなら、この携帯電話にかけてくるだろう。だが、今夜はその可能性はない。きょうの午後、ネルが祖父に会いにでかける直前に、今夜はフィラデルフィアに泊まると話しておいた。彼の推測が正しければ、ネルと祖父の話しあいは、彼女が待っていたものだったはずだ。

だから、夜はおれひとりのものだ、とアダムは思った。やりたいことはなんでもできる。下におりて、ウィンドウから模型をとりだすことさえできる。というのも、おれの設計が却下されたからだ。マックならそれを聞いても残念がるまいと思うと、苦々しさがこみあげてきた。一時間かけて選択権をひとつひとつ吟味したあげく、結局帰宅することにした。オフィスにいると、狭いところに閉じこめられているような気になってくる。おりたたみ式のベッドで眠るのもごめんだった。

足音を忍ばせてアパートメントにはいり、フォワイエの小さな明かりをつけたのは、二時近かった。彼は来客用のバスルームでシャワーを浴びてパジャマに着替えたあと、朝に着る服を几帳面《きちょうめん》に並べて、そっとベッドルームにはいりベッドにすべりこんだ。ネルの規則正しい寝息から、彼女を起こさずにすんだとわかり、ほっとした。いったん目がさめると、ネルがもう一度寝つけるまで何時間もかかるたちであるのをアダムは知っていた。だが、彼にその心配はなかった。疲労がどっと襲ってきて、まぶたがひとりでに閉じた。

六月九日　金曜日

4

午前五時に目覚ましが鳴り出す前に、リーサ・ライアンは目をさましていた。ジミーは昨夜も熟睡できなかったらしく、さかんに寝返りをうって寝言をつぶやいていた。リーサは三、四回手をのばし、夫が落ち着いてくれるのを願って背中をそっとさすった。二時間ばかり前にやっとジミーは深い眠りにはいったが、今度はそろそろ彼をゆり起こさなければならない時間だった。だがリーサはまだふとんの中でぐずぐずしていた。夫が出かけたあと、子供たちを起こす時間がくるまで、ちょっとは眠れますようにと、無言で祈った。

もうくたくただわ、とリーサは思った。ほとんど一睡もできなかったし、きょうは職場で長い一日が待っている。九時から六時までネイリストとして働く彼女には予約がびっしりつまっていた。

以前は朝からこれほど疲れていることはなかった。生活のすべてが狂いだしたのは、ジミーが失業してからだった。二年近い失業のすえにやっとコーリフ&アソシエイツにひろわれ、どうにか生活は軌道にのりはじめていたが、失業中にかさんだ借金はまだ返済しきれていなかった。

　失業が二年にもおよんだのにはわけがあった。そもそもジミーがクビになったのは、会社の人間の中に賄賂《わいろ》をもらっているやつがいるらしい、と同僚に打ち明けているのをボスに聞かれたためだった。ジミーがそう推測したのには根拠があった。会社が大量に使っているセメントが、設計書に記載されている品質基準に達していなかったのである。クビになってからというもの、求人を問い合わせる先々でジミーは同じ返事を聞かされた。「悪いが、あんたを雇うわけにはいかない」

　同僚への一言があだになったのだと悟ったあたりから、ジミーは精神に変調をきたしはじめた。リーサは夫が精神衰弱の一歩手前にあるのを確信した――そんなとき、アダム・コーリフのアシスタントから電話がはいり、コーリフ＆アソシエイツに提出した就職希望の履歴書をサム・クラウス建設会社へまわしたと知らせてきた。その後まもなくジミーの就職が決まったときは、おおいに安堵《あんど》したものだった。

　ところが、再就職によって改善すると思われたジミーの症状はいっこうによくならなかった。リーサは精神科医に相談することまでしたが、話を聞いた医師はジミーの症状は鬱病《うつびょう》で、ひとりで克服するのは無理だとまで警告した。リーサがカウンセリングをもちかけると、ジミーは激怒した。

この数カ月、リーサは自分が三十三という年齢より大幅に老《ふ》けこんでいるのを意識しはじめていた。隣で眠っている男は、ベビーサークルを出てから最初のデートをした相手はきみだと、かつて軽口をたたいた幼なじみの恋人とは、別人のようだった。ジミーは情緒不安定だった。彼女や子供たちに怒鳴りちらしたかと思うと、次の瞬間には目に涙をうかべてあやまる。毎晩スコッチを二、三杯飲むようになり、しかもそんな少量の酒にも酔っぱらうありさまだった。

ジミーのただならぬ変調の原因が女でないのはあきらかだった。今では毎晩早々に帰宅し、以前はときどき行っていた友人との野球観戦にも興味を失っていた。競馬や野球にのめりこみすぎる以前の困った癖も消えてしまった。給料日には現金化もしていない小切手をそのままリーサにわたした。小切手帳のひかえには、ジミーの増えた給料額がしるされていた。

家計のことならもう気に病む必要はない、失業中にはねあがったクレジットカードの支払にも追いつきつつある、とリーサは夫に説明したが、効果はなかった。実際、ジミーはもう何事にも無気力で無関心だった。

一家が暮らすクィーンズ区リトル・ネックのこぢんまりとしたケープコッドコテッジ（訳注　平屋の木造小型住宅で傾斜の急な切り妻屋根と中央部の大きな煙突が特徴）は、十三年前の結婚を機会に購入したものだった。だが七年間で三人の子供に恵まれたせいで、もっと大きな家を買うより先に二段ベッドを買うことになった。かつてリーサはそのことをよく冗談の種にしたものだったが、今はもうふれなかった――ジミーを怒らせるとわかっていたからだ。

ついに目覚ましが鳴り、彼女は手をのばしてスイッチを切ってからためいきとともに夫のほうへ寝返りを打った。「ジミー」と、肩をゆすった。「ジミー」心中の不安を気取られまいとしながらも、声が大きくなった。

ようやくジミーを起こすことができた。大儀そうに「ありがとう、ハニー」とつぶやくと、彼はバスルームに姿を消した。リーサはベッドから出て窓に近づき、シェードをあげた。気持ちのいい日になりそうだった。明るいブラウンの髪をねじって留め、ローブをつかんだ。急にはっきりと目がさめて、リーサはジミーと一緒にコーヒーを飲もうと決心した。

十分後キッチンにおりてきたジミーは妻を見ておどろいた顔をした。わたしがベッドを出たことにも気づかなかったんだわ、とリーサは悲しくなった。

努めて平静をよそおって、夫を注意深く観察した。今朝はとりわけわたしを見る目つきが弱々しい、と思った。またわたしが精神科医の助けを受けたほうがいいといいだすのではないかと恐れているのだ。

あかるい声を保ちつつ、リーサはいった。「ベッドでぐずぐずしているにはもったいないような日だから、コーヒーをつきあってから外に出て、小鳥たちの目覚めを観察しようかと思ったのよ」

ジミーは大男だった。かつては燃えるようだった赤毛は、赤みがかった褐色に変わっている。戸外での仕事のせいで顔色は赤らんでいるが、リーサは夫の顔にいつしか深い皺《しわ》がきざまれているのに気づいた。

「そりゃいいね、リシー」ジミーはいった。

彼は椅子《いす》にはすわらず、テーブルの前に立ったままコーヒーをがぶのみし、トーストかシリアルはという誘いにかぶりをふった。

「夕食は先に食べててくれ。お偉方がコーリフのしゃれたクルーザーで五時恒例の会議を開くんだ。たぶんおれをクビにするつもりで、カッコをつけたいんだろう」

「どうしてあなたをクビにするの？」リーサは強いて軽い調子でたずねた。

「冗談だよ。しかしそういうことになったら、むしろありがたいくらいさ。ネイリストの仕事はどんな具合だ？　おれたち一家を支えられるか？」

リーサは夫に近づいて首に両腕をまわした。「なにを気にしているのかわたしに話してくれたら、ずっと気が楽になると思うわ」

「ずっとそう思いつづけてる」ジミー・ライアンの力強い両腕が妻を抱きよせた。「愛してるよ、リシー。そのことを忘れないでくれ」

「忘れたことなんてないわ。わたしも……」

「わかってる——〝わたしも同感です〟だろ」十代の頃、ふたりでよくおもしろがった表現に、ジミーの口元が一瞬ほころんだ。

それから彼は腕をほどき、ドアにむかった。夫の背後でドアが閉じたとき、はっきりとではないが、リーサはジミーが「すまない」とつぶやいたような気がした。

5

その朝、ネルはアダムのために特別の朝食を作ろうと決心したが、そんな自分にすぐにいらだちをおぼえた。自分のキャリアを自分で選択するというごくあたりまえのことをしただけなのに、食べ物でアダムを懐柔しようとする思いつきが情けなかった。しかし結局は食事の支度にとりかかった。苦笑しながら、ネルは母方の祖母のものだった料理の本を思いだした。その本のカヴァーにはこんな警句が載っていた。〝殿方の心をつかむには胃袋から〟人類学を職業とし、自身すばらしい料理人でもあったネルの母親は夫相手に、よくその警句をひっぱりだして冗談を飛ばしていた。

ベッドを出たとき、アダムがシャワーを浴びているのが聞こえた。昨夜アダムがアパートメントに帰ってきたとき、じつは起きていたのだが、寝ているふりをしていた。話しあう必要があるのは百も承知だったが、祖父との話の内容を相談するのに午前二時がふさわしい時間とは思えなかった。

けれども今朝はどうしても話さなければならない。なにしろ今夜は夫婦そろってマックに会うことになっている。前もって丸くおさめておきたかった。マックは昨夜電話をかけてきて、今夜のフォーシーズンズでのディナーに忘れずにふたりでくるようにと念を押していた。マックの妹で、ネルの大叔母にあたるガート・マクダーモットの七十五歳の誕生日を祝うディナーなのだ。

「マック、わたしたちが忘れると本気で思ってるんじゃないでしょうね？」ネルはそう聞き返した。「もちろんふたりそろって行くわ」しかし、自分が立候補する用意があることは、話題にしないでほしいとはつけくわえなかった。食事中それが話題になるのは避けられないのだから、無意味な要望だと思ったのだ。立候補の決意については、今朝どうしてもアダムに話さなくてはならない。マックからいきなり聞かされたりしたら、アダムはわたしをゆるさないだろう。

たいていの朝、アダムは七時半までに家を出てオフィスへむかい、ネルは遅くても八時までは書斎にこもって翌日のコラムを書く。だがその前に一緒に軽い朝食をとるのがきまりごとになっていた。ふたりとも朝刊を読みながらの、沈黙の支配する朝食とはいえ。

わたしがマックの元議席を勝ちとりたいと切望していることを、あるいは、すくなくともこの選挙年の興奮の一部になりたいと思っていることを、アダムがすなおに理解してくれたらどんなにいいだろう。冷蔵庫から卵のパックを取りだしながらネルは思った。アダムとマックはわたしにとって世界にたったふたりしかいない大切な男性だ。でも、まるで綱渡りでもするみたいに、ふたりの顔色をたえずうかがわずにすんだら、どんなにいいだろう。政治の世界でキャリアをつみたいというわたしの願いをアダムがすんなりうけいれてくれたら、どんなにいいだろう。

以前の彼はわかってくれた。テーブルをセットし、しぼりたてのオレンジジュースをグラスにつぎ、コーヒーポットに手を伸ばしながら、ネルは思い返した。連邦議会の傍聴人席のふかふかの椅子にすわる日が待ち遠しいとよくいっていたものだ。それが三年前。どうして気が変わったのだろう?

アダムがせかせかとキッチンにはいってくるなり、軽くうなずいてみせただけでテーブルの椅子にすべりこみ、《ウォールストリート・ジャーナル》に手をのばした。その心ここにあらずといった雰囲気に、ネルはうろたえまいとした。

「ありがとう、ネル、だけどほんとに食欲がないんだ」用意しておいたオムレツをさしだしたとき、アダムはそういった。特別な努力にたいする返事がこれだわ、ネルは悲しくなった。

アダムの正面に腰をおろし、どう切りだしたものかとネルは考えた。アダムのけわしい表情から、下院議員に立候補するという可能性について話しあうのに適切なタイミングでないのはあきらかだった。いらだちがふくれあがるのを意識しながら、ネルは思案にくれた。このままではアダムの祝福なしでつきすすむしかないかもしれない。

自分のコーヒーに手をのばし、《ニューヨーク・タイムズ》の一面を一瞥《いちべつ》したとたん、大見出しのひとつが目に飛びこんできた。「まあ、アダム、これを見た？　地区検事がロバート・ウォルターズとレン・アースデールを不正入札の容疑で取り調べるかもしれないわ」

「知ってる」アダムの声は平静だった。

「あなたは三年近く彼らのところで働いていたし、あなたも調べられるのかしら？」

「たぶんね」彼はあっさりそういったあと、にやりとした。「マックに心配にはおよばないとつたえてくれ。一族の名誉にはしみひとつつかないとね」

「アダム、わたしがいったのはそんな意味じゃないわ！」

「なあ、ネル、きみの頭の中はお見通しなんだ。じいさんに立候補しろと説得されたことを、ぼくにどう話そうかと考えているんだろう。今朝の新聞を開いてまっさきにマックがするのは、きみに電話をかけて、このような捜査にぼくの名前が連なっていることはきみのチャンスをだいなしにしかねないと説教することだ。そうだろう、ちがうかい？」

「わたしが立候補を望んでいるというのは正しいわ。でもあなたのせいでわたしのチャンスがだいなしになるなんて、考えもしなかった」ネルは落ち着いていった。「あなたが潔白だということぐらい、わかっているつもりよ」

「建設業界の潔白にはさまざまな程度があるんだよ、ネル。きみにとってさいわいなことに、ぼくの潔白度は最高水準さ。それがウォルターズ&アーステールを辞めた理由のひとつだよ。そういえば、偶像マックを満足させられると思うかい？」

ネルはいらだちをおさえきれずに立ちあがった。「アダム、動転するのは無理もないけど、わたしにやつあたりするのはよして。それから、そっちがもちだしたからこのさいいうわ。そうよ、わたしはマックの議席を確保する決心をしたの。ボブ・ゴーマンが出馬を断念したからよ。だからあなたが応援してくれたらいいと思っているの」

アダムは肩をすくめて首をふった。「ネル、ぼくはずっときみには正直でいた。きみと結婚してから、ぼくは政治が生活を吸い取ってしまう魔物だということを見てきた。結婚生活には手強い相手だ。多くの結婚生活がそのせいで壊れる。しかし決心するのはきみだ。決心したわけだな」

「ええ、そうよ」ネルは声を乱すまいと必死に努力した。「だから結婚生活を守るためにいさぎよく耐えてちょうだい。だってそうでしょう、アダム。夫や妻が相手のやりたいことを足をひっぱってさせなかったら、そのほうがよっぽど結婚生活の害になるのよ。これまでずっとわたしはあなたの後押しをしてきたわ。だから一休みさせて。わたしが自分の道を切り開くのを手伝って。それがだめでも、せめて気持ちよくやらせてほしいのよ」

アダムは椅子をおしやって立ちあがった。「それで終わりかな」彼は立ちさりかけてふりかえった。「今夜の食事の心配はしないでいい。クルーザーで会議を開くことになってるから、終わったあとでダウンタウンでなにか食べる」

「アダム、今夜はガートの七十五歳の誕生日なのよ。あなたがこなかったら、ガートががっかりするわ」

アダムはネルと真正面からむきあった。「ネル、大好きなガートのためでも無理だ。悪いな。だが今夜はマックと一緒にすごしたくない」

「アダム。お願い。会議のあとでくればいいわ。遅刻はかまわないわ。顔見せだけでいいのよ」

「顔見せ？　早くも選挙用語か。それじゃ、ネル」アダムは大股《おおまた》にフォワイエのほうへむかった。

「だったら帰ってこないほうがいいんじゃないかしら」

アダムは足をとめ、ネルをふりかえった。「ネル、本気じゃないんだろうな」

ふたりは無言でじっとにらみあったが、やがて彼は出ていった。

6

サム・クラウスの一番新しいガールフレンド、ダイナ・クレーンは、金曜の朝サムからの電話で今夜のデートはとりやめだと知らされて、がっかりした。

「あなたの仕事が終わったら、ハリーズ・バーで落ち合うのはどうかしら」ダイナは提案した。

「いいか、仕事なんだ。どのくらいかかるかわからん」サムはぶっきらぼうにいった。「検討しなけりゃならんことが山ほどある。土曜日に電話するよ」

それ以上言葉をさしはさむすきをあたえず、サムは一方的に電話を切った。彼がいるのは三番街と十四番通りの角の専用オフィスだった。広々とした角部屋で、壁にはサム・クラウス建設会社が手がけた摩天楼の完成見取り図がいくつも飾られている。

まだ朝の十時だというのに、ぴりぴりした彼の気分は地区検事局が電話で面会を要請してきたことでいっそう激化していた。

サムは立ちあがって窓に近づき、十六階下の活気にみちた通りをむっつりとにらみつけた。渋滞をすいすいとすりぬけていた一台の車が、突然停車して二車線をふさいだトラックのうしろで立ち往生するのを見て、サムの口元に陰気な笑みがうかんだ。

しかし自分がその車に似ていることに気づくと、笑みは消えた。あまたの障害物をよけてここまでたどりついたというのに、今、大きなハードルが行く手に立ちふさがって道を完全にふさごうとしていた。十代のとき以来はじめてサムは検察当局に攻撃の材料をあたえてしまっているのに気づいた。

背は高くもなく低くもなく、日焼けした皮膚と薄くなりだした頭髪、がっしりした五十歳のサム・クラウスは独立独歩の男だった。これまで自分の容貌《ようぼう》にろくに関心をはらったこともない。女たちが彼にひきつけられるのは、スレート色の目に宿るシニカルな知性と、絶大な自信のためだった。ある者は彼を尊敬した。多くの者は彼を恐れた。好意を持つ者はごく一握りしかいない。サムはそういう連中全員に面白半分の侮蔑《ぶべつ》を感じていた。

電話が鳴り、そのあと秘書がインターコムを鳴らした。「ミスター・ラングです」

サムは顔をしかめた。ラング・エンタープライズはヴァンダーミーア・タワー事業の第三のファクターだった。ピーター・ラングにたいするサム・クラウスの気持ちはピーターが資産家の出であることへの羨望《せんぼう》から、一見すると無価値な土地を正真正銘の金鉱に変えてしまう才能へのねたましい称賛まで、複雑をきわめていた。

サムはデスクにもどって受話器を取りあげた。「やあ、ピーター？　ゴルフコースをまわっているんだとばかり思ってたよ」

実際ピーターは父親から相続したサウサンプトンにあるウォーターフロントの私有地から電話をかけていた。「実はそうなんだ。やはり会議がおこなわれるのかどうか確認したくてね」

「予定どおりだ」サムはそういうと、さよならもいわずに受話器をおいた。

7

ネルが書いているコラムは『街のいたるところで』のタイトルで、《ニューヨーク・ジャーナル》に週三回掲載されている。内容はニューヨーク・シティで進行中のあらゆるものに関するコメントで、アートから政治、有名人のニュースから人間的興味をそそる記事までさまざまだ。書きはじめたのは二年前にマックが引退し、ニューヨーク下院議員に立候補してくれというボブ・ゴーマンの要請を断ったときだった。

コラムを書いてはどうかとすすめたのは、《ニューヨーク・ジャーナル》の発行人で、ネルとマックふたりの長年の友人であるマイク・スチュアートだった。

「特集ページあてにきみが出した投書の数々を考えれば、無償でわれわれのために働いてきたようなもんだよ、ネル」スチュアートはそういっていた。「きみはすばらしい書き手だし、頭も切れる。ひとつ気分転換に金をもらって自分の意見を披露してみてはどうかね」

立候補したら、このコラムはわたしがあきらめなくてはならないもうひとつのものになる。ネルは書斎にはいっていきながら思った。

もうひとつのもの？　わたしったら、なにを考えているんだろう？　ネルは自問した。さっきアダムが出ていったあと、彼女は怒りにかきたてられるようにきまりきった家事をすさまじいいきおいでこなしていた。三十分もしないうちに、テーブルをかたづけてキッチンをきれいにし、ベッドをととのえた。昨夜アダムが来客用の部屋で着替えたことを思い出した。すばやくそこも調べると、ベッドの上にネイヴィーブルーの上着とブリーフケースがおきざりになっていた。

今朝はこれも忘れて出かけるほど忙しかったのだ、とネルは思った。たぶんアダムは仕事場に立ち寄っているだろう。あのジッパー式の軽い上着をはおったはずだ。この上着とブリーフケースが必要なら、取りに帰ってこさせればいい。誰かを取りによこしてくれればなおいいけれど。きょうはアダムのお使いをするつもりはなかった。ネルは上着を取りあげてクロゼットにかけ、ブリーフケースを書斎代わりの三つめのベッドルームのデスクにのせた。

だが一時間後、シャワーをあびて〝仕事服〟――ジーンズとだぶだぶのシャツとスニーカー――に着替えてデスクにむかっていると、自分が努力して夫との仲を修復しようとしていない事実を無視できなくなってきた。今夜は帰ってこないでいいというようなことまでわたしはアダムにいってしまった。

彼がそれに応じたとしたら？　自問したが、その可能性を考えることは拒否した。今のわたしたちはうまくいっていないかもしれないが、お互いにたいする気持ちは変わっていない。

アダムは今頃オフィスにいるはずだ。電話してみよう。ネルは伸ばした手をあわててひっこめた。いえ、よそう。二年前、マックの議席を引き継ぐために出馬しようとしたわたしは、彼の反対で譲歩した。以来ずっと後悔してきた。今ここで下手《したで》に出たら、アダムはそれを完全降伏だと思うだろう――わたしが譲歩しなければならない理由などどこにもない。現在、議会には大勢の女性が進出している――夫や子供のいる女性たちが。こんなのは不公平だ。わたしは一度もアダムに、建築家としてのキャリアをあきらめてくれとも、それを犠牲にしてくれとも頼んだことはない。

ネルは決然と、今朝書くつもりでいたコラムのためにまとめたメモを調べはじめたが、やがて集中できなくなってほうりだした。

昨夜のことが思いだされた。

アダムはベッドにすべりこんでくると、あっというまに寝息をたてはじめた。その規則正しい息づかいを聞きながら身をよせると、彼は眠ったまま腕をネルの身体《からだ》にまわし、彼女の名前をつぶやいた。

はじめてアダムと会ったときの記憶がよみがえった――カクテルパーティーでアダムののんびりした甘い笑顔を見たネルは、こんなに魅力的な男性には会ったことがないとその場で心を惹《ひ》かれた。ふたりは一緒にパーティー会場をぬけだして、「ディナー」に出かけた。仕事で二、三日町を出るが、帰ってきたら電話をする、とアダムはいった。電話がかかってくるまでに二週間がすぎた。ネルにとってそれは生涯でもっとも長い二週間だった。

ちょうどそのとき電話が鳴った。アダムだわ、受話器をつかみながらネルは思った。

祖父だった。「ネル、たった今新聞を見たんだ！　やり手のアダムがウォルターズ＆アースデールへの捜査に気をもむような立場でないことをひたすら祈っとるよ。アダムは捜査対象となっている時期にあの会社にいたから、よからぬことが進行中だったなら知っていたはずだ。われわれに身の潔白を証明してもらわんとな。今度の選挙でおまえが勝つチャンスをアダムにだいなしにされてはたまらん」

ネルは大きく息を吸ってから、答えた。祖父を心から愛しているが、わめきたい気持ちにさせられることがときどきあった。「マック、アダムがウォルターズ&アースデールを辞めたのは、あそこでおこなわれている不正がいやだったからなのよ。だからその点を心配するにはおよばないわ。ところできのうもいったでしょ、その〝やり手のアダム〟っていう言い方はよしてって」

「悪かった」

「悪いと思っているように聞こえないわ」

マックは彼女の言葉を無視した。「じゃ、今夜会おう。ついでにいっておくが、ガートに誕生日おめでとうの電話をしたんだがね、どう考えてもあいつは正常じゃないぞ。きょうは降霊会とやらをしてすごすんだとぬかしおったよ。だがさいわいにも今夜のことは忘れていなかったし、ディナーを楽しみにしているといっている。おまえの夫に会うのが待ちきれないともいっていた。長いこと会っていないからとね。どういうわけか、ガートは太陽はアダムのためにのぼって、アダムのために沈むと思っているらしい」

「ええ、そうみたいね」

「つきあっている霊媒をふたりほど連れていっていいかと聞くから、だめだといっておいた」

「でもマック、彼女の誕生日なのよ」ネルは抗議した。

「そうかもしれんが、この年であいうおかしな連中にわしのオーラが変化していないかどうか、悪くなって、消えかけていないかどうかと観察されるのはまっぴらだよ――たとえ遠くからでもな。もう切るぞ。それじゃ今夜、ネル」

ネルは受話器を架台におろして、椅子《いす》にもたれた。たしかにガートは変人だが、祖父のいうような〞正常じゃない〟人物ではない。ネルの両親が死亡したあと、母親代理と祖母を組み合わせたような存在となってなにくれとなく世話をしてくれたのはガートだった。それに、とネルは自分に思い出させた、両親が死んだ日もわたしがハワイで離岸流につかまったときも、ママとダディが一緒にいたような気がするといったのをガートは理解してくれた。ガートは超常現象を信じている。ガート自身、そういう感受性があるからだった。

もちろんガートにとってそれは〞感受性〟などという平凡なものではない、とネルは微笑しながら思った。大叔母は長年心霊現象の調査に積極的にかかわっている。いや、ネルが心配なのは大叔母の精神状態ではなく、肉体的な健康だった。彼女はこのところ体調がおもわしくなかった。とはいえ、身体的機能のほとんどは無事なまま七十五歳の誕生日をむかえられたのだ。アダムはすこしでもいいから今夜顔を見せるべきだ、と思った。彼がこなかったら、ガートはさぞかしがっかりするだろう。

その最後の思いが、電話をかけて自分たちの仲を修復しようという考えを消しさった。なにもしなければ、アダムはこないだろう。ネルには確信があった。でも、率先して動くのはわたしじゃない——すくなくとも今は。

8

ダン・マイナーは長身で肩幅の広い父親の特徴を受けついでいたが、顔はあまり似ていなかった。プレストン・マイナーの洗練されたシャープで端正な顔立ちは、キャスリン・クィンのふわりとした美しさとまじりあって、穏やかで温かみのある目鼻立ちに結実していた。

プレストンのアイスブルーの目をもっと濃く、思いやり深くしたのが、息子であるダンの目だった。口や顎《あご》のラインも、ダンのほうが丸みがあってやわらかだった。クィン家の遺伝子はくしゃくしゃの砂色の髪をダンにあたえていた。

ある同僚が、たとえコットンパンツにスニーカーをはき、Tシャツを着ていても、ダン・マイナーは医者らしく見えるといったことがあった。いいえて妙だった。人に挨拶《あいさつ》するとき、ダンは嘘《うそ》いつわりのない興味の表情をうかべる。つづいて、相手の調子が万全であるかどうか確認でもするように、すばやく相手をじろりと眺める。ダンが長じて医者になったのは、おそらく運命だったのだろう。彼がずっと医者になりたかったのはたしかだった。実際、ダンは将来医者になりたかっただけでなく、小児外科医になりたいと思っていた。それはごく個人的な理由にねざした選択であり、彼がなぜその決断をくだしたのか理解できる人々は一握りしかいなかった。

メリーランド州チェヴィー・チェイスで母方の祖父母によって育てられたダンは、子供の頃、忘れたころにあらわれる父親の訪問に次第に関心をなくし、やがてはそれを軽蔑するようになった。母親には六歳のとき以来会っていなかったが、財布の隠れた仕切にはいつも一枚のスナップ写真──髪を風に乱し、両腕をダンにまわしてほほえんでいる──をしのばせていた。二歳の誕生日に撮ったその写真が唯一《ゆいいつ》の形ある母の記憶だった。

ジョージタウン大学を卒業後、ダンはマンハッタンの聖グレゴリー病院で研習期間を終えていた。その縁で、聖グレゴリー病院に新設された火傷専門病棟の責任者に招聘《しょうへい》されると、それを受け入れることにした。生まれつき変化を好む性格であるのと、新世紀がはじまったのだという厳粛な気持ちで、そろそろ生活を変える頃あいだと判断したのだった。ワシントンの病院で火傷疾病《しっぺい》専門の外科医として手堅い評判を得ていたダンは、このとき三十六歳になっており、おりしも年老いた祖父母がフロリダの退職者のコミュニティーに引っ越すことになった。昔も今も祖父母には献身的に尽くしてきたダンだったが、もうそばで暮らす必要はないと感じた。父親に関しては、親子の仲は冷えたままだった。祖父母がフロリダに移り住むのと時期を同じくして、父親は再婚した。だがダンは三度めの再婚のときと同じく、四度めの父親の結婚式にも出席しなかった。

マンハッタンでの新しい生活は三月一日にはじまった。個人営業していた医院をたたみ、ニューヨークで数日間、家さがしをした。ロウアー・マンハッタンのソーホー地区にコンドミニアムを買い、必要最小限度の家具を置いていたワシントンのアパートメントから、捨てたくないものだけを発送した。さいわいにも、祖父母の家からも美しい家具をゆずりうけていたので、なかなか趣味のいい住まいができた。

生まれつき社交的なダンは友人たちが開いてくれたお別れの夕食会や集まりを楽しみ、数年来つきあってきた三、四人の女性たちとの別れを惜しんだ。友人のひとりがきれいな新しい財布をプレゼントしてくれ、ダンは免許証やクレジットカードや現金を移しかえるさいに、ためらったあげく、母親の古い写真をとりのぞいて、祖父母がフロリダへもっていく家族アルバムにすべりこませた。そろそろ気持ちを切り替えるしおどきだと思ったのだ。だが一時間後、思い直してふたたび写真を財布にしまった。

郷愁と肩の荷がおりたような身軽さを感じながら、フロリダ行きの列車に乗る祖父母を見送り、ジープに乗りこんで一路北へ走った。ワシントンDCの鉄道駅から新しい家まで、四時間のドライヴだった。マンハッタンのコンドミニアムに着くと、スーツケースをおろし、車と部屋のあいだを何度も往復して荷物を運びこんだあと、近くの駐車場に車をいれた。新しい環境を早く知りたくて、夕食を食べられそうな店をさがしに外へ出た。ソーホーでもっとも気に入ったことのひとつは、レストランの多様さだった。前回のあわただしい滞在のときは気づかなかった店を見つけ、新聞を買って窓際《まどぎわ》のテーブルにすわった。

一杯飲みながら一面に目を通しはじめたが、まもなく目をあげ、通りを行き交う人々を観察しはじめた。意識的な努力をして、ダンはふたたび紙面に視線をもどした。二十一世紀をむかえて彼はいくつかの決心をした。そのひとつが、見つかりっこないものを手当たり次第に捜すのをやめることだった。ここはあまりにも広い。母親が見つかるチャンスは万にひとつもなさそうだった。

しかし自分では決意しているつもりでも、頭の中の執拗《しつよう》な声がニューヨークへきたのは母親を見つけたいからだろうとささやいた。ニューヨークは母親が最後に目撃された場所だった。

数時間後、ベッドに寝ころんで眼下の通りのかすかな喧噪《けんそう》を聞きながら、ダンはこれが最後だと決心した。六月末までに見つからなかったら、捜索は断念しよう。

新しい地位と環境に慣れることに時間の大半が吸いとられていった。六月九日、病院での緊急手術に手間取り、母親を見つける最後の試みのひとつと考えていた行動を彼はやむなく翌日にもちこさなくてはならなかった。今度の目的地はサウスブロンクスだった。二十年前より多少改善されたものの、サウスブロンクスはいまだにニューヨーク・シティの中では荒廃した地域だった。希望も期待ももてぬままに、ダンは母親の写真を見せてはいつもの質問をするという行動を開始した。

すると、思いがけないことがおきた。やつれて、目に落ち着きのない五十がらみのみすぼらしい服をきた女が、ふいににっこりして、こういったのだ。「あんたが探してるのは、あたしの友だちのクィニーだと思うけど」

9

五十二歳のウィニフレッド・ジョンソンはパーク・アヴェニューにある雇い主のアパートメント・ビルのロビーに足を踏み入れると、きまっておどおどした気分になった。ウィニフレッドがアダム・コーリフと働くようになって三年になる。はじめはウォルターズ&アーステールの社員としてアダムとともに仕事をしていたが、去年の秋、自分の会社を設立するために飛びだしたアダムについて退職したのだ。アダムは最初からウィニフレッドを信頼していた。

それでも、彼のアパートメントに立ちよるたびに、ウィニフレッドはいつかドアマンに裏手の配達用入口を使うよう指示されるのではないかと、びくびくしてしまう。記憶にあるかぎりの昔から、ウィニフレッドは憂き目《うめ》ばかり見ている者の泣き言を、耳にたこができるほど聞かされてきた。ああいう連中は、わたしらのような弱い者に権威をふりかざすんだよ。おぼえておおき、ウィニフレッド。世間はそういうものなのさ。父親は四十年間雇い主からこうむった屈辱のかずかずに悪態をつきながらあの世へいき、母親は現在老人ホームにいるが、そこでも軽蔑《けいべつ》や故意の怠慢への不満をこぼしてばかりいた。

ドアマンがにこやかにドアをあけたとき、ウィニフレッドは母親のことを考えていた。数年前、彼女は母親を高級な新しい老人専用施設に移すことができたが、それでも際限なくほとばしる不平不満はとまることがなかった。母親にとって幸福は――満足さえも――縁のないものであるようだった。ウィニフレッドは自分にも同じ傾向があるのに気づいて、絶望した。でも、今に見てらっしゃい、ウィニフレッドはひそかな笑みをうかべてひとりごちた。

今にも折れそうにかぼそいウィニフレッドはいつも判で押したように控えめなビジネススーツを着て、宝石類も丸い小さなイヤリングと真珠のネックレスしかつけなかった。その静かなことといったら、人々はしばしばウィニフレッドがそばにいることさえ忘れてしまうほどだったが、彼女はあらゆるものを吸収し、あらゆるものに注目し、あらゆるものを記憶していた。秘書養成学校を卒業したときからロバート・ウォルターズとレン・アースデールのもとで働いてきたが、ふたりの上司は、ウィニフレッドがそのあいだに建設業界のすべてに知悉《ちしつ》するようになったのを、評価もしなければ、気づいてすらいなかった。だがアダム・コーリフはめざとくそれを察知した。アダムはウィニフレッドを高く買っていた。彼女の真価を理解していた。彼はよくこんな冗談をいったものだった。「ウィニフレッド、きみが自伝を書いたら、真っ青になる連中が大勢いるよ」

ロバート・ウォルターズはそれを耳にすると、動転し、不快感をあらわにした。しかしウォルターズはこれまでずっとウィニフレッドにいばりちらしてきた。やさしく接してくれたことはただの一度もない。そのつぐないをさせてやるわ、ウィニフレッドは考えた。もうじきそうなる。

でもネルにはアダムのよさがわかっていない。夫のための時間を横取りする有名人の祖父や、自分の仕事をもっているような女は、アダムの妻にはふさわしくないのだ。ときどきアダムはこういった。「ウィニフレッド、ネルはまたあのじいさんのことで忙しいんだ。ひとりで食事をしたくない。どこかで一緒に食べよう」

アダムがかわいそうだった。アダムはときどきノースダコタの農場で過ごした子供時代の話や、きれいなビルの写真がのった本を借りによく図書館へいった話をして、「ビルは高ければ高いほどいいんだよ、ウィニフレッド」とふざけた。「ぼくのふるさとの町じゃ、だれかが三階建ての家を建てたらみんなが遠路はるばる見にきたもんさ」

　アダムにうながされて話す側にまわったときは、気がつくと建設業界の人々にまつわるゴシップに花を咲かせていることがよくあった。翌朝、しゃべりすぎたのではないか、アダムが景気よくつぎつづけたワインのせいで口が軽くなったのではないかと心配になるのだが、本気で心配したことはない。ウィニフレッドはアダムを信頼していた――彼らは信頼しあっていた。それにアダムは建設業界の内々の話や、ウォルターズ&アースデールの昔の話を楽しんでくれた。

「入札競争に敗れたとき、あの殊勝ぶったじいさんが賄賂《わいろ》を受け取ったということかい?」そう叫んだあと、口をすべらせたかと取り乱すウィニフレッドをなだめて、今聞いたことは絶対に他言しないと約束してくれたこともある。ある晩、アダムがとがめるようにこういったこともおぼえていた。「ウィニフレッド、ぼくをだまそうたってだめだよ。きみの人生にはだれか大事な人がいるはずだ」ウィニフレッドは名前まであげて、それを肯定した。彼女がアダムを心から信頼しはじめたのは、そのときからだった。一人暮らしであることも打ち明けた。

　ロビーのデスクについているお仕着せ姿の係員が、インターコムの受話器をおろした。

「どうぞ、ミズ・ジョンソン。ミセス・コーリフがお待ちです」

　アダムに頼まれて、ウィニフレッドはブリーフケースとネイヴィーブルーの上着をきようの会議に出る途中で取りによったのだった。アダムはすまながっていた。「今朝は大慌《おおあわ》てで出てきたので、忘れてしまったんだよ。来客用ベッドルームのベッドの上におきざりにしてきた。ブリーフケースには会議のメモがはいっているし、気が変わってフォーシーズンズでネルと会うことになったら、上着が必要だ」その口調から、アダムとネルのあいだに一悶着《ひともんちゃく》あったのはあきらかだった。ウィニフレッドは彼らの結婚が暗《あん》礁《しょう》に乗りあげようとしているという確信をさらに強めた。

エレベーターで上へあがっていく途中、午後に予定されている会議のことを考えた。厳密なビジネスとはいえ、ロマンティックに思える。場所がクルーザーに変更になったのがうれしかった。水上に出るのは大好きだった。

出席者は五人の予定だ。ウィニフレッド自身のほかに、ヴァンダーミーア・タワー事業の関係者三人――アダム、サム・クラウス、ピーター・ラング。五人めはサムの現場監督のひとり、ジミー・ライアンだった。このところジミーがひどくふさぎこんでいることを別にすると、なぜ彼が呼ばれたのか、ウィニフレッドにはよくわからなかった。もしかすると問題を核心までほりさげて、整頓《せいとん》しようというのかもしれない。

きょうの新聞に載った記事に全員が神経をとがらせているのは容易に察しがついたが、ウィニフレッド自身はなにも心配していなかった。実際、一切があかるみにでるのが待ちきれなかった。この状況で起こりうる最悪のことは、検察が犯行の確証をつかんだとしても、罰金を払うぐらいだ、と自分にいい聞かせた。ちょっと我慢すれば、問題は去る。

エレベーターがアパートメントのフォワイエの前で開くと、ネルが待っていた。エレベーターをおりるなり、ウィニフレッドはネルの顔にうかんでいた礼儀正しい歓迎の笑みが消えるのに気づいた。「どうかなさいました?」ウィニフレッドは不安になってたずねた。

ああ、どうしてこんなことが? ネルはぎくりとして瞳《ひとみ》をこらした。ウィニフレッドを見たとたん、その身体《からだ》全体からしみだしてくる不吉な声が聞こえたような気がしたのだ。この世でのウィニフレッドの旅は終わろうとしている、、、、、、、、、、、、。

10

アダムは他の面々が到着する十五分前にクルーザーに着いた。キャビンにはいる途中に確認すると、サイドボードの上には手まわしよく仕出し業者によってチーズの盛り合わせとクラッカーの皿が用意されていた。アルコール専用戸棚と冷蔵庫は点検されると同時に補充されたはずだから、わざわざのぞいてみるまでもなかった。

クルーザーの気軽な雰囲気にアルコールのリラックス作用がくわわると、人は――大切な依頼人のみならず同僚までも――口が軽くなる。アダムはそれをちゃんと見越していた。こういう場合、巧みにごまかしてはいたが、アダムの好きなウォッカ・オンザロックはただの水であることもしばしばだった。

昼間、ネルに電話をかけたい衝動にかられたが、結局かけずじまいだった。彼女と喧《けん》嘩《か》をしたくないという気持ちは、マックへの嫌《けん》悪《お》感《かん》と同じくらい強力だった。マックはネルを自分の操り人形にするつもりなのだ。彼が孫娘にかつての自分の議席を引き継がせようとしている理由はそれだけなのに、ネルはかたくなにそれを認めようとしない。連邦議会の最高齢者になるよりは八十歳で引退したほうがいいというマックの発言は、まったくのおためごかしだった。実際は民主党が対抗馬として推薦した人物が手強くて、落選の憂き目を見る公算が大きかったからなのだ。マックは引退したかったわけではなく、敗者になるのがいやだったにすぎない。

もちろん政界とだって縁を切りたくないのだ。だからネルをかつぎだそうとしている。申し分のない毛並みをもち、洗練されていて、魅力的で、歯切れのいい人気者の孫娘を使って議席――と権力――をとりかえそうというのだ。

コーネリアス・マクダーモットの顔を思いうかべて顔をしかめながら、アダムはクルーザーを横切り、燃料計を確認した。期待通り満タンだった。先週彼がクルーザーを利用したあと、サーヴィス会社が燃料を点検して補充しておいてくれたのだ。

「ハロー。わたしです」

アダムはいそいでデッキに出て、クルーザーにおりようとしていたウィニフレッドに手を貸した。ウィニフレッドがブリーフケースと上着をわきにかかえているのに気づき、ほっとした。

だがなにかが彼女を不安がらせているのはあきらかだった――身ごなしと首のかたむけ加減でわかった。「どうかしたのか、ウィニフレッド?」

彼女はほほえもうとしたが、顔はこわばったままだった。「わたしの心が読めるのね、アダム」彼の手をつかんだまま、ウィニフレッドはデッキに大きく足を踏みだした。「あなたにお聞きしなくちゃ。正直にこたえてくださいね」と、まじめな口調でいった。「わたし、ネルを怒らせるようなことをなにかしました?」

「どういう意味だい?」

「アパートメントに立ちよったとき、いつものネルとはまるっきりちがっていたの。一刻も早くわたしに帰ってもらいたいみたいで」

「きみのせいじゃない。妻の態度がいつもとちがったのは、きみとはなんの関係もないよ。今朝、ぼくと意見のくいちがいがあってね」アダムは静かにいった。「それがまだわだかまっていたんだろう」

ウィニフレッドはアダムの手をにぎったままだった。「そのことをお話しになりたかったら、いつでもおっしゃって」

アダムは手をひきぬいた。「わかってるよ、ウィニフレッド。ありがとう。ああ、ジミーがきた」

ジミー・ライアンはあきらかにクルーザーに乗ることをためらっていた。建設現場で一日をすごしたままのうすよごれた格好だった。身ぎれいにしてきた様子はほとんどうかがえない。なんでも好きなものを勝手にやってくれというアダムの誘いにしたがって、ジミーはだまってキャビンのカーペットにワークブーツのよごれをつけながら歩きだした。

ジミー・ライアンがグラスについでいるスコッチの量の多さを見て、ウィニフレッドはあとでジミーについてアダムと話をしたほうがいいのではないかとあやぶんだ。

ジミーはキャビンから出てこようとせず、会議にそなえるかのようにさっさとテーブルについた。だが、アダムとウィニフレッドがデッキにたたずんだままなのに気づくと、ぎくしゃくと立ちあがり、所在なげに突っ立っていた。

十分後、サム・クラウスが渋滞と運転手の無能ぶりに腹をたてながら到着した。不機嫌にクルーザーに乗りこんでくるなり、まっすぐキャビンにはいった。ジミー・ライアンにそっけなくうなずいてみせ、ジンをストレートでグラスについでデッキに出ていった。

「ラングはいつもどおり遅刻らしいな」サム・クラウスはいらだたしげにいった。

「オフィスを出る直前に電話で話したよ」アダムがいった。「車で市内にはいったところだったから、もうじき着くはずだ」

三十分後電話が鳴った。ピーター・ラングの声はあきらかに緊張していた。「事故にあったんだ」彼はいった。「ろくでもないトレーラートラックのせいさ。さいわい死なずにすんだ。警官が病院へ行って診てもらえというんでね、万が一のためにそうすることにした。会議は延期するか、わたしぬきですすめてくれ——判断はそっちにまかせる。医者に診てもらったら、わたしはそのまま帰宅するよ」

五分後〈コーネリア二世号〉は出港した。そよ風がいつのまにか強風になり、雲が太陽をおおいかくしはじめていた。

11

「気持ちが悪いよ」自由の女神を見た帰りの観光船の手すりに並んで立ちながら、八歳のベン・タッカーは父親にそう訴えた。

「水面が波立ってきたな」父親は認めた。「でももうすぐ岸に着く。景色をよく見ておきなさい。この先しばらくニューヨークにはこられないし、見たものは残らずおぼえておいてもらいたいんだ」

眼鏡に水しぶきが飛び、ベンはしぶきを拭《ふ》こうと眼鏡をはずした。またダディはお話をはじめるつもりだ。自由の女神はフランスがアメリカ合衆国にプレゼントしたもので、女神の像がここにできたのは、エマ・ラザラスって女の人が台座作りのお金を集める詩を書いたおかげなんだというあの話（訳注　エマ・ラザラスは自由の女神の台座に刻まれているソネットを作った詩人）。そのあとぼくのご先祖様がその募金の手伝いをした子供たちのひとりだったという話をもう一度するにきまってる。『自由を熱望し、身を寄せあっている民衆をわたしに……』わかったってば。もういい加減にしてよ、ベンは思った。

自由の女神像やエリス島へ行くのは好きだったが、今にも吐いてしまいそうなむかつきに苦しみながら、ベンはきたのを後悔していた。こののろくさい船にはディーゼル燃料のにおいが充満していた。

周囲のニューヨーク湾にうかぶ個人専用のクルーザーを、ベンはうらやましげにじっと見た。あのうちのひとつに乗っていられたらなあ。いつかお金をもうけたら、まっさきにキャビンクルーザーを買うんだ。二時間ほど前に出港したときには、たくさんあったクルーザーが、今は雲が出てきたせいか、だいぶすくなくなっていた。

ベンの目はむこうに見える特別人目をひくクルーザーにそそがれていた。〈コーネリア二世号〉。強度の遠視であるベンは眼鏡をはずしていると、かえって文字がはっきりと読めた。

突然、ベンの目が大きく見開かれた。「うわぁあああ……!」自分が叫んだことも、その叫び――抗議と祈りのまじりあった――が観光船の右舷《うげん》にいた乗客ほぼ全員と、その瞬間にたまたまその方角を見ていたニュージャージーとロウアー・マンハッタンの人々によっておうむがえしにされたことも、ベンは気づかなかった。彼の見守る中で、〈コーネリア二世号〉は爆発し、突如巨大な火の玉となって光沢のある破片を空中高く噴き上げたのち、大西洋から港へいたる水路に横倒しになった。父親にしっかり抱きかかえられる寸前、人体がばらばらになって吹き飛ばされる光景を慈悲深いショックがぼやかす寸前、ベンはひとつの印象を無意識の奥深くかかえこんだ。それはいつまでもそこにいすわって、不穏な悪夢の数々をひきおこすことになった。

12

そしてわたしはアダムに帰ってこなくていいとまでいったのだ、終わりかけているひどい一日をふりかえって、ネルは考えた。アダムは「本気じゃないだろうな」とこたえ、わたしは返事をしなかった。あとで彼に電話をかけて訂正しようと思ったのに、強情すぎて、プライドが高すぎて、できなかった。ああ、どうしてアダムに電話をしなかったのだろう？　一日中いやな気分がつきまとい、なにか恐ろしいことが起きるのではないかという予感がぬぐいきれなかった。

ウィニフレッド——彼女を見たとき、彼女がもうじき死ぬことをわたしは直感した！どうしてそんなことがわかったのだろう？

それは両親を感じたときの気持ちに似ていた。休み時間のあと校庭から戻る途中で、ふいに両親がそばにいるのがわかったのだ。ママが頬にキスしてくれたこと、ダディが髪をなでてくれたことまではっきりと感じた。あのとき、ふたりはすでにこの世の人ではなかったが、さよならをいいにきてくれたのだ。アダム、どうぞさよならをいいにきて。どんなにわたしが申しわけなく思っているか、あなたに伝えるチャンスをちょうだい。

「ネル、なにかわしにできることがあるかね？」

ネルはマックに話しかけられていること、今が真夜中すぎであることをぼんやりと意識した。ガートの誕生日のディナーは予定どおりにおこなわれ、彼らはだれひとりなにが起きているのか知らなかった。アダムは重要な会議があってこられないのだとネルは苦しい言い訳をした。できるだけ快活にいったものの、ガートが落胆の色を見せまいと強いて楽しそうにしているのを見ると、夫への怒りがあらたにこみあげてきた。

十時に自宅に帰る頃には、帰ってこなくていいという売り言葉を無視してアダムが帰ってきた場合には、きちんと決着をつけようと決心していた。彼を説得し、彼の反論に耳を傾け、どんな妥協点があるかさぐるのだ——不安といらだちの日々をこれ以上送るのはまっぴらだった。すぐれた政治家は、ねばりづよく交渉し、必要とあらば妥協もできなければならない。よい妻にも同じ資質が要求されるのかもしれないと、ふと思った。

しかしアパートメント・ビルのロビーにはいったとき、ネルは一日中自分を悩ませていた不吉な予感があたったことを知った。彼女をそこで待っていたのはマックの秘書のリズ・ハンリーと、ニューヨーク市警のジョージ・ブレナン刑事だった。とっさになにかあったのだとわかったが、彼らはアパートメントにはいるまで口を開こうとしなかった。

ブレナン刑事はできるかぎり静かに事故の報をネルに告げ、謝罪口調でいくつかお聞きしなければならないことがあると切りだした。

ご主人がクルーザーに乗り込み、つづいてすくなくともさらに三人の人間がクルーザーに乗るのを見ていた目撃者が複数いる、と刑事は話した。その人たちの名前をごぞんじですか?

　現実のこととは思えないままに、ネルはそれが関係者の会議であったこと、アダムのアシスタントのウィニフレッド・ジョンソンも出席の予定だったことを話した。関係者の名前もあげ、電話番号を調べることまで申しでたが、刑事はそれにはおよばないと断った。自分はこれから現場へむかうが、あなたはすこしでもベッドで休まれたほうがいいと刑事はネルをなぐさめた。明日になればメディアの猛攻撃がはじまるだろうから、できるだけ体力をつけておくことです。

「朝、また話をうかがいます、ミセス・コーリフ。まことにご愁傷様です」刑事はそういうと、リズ・ハンリーに見送られて帰っていった。

　刑事といれかわりに、リズの電話で呼びだされたマックとガートがアパートメントに到着した。

「ネル、もう休め」はいってくるなりマックがいった。

　マックの声には昔からそっけないが気遣いのこもった不思議なトーンがある、とネルは妙に客観的に考えた。

「マックのいうとおりよ、ネル。これから何日かは大騒ぎになるでしょうからね」ガートルード・マクダーモットはソファにすわっていたネルのとなりに腰をおろして、なだめるようにいった。

今や唯一《ゆいいつ》の家族となってしまったそのふたりをネルは見た。祖父の後援者のひとりのかつての発言を思い出して、ネルの口元にかすかな笑みがうかんだ。「コーネリアスとガートルードはこれだけそっくりなのに、どうしてこうもちがうんだろうな？」けだし名言だった。ふたりとも真っ白な頭髪はくしゃくしゃで、目はさめるようなブルー、くちびるは薄く、顎《あご》がつきでている。だがガートの目に宿る表情は、マックの激しさとは対照的に静かだ。物腰も兄であるマックが戦闘的なのにたいして、控えめだった。

「今夜はわたしがここに泊まるわ」ガートが進んでいった。「ひとりにならないほうがいいでしょう」

ネルは首をふった。「ありがとう、ガートおばさま。でも今夜はひとりになりたいの」

リズがお休みをいいに戻ってきたので、ネルは立ちあがってドアまでリズを送った。

「ネル、ほんとうにお気の毒に。今夜ラジオでニュースを聞いて、まっさきに駆けつけたの。マックにとってあなたは世界一の宝物なのよ。アダムにはいつも辛辣《しんらつ》だったけれど、今は彼も大変なショックを受けているわ。もしわたしにできることがあったら……」

「ええ、リズ。すぐにきてくださってありがとう。いろいろ気遣ってくださって、感謝してるわ」

「お式のことは明日話しあいましょう」

お式？　ネルははっとした。お式。葬式のことだ。「アダムになにかあったらどうするかなんて一度も話しあわなかったわ。そんな話、不要な気がしていたしね。でも、一度ナンタケットで釣りに出かけたときに、自分が死んだら火葬にして灰を海にまいてほしいといったことがあったの」

ネルはリズの目にいたわるような色がうかんでいるのに気づいて、首をふり無理に笑みをうかべた。「アダムの願ったとおりになったみたい、そうでしょう？」

「明日電話するわ」リズはネルの手をとって、そっと握りしめた。

居間にもどってみると、祖父は立ちあがっており、ガートはハンドバッグをさがしていた。マックをドアまで送っていく途中、彼はしわがれ声でいった。「ガートに泊まってもらわないのは賢明だ。一晩中、例の霊媒がどうしたのこうしたのとしゃべりつづけるにきまっとる」マックは足をとめてネルにむきなおり、両腕をそっとたたいた。「どんなに気の毒に思っているか、言葉ではあらわしきれんよ、ネル。両親をなくしたおまえが、今またこんな目にあうのはむごすぎる」

とりわけ喧嘩《けんか》のあとで彼を失うような目にあうなんてむごすぎるわ、ふいに怒りがこみあげてきて、ネルは思った。マック、あなたがいざこざの原因だったのよ。あなたがわたしにあれこれ強要したことが。過剰な要求もしばしばだったわ。わたしの立候補をいやがったのはアダムのまちがいだけれど、彼の指摘はあながちまちがいじゃなかったのよ。

ネルが返事をしないでいると、祖父は視線をそらした。

ガートがあらわれて、ネルの両手をつつみこんだ。「こういうときはどんな言葉もなぐさめにならないのはわかっているけど、ネル、でもほんとうにアダムを失ったわけじゃないことをおぼえていてほしいの。彼は今、別の次元にいるけれど、いまでもあなたのアダムなのよ」

「よさんか、ガート」マックが妹の腕をつかんだ。「今そういうたわごとを聞かせるなんてどうかしてるぞ。すこしでも眠るようにするんだ、ネル。明日話しあおう」

ふたりは帰っていった。居間へひきかえしながら、ネルはアダムのまわすキーの音がしないかとなかば耳をすませている自分に気づいた。夢遊病者のようにアパートメントの中を動きまわって、サイドテーブルの上の雑誌をきちんとそろえたり、すわり心地のいいふかふかのソファに置いてある装飾的なクッションの位置を変えたりした。北向きの部屋なので、去年、ソファを温かみのある赤い布に張り替えたところだった。最初はアダムが疑問を呈し、やがて受け入れた色だった。

折衷的な組み合わせの家具に目をとめながら、ネルは室内を見まわした。アダムもネルも選り好みが激しかった。ネルが両親の家からもってきたものもあった。亡《な》くなった両親が旅先からもち帰ったすばらしい工芸品の数々は、ネルが結婚するまではずっとしまいこまれていた。彼女が購入したものは大部分が穴蔵のようなアンティークショップか、ガート大叔母が見つけた得体の知れぬオークションで買った品物だ。衝動買いではなく、ほとんどが一定の交渉期間を経て買い入れたものだ。交渉と妥協——またしてもさすような悲しみにとらわれて、ネルは考えた。アダムとわたしならどんなことでも解決できたはずなのに。

ある日アダムが見つけた三本脚のテーブルにネルは近づいた。ネルが党の資金調達のために外出していた日、目につく店をかたっぱしから探検するガートのおともをしていて、アダムが見つけたのだ。アダムとガートは最初からうまがあった。アダムがいなくなって、ガートはさぞかしさびしいだろう、とネルは悲しくなった。ガートにけしかけられて、アダムはこのテーブルを買った。

ときどき、ガートが他人に利用されるのではないかとネルは気をもむことがあった。すぐに人を信じこむたちで、なにを決めるのにも文字通り霊媒たちのいうなりなのだ。ただし、このソファのようなものの値段の交渉となると、ガートはおどろくような能力を発揮する。東八十一番通りにあるガートのアパートメントには、彼女が親から譲りうけた装飾品や、長年のあいだに収集した家具や工芸品が、なにやらほこりっぽい感じで雑然と置かれて、郷愁と親しみやすさがいわくいいがたい魅力をかもしだしていた。

はじめてそこを訪れたとき、アダムは苦笑まじりにガートのアパートメントは彼女の人柄そのものだと感想をもらした。にぎやかで、風変わりで、魔法みたいだと。「アールデコの漆塗りをロココ調の幻想的家具と仲良くさせる人間なんて、ほかにいないよ」アダムはそういった。

ガート大叔母の家具？　この部屋の調度？　こんなときにテーブルや椅子《いす》やカーペットのことしか考えられないなんて、わたしの頭はいったいどうなっているのだろう？いつになったら、アダムの死を納得できるようになるのだろう？

でも、そんなことができるようになるとは思えない。これからもこの状態はつづくだろう。なぜならアダムに生きていてもらいたいからだ。彼がドアをあけ、はいってきて、こういうのを聞きたいからだ。「ネル、最初にいわせてくれ。愛してる、喧嘩したりしてすまなかった」

喧嘩。あれはふたりにとってはじめての激しい言い争いだった。そしてそのあとアダムのクルーザーが爆発した。ブレナン刑事は、爆発原因が燃料もれかどうかまだ断定できないといっていた。

アダムは二隻《せき》のクルーザーの名前をわたしにちなんでつけた。でもわたしはめったにクルーザーには乗らなかった。ハワイで離岸流にまきこまれて以来、水がこわくてたまらなかったのだ。アダムは一緒にクルーザーに乗ってほしがっていた。海岸から遠くへは行かないとまで約束してくれた。ネルは海の恐怖を克服しようと努力したが、だめだった。現在、泳ぐのはプールだけだった。遠洋定期船での旅はできても――心からくつろげたことはなかったが――小型船は波立つ波の感触が溺《おぼ》れかけたときの不安をよみがえらせ、耐えられなかった。

だがアダムはクルーザーを愛し、クルーザーに乗ることを愛していた。ある意味ではこの趣味の相違がわたしたちふたりにはプラスに働いたのだ、と皮肉な気がした。週末にマックが政治的行事にわたしの同行を望んだり、わたしがコラムを書きあげなくてはならなかったりすると、アダムはセーリングや釣りに出かけたものだった。

やがて彼が帰宅すると、わたしも帰宅し、ふたりで一緒にすごした。妥協と和解だ、とネルはまた思った。今ここで泣くことができたら、苦しむことができたら、どんなにいいだろう。それなのに、自分にできるのは待つことだけのような気がしている。

いったいなにを待つというの？　誰を待つというの？

ネルはずっと着ていたエスカーダのグリーンのシルクのパンツスーツを脱ぐと、きちんとハンガーにかけた。おろしたてのスーツだった。それが届けられたとき、アダムは箱をあけ、薄紙の中からそれを取りだしてしげしげと眺め、こういったのだ。「いかにもきみに似合いそうだね、ネル」

今夜それを着たのは、心の中でアダムが自分と同じくらい喧嘩を悔やんでいてくれるといいと願っていたからだ。デザートタイムだけでもいいから顔を出してくれたらいいと望んでいたからだ。フォーシーズンズが客の誕生日にはきまってサーヴィスする蠟燭《ろうそく》をたてた綿菓子のデザートが運ばれてくるのと同時に、アダムがあらわれるシーンをネルは思い描いていた。

だがもちろんアダムはこなかった。わたしは彼が一緒にテーブルを囲んでくれると思いたかった。コットンの寝間着を引き出しから出しながらネルは考えた。機械的に顔を洗い、歯を磨いた。バスルームの鏡には、しめった巻き毛となって顔をふちどる濃い栗《くり》色《いろ》の髪と血の気のない顔、見開いた無表情な目をした別人のような自分が映っていた。

ここは暑すぎるのかしら、と額に噴き出た汗に気づいてぼんやりと考えた。もしそうなら、どうしてこんなに寒気がするのだろう？　ネルはベッドにはいった。

ゆうべはアダムがフィラデルフィアから帰宅するとは思ってもいなかった。キーのまわる音を聞いたときも、彼が帰ってきたことに気づいたそぶりさえ見せなかった。マックの元の議席をめぐって立候補する気になった話をする気になれなくて、眠ったふりをしていたのだ、そう思うと、ネルはあらためて自分に怒りをおぼえた。

そのあと、アダムは眠りに落ち、彼女に腕を投げかけて名前をつぶやいた。今、ネルは彼の名を声にだしていった。「アダム、アダム。愛してるわ。帰ってきて！」

ネルは待ちうけた。だが聞こえるのは、エアコンディショナーのかすかなうなりと、パトカーのサイレンだけだった。

遠くで救急車の悲鳴にも似たサイレンが聞こえた。マリーナには警察艇と救急車が集まっているにちがいない。生存者をさがしているのだ。でもブレナン刑事は、生存者がいたらそれこそ奇跡だと沈痛な説明をしていた。「航空機の衝突事故のようなものです。飛行機は通常墜落途中でばらばらになります。そのような事態を生き延びる人間がいるとは考えられないが、できるかぎりのことはしなくてはなりません」

明日か、おそくとも一両日中には、正確な爆発原因をつきとめられるはずだ、と刑事はいっていた。「あれは新型のクルーザーでした。構造上の問題がなかったかどうか調べることになるでしょう、燃料漏れとか、そういったことです」

「アダム、かわいそうに」ネルはもう一度闇《やみ》に沈んだ部屋の中に話しかけた。「お願い、わたしの声が聞こえるってことを知らせてちょうだい。ママとダディはわたしにさよならをいってくれたわ。おばあちゃんも」

それはネルのもっとも最初の記憶のひとつだった。祖母が死んだのは、ネルが四歳のときだった。両親はオックスフォードのセミナーで教えており、ネルはマックの家でオーペア（訳注　語学などの勉強のため、家事手伝いを交換条件として、家庭に住み込む）と留守番をしていた。祖母は病院にいた。夜中、目をさましたネルは祖母の好きな香り、アルページュのにおいを嗅《か》いだ。祖母はいつもその香水をつけていた。

あのことははっきりとおぼえている、とネルは思った。眠くてたまらなかったけれど、わたしはおばあちゃんが家に帰ってきた、病気が治ったのだと思って、とてもうれしかった。

翌朝、ネルは食堂にとびこんでいった。「おばあちゃんは？　もう起きてる？」

テーブルには祖父がガートにつきそわれてすわっていた。「おばあちゃんは天に召されたんだよ」祖父はいった。「ゆうべそこへ行ったんだ」

ゆうべおばあちゃんが部屋にはいってきたと話すと、祖父は夢を見ていたのだろうと受け流した。でも、ガートは信じてくれた。おばあちゃんがさよならをいいにきたのだとわかってくれた。後年、ママとダディもさよならをいいにきた。

アダム、お願いだから、わたしのところへきてちょうだい。あなたの存在を感じさせて。さよならをいう前に、わたしがどんなに後悔しているかわかってもらうチャンスをちょうだい。

ネルは一晩中横たわったまま、暗闇を見つめて待った。空が白みはじめたとき、ようやく泣くことができた――アダムのために、自分たちが失ったこれからの歳月のために、クルーザーに一緒に乗っていたウィニフレッドや、関係者のサムやピーターのために。そして自分自身のために。愛する人なしで、ふたたび生きていくことに慣れなくてはならない自分のために。

13

リムジンのバックシートに深々と身を沈めて、ピーター・ラングはトレーラートラックとの衝突を思い返していた。アダム・コーリフとの会議に出席すべくマンハッタンの街中をぬけてロングアイランド高速道路を走り、ミッドタウン・トンネルにはいろうとしたとき、ドーン！ 衝突が起きたのだ。

それから五時間後、肋骨《ろっこつ》にひびがはいり、くちびるを切り、衝撃による頭部打撲傷を負ったラングは、迎えのリムジンに乗って病院をあとにし、篠《しの》つく雨の中をサウサンプトンの自宅へむかっていた。

高級住宅地でもとびきり高級な一画に海を目の前にして建つラングの邸宅は、カリブ海のセントジョン島とマーサズヴィニヤード島をいったりきたりして余生を過ごすことにした両親から贈与されたものだった。

二十世紀初頭に建てられた、ひわもえぎ色の鎧戸《よろいど》が目をひく白いコロニアル風の建築物だった。ゲートつきの二エーカーの敷地には、プールやテニスコートや更衣所があり、ビロードのような緑の芝生と花の咲き乱れる灌木《かんぼく》、見事に手入れのいきとどいた木々によって、さらに価値のある不動産になっていた。

二十三歳で結婚し、三十歳で穏便ながら金のかかる離婚をしたラングは、今では、昔でいう〝通人〟の役割に陽気に徹していた。ブロンドの端正な顔立ちと洗練された魅力、まずまずの知性とずばぬけたユーモアのセンスにくわえて、いずれ値打ちのあがる土地をかぎわける驚くべき本能を受け継いでもいた。

その本能がはじめて発揮されたのは第二次世界大戦前、ラングの祖父によってだった。祖父は当時まだ田舎だったロングアイランドとコネチカットに数百エーカーの土地を買って莫大《ばくだい》な富を築いた。ついで父親がマンハッタンのサード・アヴェニューの土地に大きな投資をしたあと、値上がりをつづけていた鉄道株が急降下した。

父親は四十二歳の息子をおおいに自慢していた。「うちは三代そろって、額に汗してコツコツ働くタイプではないんだ。なかでもピーターは一族きっての優雅なやり手だということがわかってきたよ」

持ち前の気前のよさからラングはリムジンの運転手にチップをはずんで、家にはいった。生まれた当時から屋敷に雇われていた夫婦者にはずいぶん以前に年金を与えて引退させていた。代わりに通いの家政婦を雇い、来客があって余分なものが必要になったときは小さなケイタリング会社を利用している。

屋敷は暗くて涼しかった。不動産関係のパートナーたちとの会議のために帰宅できないときはいつも——金曜の午後に開かれるのが通常だった——マンハッタンのアパートメントに泊まり、翌朝早くサウサンプトンへ車で帰ってくる。きょうも予定どおりアダムやその他の連中とクルーザーで過ごしていたら、そうしていただろうが、途中で事故にあったことで早々に帰宅したのだった。

ピーターはこの屋敷にいることに喜びを感じていた。静かに飲み物を作れることに、痛む身体《からだ》を休められることにほっとした。頭がずきずきした。舌でくちびるにさわってみると腫《は》れがひどくなっているのがわかり、痛みに顔をしかめた。

トレーラートラックの運転手——衝突が避けられないと知った瞬間を、ピーターはいまだに感じることができた。

留守番電話にメッセージがはいっているのを示すライトが点滅していたが、無視した。今もっともしたくないのは、事故について人としゃべることだった。どうせリポーターにきまっている。ちょっとした〝通人〟になってから、ラングのすることなすことゴシップ欄の格好の材料になっていた。

グラスを手に部屋を横ぎって、ポーチのドアをあけ、表に出た。病院から帰ってくる途中、雨は着実に激しくなりつつあった。今はどしゃぶりで、激しい風まで吹いている。ポーチの長い軒も、ラングを水しぶきからかばうことはできなかった。まったくの闇夜で、海すら見えなかったが、波が激しく砕け散る音ははっきりと聞こえてくる。温度が急激にさがり、ゴルフコースで過ごした日差しにあふれた午後が、遠い過去のように思えた。ふるえながらラングは室内に戻り、ドアに鍵《かぎ》をかけて二階にあがった。

十五分後、熱いシャワーですこし人心地がつき、ベッドにはいった。電話のベルのスイッチを切り忘れたのを思い出し、ラジオをつけて、十一時のニュースを聞いたらひとりでに切れるよう、十五分間のタイマーにした。

だがラングはその日ニューヨーク湾で起きた〈コーネリア二世号〉爆発のトップニュースを聞かないうちに、眠りこんだ。彼が聞きそびれた事実の中には、ニューヨークの傑出した不動産事業家である彼ピーター・ラングが、その悲劇にまきこまれたひとりに数えられていたこともふくまれていた。

14

午後七時半、リーサはジミーの車の音がしないかと耳をすましはじめた。夫のおどろく顔が見たくて、夕食には好物のチキンライスを作ってあった。

ネイルサロンでの最後の予約がキャンセルになって早めに帰宅できたおかげで、食料品店へ買い物に行く手間をかけたにもかかわらず、六時半には子供たちの夕食を終わらせることができた。自分はジミーと一緒に食べることにきめて、ふたりのためにディナー・テーブルをセットし、特別に冷蔵庫にはワインまで冷やしてあった。一日中漠然と感じていた不安のためか、かえっていつもより身体が動いていた。今朝家を出るとき、ジミーはなんだか妙に力なく打ちひしがれていた。そのイメージが昼のあいだずっと頭から離れず、リーサは一刻も早く夫の身体に両腕をまわして、どんなに彼を愛しているか態度で示す必要があると感じていた。

カイル、ケリー、チャーリーの三人の子供たちは今、キッチンテーブルで宿題をしていた。一番年上のカイルは十二歳、いつものように、せきたてるまでもなかった。カイルはよくできる生徒だった。ケリーは夢見がちな十歳だった。「ケリー、五分たっても一言も書いていないじゃないの」リーサはいった。

七歳のチャーリーは丹念につづり言葉を書き写していた。またクラスでおしゃべりしていたという先生のメモのせいで、自分がまずい立場にいるのをちゃんと自覚しているらしい。

「一週間はテレビのことを考えるのもだめよ」リーサはチャーリーに警告していた。

例によってジミーのいない家はからっぽの感じがした。最近は本来のジミーではないとはいえ——静かすぎ、いらいらしすぎていて——ジミーはつねに彼らの生活における力強い防波堤のような存在であり、たまに夜不在だと、気分が落ち着かなかった。

わたしはうるさく口を出しすぎるのかもしれない、とリーサは思った。体調をたずねたり、悩み事があるなら話してとせっついたり、医者へ行けと頼みこんだり、そんなことばかりしている。オーヴンで保温しているディナーの様子をチェックしながら、いい加減にそういう態度をとるのはよそうと自分に約束した。

今朝出かける前のジミーは深く悩んでいるように見えた。ドアを出たあと「すまない」といったように聞こえたのは、気のせいだったのだろうか？

なにをあやまっていたのだろう？

八時半になると、不安が頭をもたげた。ジミーはどこにいるのだろう？　もうクルーザーからはおりているはずだ。空模様が急速に変化して、外は嵐《あらし》になっていた。海に出ていては危険だ。

たぶん帰ってくるところなのだ。金曜の夜はいつも渋滞がひどいから。

一時間後、リーサは下のふたりにシャワーを浴びてパジャマに着替えるよう命じた。カイルは宿題を終えて、テレビを見に小部屋にはいった。

ジミー、どこにいるの？　時計の針が十時に近づいていくにつれ、リーサはいてもたってもいられなくなってきた。なにかあったのだ。解雇されたのかもしれない。そうだとしても、わたしは平気よ。あなたならまた仕事口が見つかるわ。建設業はもうやめたほうがいいのかもしれない。この商売では不正直がまかりとおっているといつもいっていたじゃない。

十時半、玄関のベルが鳴った。恐怖で吐きそうになりながら、リーサはドアにかけよってあけた。ふたりの男が立っていた。頭上の明かりの下で、ふたりはリーサに身分証明書を見せた——そして警察バッジを。

「ミセス・ライアン、ちょっとかまいませんか？」

とっさに、質問がリーサの口から飛びだした。苦痛のあまり抑揚をなくした声で、リーサはしゃくりあげながらいった。「ジミーが自殺したのね、そうなんでしょう？」

15

ネルのアパートメントを出たあと、コーネリアスとガートルード・マクダーモットは一台のタクシーに乗った。それぞれの思いに深く沈んでいたふたりは、八十一番通りとレキシントン・アヴェニューの角にあるガートの家の前にタクシーがとまっても、気づかなかった。

ガートは肩ごしにちらりと目をくれた運転手の侮蔑《ぶべつ》的といってもいい視線を、目より肌で感じとり、あわてていった。「あら、ぼんやりしちゃって」ぎごちない動作で身体のむきを変えると、ドアマンがすでにドアをあけておさえていた。風に吹きさらされ、びしょぬれになった通りを雨が激しくたたいていた。傘をさしていても、ドアマンはずぶぬれになっていた。

「ガート、なにをぐずぐずしとるんだ」兄ががみがみいった。

ガートは兄をふりかえり、ぶっきらぼうな口調にもかまわず、今自分たちがわかちあっている強い不安だけを意識していった。「コーネリアス、ネルはアダムを深く愛していたのよ。この悲劇をのりきれるかどうか心配だわ。できるかぎりわたしたちが支えになってあげないと」

「ネルは強い。だいじょうぶだ」

「本気でそう思っているんじゃないくせに」

「ガート、おまえのせいでかわいそうなドアマンが今にもおぼれそうになっとるぞ。心配するな――ネルはちゃんとやっていける。明日電話するよ」

タクシーをおりかけて、マックのいった一言が突然ガートの心をつかんだ。おぼれる。アダムはおぼれたのだろうか、それとも爆発でばらばらになって吹き飛ばされたのか？兄も同じことを考えているのがわかった。手をにぎり、身を乗りだして、頬にキスしてきたからだ。

タクシーをおりた拍子に、おなじみの激痛を膝《ひざ》に感じて、ガートは背筋をのばした。わたしの身体も弱くなったものだわ、それにひきかえ、マックはとても強靭《きょうじん》で、健康そのものだ。年下のわたしのほうが弱ってきたなんて、ショックだわ。

ふいにどうしようもない疲れに襲われて、ガートはドアマンの好意を喜んで受け入れ、腕をささえられながら縁石からビル入口までの短い距離を歩いた。数分後にやっと静かなアパートメントにたどりつくと、椅子《いす》にぐったりとすわりこんだ。ガートは背もたれによりかかって、目をとじた。アダムの顔が心いっぱいに広がり、涙がこみあげてきた。

彼はどんなに固い心もなごませる微笑の持ち主だったわ。ガートはネルにはじめてアダムを紹介されたときのことを思い返した。恋に落ちたネルは光り輝いていた。あの午後の幸せに満ちた目と、今夜の混乱し憔悴《しょうすい》したネルの目のあまりのちがいに嗚咽《おえつ》がもれそうになった。

アダムに会ったとき、ネルは魂に光がともったような心地がしたにちがいない。幼くして両親を失ったことがネルにとってどれだけ深い心の傷だったか、コーネリアスにはよくわかっていなかった。

もちろん兄はネルのためにできることはすべてしたし、可能なかぎりの時間をネルとともにすごした。でも、リチャードとジョウンのような両親の代わりはだれにもつとまらないのだ、とガートは悲しく考えた。

ためいきをもらし、椅子から立ちあがってキッチンへ行った。やかんに手をのばしながら、会ってまもないころにアダムに聞かれたことを思い出して、ガートはほほえんだ。紅茶を飲み終わったあと、残ったやかんのお湯に水を足しておけば短時間でまたお湯が沸かせるのに、どうしてそうしないんですか？

「沸かしなおしたお湯だと、味が落ちるのよ」ガートはそう説明したのだった。「ガート、それはただの思いこみですよ」アダムは温かみのある、愛情あふれる笑い声をたてながら、そう反論した。

わたしたちはよく一緒に笑ったものだったわ。アダムはすぐにいらいらするコーネリアスとは正反対だった。霊媒グループがここに集まる機会に何度か立ち寄ったことさえある。心底おもしろがっていたのだ。死んだ人々とコンタクトできるとわたしが深く信じている理由を知りたがっていた。

でも死者と意志を通いあわせるのは不可能なことではない。残念ながら、わたしにその才能はないけれど、この次元に生きるわたしたちと別の次元にいる人々の仲をとりもつ力のある人がいるのは事実なのだ。愛する故人とコンタクトした人々がどんなに心を慰められるか、わたしはこの目で見てきた。もしもネルがアダムの死を受けいれられずに悩んでいるなら、霊媒を通じて彼と接触してみるようにいってみよう。この悲しい喪失に心の区切りをつけることができたら、ネルの気分はずっとよくなるだろう。アダムはネルにこういうにちがいない。ぼくが死ぬのは運命だったんだ、でもきみはいつまでも苦しんでいてはいけない、なぜってぼくはここにいるのだから。アダムとこんなコンタクトができれば、ネルはだいぶ気分が落ち着くことだろう。

そう決めてしまうと、ガートは心が安らぐのを感じた。やかんが笛を吹きはじめ、彼女はすばやく火を消してカップとソーサーを取りだした。注ぎ口の上にもうけられた細い通路から蒸気が噴き出すさいの陽気な音が、今夜は死者を悼《いた》む泣き声のように聞こえた。休息を求める迷える魂の叫びのようだわ、とガートは不安な気持ちで考えた。

16

クィーンズ地区のベイサイドで生まれ育ったジャック・スクラファニは、近所の子供たちと一緒に警察と泥棒ごっこをしていた頃からずっと警官になりたいと思っていた。まじめで物静かな生徒だった彼は、セントジョンズ進学校への奨学金を獲得した最初の生徒であり、そこから学校創立以来ふたりめの生徒としてフェアフィールド・カレッジに進学、そこで受けたカトリックの教育によって生まれながらの論理的思考に磨きをかけた。

学問的なキャリアには関心がなく、次の目標であった犯罪学の博士号を修得したあとは、正規の教育を後ろ盾に新米警官としてニューヨーク市警にはいった。

それから十八年後の現在、四十二歳になったジャックは、ブルックリンハイツに住み、有能な不動産ブローカーの妻と双子の息子をもち、地区検事率いるエリート集団の中でもトップクラスの刑事として仕事に強い誇りをもっていた。新米時代にともに仕事をした優秀な男は大勢いたが、もっともつきあいが古く、いまでも一番好意をもっているのが、相棒であるジョージ・ブレナンだった。きょうが非番のスクラファニは十一時のニュースを見ながらうとうとしていたが、ブレナンの声が耳にはいるなりぱっと目をさました。ブレナンはその夜、港で爆発したキャビンクルーザーに関するリポーターたちの矢継ぎ早の質問を次々にさばいているところだった。

ジャックはリモートコントロールを使って音量をあげ、身をのりだした。眠気は消しとび、彼の注意はブラウン管に映しだされる映像に釘《くぎ》づけになった。

「ミセス・ライアンの話では、サム・クラウス建設会社の従業員である夫のジミーが本日クルーザーの〈コーネリア二世号〉で予定されていた会議に出席していたとのことです」とブレナンはいっていた。「ジミー・ライアンと思われる人物が、出港前のクルーザーに乗り込むのが目撃されているところから、犠牲者のひとりはミスター・ライアンであろうと思われます」

ジャックはブレナンに投げつけられる質問にじっと耳をかたむけた。

「クルーザーには全部で何人が乗っていたんですか？」カメラの外から質問が飛んだ。

「ミスター・ライアンのほかに、四人が会議に出席する予定であったことがわかっています」ブレナンは答えた。

「ディーゼルオイルが燃料のクルーザーが爆発するのは、めずらしいことじゃありませんか？」

「爆発については捜査中です」ブレナンは余計なことはいわなかった。

「サム・クラウスは不正入札の疑惑により起訴される寸前だったんじゃないですか？」

「ノーコメント」

「生存者がいる希望は？」

「希望は常にあります。捜索と救出作業がいまも続行中です」

サム・クラウスだと！　ジャックは思った。まちがいなくやつは起訴目前だった。やつがあのクルーザーに乗っていたとは！　ちくしょう！　建設業界のすべての腐敗をあばきだす鍵《かぎ》をにぎっている男だったんだ。捜査がはじまれば、やつを消したがっていた人間の長いリストができるぞ。

「ただいま。ドッキリした？」背後の戸口から声がした。

ジャックはふりかえった。「ドアがあくのが聞こえなかったよ、ハニー。映画はどうだった？」

「すばらしかったわ——一時間ほど長すぎて、徹頭徹尾憂鬱《ゆううつ》だったことをのぞけばね」

ナンシーはソファにむかう途中で、夫の頰にキスした。ブロンドのショートヘアに、はしばみ色の目をした小柄な妻は、温かみとエネルギーにあふれていた。テレビを一瞥《いちべつ》した彼女は、ブレナンに気づくと足をとめた。「ジョージじゃない、どうしたの？」

「自由の女神の近くで爆発したクルーザーは、あいつの管轄《かんかつ》区にあったんだが、このインタビューのあいだに、どうやらクィーンズ区の犠牲者のひとりの家を訪問したようだ」次のニュースがはじまると、ジャックはテレビを消した。ディーゼルオイルは爆発の原因にはならない。あのクルーザーがこなみじんになったのだとすると、何者かが爆弾をしかけたとしか考えられない。絶対にそうだ。

「子供たちは上？」ナンシーがたずねた。

「部屋で映画を観《み》てる。おれはもう寝るよ」

「わたしも。戸締まりしてもらえる？」

「ああ」明かりを消し、玄関と勝手口の鍵を確認しながら、ジャックはクルーザー爆発のニュースを考えていた。サム・クラウスがあのクルーザーに乗っていたのが確認されたら、爆発は事故ではないとの見方が有力になるだろう。審問の場へひきだされないうちに、クラウスを亡《な》き者にしたいと思う人間がいても不思議ではない。クラウスは知りすぎていた――おまけに、長期にわたる服役を選ぶタイプではなかった。
それにしてもクラウスのために四人もの人間が巻き添えをくったとは、じつにひどい話だ。何者のしわざにせよ、もっとましな方法があっただろうに。犯人は情け容赦のない人間だ。ジャックはそういう人間を何人も知っていた。

六月十四日　水曜日

17

「ネル、なんとお悔やみをいえばいいのかわからない。いまだに信じられないんだ——想像もつかないよ」

ピーター・ラングはネルのアパートメントの居間に、ネルとむきあってすわっていた。顔にはあざがあり、くちびるは腫《は》れあがっていた。心の底から動揺しているらしく、日頃の自信たっぷりの物腰は跡形もなかった。ネルははじめてこの男に同情している自分に気づいた。これまではピーターの態度にいつも辟易《へきえき》させられていた。マックが軽蔑をこめていっていた「お山の大将」そのものだったからだ。

「あの夜帰宅したときは疲れきっていたから、電話のスイッチをきってベッドにはいったんだ。しかしメディアの連中はフロリダまで電話をかけて、両親をつかまえた。両親が心臓発作をおこさなくて、まったく幸いだったよ。母はわたしが無事だとわかってからも、泣きやむことができなかった。いまだに信じられないんだ。昨日だけで四回も電話をかけてきた」

「わかります」アダムが電話をかけてきて、クルーザーには乗っていなかったのだといったら、用事で遅くなったので、サムに自分抜きで会議をはじめてくれとたのんだのだといったら、自分はどう反応しただろう。もしも……。

だがそんなことが起きるはずはない。想像するだけ無駄なのだ。アダムぬきで他の関係者がアダムのクルーザーで港を出たわけがないのだから。アダムのクルーザー――わたしと同じ名前のクルーザー。彼がわたしにちなんで名前をつけたあのクルーザーに、わたしは乗ってみたいとさえ思わなかった。そしてそれがアダムの棺《ひつぎ》になったのだ。

いいえ、アダムの棺ではないわ！ 警察が日曜日に発見した遺体の一部は、ジミー・ライアンと断定されていた。今のところ、棺のある葬式ができたのはジミー・ライアンだけだ。このさき遺体なり、その一部なりが発見されて、身元を確認される見込みはほとんどないにひとしかった。アダム、サム・クラウス、ウィニフレッドはばらばらになって吹き飛ばされたか、燃えて灰になったかのいずれかにちがいない。遺体の一部が存在していたにしても、今頃は強い潮流にさらわれてヴェラザノ橋を通過し、大西洋に出ていってしまっただろう。

「燃えて灰になったわけではありません。火葬されたか、海に埋葬されたかですよ。そう考えるようにすることです、ネル」アダムの追悼ミサについて話しあったとき、モンシニョール・ダンカン（訳注　モンシニョールはカトリックの高位聖職者の尊称）はネルにそういっていた。

「木曜日にアダムの追悼ミサをおこないます」ネルはふたりのあいだにあった沈黙を破って、ラングにいった。

ラングはすぐにはなにもいわなかったが、やがて静かに切りだした。「色々な噂《うわさ》が飛びかっているんだ、ネル。警察はクルーザーが破壊されたのは爆弾のせいだと断定したのかね？」

「いいえ、公式には」

だがネルは爆弾が仕掛けられていたのではないかと疑われているのを知っていた。それは念頭を離れない考えだった。だれがなぜそんなことをするのか？　混雑した通りで起きる通り魔的な、無差別の暴力行為だったのだろうか？　それとも、もたざる者が、真新しいぴかぴかのクルーザーの所有者を妬《ねた》み、罰してやろうとして起こした事件なのだろうか？　理由はともあれ、それはネルが知る必要のあることだった。この恐ろしい出来事と決別する前に、とりのぞかなければならない謎《なぞ》だった。

ジミー・ライアンの妻も答えを求めていた。彼女は悲劇の翌日電話をかけてきて、なぜ夫が死ななければならなかったのか、理由をさがしていた。「ミセス・コーリフ、わたし、あなたとは知りあいのような気になっているんです。これまでテレビであなたを見たり、あなたの書いたコラムを読んだり、ずっとあなたのことに関する記事を読んできました。あなたのご両親が亡くなったあと、おじいさんがあなたを育ててきたことも知っています。本当にお気の毒ですわ。すでにいやというほど苦しみを味わってきたのに。主人のことをどうお聞きになっているか知りませんけど、わたしの愛する人があなたのご主人の死を招いたとは思ってもらいたくありません。ジミーがやったんじゃありません。あの人も、あなたのご主人と同じ犠牲者なんです。たしかにジミーは落ち込んでいました。長いあいだ失業していて、借金もうなぎのぼりでした。でも、事態はよくなっていたんです――あなたのご主人のおかげで。あの人の履歴書をクラウス建設会社へまわしてくれたのがご主人だったのか、それともご主人の会社のだれかだったのか知りませんが、とにかくジミーは感謝していました。それなのに、今警察はジミーがあの爆発を引き起こしたんじゃないかとほのめかしているんです。たとえ自殺の傾向があったにしても――認めるのはつらいですが、その可能性はありました――他人を巻き添えにするような人じゃないんです。絶対ありえません！　それを知ってほしいんです。ジミーはすばらしい父親であり夫であっただけでなく、善人でもありました。夫のことならよくわかっています。あの人があんなことをしたわけがありません」

《ニューヨーク・ポスト》の三ページめと《デイリー・ニューズ》の一ページめに、ジミー・ライアンの葬儀の写真が掲載されていた。三人の子供たちをかたわらに、夫であり父だった人の一部をおさめた棺のうしろを歩くリーサ・ライアンの姿があった。ネルは目をとじた。

「ネル、来週あたり、きみと仕事のことで検討したいことがあるんだ」ラングが静かにいった。「いくつか決定しなければならないことがあって、きみの意見が必要なんだよ。時間はまだたっぷりあるから」ラングは腰をあげた。「すこし休むようにしたほうがいい。夜は眠れるのかね？」

「状況の割合には」

ネルはピーター・ラングがひきあげていったことにほっとし、助かった人間がラングであったことに憤《いきどお》りをおぼえた自分を恥じた。ラングのあざはやがて薄れていくだろう。くちびるの腫れは、数日には消えるだろう。

「アダム」ネルは声に出していった。「アダム」彼が聞いているかのように、静かにくりかえした。

もちろん返事はなかった。

嵐《あらし》の金曜の夜が、それまでつづいていた暖かさを吹き飛ばしていた。六月のなかばとは思えぬほどの肌寒さだった。ビル内の暖房システムはとっくにエアコンディショニングに切り替えられており、そのスイッチをきってもなお、アパートメントはさむざむとしていた。ネルは両腕を抱いてセーターを取りにベッドルームにはいった。

土曜の朝アパートメントにあらわれたリズは、食料品の袋をかかえていた。「食料が必要でしょ」リズはきびきびといった。「なにがあるのかわからなかったから、とりあえずグレープフルーツと、ベーコンと焼きたてのベーグルを買ってきたわ」

二杯めのコーヒーを飲みながら、リズはあのときこういった。「ネル、お節介かもしれないけど、これはわたしの問題でもあるの。マックはとても心を痛めているのよ。彼を無視しないでちょうだい」

「マックはアダムを無視したわ。だから、そう簡単に許せる気持ちになれないの」

「でも、マックがあなたのことをなによりも優先させてきたのはわかっているでしょう。あなたのために正しいこと――立候補すること――はとどのつまり、あなたの結婚にとっても正しいことだというのが彼の考えだったのよ」

「でも、そんなことだれにもわからないわ、そうでしょ？」

「考えてみてちょうだい」

あの朝以来、リズは毎日やってきた。今朝、彼女は悲しそうにこういった。「マックはあなたからの連絡を待っているわ、ネル」

「ミサで会うことになるでしょうね。そのあと、わたしたち遺族は参列者と昼食をとる。でも今は、わたしにいばりちらすマックぬきで順応する必要があるの」

この三年間、アダムとわかちあってきたこの家に順応する必要が、とネルは思った。ひとりでいることに順応する必要が。

ネルがこのアパートメントを買ったのは、ジョージタウン大学を卒業した十一年前のことだった。二十一歳になるまで手をつけられなかった信託資金が晴れて使えるようになったおかげだった。当時乱高下の激しいニューヨークの不動産市場は一時的低迷期にあって、売り手が買い手の数を圧倒していたため、広々とした分譲方式のアパートメントはまたとない投資になった。

「どんなにぼくががんばって手にいれる愛の巣も、ここには歯が立たないよ」結婚の話が出はじめた頃、アダムはそう冗談をいった。「でも十年待ってくれたら、立場は逆転する、約束するよ」

「ここでその十年をすごすのはどうかしら？　わたし、この家が気に入っているの」

ネルはベッドルームにあった大きなクロゼットふたつのうちひとつをアダムのためにからにし、マックの褐色砂岩の住まいから亡くなった父親のものだったアンティークの重ね式ドレッサーを運んできた。今、そのドレッサーに歩みより、結婚式の写真のとなりに置かれた楕円形の銀のトレイを手にとった。アダムが夜帰宅して着替えるときに、時計や鍵や小銭をいれていたトレイだった。

結婚してアダムがいつもかたわらにいるようになるまで、わたしは自分がどれだけさびしい思いをしていたか、気づいていなかった、とネルはいまさらのように思った。先週の木曜の夜、アダムはゲストルームで着替えをした。わたしを起こしたくなかったからだ。そしてわたしはその日立候補の決意をかためた話をしたくないばかりに、眠っているふりをした。

ふいに、あの最後の夜、見慣れたアダムの寝仕度を見なかったのが取り返しのつかない失敗のように思われた。リズは来週あたりやってきて、ネルがアダムの衣類や身の回り品を片づける手伝いをするといっていた。「アダムの死がまだ現実とは思えない、あなたはそういいつづけているわ、ネル、実感としてそれを受けとめられるようになるまでは、心の傷は癒《い》えないと思うの。アダムを思い出させるものがないほうがいいのかもしれないわね」

まだだめよ、ネルは思った、まだ早いわ!

電話が鳴った。ネルはいやいや受話器をとった。「もしもし」

「ミセス・コーリフ?」

「そうです」

「ブレナン刑事です。同僚のスクラファニ刑事とふたりで話をうかがいにお邪魔したいのですが」

今はだめ。今はひとりでいたい。アダムのものを手にとって、彼を身近に感じたい。

昔、ガート大叔母から亡くなった人とコンタクトをとる方法を教わったことがある。あのときガートはネルに母親の所有物をもたせたのだった。両親の死から半年がすぎたある日、ネルはマックの家の二階にある自分の部屋で本を片手に椅子《いす》に丸くなっていた。その本についての感想文を書く宿題が出ていた。ガート大叔母がはいってきたのには気づかなかった。本を読んでいたのでもなかった。

わたしはただ椅子に丸くなって窓の外をじっと見ていた。心から両親を愛していたが、あのとき会いたかったのは母だった。母を求めていた。

ガートはわたしのかたわらにひざをついた。そして聞き取れないほどの声でいった。

「名前をいってごらんなさい」

わたしはささやいた。「ママ」

「そんな気がしたの」ガートはいった。「だからいいものをもってきたのよ。あなたのおじいちゃんは取っておく必要はないと思ったようだけど」それはわたしが小さかった頃、ママがいつもドレッサーの上に置いていた象牙《ぞうげ》の小箱だった。わたしの大好きな独特の木の香りがしみついた小箱。ママとダディが調査旅行に出かけると、わたしはよく両親の部屋にはいって小箱を手に取った。蓋《ふた》をあけるといつも、ママを身近に感じたものだ。

あの日、それがまた起きた。長いことあけていなかったので、木の香りがとても強くにおった。その瞬間、わたしはママが部屋の中にいるような気がした。どうしてこの小箱をもってきたほうがいいとわかったの、とガート大叔母にたずねた記憶がある。

「ただわかったのよ」ガートはいった。「いいこと、あなたの両親はあなたが必要としているかぎり、ずっとあなたのそばにいるの。ふたりを解放できるのはあなただけなのよ。あなたにその準備ができたら、いつでも」

マックはガートがそういう話をすると機嫌が悪くなる。でもガートは正しかった。マウイで両親がわたしを救ってくれたあと、わたしはもう両親がいなくてもだいじょうぶだと思った。だから、両親はもうあらわれない。でも、まだアダムを手放す心の準備はできていない。彼がそばにいることを感じさせてくれるものを手元に置いておきたい。せめてもうすこしここにいてほしい――さよならをいう前に。

「ミセス・コーリフ、だいじょうぶですか？」長い沈黙を刑事の声がやぶった。

「あ、ええ。すみません。まだときどきぼうっとしてしまって」ネルは口ごもった。

「こんなときにせかすのは申しわけないんだが、お目にかかることが大変重要なんです」

ネルは首をふった。なにかに異議をとなえたいとき、マックが無意識にする不快感をあらわすジェスチャーだった。「わかりました。どうしてもとおっしゃるなら、どうぞ」

ネルはそっけなくこたえて受話器を置いた。

18

水曜日の午後、リーサの隣人であるブレンダ・カレンと十七歳の娘モーガンがライアン家の子供たち、カイル、ケリー、チャーリーの三人を連れにきた。映画に行って、それから外で夕食を食べるためだ。

「モーガンと一緒に車に乗っててね」ブレンダは子供たちにいった。「ちょっとあなたたちのママとおしゃべりしたいから」三人が外に出ていくまで待って、ブレンダは口を開いた。「リーサ、そんなに心配そうな顔しないで。あの子たちのことなら、ちゃんとわたしとモーガンがみるからだいじょうぶ。きょう、学校を休ませたのは正しかったけど、しばらくあなたもひとりでいることが必要よ」

「さあ、どうかしら」リーサはのろのろといった。「目の前にのびているのは、時間ばかりだもの。そのことを思うと、いったいどうやってそれを埋めていったらいいのかと途方に暮れちゃうの」隣人を見たリーサは、心配そうな目つきに気づいた。「でも、そうよね。わたしにはひとりになる時間が必要だわ。ジミーのデスクを整頓《せいとん》しなくちゃならないし、子供たちのために社会保障手当の申請もしなくちゃ。そうすればすくなくとも、今後どうするか決定するまでのあいだ、いくらかお金の足しになるしね」

「保険があるでしょう、リーサ？」ブレンダは陽気な顔をくもらせてそういったあと、

「ごめんなさい」とあわててつけくわえた。「わたしが口出しすることじゃないわね。エドがいつも保険のことばかり気にするものだから、まっさきにそのことを考えるようになっちゃって」

「多少はあるわ」リーサはいった。ジミーのお葬式を出すくらいは。でもそれでなくなってしまう。だがリーサはそのことは自分ひとりの胸にしまっておいた。ブレンダのような心強い友だちにも苦しい家計を明かすつもりはなかった。

自分のことは自分ひとりの胸にしまっておくんだよ——それはリーサが祖母から聞かされつづけて育った警告だった。おまえに金があるかないか、他人が詮索することじゃないよ、リーサ。あれこれ推測させておけばいいのさ。

でもそんな悠長なことはいっていられない、のしかかる重みを意識しながらリーサは思った。ひと月に十八パーセントの利子がつくとして、まだクレジットカードによる借金が一万四千ドルもある。

「リーサ、ジミーはいつもこの家をとてもきちんと管理していたわね。ジミーにはとてもかなわないけど、エドがどこか直したいところがあれば遠慮なく頼んでほしいといってるの。あなたたちのために最善をつくすと思うわ。わたしのいうことわかるでしょ。

配管工事とか電気工事は人に頼むと、すごく高くつくから」

「ええ、たしかにそうね」

「リーサ、ジミーのこと本当にお気の毒だとわたしたちみんな思ってるの。彼はすばらしい人だったし、わたしたちはあなたたち夫婦が大好きだった。だから困ったことがあったらなんでもするつもりよ。わかってるでしょ」

ブレンダが目をしばたたいて涙をこらえようとしているのを見て、リーサはむりにでも笑顔をつくった。「もちろんよ。それに今だって困ってるわたしを助けてくれてるじゃない。さあ、うちの子たちを連れていって」

リーサはブレンダを送りだすと、狭い廊下をひきかえした。キッチンはテーブルと椅子がじゅうぶんおける広さだが、いつも窮屈な感じがした。作りつけのライティング・デスクは、何年も前にはじめてこの家を見たとき、不動産屋がすばらしい付加価値だとほめた特徴のひとつだった。

「この価格帯で、作りつけの家具はまずありませんよ」不動産屋は得意満面でそう指摘した。

リーサはデスクの上の封筒の束を見た。住宅ローン、ガス代、電話料金はすでに一週間近い滞納になっていた。ジミーが帰ってきてくれたら、一緒にここにすわって、滞納分の料金を取られないために、週末のうちに支払う算段をしたことだろう。わたしの時間のすべてを埋めてくれるのは、もう仕事しかないのだ、とリーサは考えた。

彼女は小切手にサインをし、重い心で輪ゴムでとめた別の封筒の束をひきずりだした。クレジットカードの請求書だった。ずいぶんたくさんある。今月はそのどれにも最低限の支払をするのでやっとだった。

デスクの引き出しのひとつをからにしようかどうしようかと考えた。深くて幅のあるその引き出しは、右から左へ捨てたほうがよさそうな、どうでもいい郵便物をほうりこむ場所になっていた。わたしたちが結局使わずじまいだったクーポン券。余分なお金などなく、買えるわけがないのに、ジミーはいろいろな道具類の写真をカタログからきりぬいていた——いずれ、借金がなくなったら買いたいと思っていたものばかりだった。

ばらばらの切り抜きをわしづかみにしたとき、数字の列がならんだ封筒に目がとまった。それがなんであるのか、調べるまでもなかった。このデスクにすわって借金を加算し、その額の大きさに苦悩するジミーを何度見かけたことだろう？　それはこの数年の見慣れた光景になっていた。

そのあとジミーは地下におりていき、ワークベンチに二時間ばかりすわりこんで、なにかを修理しているふりをしていたものだ。不安な胸のうちをわたしに見られたくなかったのだろう。

でも、就職できたあともジミーの不安が消えなかったのはなぜなのだろう？　この数カ月自分をさいなんでいた疑問が、ふたたび胸にきざした。ほとんど衝動的にリーサは部屋を横切って、地下室へつづくドアをあけた。階段をおりながら、ジミーがどれだけ労力をかたむけて、地下のわびしいスペースを快適なファミリー・ルームと彼自身の仕事部屋に変貌《へんぼう》させようとつとめたかを考えまいとした。

リーサは仕事部屋に行って、明かりをつけた。子供たちもわたしも、めったにここにはいらなかった。ここはジミーにとって聖域に等しい場所だった。だれかが鋭利な道具を手にとって、怪我《けが》でもしたら大変だ、とジミーはいっていた。ジミーがそのときどきで取り組んでいたプランに必要な道具類に占領されていたテーブルが、痛々しいほどきれいに片づいているのを見て、リーサは胸をつかれた。今、道具類は残らずテーブル上の穴あきボードにきちんと掛けられていた。代用板やベニヤ板がよく載っていた木挽《こび》き台も、隅のファイルキャビネットの横に並んでいた。

ファイルキャビネット——ジミーは保存の価値ありと判断した所得税記録や書類をそこにしまっていた。最終的には、リーサが慎重に調べなくてはならないものでもある。彼女は一番上の引き出しをあけて、きちんとラベルを貼《は》ったマニラフォルダーに目を走らせた。予想どおり、番号をふった所得税調書がはいっていた。

二番めの引き出しをあけると、ジミーが仕切をとりはずしていたのがわかった。きちんとたたんだ青写真や仕様書がつみかさねられていた。リーサはそれらがなにか知っていた。ジミーのたてたプランだった――地下室を完成させるプラン、カイルの部屋につくりつけのベッドを作るプラン、居間に網戸つきのポーチを作るプラン。

いつかもつ予定だったわたしたちの夢の家のプランも、とリーサは思った。まだ失業していなかった二年半前、クリスマスプレゼントとしてジミーがわたしのためにたててくれたプランだ。どんな家がいいのか正確に教えてくれと彼はたずね、わたしの要求するすべてをかねそなえたプランをたててくれたのだ。

あのときリーサは期待に胸をおどらせて、想像のかぎりを尽くした。天窓のあるキッチン、炉床が一段高くなった暖炉のあるファミリー・ルーム。窓下の腰掛けのついた食堂や、主寝室の奥の更衣室まで。彼女の説明をもとに、ジミーは縮尺図を描いたのだった。

あのプランの数々をジミーが保管していることを願いながら、引き出しの中に手をいれ、紙束をひっぱりだした。だがそれらは思いのほかすくなく、その下、引き出しの底に茶色の紙に包んで撚《よ》り紐《ひも》でからげた大きな箱がひとつ――いや、ふたつ――しまいこまれているのが目にはいった。しかも、引き出しにきっちりはまりこんでいるため、床に膝《ひざ》をついて、指をこじいれてもちあげなくてはならなかった。

リーサはふたつの箱をテーブルにのせ、穴あきボードから先のとがった道具をとって撚り紐を切断し、分厚い茶色の包み紙をひろげて、最初の箱の蓋をもちあげた。

恐怖に魅入られたかのように、リーサは箱にきちんと並んだ札束をまじまじと見下ろした。二十ドル札、五十ドル札、百ドル札——あるものは使い古されており、あるものは手のきれそうな新札だった。

一時間後、注意深く数え、さらにもう一度細心の注意を払って数えなおしたリーサは、めまいにも似た気分でこの地下室に五万ドルが隠されていたことを知った。愛する夫ジミー・ライアンが、急に見知らぬ人間のように思えてきた。

19

フロリダからニューヨークへ移り住んで二年のあいだに、霊能者であり霊媒でもあるボニー・ウィルソンはウェストエンド・アヴェニューのアパートメントで定期的に会うひとりのすばらしい客と親交を深めていった。

まっすぐな黒髪を肩までたらし、ぬけるように白い肌と人もうらやむ容姿に恵まれた三十歳のボニーは、超常現象の専門家というよりはモデルのように見えたが、その方面では有名な第一人者で、愛する故人との接触を望む人々からは特別信望があつかった。

彼女は新参者にはいつもこう説明した。「霊能力はだれにでもありますが、一部の人間はそれがぬきんでているのです。どんな人にも霊能力を発達させる余地はありますよ。でもわたしは生まれたときから霊能力にめぐまれていたんです。子供の頃から、人の生活になにが起きているのかを感じることができましたし、人々の不安を直感的に察知して、彼らの求める答えを見つける手伝いをしてあげることができたのです。

学び、祈り、こうした特別な才能にめぐまれた人々のグループに参加するうちに、わたしは人々が相談しにくるとき、彼らの愛していた人、今は別の次元にいる人々がそばにあらわれることに気づきました。そのメッセージは明確なこともありましたし、嘆き悲しむ人々に、自分たちが幸福で元気でいることや、自分たちの愛情は永遠であることを知ってほしいと願っているだけのこともありました。ときがたつにつれて、わたしの能力はますます正確になってきました。わたしの話す内容が心を乱すという人もいますが、ほとんどの人々は底知れぬなぐさめを得ています。相談にくる人々すべてのお手伝いをしたいと思います。わたしの要望は、わたしとわたしの能力に敬意をはらってほしいということだけです。神からあたえられたこの才能で人々を助けたい。人々とそれをわかちあうのがわたしの義務なのです」

この日、ボニーは毎月第二水曜日に開かれるニューヨーク霊能力協会の会合に定期的に出席した。この会合にいつも顔を見せているガート・マクダーモットは予想どおり欠席だった。メンバーたちはおさえた口調でガートの家族をおそった恐るべき悲劇を話しあった。参加当初からおしゃべりだったガートは成功した若い姪《めい》を異常なほど誇りにしており、姪の霊能力についてよくしゃべっていた。会合にも連れてくるといっていたが、これまでのところ姪の気持ちをこちらにむけることには成功していなかった。

「ガートの家でひらかれたカクテルパーティーで、その姪御さんの連れ合いのアダム・コーリフには会ったことがあるんだ」ドクター・ジークフリード・ヴォルクはボニーにいった。「ガートは彼が大のお気に入りのようだったな。彼がわれわれの研究や霊能力運動にさほど興味があったとは思えないが、パーティーに顔を出すことでガートを喜ばせていたのはたしかだ。魅力的な男だったよ。ガートにはお悔やみの手紙を出しておいた。来週電話をしてみるつもりだ」

「わたしもお宅へお邪魔してみようと思っているの」ボニーはいった。「わたしにできる方法で、ガートとその家族を助けてあげたいわ」

20

その日の夕方、ジェッド・カプランは十四番通りとファースト・アヴェニューの角にある母親のアパートメントを出た。気に入りの散歩コースをたどり、最終的に行きついたのは世界金融センター前のハドソン川が流れるノース・コーヴ・マリーナだった。アダム・コーリフがキャビンクルーザーを係留していた場所である。ジェッドがここへきたのはきょうで連続五日めだった。普通は一時間とすこしの道のりだが、途中で興味をひくものがあれば寄り道もする。とにかくジェッドにとって、それは回を重ねるごとに楽しくなる散歩だった。

これまでの四日間と同様にジェッドは腰をおろし、口元にかすかな笑みをうかべてハドソン川を見渡していた。傲慢《ごうまん》そうに上下にゆれていた〈コーネリア二世号〉がもはや存在しないことを思うと、性的ともいえる快感が全身を貫いた。自分は死ぬのだと知ってアダム・コーリフは愕然《がくぜん》としたにちがいない。だがそれもつかの間、ばらばらになって吹き飛ばされ、水中に落下したのだ。ジェッドは嚙《か》みしめるようにしてそのシーンを何度も想像しては悦に入った。

きょうは朝から気温が低く、太陽が沈みかけている今、川面《かわも》をわたってくる風が冷たく身体《からだ》にしみた。ふとあたりを見まわすと、この四日間は人で埋まっていたショッピングセンターの外に置かれたテーブルにはだれもすわっていない。川むこうのジャージー・シティやホーボーケンからフェリーでついた乗客たちも、そそくさと風よけのため建物のほうへ歩いていく。どいつもこいつも意気地なしぞろいだ、ジェッドは心の中で軽蔑《けいべつ》した。未開の地で二年ばかり生活してみろってんだ。

ナローズ（訳注　ニューヨーク湾のスタテン島とロングアイランド西端のあいだの海峡）へむけて出ていく観光船に気づいて、行き先はどこだろうとジェッドは思った。そろそろ尻《しり》をあげる頃だな。ヨーロッパか？　くそ、おれもそういうところへ行きゃよかった。そろそろ尻をあげる頃だな。あのくそばばあには頭がおかしくなりそうだ。もっとも、ばばあのほうもおれのせいで頭がおかしくなりそうになってるにちがいない。

今朝、息子の朝食を用意しながら、母親はいった。「ジェッド、おまえはあたしの息子なんだし、あたしだっておまえのことが心配でたまらないけど、いつもあれこれ文句をいわれたんじゃ我慢の限界だよ。いいかげんにしておくれ。おまえはアダム・コーリフを頭から悪人だと決めつけてるが、あれはいい人だったよ。すくなくともあたしはそう思った。でもあいにく死んじまったんだから、もうしつこく憎みつづける理由がないじゃないか。そろそろ他のことにとりかかる頃合いじゃないのかい。どこかで一から出直すぐらいのお金はあげるから」

最初母親は五千ドルという金額を提示した。朝食が終わる頃には、ジェッドはそれを二万五千にまでつりあげ、さらに一切を息子に遺《のこ》すと書いた遺言状を見せろと要求した。ようやく街を出ることに同意する前に、彼は父親の魂にかけて、絶対に遺言状を書き換えないことを母親に誓わせた。

コーリフはあの土地代として母親に八十万ドル支払っていた。母親がきりつめてくれれば、その金の大半が母親が死んでもまだ残るはずだった。

望んでいた金額にはほど遠いが——あの土地はその十倍の値打ちがある——母親が実質的におれが相続するはずだった財産を売ってしまったのだから、それでよしとするしかない。ジェッドは肩をすくめると、ふたたびアダム・コーリフの死にざまをあれこれ想像しはじめた。

自由の女神の観光帰りに船から爆破事故を見た目撃者の証言が《ニューヨーク・ポスト》に掲載された。「クルーザーはとまっていました。碇《いかり》をおろして、飲み物でも楽しんでいるんだろうと思いました。水面が波立ちはじめていたので、パーティーもじきにお開きになるだろうと思ったのをおぼえています。そのとき、いきなりものすごい爆発音がしたんです。原子爆弾が落ちたみたいでした」

ジェッドはその記事を切り抜いて、シャツのポケットにいれていた。くりかえしそれを読んでは楽しみ、爆発の威力で人体やクルーザーの破片が空中高く吹き飛ばされるさまを想像して楽しんだ。自分がその場でそれを見なかったことだけが、心残りだった。

むろん巻き添えをくった人々には気の毒だが、コーリフと一緒に仕事をしていたのだから、死んでもしかたない連中だったのだ、とジェッドは自分に言い聞かせた。土地もちの年寄りの未亡人を見つけてうまいこと丸めこみ、本来の値打ちよりずっと安い価格でそれを買いとるという、コーリフと同じような詐欺《さぎ》まがいの商売をしていた連中にちがいない。まあ、すくなくとも《コーネリア三世号》は存在しないがな。ジェッドはほくそえんだ。

「失礼ですが」

白昼夢をやぶられたジェッドははじかれたように立ちあがり、うるさい、うせろといってやろうと身構えた。だが、ホームレスの物乞《ものご》いだろうとばかり思ってにらみつけたのは、いかめしい顔つきをした男のわけ知りげな目だった。

「ジョージ・ブレナン刑事です」男はバッジをもちあげていった。

しまった。マリーナ付近をうろつくのが人生最大の失策だったことに、ジェッドは遅まきながら気づいた。

21

ダン・マイナーの母親捜しはついになんらかの実を結びそうだった。ホームレス収容施設にいた女性が、母親の写真に反応し、あまつさえ母親を「クィニー」と呼んだことは、じつに数十年ぶりにダンの人生にさした一筋の希望の光だった。

事実きょうは、期待感が体中からあふれだし、病院での午後の診察が終わるやいなや、彼は服を着替えて捜索をつづけるべく一路セントラルパークへ駆けつけた。

生まれてこのかたずっと母親捜しをしているような気がしたが、母親が失踪《しっそう》したのはダンが六歳のとき、あやうく一命をとりとめた事故の直後だった。

目をさますと、母親が病院の自分のベッドのかたわらにひざまずき、すすり泣いていた鮮明な記憶があった。後年、彼が知ったところによれば、その事故の結果――そのとき母親は酔っていた――不注意による過失の容疑で起訴されたらしい。公判になれば親権を失うのはほぼ確実だった。それが耐えられず、母親は失踪してしまったのだ。

折々の誕生日にとどく差出人不明のカードは母親からのものにちがいなかった。それは彼にとって、母親がまだ生きている唯一《ゆいいつ》のあかしだった。七年前のある日、祖母と自宅のファミリー・ルームでテレビを見ていたダンは、マンハッタンのホームレスの人々をとりあげたドキュメンタリー番組になんとなく興味をもって、チャンネルをまわす手をとめた。

取材の一部は収容施設で撮影されたものだったが、街頭でのインタビューもあった。インタビューに応じている女のひとりは、アッパーブロードウェイの角に立っていた。女がしゃべりだした瞬間、それまで読み物をしていた祖母がいきなり立ちあがって、画面に目を釘《くぎ》づけにした。

聞き手がそのホームレスの女に名前をたずねると、彼女は答えた。「みんなにはクィニーって呼ばれている」

「まあ、キャスリンじゃないの！」祖母は悲鳴にも似た声でさけんだ。「ダン、ごらん、ほら！　あんたのお母さんよ！」

彼はその顔を実際におぼえていたのだろうか？　それとも何年もくいいるように見てきた写真のせいで、その女が母親だと確信できたのだろうか？　テレビ画面に写しだされた顔はやつれ、目はどんよりしていたが、それでもなお、美しさの名残をとどめていた。白髪の目立つ黒髪は肩口のあたりでぐしゃぐしゃに固まっていたが、ダンの目に映る母親は美しかった。痩《や》せた身にまとっているのは、ぶかぶかのまるで毛布のようなコートだった。片手でかばうようにつかんでいるショッピングカートからはビニール袋があふれだしていた。

あの番組で見たとき、母は五十歳だったはずだが、それよりはるかに老《ふ》けこんで見えた。

「出身は、クィニー？」インタビュアーがたずねた。

「ここ、今はね」

「家族は？」

彼女はまっすぐカメラをのぞきこんだ。「昔、すばらしい男の子がひとりいたのよ。あたしはあの子にふさわしい母親じゃなかった。あたしなんかいないほうがよかったから、出てきたの」

翌日、ダンの祖父母は私立探偵を雇って娘の行方をつきとめようとしたが、クィニーはかき消えたように見つからなかった。母親の日々の暮らしと、彼女の気持ちは多少なりともあきらかになったものの、そこで知った事実は彼を悲しませ、祖父母を深く絶望させた。

母親の写真を確認できる人物を見つけてから数日たった今、ダンはこれまでにもまして母親を見つけだす決心を強めていた。母親はニューヨークにいるのだ。ぼくが見つけだす。絶対に！　だが、見つかったら、なんといえばいい？　なにをしたらいいのだ？　もちろん心配する必要はなかった――この再会のために長年リハーサルをしてきたからだ。母を責める言葉は一切口にしないつもりだった。「自分を罰するのはやめたほうがいい。あれは事故だったんだ。ぼくがお母さんをゆるせるなら、どうしてお母さんが自分自身をゆるせないはずがある？」

ダンは収容施設で会った女性リリー・ブラウンに名刺をわたしておいた。「もし母を見かけたら、電話してください。ぼくが母を捜していることはいわないように。また姿をくらましてしまうかもしれませんから」

リリーは断言した。「クィニーはきっともどってくるよ。もうそろそろ姿を見せるはずなの。ニューヨークを長く留守にすることは絶対にないんだから。それに夏になると、彼女はセントラルパークにすわっているのが好きなんだよ。どこよりも好きな場所だといってたしね。あんたに代わって、いろいろたずねてあげる。最近だれかが見かけているかもしれない」

さしあたってはそれで満足するしかない、とセントラルパークの小道をジョギングしながらダンは考えた。空はまだあかるいが、日が沈みかけて空気が着実に冷えはじめ、風が汗でぬれた背中や脚に冷たかった。夏はもうそこまできている——今夜の肌寒さがニューヨークの夏の象徴でないといいが、と思った。この調子だと母はこごえてしまう——〝クィニー〟を自称する女性が公園のベンチのひとつにすわっているのを発見するチャンスはつねにあるのだ。

22

コーネリアス・マクダーモットは六時きっかりにネルのアパートメントに着いた。ネルはドアをあけ、数秒間だまって祖父と見つめあった。コーネリアスが手をさしのべ、ネルを軽く抱擁した。

「ネル、年寄りのアイルランド人が通夜《つや》の席で遺族にいう決まり文句をおぼえているかね？『ご不幸、お気の毒です』だ。昔のおまえはそれを世界でもっとも愚かな発言だと思っていた。知ったふうな声でおまえはよくこういったものだ、『不幸が気の毒なわけないじゃない。不幸をあじわっている人が気の毒なんでしょう』」

「おぼえてるわ」

「わしはおまえになんといった？」

「この言葉の意味は、『あなたの不幸はわたしの不幸だ。わたしはあなたの苦悩をわかちあう』ということだと」

「そうだ。だから、わしをその年寄りのアイルランド人のひとりだと思ってくれ。まことに現実的な意味で、おまえの不幸はわしの不幸なのだ。だから、アダムのことをわしがどれだけ気の毒に思っているか知ってもらわねばならん。おまえが今経験しているに相違ない苦しみからおまえを救ってやれるなら、どんなことでもする」

やつあたりはしないこと、とネルは自分にいい聞かせた。マックは八十二だ。記憶にあるかぎりの昔から、マックはわたしを愛し、わたしを気にかけてくれた。アダムに嫉《しっ》妬《と》せずにいられなかったのかもしれない。おばあちゃんが亡《な》くなったあと、マックとの結婚を熱望した女性は大勢いた。マックがだれとも再婚しなかったのも、わたしのためかもしれないのだ。

「わかってるわ」ネルはいった。「きてくださってよかった。すべてを現実として受けとめるには、しばらく時間がかかりそうなの」

「あいにくだが、ネル、時間がないのだ」マックは唐突にいった。「さあ、すわろう。話しあわねばならん」

マックの真意をはかりかねたまま、ネルはいわれたとおりに祖父のあとから居間にはいった。

彼女が腰をおろすなり、マックは口をひらいた。「ネル、おまえにとって今がつらいときなのはよくわかるが、避けてはとおれない問題が出てきた。アダムの追悼ミサもまだなのに、わしはこうして容赦のない質問をおまえにしようとしている。せきたてるようで心苦しく思っている。ここからわしをたたきだしたいと思うかもしれんし、実際にそうしたとしても無理はない。だが、早急に処理しなければならんことがある」

祖父がいおうとしていることが薄々わかってきた。

「今年はただの選挙年ではない。大統領選挙の年だ。なにが起きてもおかしくないことはわし同様おまえもわかっているだろうが、われわれの推す候補者は他を大きくリードしている。とんでもないヘマでもしないかぎり、彼は次期大統領になるだろう」

たぶんなる、とネルは思った。それもすぐれた大統領に。アダムの死の知らせを受けて以来はじめて、ネルは心の中がうごめくのを感じた――命がよみがえった最初のしるしだった。祖父を見た彼女は、その目がいつになく輝いているのに気づき、つくづく思った。古つわものをふるいたたせるのに政治運動にまさるものはないと。

「ネル、たった今知ったのだが、わしの元議席を狙《ねら》ってさらにふたりが立候補の準備をしている。ティム・クロスとサルヴァトーレ・ブルーノだ」

「ティム・クロスは議会の弱虫にすぎないし、サル・ブルーノは子供を十人つづけさまに産んだ母親が生理を見ないように、オルバニーでの上院選挙で有権者の票をおがめなかったわ」

「それでこそだ。おまえなら議席を獲得できるかもしれん」

「かもしれん？　なにをいってるの、マック？　獲得するつもりよ。それでなくちゃだめなのよ」

「おまえにそのチャンスはないかもしれんぞ」

「もう一度いうわ。なにをいってるの、マック？」

「いいづらい話なんだが、ネル、今朝ロバート・ウォルターズとレン・アーステールがわしに会いにきたのだ。ざっと一ダースの建設業者が声明書にサインしたんだよ。大規模な仕事を発注してもらう見返りとして、ウォルターズ&アーステールに百万単位の賄《わい》賂《ろ》を贈ったという声明書だ。ロバートもレンもりっぱな人物だ。わしはふたりを大昔から知っている。そんなことをする連中じゃない。賄賂など受け取っていないんだ」

「なにをいおうとしているの、マック？」

「ネル、賄賂を受け取ったのはアダムらしいんだ」

彼女は一瞬祖父を見つめてから、首をふった。「まさか、マック、そんなこと信じないわ。アダムがそんなことをするはずがないわ。死人に罪を着せるなんて、いくらなんでもお手軽すぎるわよ。実際にアダムに現金をわたしたといってる人でもいるの？」

「ウィニフレッドが仲介役だった」

「ウィニフレッドですって！　冗談もいいかげんにしてちょうだい、マック、ひまわりほどの才覚もなかった人なのよ。彼女に収賄授受の算段ができたなんて、どこからそんなことを思いついたの？」

「まさにそこなんだよ。ロバートもレンも、ウィニフレッドは業界の裏表を知り尽くしていたし、彼女さえその気になれば詐欺を働くコツも知っていただろうと認めているが、そのいっぽうで彼女が独力でそんなだいそれたことをするとは思えないといっている」

「マック、自分のいっていることを注意して聞いてほしいわね。旧友の話を鵜《う》呑《の》みにしているだけじゃないの。彼らは自分たちは吹き寄せられた雪のように潔白だといいつつ、わたしの夫を泥棒呼ばわりしているのよ。アダムは死んでしまったために、彼ら自身の不正をごまかす格好のスケープゴートにされたんだわ、ちがう？」

「では質問させてくれ。二十七番通りのあのビルを買う金を、アダムはどこから手にいれたんだ？」

「わたしからよ」

コーネリアス・マクダーモットはまじまじと孫娘を見た。「信託資金に手をつけたんじゃあるまいな」

「わたしの信託資金だわ、そうでしょう？　アダムはわたしが貸したお金であのビルを買い、自分の会社をはじめたのよ。本当にアダムが実際に袖《そで》の下を受け取ったのだとしたら、わたしから借りる必要があるかしら？」

「文書足跡（訳注　ある人の行動をたどることのできる証拠となる文書）を残しておきたくなかったら、おまえから借りるしかなかったろう。ネル、はっきりいおう――おまえの夫が収賄事件に関与していたことが確実になったら、女性議員になるチャンスはフイになるんだぞ」

「マック、今のわたしにはアダムの思い出を守るほうが大切なのよ。自分の政治的将来なんてどうでもいいわ」わたしは悪い夢を見ているのだ。ネルは一瞬両手に顔をうめた。あと数分もしたら、わたしは夢からさめ、アダムはここにいて、こんなことはひとつも起きていないのだ。

ネルは急に立ちあがって、窓に近づいた。ウィニフレッド。おとなしくて臆病《おくびょう》なウィニフレッド。あのエレベーターから出てきた彼女を見たとき、わたしは即座に彼女が死ぬのを直感した。わたしにそれをはばむことができただろうか？　ウィニフレッドに警告することができただろうか？

マックの話からすると、ウォルターズもアーステールもウィニフレッドが詐欺《さぎ》まがいの行為をしていたと確信している。でもウィニフレッドの誠実さに疑いがあったら、アダムが彼女を引き抜くようなことはなかったはずだ。

答えははっきりしている。収賄が行われていたとしても、アダムはなにも知らなかったのだ。

「ネル、収賄問題によって爆発事件がまったく異なる様相を見せてきたことは、おまえにもわかるだろう」マックの言葉がネルの思考に侵入してきた。「あれは事故ではない。まずまちがいなく、あのクルーザーに乗っていただれかの口封じをねらった結果だ」

まるで離岸流だ、窓からふりかえりながらネルは思った。次々に波がわたしに襲いかかってきて、ういていることができない。沖へ沖へとひきずられていく。

ふたりはさらに数分間爆発事件のこと、ウォルターズとアーステールのいう収賄のことを話しあった。ネルが心ここにあらずなのに気づいて、マックは外で一緒に夕食をしようと誘ったが、彼女は断った。

「マック、今はなにも喉《のど》をとおらないわ。でも約束する。そのうちこのすべてについて話せるようになるから」

マックが帰ると、ネルはベッドルームに行き、アダムのクロゼットのドアをあけた。フィラデルフィアから帰宅したときに着ていたネイヴィーブルーの上着が、翌日彼女がつるしたときのまま、ハンガーにかかっていた。金曜の午後にウィニフレッドが立ち寄ったとき、きっと他の上着をわたしてしまったのだ。これとよく似た、銀ボタンのついた上着を。だからこれはアダムが死ぬ前日に着ていた上着なんだわ。

ネルはそれをハンガーからはずして袖を通してみた。アダムに腕をまわされているような慰めをおぼえるだろうと思ったのに、感じたのはよそよそしさと、あの最後の朝、この上着も忘れて出ていくほどアダムを怒らせた自分たちの喧嘩《けんか》の記憶だった。

上着をはおったまま、ネルは室内を落ち着きなく歩きまわった。疎外《そがい》されているような、蚊帳《かや》の外におかれているような気持ちがじわじわと芽生えてきた。この数カ月間、アダムはいらだっていた。新しい会社を興《おこ》したことによるあたりまえのプレッシャーのほかにも、なにかむしゃくしゃするような事情があったのだろうか？　わたしが気づいていなかったなにかが実際に進行中だったのだろうか？　捜査をすこしでも恐れるようなことが、アダムにあったのだろうか？

ネルはつと立ちどまって、マックがいったことをじっと考えた。それからかぶりをふった。まさか。ありえない。そんなことは絶対に信じない。

23

六月十五日　木曜日

ジョージ・ブレナンからの電話で、前日マリーナで不審人物を見つけ、尋問のために署へ連行したという話を聞くと、ジャック・スクラファニは至急ブレナンに会いにダウンタウンへ駆けつけた。

「できすぎなんだよ」ブレナンはスクラファニにいった。「まるで犯人は自分だといってるも同然でね。それだけじゃない、逮捕されるのをうろうろしながら待ってたように思える」

ブレナンはジェッド・カプランのことを説明した。「年齢は三十八歳。マンハッタンは東十四番通りのスタイヴェサント・タウンで生まれ育った。トラブル・メーカーってやつだ。少年裁判所の記録は閲覧不能だが、成人してからも酒場で数人をたたきのめした罪で二度、市の拘置所にぶちこまれてる。どうやらアルコールやクスリをやると、手に負えなくなるタイプらしい」

ブレナンは嫌悪《けんお》もあらわに首をふって、つづけた。「父親も祖父も評判のいい毛皮商だった。老母も問題ない。一家は二十八番通りに倉庫ビルを所有していた。それを去年、アダム・コーリフが適正価格でカプランの母親から買い取ったんだ。カプランはオーストラリアで五年過ごしたあと、先月ニューヨークに舞い戻ってきた。近所の人々の話だと、母親がそのビルを売ったと知ると暴れ狂ったらしい。

カプランが荒れたのは、ビルの隣にある歴史的建造物だったヴァンダーミーア邸が去年の秋、火事で灰になったために、ビルの価値が三倍にはねあがったからなんだ。灰の山になって歴史的建造物の値打ちを失ったその土地は、大物不動産企業家のピーター・ラングに売却された。おぼえているかどうか知らんが、爆発したクルーザーに当初は乗る予定だったが、市内で事故を起こして会議に出席できなかった男だ」

ブレナンはデスクに目を落とし、冷めるがままにしていたコーヒー容器に手をのばした。「アダム・コーリフはラングと交渉中だったんだ。自分が買い取った倉庫ビルの敷地と、それに隣接するラングが買った元ヴァンダーミーア邸の敷地を合併し、そこにアパートメントとオフィス・ビルの複合施設を建設するという計画だったのさ。コーリフがそれを建設しようと考えていたのは、カプラン一家がかつて毛皮をつるしていた場所だった。だから動機はある――息子のカプランは不当に土地の価格を値切られたと考えて怒り狂った。やつが犯人である見込みはないわけじゃない。しかし、それだけでカプランを逮捕し、起訴できるか？　まず無理だろう。だが出発点としちゃ悪くない。一緒にきてくれ。カプランは中だ」

カプランはスクラファニを見ると、鼻先で冷笑した。

スクラファニは一目でカプランが小物なのを見抜いた。風貌《ふうぼう》全体が腐りきっている。胡散臭《うさんくさ》い目つき、顔に刻みこまれているようなせせら笑い、今にも飛びかかってきそうに——あるいは逃げだしそうに——背中を丸めてテーブルにむかっている姿勢。くわえて、衣服にはかすかに甘いマリファナの匂《にお》いがしみついていた。

オーストラリアにも前科記録があるにちがいない。

「逮捕されるのか？」カプランがきいた。

ふたりの刑事は顔を見あわせた。「いや」ジョージ・ブレナンが答えた。

カプランは椅子《いす》から身体《からだ》を押しあげた。「じゃあな」

ジョージ・ブレナンはカプランが出ていくまで待って、昔なじみのほうをむき、考えこむようにたずねた。「どう思う？」

「カプランのことか？　ごくつぶしだ」ジャック・スクラファニはいった。「あのクルーザーをやつが爆破できたかと思うかって？　ああ、思うね」ジャックはいったん言葉をきった。「だがひっかかるのは、もしもやつがクルーザーに乗っていた連中をあの世まで吹っ飛ばしたのだとしても、マリーナをうろつくほどのばかじゃなさそうだってことだ。どうしようもないやつかもしれんが、そこまでばかじゃないだろう」

24

夜が明ける数時間前、ケンとレジーナのタッカー夫妻は息子ベンのベッドルームからひびきわたった恐怖の悲鳴によってたたきおこされた。不運なニューヨーク・シティへの旅行以来、ベンが悪夢にうなされたのはそれで二度めだった。

夫婦はベッドから飛びおりて廊下を走り、息子の部屋のドアをあけて明かりをつけた。ケンは幼い息子をしっかり抱きよせた。

「だいじょうぶ、だいじょうぶだよ」あやすようにいった。

「ヘビをあっちへやって」ベンはすすり泣いた。「あっちへやってよ」

「ベン、悪い夢を見ただけなのよ」レジーナは息子の額をなでながらいい聞かせた。

「ママとダディがここにいるわ。心配しないで」

「どんな夢を見たのか、話してごらん」ケンがうながした。

「ぼくたち、川の上にいたんだ。ぼくは手すりから景色を見てた。そしたらクルーザーが……」ベンは目をつぶったまま、声をとぎらせた。

両親は顔を見あわせた。「身体中がふるえているわ」レジーナがささやいた。

ほぼ三十分がかりで、ふたりはベンを落ち着かせ、寝かしつけた。自分たちのベッドルームにひきあげたとき、ケンが静かにいった。「ベンをカウンセラーに診せたほうがいいと思う。ぼくは専門家じゃないが、新聞で読んだりテレビで見たりしたことからすると、心的外傷後ストレス障害と呼ばれるケースに似ている」

ケンはベッドのはしに腰をおろした。「とんでもない休暇になっちまったな。ニューヨークで記憶に残る一日をすごさせてやろうとしたのに、ベンは間の悪いことに、四人の人間を乗せたクルーザーが爆発するのをまともに見てしまった。こんなことになるなら、うちにいればよかったよ」

「あの子、その人たちが吹き飛ばされるのを実際に見たんだと思う？」

「遠視だからな、その可能性はあるよ、かわいそうに。でもまだ子供だ、回復力もある。ちょっとした助けがあれば、元気になるだろう。そろそろ起きなくちゃならないが、もう数分だけ寝かせてくれ。きょうは忙しくなりそうだし、途中で居眠りしたくないからな」

レジーナ・タッカーは明かりを消して横になり、なぐさめを求めて夫に寄りそった。なぜベンはヘビの夢をみるのかしら、と不思議な気がした。いつもわたしがヘビをこわがっているせいかもしれないわ。ヘビの話をあんまりしすぎたのね。それにしても、わたしがヘビをこわがることがクルーザーの悪夢とどうむすびつくのだろう？

うしろめたい気持ちでレジーナは目をつぶり、眠ろうとしたが、いつまたベンが叫ぶのではないかと五感は冴《さ》えわたっていた。

25

木曜の朝おこなわれたアダム・コーリフの追悼ミサで、ネルは祖父と大叔母を両側に、教会の最前列に腰をおろしていた。自分がこの儀式を観察している部外者であるような現実離れした気分だった。儀式が進むにつれ、さまざまな記憶がよみがえり、でたらめな思考が脳裡《のうり》にあふれかえった。

二十二年前の、これとそっくりのミサ――両親の――でも、ネルはこの最前列の席にすわっていた。両親の遺体も、アダムと同じように、墜落した飛行機の爆発炎上によって見つからないままだった。

アダムは一人っ子同士の両親が生んだ一人っ子だった。

わたしも一人っ子同士の両親から生まれた一人っ子。

アダムの父親は彼が高校生のときに亡《な》くなり、母親は彼が大学を出るとまもなく亡くなった。

わたしがアダムにひかれたのは、そのせいもあったのだろうか？　似たようなさびしい境遇だったから？

最初のデートのときにアダムがいったことが思いだされた。「ぼくはもうノースダコタへは帰らない。親戚《しんせき》もいないし、子供の頃に遊んだ友だちよりも大学時代の友だちのほうがずっと親しみがあるんだ」

アダムの死以来、その大学時代の友だちからの連絡はひとつもなかった。このミサに参加している友だちがひとりでもいるとは思えなかった。

充実した多忙な日々を送るなかで、わたしはアダムとしっかりむきあっていなかった、とネルは思った。新しい仕事や責任がふえたときのように、アダムを自分のきまりきった手順の中におしこんだだけだったのだ。子供時代の話をしてとせがんだこともなかったし、大学時代の友だちを家に招いてみたらとたずねたこともなかった。

だがアダムのほうから、友だちを呼びたいといったこともなかったような気がする。もしそういわれていたら、わたしはその場で快諾したことだろう。

教会に詰めかけているのはネルの友人知人、マックの友人、彼らを家族と考えている有権者ばかりだった。

マックの手がネルの腕の下にそえられ、立ち上がるようながした。モンシニョール・ダンカンが福音書を読んでいた。

ラザロは死からよみがえった。帰ってきて、アダム、お願いだから帰ってきて。ネルは懇願した。モンシニョールは四人の罪もない人々の命を奪った無意味な暴力について語ったあと、祭壇にむきなおった。

これから最後の祝福の言葉がはじまるのだとばかり思っていたが、ふと見ると、マックがいつしか通路を進み、祭壇への階段をのぼりはじめていた。

マックは祭壇に立った。「アダムは結婚により、わたしの孫息子となりました」マックがアダムに賛辞を呈している。こんなスピーチの予定は聞いていなかった。次の瞬間、ほかにだれも進んでしゃべろうという人がいなかったからなのだと思いあたり、ネルはうろたえた。賛辞の言葉をおくるほどアダムをよく知っていた、アダムを愛していたという人がほかにいないからなのだ。

対抗馬を揶揄《やゆ》してマックがときどき口にする冗談を思い出して、ネルはヒステリックな笑い声をたてそうになった。「パット・マーフィーが死んだとする。ミサで司祭が彼を思いやる言葉を述べたいかたはいませんか、とたずねる。ところがパットには、自明の理由から、世界中にひとりも友だちがいない。だからだれも起立しない。司祭はあらためてどなたか、と問いかけるが、やっぱりだれも前に進みでない。三度め、司祭はすっかり腹をたて、文字通りこうわめく。『だれかがパット・マーフィーをたたえる言葉を口にするまで、この教会から出てはならん』それを聞くと、ひとりの男が立ちあがってこういうのだ。『パットの兄貴にくらべりゃ、パットのほうがまだましだったよ』」

アダム、どうしてあなたのことを話してくれる人がここにはひとりもいないの？　どうしてあなたは人に殺されるほど憎まれていたの？

マックはいつのまにか隣に戻っていた。最後の祝福が述べられ、しめくくりの音楽が演奏された。ミサは終わった。

マックとガートとともに教会から出たとき、ひとりの女性が近づいてきた。「お話できますか？　お願いします。とても重要なことなんです」

「ええ、もちろん」ネルはふたりと離れた。わたしはこの人を知っているわ。でもどこで見たのだろう？

女はネルとほぼ同年齢のようだった。そしてネルのように喪服に身を包んでいた。目が腫《は》れあがり、苦悩の皺《しわ》が顔に刻まれている。リーサ・ライアンだわ、新聞で見た写真をネルはやっと思いだした。ご主人のジミーがアダムと一緒にクルーザーに乗っていたのだ。あの爆発が自殺行為の結果であり、ジミー・ライアンに責任があるのではないかという記事が出たあと、彼女はわたしに電話をかけてきた。そのとき、夫が落ち込んでいたのは確かだが、他人をわざとまきぞえにするような人ではないと主張していた。

「ミセス・コーリフ」リーサ・ライアンはせかせかといった。「個人的にお目にかかれないでしょうか。それもすぐに。とても重要なことなんです」リーサは神経質にあたりを見まわした。急にその目が大きく見開かれ、恐怖と狼狽《ろうばい》が顔いっぱいにうかんだ。「すみませんでした」彼女は唐突にそういうと、回れ右をしてあわてて石段をかけおりていった。

こわがっている。でもなにを？ いったいどういうことだろう？ ふりむいたネルは、ブレナン刑事がもうひとりの男と連れだって教会を出て、こちらへむかってくるのに気づいた。ジミー・ライアンの奥さんは、なぜあのふたりを恐れるのだろう？

26

木曜の午後、ボニー・ウィルソンはガート・マクダーモットに電話をかけ、ちょっとお邪魔してもかまわないかとたずねた。

「ボニー、正直にいうわ、きょうは都合が悪いのよ」ガートはいった。「午前中にアダム・コーリフの追悼ミサがあって、そのあと兄が参列者を招いてプラザ・アテネで昼食会をしたの。たったいま帰ってきたところで、もうくたくたなのよ」

「ガート、うかがったほうがよさそうな気がするの。二十分もしないうちにうかがえるし、三十分以上はお邪魔しないと約束するわ」

カチリと電話の切れる音を聞いて、ガートはためいきをついた。感情的な乱れの多い一日だっただけに、あとはローブにでも着替えて紅茶を一杯飲むのを心待ちにしていたのだ。

この年まで生きてきたのに、わたしはいまだにもっとはっきり意志をつたえて相手におしきられないようにするコツを身につけられないでいる、とガートは自分をふがいなく思った。たぶん兄のコーネリアスがわたしの分まで吸い取ってしまったんだわ。

アダムのことをあれだけ見事にしゃべったのはすばらしかった、とガートは思った。ミサのあと、彼女はすなおにコーネリアスにそうつたえた。

「人をほめあげるのは政治家ならだれにでもできることだ。ガート」コーネリアスは不機嫌に答えた。「長年わしがたわごとをいうのを聞いてきたおまえなら、当然わかるはずだ」

兄のそっけなさを腹立たしく思いながら、ネルにはそんな口はきかないようにとガートは釘《くぎ》をさした。マックの名誉のためにいっておくと、ネルに礼をいわれたときはマックはおとなしく口をつぐんでいた。

ああ、かわいそうなネル。今朝のミサでの様子を思い出すだけでも不憫《ふびん》でならなかった。せめてすこしでもネルが感情をあらわにしてくれたら。だがネルは超然とただすわっているだけだった。昔、リチャードとジョウンのミサのときも、あんなふうだった。あの日、コーネリアスはミサのあいだじゅう声を殺して泣いていた。彼の手をそっとたたいて慰めようとしていたのは、十歳のネルのほうだった。当時も今日のネルも、涙一滴こぼさなかった。

しばらくのあいだだけでも、わたしがそばについていることをネルが望んでくれたら。あの子はアダムの死が受け入れられないのだ。ミサのあとの昼食会で、ネルは「いまだに現実のこととは思えないの」といっていた。

ガートはためいきをつき、ベッドルームを横切ってクロゼットをあけた。それにしても今からボニーがくるかと思うと気が重かった。ひとりにしておいてほしいのに。でもしかたがない、ボニーがくる前にもうちょっとくつろげるものに着替えておかなくては。

ガートはスラックスとコットンのカーディガンに着替えて、履き心地のいいスリッパをはいた。水で顔をぱしゃぱしゃとたたき、髪をとかした。いくらかすっきりした気分で居間にもどったとき、インターコムが鳴って、ミス・ウィルソンが見えているとドアマンが知らせてきた。

「迷惑なのはわかっていますわ」ボニーはアパートメントにはいってきながらいった。

「でも、うかがう必要があると感じたんです」グレイの目がガートの顔をじっと見た。

「そんなに心配なさらないで」ボニーはおだやかにいった。「姪御《めいご》さんを助けてあげられそうな気がするんです。お茶をいれようとしていたんじゃありません？　ふたりでいただきましょうよ」

数分後、ふたりの女はキッチンの小テーブルをはさんでむきあっていた。

「祖母がお茶の葉占いをよくしていたのを思い出しますわ」ボニーはいった。「びっくりするほどよく当たったんです。きっと自分でもわからない天性の霊能力があったんでしょうね。いとこのひとりが重い病気になるのを占いで祖母があててからというもの、祖父は占いをとてもいやがりました。いとこが病気になったのは、占いの力のせいだと思いこんでいたんでしょうね」

ボニーの長い指がカップをつつんだ。茶こしをすりぬけてカップにはいった数枚の葉を彼女はじっと見つめた。黒い髪がたれて顔をおおいかくした。ガートは不安をつのらせて、年下の女を見つめた。彼女はなにかを知っているんだわ、と思った。わたしによくない知らせを伝えようとしている。きっとそうにちがいない。

「ガート、〝自主的発言現象〟がどういうものか知ってらっしゃるでしょう？」突然ボニーがたずねた。

「ええ、もちろん。噂《うわさ》だけですけれどね。たしかとてもめずらしい現象だったわね」

「ええ。きのう、新しい依頼人が見えたんです。さいわい、別の次元にいる依頼人のお母さんとコンタクトすることができて、お母さんの死を受け入れるお手伝いができたと思ってますの。ところがそのとき、別の誰かがわたしを求めているのを感じたんです」

ガートはカップを置いた。

「依頼人が帰ったあと、しばらくわたしは静かにすわったまま、様子をうかがっていました。すると聞こえたんです――男性の声が。とても低い声だったので、はじめはなんといっているのかわかりませんでしたけど、やがて彼がわたしに近づこうともがいているのを感じました。そしてひとつの名前をくりかえしつぶやいていることに気づいたんです。『ネル。ネル。ネル』と」

「まさか……？」ガートの声が途中でとぎれた。

大きく見開かれていたボニーの目が、きらめいていた。濃いグレイの瞳《ひとみ》がいっそう濃くなって、漆黒に変わった。ボニーはうなずいた。「名前を教えてほしいとたのんだのですけれど、男性のエネルギーが尽きかけていたためにコンタクトは薄れかかっていました。でも男性は消えていく直前に、こういいましたわ、『アダム。ぼくはアダムだ』」

27

昼食会が終わると、ネルはひとりでプラザ・アテネから歩いて帰ると言い張った。アパートメントまでの十ブロックがよい気分転換になりそうだったし、ひとりになって考える時間がほしかった。

「マック、わたしならだいじょうぶよ」心配する祖父に彼女はそういった。「あれこれ気をもむのはよして」

マックが最後まで残っていた客や、党の有力者たちである旧友たちと話をしているすきに、ネルはようやく会場をぬけだした。彼らの中には、お悔やみを述べる舌の根もかわかぬうちに、ネルに政治の話を切り出す無神経な輩《やから》もいた。

たとえばマイク・パワーズはこう打ち明けてきた。「ネル、はっきりいうが、ボブ・ゴーマンはマックの議席にすわっていた二年間なにひとつ達成しなかったんだ。やっこさんがインターネット関連企業に鞍替《くらが》えしてくれて、こっちはほっとしているぐらいさ。いい厄介払いというところだよ。きみが候補に名乗りをあげてくれたからには、勝ったも同然だ」

そうだろうか？　マディソン街を歩きながら、ネルは思った。アダムの元雇用主たちが不正入札と収賄《しゅうわい》の罪をアダムとウィニフレッドになすりつけようとしていることがあかるみに出ても、勝てるのだろうか？

死んでしまったふたりに罪を着せるなんて、あまりにも安易すぎる。ネルは怒りをおぼえた。勝手すぎる。

だが、ある考えが執拗《しつよう》にネルの心をさいなんでいるのも事実だった。アダムとウィニフレッドが死んだのは、地区検事が捜査中の収賄スキャンダルを知りすぎていたからなのだろうか？

たとえほんのすこしでも、なんらかの方法でアダムがそれに関わっていたとしたら、そしてわたしの出馬表明のあとでそれがあきらかになったら、議席の獲得は不可能だろう。

それに今朝の教会でのあの出来事。クルーザーの爆発を捜査中の刑事たちを見たとたん、リーサ・ライアンがパニックを起こしたのはなぜだろう？　ジミーが標的にされていたからだろうか？　新聞によれば、ジミー・ライアンは二年ほど失業しており、リーサの弁によれば、彼が失業したのは品質基準に達しない建築材料が使用されていることに不満をもらしたせいだという。ジミーは命が危険にさらされるようなことを、ほかにも知っていたのだろうか？

歩きながらふと気がつくと、日差しがまともに顔にあたっていた。うつむけていた顔をあげてあたりを見ると、絵に描いたように美しい六月の午後だった。アダムと一緒によくマディソン街をぶらついたことを思い出し、悲しみがこみあげてきた。ふたりともウィンドウショッピングが好きだったが、めったに買い物はしなかった。ときにはこのあたりのレストランで食事を楽しんだ。コーヒーを飲みにカフェに立ち寄るのはしょっちゅうだった。

ニューヨークにはレストランがそれこそ無数にある。ネルにとって、それはいつも驚嘆の種だった。ちょうど歩道に小さな鉄のテーブルと椅子《いす》を出したごく小さなふたつのレストランの前を通りかかった。

ふたりの女性がテーブルに腰をおろし、かたわらに買い物袋を置くのが目にとまった。「歩道のカフェはパリにいるような気分にさせてくれるわね」ひとりがいった。

アダムとわたしがハネムーンに出かけたのはパリだった、とネルは回想した。彼がパリに行ったのはあれがはじめてで、わたしはいそいそと案内したものだった。

マックは、わたしとアダムが知りあってまもなく結婚したのを快く思わなかった。「一年はつきあうものだ」とお説教をされたのをおぼえている。「そうしたら、街の話題をさらうような結婚式をあげてやるぞ。いい宣伝にもなる」

わたしはおおげさな結婚式はしたくなかったが、マックには理解してもらえなかった。

わたしにしてみれば、当然のことだった。にぎやかで派手な結婚式は、家族が大勢いる人のためのものだ。花嫁付き添いをしてくれるいとこたちがいなくてはならない。センチメンタルなプレゼントを受けとる双方の祖母、花を撒《ま》いて人気をさらう姪《めい》たちも必要だ。

わたしとアダムは結婚式について話しあった。世界にちらばる友だちを全員かきあつめても、盛大なお祝いで即席の家族を演じるには数が足りないし、そもそも自分たちには家族と呼べるものがない。いるのはマックとガートだけ。結局は彼らも、簡素な結婚式に賛成してくれた。

「身内だけの簡単な結婚式をしよう」アダムはそういった。「ぼくらの顔の前でフラッシュをたくリポーターたちなんていらないよ。それに、友だちを招待しようとしたら、どのあたりに線引きをしたらいいのかわからなくなる」

その友だちはきょうどこにいたのだろう？　ネルは考えた。

式の日取りを告げたとき、マックは雷を落とした。

「だいたいその男は何者なんだ、ネル？　ろくに知りもしない男じゃないか。おそまつな仕事をしにニューヨークへ出てきたノースダコタ出身の建築家ってことはわかってる。ほかに、おまえはなにを知っているというんだ？」

マックは——マックらしく——アダムのことをすでに調べていた。「あの男が出た大学は低級な三流大学だ、ネル。いいか、彼はスタンフォード出身のエリートとはわけがちがう。これまで働いたことのある職場はショッピングセンターや低所得者層むけの住宅建設専門のちっぽけな会社ばかりだ。そういう仕事をしてきたんだ」

だがマックは——マックらしく——吠《ほ》えこそすれ、例によって嚙《か》みつきはしなかった。わたしの決意が固いことをいったん認めると、アダムを友人であるロバート・ウォルターズとレン・アースデールに紹介し、アダムは彼らの会社に就職した。

回想しているうちに、ネルはアパートメントのあるビルにたどりついた。十一年前、このアパートメントを購入したときは大学を出たばかりだった。マックはそれまで一緒に暮らしていた褐色砂岩の家から、ネルが出ていこうとする理由をはかりかねた。

「いずれおまえはわしのためにニューヨークの議員事務所を切り盛りし、夜はロースクールへ通うようになるんだ。金は無駄遣いするもんじゃない」

「しおどきなのよ、マック」ネルはそういい張った。

当時ドアマンのカルロはまだ新米だった。あのときマックの家からもってきたわずかな荷物を車から運びだすのを手伝ってくれたカルロが、きょうはネルのためにドアをあけながら気遣うような表情をうかべていた。「大変な一日でしたね、ミズ・マクダーモット」カルロの目には同情がのぞいていた。

「そうね、カルロ」ネルは相手の声ににじむ心づかいに不思議と慰められるのを感じた。

「ゆっくり休まれるといいですよ」

「そのつもりよ」

「あの、ミスター・コーリフのもとで働いていたあのご婦人のことなんですが」

「ウィニフレッド・ジョンソン？」

「はい、その方です。先週、事故の起きた日にここへおいでになりましたよね」

「そうよ」

「ここにはいってみえたとき、いつものようにずいぶん神経質になっておいでででした。いやにおどおどしているようだったということですが」

「そうね」ネルはまたいった。

「それで、お帰りになるときに、わたしがドアをあけてさしあげたちょうどそのとき、携帯電話が鳴ったんです。あの方は足をとめて電話に出られました。いやでも聞こえてしまったんです。お母さんだったようです。お母さんはたしか老人ホームにおられるんでしたね？」

「ええ、ホワイトプレーンズにあるオールド・ウッズ・マナーにね。わたしの友だちのお父様もそこに入居してらしたわ。ああいう施設としては、とてもいいところよ」

「気分がめいると不平をいっておいでのようでした。今後も誰か面会に行く方がいるといいですね」

一時間後、シャワーをあびてデニムの上着とスラックスに着替えたネルはエレベーターで駐車場までおり、車に乗った。一週間近くウィニフレッドの母親のことをまったく失念していたのが恥ずかしかった。せめてお悔やみだけでもつたえ、なにかできることはないかとたずねてみるつもりだった。

だが、例によって渋滞中のFDR・ドライヴを進みながら、急にオールド・ウッズ・マナー行きを決めたのには、もうひとつの理由があることに気づいた。父親がそこに入居していた友だちの話では、オールド・ウッズ・マナーはかなり金のかかる施設だった。ミセス・ローダ・ジョンソンはいつからマナーで暮らしているのだろう？　どうやってウィニフレッドはその金を工面していたのだろう？

建設業界における交渉の有無についてウィニフレッドの知らないことはないと、生前アダムがいっていたことが思い出された。そしてマックは、ウィニフレッドはみんなが考えていたような取るに足らぬ存在ではなかったかもしれないとほのめかしていた。

老いた母親の面倒をみなければならないという必然性が起爆剤となって、ウィニフレッドが不正取引をネタに金をもらっていたのではないかとネルは考えた。ウォルターズとアースデールがマックに告げた収賄に関して、ウィニフレッドはほんとうになにか知っていたのかもしれない。ことによるとクルーザーが爆発した——そしてアダムが死んだ——理由は、ウィニフレッドだったのではないだろうか？

28

ピーター・ラングはアダム・コーリフの追悼ミサに当然出席するつもりでいたが、土壇場《どたんば》になって、ヴァンダーミーア・タワー・プロジェクトの有力な投資パートナーのひとり、オーヴァーランド銀行のカーティス・リトルから電話がかかってきた。同僚のジョン・ヒルマーに現在の交渉状態をラングの口から説明してもらいたいとの要望だった。あいているのはミサの時間帯しかなかった。

四十一番通りとアヴェニュー・オブ・ジ・アメリカスの角に位置するピーター・ラングの広々としたオフィスの会議室に三人は集まった。

「六番街という名称がアヴェニュー・オブ・ジ・アメリカスに変わったとき、わたしの父は不満をいいつづけていたよ」ピーターは会議テーブルに腰をおろすと、ヒルマーにいった。「ここはもともと父のオフィスでね、引退する日まで自分は六番街で仕事をしたのだと、父は事あるごとにいっていた。大変な頑固者だったんだ」

ヒルマーはうっすらと微笑した。有名人ピーター・ラングとはそれが初対面だったが、彼に〝頑固者〟のイメージがまるでないのはあきらかだった。事故の切り傷やあざはまだ残っていたが、ラングは自信にあふれたハンサムな男で、高価な服をさりげなく優雅に着こなしていた。

テーブル上の布をかけた模型を指さしたとき、ラングの軽口が一変した。「カート、これからきみとジョンに、イアン・マクスウェル設計のアパートメントとオフィスとショッピングストアの複合施設の模型を見せる。知ってるだろうが、マクスウェルはミシガン湖のほとりに五十五階建ての住居とビジネス兼用のじつに見事なビルを完成させたばかりだ。過去二十年でシカゴに建設されたもっとも創造的、かつ美しい建造物のひとつとして評価されている」

ラングはいったん口をつぐみ、あとのふたりは彼の顔が苦痛にゆがむのを見た。すまなそうに微笑しながら、ラングは錠剤をつまんで、すばやく水とともに飲みくだした。

「ひどい顔になっているが、本当に問題なのは肋骨《ろっこつ》のひびのほうでね」

五十がらみで銀髪、神経質なエネルギーを発散しているカーティス・リトルが、そっけなくいった。「あざと肋骨のひび程度ですんで、きみは幸運だよ、ピーター。わたしにもいえることだがね。おかげでこの会合までこぎつけることができた。それでアダム・コーリフの土地はどうするんだ？」

「カート、きみは当初からこのプロジェクトにかんでいたからいいとして、ジョンにちょっと説明させてくれ」ピーターはいった。「知ってのとおり、ウェストサイドの二十三番通りと三十一番通りのあいだの数ブロックは、再開発を待つばかりとなったマンハッタンの一画だ。実際問題として、再開発はすでにはじまっている。わたしはしばらく前から、ヴァンダーミーア邸につけられた歴史的建造物というレッテルをはがそうと努めてきた。あそこはマンハッタンでもきわめて価値の高い土地なんだ。本来ならとっくに取り壊されてしかるべき老朽化した建造物への感傷的な愛着のせいで、手をつけることもままならんというのはじつにばかげている。だれしもそう考えている。ヴァンダーミーア邸は官僚主義の独断をしめすとりわけ顕著な一例だ——目ざわりなだけでなく、そもそもとりたてて興味深い建物でもなかった」

ラングは椅子によりかかり、もっと快適な姿勢を見つけようとした。「あの建物は歴史的建造物の名に値しなかった。しかし正直な話、市の財務委員会に働きかけたところで、あれを保存建築物のリストからはずさせることができるとは思っていなかったんだ。だから、隣接するカプランの所有地には手を出さなかったんだよ。しかし委員会には事あるごとに要請しつづけてきた。ついにそれが実を結び、財務委員会がヴァンダーミーア邸をリストからはずすことを認めたそのわずか数時間後に、当の屋敷が中にいた気の毒な女性もろとも焼け落ちるとはね、皮肉としかいいようがない」ラングの口元にいたましげな微笑がちらりと浮かんだ。

彼はふたたび水のグラスを手にとり、腫《は》れ上がったくちびるを水でしめしてから、先をつづけた。「知ってのとおり、わたしがヴァンダーミーア邸をリストからはずしてもらおうと四苦八苦しているあいだに、アダム・コーリフがカプランの所有地を購入した。わたしは彼にその二倍出すといったんだが、コーリフの望みは金じゃなかった。彼が提案したのは、われわれが建設予定の複合施設の建築デザインをコーリフにまかせること、そして工事にサム・クラウスを使うことだった」

カーティス・リトルが落ち着きなくみじろぎした。「ピーター、アダム・コーリフの設計に資金を提供するつもりはわれわれにはないよ。彼のデザインは人まね的な衒学《げんがく》趣味で、さまざまな建築様式をごたまぜにしたろくでもないしろものだ」

「同感だね」ラングはすぐにいった。「アダムはあの所有地を手放すのと引き替えに、彼自身を建築家として使う契約が結べると思っていたんだ。カプランの所有地を手にいれるためなら、われわれがなんでもすると踏んでいたんだよ。とんでもない。わたしがイアン・マクスウェルに設計を依頼したのはそのためだ。数人の仲間が過去にイアンと仕事をしたことがあってね。彼らのすすめで、わたしがイアンに電話をしたんだ」

ピーターは身を乗りだすと、テーブル上の模型にかぶせてあった布を取りのぞき、ポストモダンなアールデコのファサードをもつ建物をあらわにした。

「イアンは二週間前にマンハッタンに着いた。わたしは彼を建設用地へ連れていき、問題を説明したんだ。アダム・コーリフが所有していたカプランの土地を使わずにわれわれの希望する複合タワーを建てるとなると、こんな感じになるんじゃないかという試案が、これなんだ。わたしは先週アダムに、われわれが別のプランをすすめていることを知らせておいた」

「コーリフはわれわれが彼の提案にのらないのを知っていたんだな？」リトルが聞いた。

「ああ、そうだ。アダムはわれわれが彼なしでは困るだろうと見て独立したが、判断をあやまったわけだ。昨日、彼の奥さん——いや、未亡人というべきだろうな——に会ったよ。来週、仕事のことで会いたいといっておいた。われわれには彼女の所有地——わかりやすく、カプランの所有地と呼ぶことにしよう——は必要ないと説明するつもりだよ。ただし売る意志があるなら、それ相応の金は払うとつたえる」

「で、もし彼女が売るといったら……」カーティス・リトルがいいかけた。

「売るといったら、こちらの当初の希望通り、イアン・マクスウェルが隣にタワーを擁したわれわれのビルを設計することになる。売らなければ、わたしがアダムに説明したように、タワーはビルのうしろに隠れることになろうな。それはそれでちっともかまわない」

「アダム・コーリフはカプランの所有地を適正価格で売るつもりだったんだろうか？」

ジョン・ヒルマーがたずねた。

ピーター・ラングは微笑した。「もちろんだ。アダムはうぬぼれ屋だったし、建築家としてもビジネスマンとしても、自分の能力を過大評価していたが、ばかではなかった。カプランの所有地を適正価格で手放してはどうかというわたしの申し出に、彼が大喜びしたわけではない。しかし、こちらの申し出に応じなければ、カプランの土地は市に寄付して小公園にするぐらいしか利用価値がないんじゃないかと指摘してやったよ」ラングは自分の冗談に冷たい笑いを浮かべた。

カーティス・リトルは模型を観察していた。「ピーター、タワーをビルの裏に置くのはかまわんが、それではビルの美観を大幅にそこなうことになるし、賃貸面積を激減させることになるぞ。その場合は資金提供できるかどうかわれわれとしても二の足をふまざるをえないな」

ピーター・ラングは微笑した。「当然だ。しかし、アダム・コーリフはそれを知らなかった。彼は所詮《しょせん》井の中の蛙《かわず》にすぎなかったんだよ。わたしを信用したまえ、生きていれば、コーリフはきっとわれわれの言い値であの土地を売ったはずだ」

オーヴァーランド銀行のベンチャーキャピタル投資部門担当の副社長に就任したばかりのジョン・ヒルマーは、苦労してその地位までのぼりつめた人物だった。テーブルのむこうにいるピーター・ラングを観察していたヒルマーは、ラングが生まれたときから過不足ない人生を送ってきたことを思って、嫌悪《けんお》をつのらせた。

軽い自動車事故のおかげで、ラングはコーリフのクルーザーの爆発にまきこまれずにすんでいた。しかし、その気の毒な男について話しているあいだ、ラングはクルーザーで命を落としたアダム・コーリフをはじめとする四人を悼《いた》むようなことは、一言も口にしていなかった。

アダム・コーリフがカプランの所有地を抜け目なく一足先に買い取ってしまったことで、ラングはいまだに腹の虫がおさまらないのだ、とヒルマーは考えた。あの土地がなくても建設の資金源は見つけられるとコーリフに思わせる方法を見つけ、その後あの男が死んでしまうと、カプランの所有地を自分の言い値で手にいれられると思いこんでいる。情け容赦のない業界とはいえ、イヤな男だ。

辞去しようと立ちあがったとき、ふとヒルマーの頭に別の考えがうかんだ。大学のフットボール・チームのディフェンシヴ・タックルである息子は、試合が終わるとくたばる一歩手前のような顔をしている。トレーラートラックと衝突したくせに、ピーター・ラングは妙に元気じゃないか。

29

追悼ミサのあと、ジャック・スクラファニとジョージ・ブレナンはほかほかのパストラミサンドと湯気のたつコーヒー容器をもってジャックのオフィスへもどった。ふたりとも考えこんでいたので、もくもくと食べた。

やがて申しあわせたように、アルミフォイルとナプキンと手をつけなかったニンニクのピクルスをプラスティック容器におしこんで、ゴミ箱に投げこんだ。そしてコーヒーの残りをすすりつつ、顔を見あわせた。

「ライアンの未亡人、どう思う？」ジョージ・ブレナンが口を切った。

「おびえてたな。なにかのことで、心配で気も狂わんばかりになってる。おれたちを見たとたん、マグレガーさんのキャベツ畑にいるところを見つかったウサギみたいに逃げていった」

「なにをこわがっているんだろう？」

「なんにせよ、そいつをだれかに打ち明けたいと思ってるんだ」

ブレナンはにやりとした。「カトリック信者の罪悪感てやつか？　告白したいって？」

刑事はともにカトリックで、カトリックとして育てられたものは誰でも、罪を告白して許しを求めるようにしつけられてきたという点で、とうの昔に意見の一致を見ていた。おかげで自分たちの仕事は楽になると、ときたま冗談を飛ばすこともあった。

ミサ終了後、教会の外に出たジャック・スクラファニは相棒より前を歩いていたから、そのぶんリーサ・ライアンの顔がよく見えた。ネル・マクダーモットの肩越しに自分を見たリーサはパニックを起こしかけていた。目には恐怖がうかんでいた。おれたちに気づかなかったら、ネル・マクダーモットにきっとなにかをうちあけていたにちがいない。

「リーサ・ライアンの家をたずねたほうがよさそうだな」スクラファニはゆっくりいった。「なにかとんでもないことを知っていて、どうしたらいいのかわからないでいるんだ」

「亭主があの爆発の原因だったという証拠を見つけたとでも？」

「なにかの証拠を握っているのはたしかだな。だが、じきにわかる。カプランについてインターポールからの報告は？」

ブレナンは電話に手をのばした。「おれが出たあと、なにか連絡があったかどうか聞いてみよう」

インターポールの回答について問い合わせるブレナンの顔に急に緊張が走るのを見て、ジャック・スクラファニの脈が速まった。なにかつかんだな。

ブレナンは話を終えて受話器をもどした。「にらんでいたとおり、カプランのオーストラリアでの前科リストはグレート・バリア・リーフ（訳注　二千キロにおよぶ世界最大のサンゴ礁）顔負けの長さだ。ほとんどはケチなものばかりだが、ひとつだけ一年の刑期に服したことがある。まあ、聞けよ。車のトランクに爆発物を隠しもっていた罪でつかまったんだと。当時カプランは解体工事会社で働いていて、仕事場から爆薬を盗んだんだ。さいわい、警察はやつをつかまえた。ただ、まずいことに、それでやつがなにをしようとしていたのかはわからずじまいだった。なにかを爆発させるために金でやとわれたのではないかというんだが、結局証明はできなかった」

ブレナンは立ちあがった。「もう一度カプランを調べたほうがいいな、どうだ？」

「捜索令状を取るのか？」

「そうだ。やつの前科とアダム・コーリフへの露骨な敵愾心《てきがいしん》があれば、判事もうんというだろう。午後おそくには捜索令状がもらえるはずだ」

「おれはやっぱりリーサ・ライアンと話がしたい」ジャック・スクラファニはいった。「カプランがダイナマイトを片手に握っているところを見たとしても、あの夜クルーザーで起きたことは、リーサをさいなんでいる謎《なぞ》と関係があるような気がするんだ」

30

オールド・ウッヅ・マナーはニューヨーク・シティの北、ウェストチェスター郡を通る混雑したルート二八七からはほんの数ブロックの距離にある。だが施設へ通じる長い車廻しにはいると、状況は劇的に変化した。郊外特有の雰囲気は一変し、前方に見えてきた美しい石造りの建物は、英国の田園地帯に住む裕福な地主の屋敷といっても通りそうだった。

マックが議員だった頃、ネルはしばしば実情調査活動につとめるマックのおともをした。どう見ても閉鎖したほうがよさそうな施設から、大きくはないが十分に小規模病院としての機能をそなえた施設、また入念な設計の——ときには贅沢《ぜいたく》ですらある——健全経営の施設まで、ありとあらゆる老人ホームをマックのかたわらで観察してきた。

車をとめて中にはいり、高価な調度でまとめられた応接室で事務員に迎えられたとき、ネルはここが最高級の介護施設だという印象をさらに強めた。

六十代はじめとおぼしき魅力的な女性が、ネルをエレベーターに案内し、二階まででつきそってきた。

彼女はジョージナ・マシューズと名乗った。「一週間に二、三日、午後だけここでボランティアをしているんですよ。ミセス・ジョンソンはスイートの二一六号室です。娘さんが亡《な》くなられて、大変なショックを受けていらっしゃるんです。わたしたちは可能なかぎりミセス・ジョンソンのお手伝いをしようと努力しているんですけど、じつはね、あの方はいつも世界中相手に怒っていらっしゃるの」

まあ、わたしと同じね、とネルは思った。

二階でエレベーターをおりて、趣味のいいカーペットが敷き詰められた廊下を進んだ。途中、歩行器や車椅子《くるまいす》を使っている数人のお年寄りとすれちがった。ジョージナ・マシューズは笑顔で彼らひとりひとりに短い言葉をかけた。

ネルは物慣れた目で老人たち全員がきちんと世話をされており、身なりもこぎれいであるのを見てとった。「入居者にたいする付き添いの割合はどのくらいなんですか?」

「いいご質問だわ」マシューズは答えた。「入居者三人にふたりの職員がつきます。もちろんその中には登録看護婦とセラピストもふくまれます」マシューズが足をとめた。「ここがミセス・ジョンソンのお部屋です。お待ちかねですよ」彼女はドアをノックしてからあけた。

ローダ・ジョンソンはリクライニング式の椅子にすわって目をつぶり、足をあげ、薄手の毛布を身体《からだ》にかけていた。ネルは意外の感に打たれた。七十代の後半と思われるローダ・ジョンソンは肩幅の広い、ごま塩の髪が豊かな女性だった。

ネルを一瞬おどろかせたのは、母親と娘の対照的なちがいだった。ウィニフレッドはいたいたしいほど痩《や》せていた。髪はまっすぐで、やわらかそうだった。母親似なのだろうと勝手に思いこんでいたのだが、ローダ・ジョンソンはあきらかに娘とは異なるタイプだった。

ネルたちが部屋にはいっていくと同時に目をあけたミセス・ジョンソンは、ネルに目を釘付《くぎづ》けにした。「あなたがくることは聞いてましたよ。感謝すべきなんでしょうね」

「まあまあ、ミセス・ジョンソン」ジョージナ・マシューズがいさめるようにいった。

ローダ・ジョンソンはマシューズには見向きもしなかった。「ウィニフレッドはウォルターズ&アースデールで長年なんの不満もなく働いていたのよ。給料もあげてもらって、おかげでウィニフレッドはあたしをここへいれることができた。前にいた老人ホームは我慢ならなかったんでね。会社を辞めるんじゃないと口をすっぱくしていい聞かせたのに、あの子は聞きゃしなかった。あんたのご亭主が自分の会社をつくったら、一緒に辞めちまったのよ。そうだね？」

「ウィニフレッドのことは心からお気の毒に思っています」ネルは口を開いた。「お悔やみ申しあげます。どんなことでもかまいませんから、お役にたてることはないでしょうか」ネルはミセス・マシューズがちらりと自分を見たのを感じた。きっとアダムのことを新聞で読んだにちがいない。でも、わたしが電話をしたときは、わたしとウィニフレッドの身に起きたことを結びつけて考えなかったのだ。

無意識のジェスチャーで、ジョージナ・マシューズはネルの腕にそっとふれて、つぶやいた。「気づきませんでしたわ。ではわたしはこれで」彼女はローダ・ジョンソンのほうをむいた。「お行儀よくね」

ネルはドアがしまるまで待ってからいった。「ミセス・ジョンソン、どんなに心細くていらっしゃるかよくわかりますわ。わたしも同じ気持ちです。だからお目にかかりたかったんです」

ネルは椅子をそばに引きよせて、衝動的にローダ・ジョンソンの頬にキスした。「おいやでしたら、すぐに失礼します。お気持ちはわかりますから」

「あんたのせいじゃないんだろうけど」ミセス・ジョンソンの口調はわずかながらあいかわらず好戦的だった。「でもなんだってご亭主はウィニフレッドに仕事を辞めるようしつこくいったんだろうねぇ？　なんだってまず自分の会社を興《おこ》して、どんな案配か様子を見てからにしなかったんだろう？　ウィニフレッドはりっぱな職についてて、収入もよかったし、保障もたくさんあったんだよ。思い切ってその職を辞めて、あんたのご亭主のところで働こうと思ったとき、このあたしのことを考えてくれたんだろうか？いいや、考えやしなかったんだよ」

「ここの費用をまかなえるような保険にはいっていたのかもしれません」ネルはいってみた。

「そうだとしても、あたしにはそんなこと一言もいわなかった。ウィニフレッドはものすごく口が固くてね。保険のことなんか、あたしにわかるわけない」

「ウィニフレッドは金庫をもっていましたか？」

「なんで金庫なんかにいれなくちゃならないんだい？」

ネルは微笑した。「だったら、個人的な書類はどこに保管していましたの？」

「アパートメントの机の中だろうよ。いいアパートメントだったよ。いまでも家賃を払っていてね。あの子が幼稚園に行っていた頃から、そこに住んでいたんだよ。関節炎がなけりゃ、あたしがいますぐ行くんだけどね。関節炎のせいで足がいうことをきかないもんだから」

「お隣の人に机の中を見てもらって、書類を郵送してもらうようにしましょうか」

「隣の人間になんか、余計な首をつっこんでもらいたくないね」

「じゃ、おつきあいのある弁護士はいませんか？」

「なんであたしに弁護士が必要なんだい？」ロータ・ジョンソンは値踏みするようにネルをじっと見た。「あんたのおじいさんはコーネリアス・マクダーモットなんだろ？」

「ええ、そうです」

「いい人だ、この国の数少ない正直な政治家のひとりだよ」

「ありがとう」

「あんたにアパートメントにはいって書類をさがしてほしいとあたしがいったら、おじいさんも同行するかね？」

「わたしがたのめば、同行してくれますわ。ええ」

「ウィニフレッドが赤ん坊で、彼の選挙区に住んでいたとき、あたしらはコーネリアス・マクダーモットに投票したんだ。あたしの夫はマクダーモットが最高だと思っていたよ」

ロー ダ・ジョンソンは泣き出した。「ウィニフレッドが恋しいよ。善良な子だった。死ななくちゃならないようなことはなにもしなかったのに。ただ勇気が足りなくてね──それがあの子の欠点だったんだよ、かわいそうに。いつも人を喜ばせようとしていたよ。あたしと同じで、ちゃんと評価されたためしがない。あの会社のために身を粉にして働いたんだ。すくなくともあの会社は、それ相応の昇給はしてくれたけどね」

そうかもしれない。そうではないかもしれない、とネルは思った。「祖父はきっとアパートメントに一緒についてきてくれますわ。ほかにもお望みの品がおありなら、どうぞおっしゃって」

ローダ・ジョンソンはハンカチを捜してセーターのポケットをさぐった。その様子を見ながら、ネルははじめて、ミセス・ジョンソンの指が関節炎のためにひどく変形していることに気づいた。「額入りの写真があるんだよ」ローダ・ジョンソンはいった。「それをみんなもってきておくれ。ああ、そうだ、ウィニフレッドの水泳のメダルがないかどうかそれも見てきてもらえないかね。小さい頃、あの子は水泳でたくさん賞品をとったんだよ。この調子でいけば、第二のエスター・ウィリアムズ（訳注　往年のハリウッド映画『水着の女王』などで有名な泳げる女優）になれるかもしれないとコーチからいわれたものさ。だけど、あたしが関節炎にやられ、父親が死んだとあっちゃ、ウィニフレッドを好き勝手にさせるわけにはいかなかったんだよ、そうだろう？」

31

ボニー・ウィルソンが帰ったあと、ガートはたったいま知ったことをネルにどうやって知らせようかと頭を悩ませた。アダムがボニーとコンタクトしようとしていることを、どう切り出したらいいだろう？　ボニー・ウィルソンの話は真実だとガートは確信していた。でもネルが抵抗するのは目に見えている。一部の人には本当の霊能力があり、他人を助けるためにその力を使っているのだということを、ネルは認めようとしない。自分自身に霊能力がそなわっている事実をこわがってもいる。無理もないわ、コーネリアスから〝空想への逃避〟説をさんざん聞かされているのだから。

十歳だったネルが腕の中で泣きじゃくっていたのを思い出して、ガートは涙ぐんだ。

「ガートおばさま、ママとダディがあたしにさよならをいいにきたの。ダディがいつもあたしの髪をなでてくれたのを知っているでしょ？　休み時間にダディがそばにきて、そうやって髪をなでてくれたのよ。次にママがキスしてくれた。ママがキスをするのを感じたの。あたし、泣きだしたわ。だって、ママとダディがもうこの世にいないことがそのときわかったからよ。わかったの。でもおじいちゃんはそんなのは想像だって。わたしの気のせいだっていうの」

両親を乗せた飛行機がレーダー・スクリーンから消えたまさにその瞬間にネルが経験したことをどう説明するつもりかとわたしはコーネリアスにたずねた。両親がネルのもとにあらわれたのを単なる空想だと、どうしてそう確信できるのかと、たずねた。するとコーネリアスは、わたしがネルにたわごとばかり吹きこんでいるからだと答えた。

でもあの悲劇より前にも、ネルは祖母のマデリーンが亡くなったのを知っていた。ほんの四つだったネルが階段をかけおりてきたとき、わたしはその場にいた。あの子は夜のあいだに〝おばあちゃん〟が部屋にはいってきたので、退院したのだと思いこんで、とてもはしゃいでいた。でも例によってコーネリアスは、夢でも見たのだろうと相手にしなかった。

ボニー・ウィルソンから聞いたことはコーネリアスには内緒にしよう、とガートは思った。ネルがボニーと話をするかどうかはともかく、マックにはそのことをいわないようにとネルに注意しておいたほうがいい。

夜の八時、ガートはネルに電話した。三回呼び出し音が鳴って、留守番電話に切り替わった。今夜はひとりにしてほしいのだろう、と思い、穏やかな口調をたもとうと努力しながらいった。「ネル、どうしているか気になっただけなの」ガートは一瞬ためらったすえに、いきなりしゃべりだした。「ネル、とても大事な話があるのよ。じつは――」

受話器がもちあげられた音がした。「ガートおばさま、わたしよ。どうかしたの?」

ネルの声は不明瞭《ふめいりよう》だった。泣いていたにちがいない。ガートは思い切っていった。「ネル、どうしても話さなくちゃならないことがあるの。友人で霊能力者のボニー・ウィルソンがきょうわたしに会いにきたのよ。ボニーは亡くなった人を愛する人とコンタクトさせることができるの。

ネル、なんならボニーに絶対の信頼を置いている人を紹介してもいいわ。ボニーは本物なの、まちがいないのよ。きょうここへきたとき、ボニーはアダムが別の次元から接触してきたといっていたわ。あなたと話したがっているそうよ。あなたを彼女に会わせたいの、お願い」

ネルに電話を切られるのがこわくて、ボニーの訪問のいきさつを話す勇気がどこかへ行ってしまうのがこわくて、ガートはせっかちにそこまで一気にしゃべった。

「ガート、わたしそういうことは信用してないの」ネルが低い声でいった。「わかっているでしょう。おばさまにとって、それが大事なことなのはわかるけれど、わたしは興味ないの。だから二度とその話はしないで——とりわけアダムに関することはよしてちょうだい」

ネルが通話をやめたしるしにカチリという音がして、ガートはたじろいだ。ネルの番号をリダイヤルして、こんなときにですぎた真似《まね》をしたことを謝ろうかと考えた。

ガートが知らなかったのは、受話器をおろしたネルが恐怖と不安にふるえていたことだった。

去年、あの気味の悪いテレビ番組でボニー・ウィルソンを偶然見たことがあったわ、とネルは考えた。専門家の霊能力をテストする視聴者参加番組だった。あれが完全なにせものでないとしたら、ボニー・ウィルソンの視聴者にたいする接しかたはおどろくべきものだった。自動車事故で死亡した夫のことをある女性が質問したとき、ボニーがあざやかにいいあててみせた事実が忘れられなかった。

「あなたはおふたりの婚約場所であるレストランで、ご主人を待っていましたね」ボニーはそういった。「あなたがたの五回めの結婚記念日でした。ご主人はあなたと一緒に過ごしたいと望んでいた年月を奪われてしまったように感じていらっしゃいますが、あなたを愛していること、しあわせであることをあなたに知ってもらいたがっておいでですよ」

ほんとうにアダムはわたしに接触しようとしているのだろうか？　ネルは考えた。マックはわたしがそういう話をするのを毛嫌いするが、死んだ者がわたしたちの人生に生きた人間となってあらわれるのは嘘《うそ》ではない。なんといっても、わたしはママとダディが死んだときわたしにさよならをいいにきたのを知っているし、ハワイで溺死《できし》しかけたとき、両親がわたしを安全なところへ導いてくれたのを知っている。だとしたら、アダムが今、わたしに接触しようとしているのだって、ありえないことではないのでは？でも、どうしてアダムはママやダディやおばあちゃんのように直接わたしのところへこないで、ほかの人に接触したのだろう？

受話器を見つめたまま、ネルはガートに電話をかけて混乱している自分を告白したい衝動と戦った。

32

日課にしているセントラルパークでのジョギングを終えて帰宅する頃には、ダン・マイナーの幸福感は不安にすりかわっていた。公園のベンチにすわっている母親――リリー・ブラウンにならえば、クィニー――を発見する、あるいはリリーがある日電話をかけてきて、「クィニーが収容施設にいるよ」と知らせてくれる、そんなことが現実に起きる可能性は万に一つもないような気がしてきた。

しかし長いシャワーはいくらか気分をひきたてるのに役だった。ダンはチノパンツとスポーツシャツに着替え、ローファーをつっかけて、バーの冷蔵庫をのぞいた。夕食にしたいのかどうかまだ自分でも判然としなかったが、一杯のシャルドネとチーズとクラッカーなら気分に叶《かな》った。

広々とした天井の高い部屋のソファに腰をおろし、室内を見まわした。三カ月半たってやっと家らしい感じになってきた。ワシントンのカテドラル・パークウェイに住んでいたときよりも、マンハッタンのコンドミニアムのほうがくつろぐのはなぜだろう？　そう自問したが、答えはわかっていた。

遺伝だ。母親はマンハッタン生まれだった。十二歳ぐらいで両親とともにメリーランドへ引っ越したものの、リリー・ブラウンによれば、ニューヨーク・シティは「彼女が世界一好きな場所」なのだ。

どこまでが実際に自分のおぼえている母で、どこまでが人づてに聞いて知っている母なのだろう？

ダンの父親は彼が三歳のとき、別の女性と恋愛関係になった。だからダンには父親と暮らした記憶がない。父親についていえる確かなことはひとつだけ、母が失踪《しっそう》したあと、息子の親権を争う姿勢をまったく見せなかったということだ。

ダンは祖父母が父親を嫌っているのを知っていたが、彼らはダンを育てながら、そういうそぶりを見せないよう気をつかっていた。「不幸なことに、結婚の多くは途中でだめになるんだよ、ダン」祖父母は孫にそういいきかせた。「結婚にピリオドをうちたくないと思う人間は深く傷つく。でもしばらくすると、その苦しみを乗り越える。きっとおまえのお母さんもいずれは離婚の痛手を乗り越えたことだろう。でもおまえに起きたことは乗り越えられなかったんだ」

これだけの歳月がたった今、母親とのあいだになんらかの関係を結べると思うのはなぜだろう、とダンは自問した。

きっとなんとかなる。ぼくには自信がある。テレビのドキュメンタリー番組で母をちらりと見たあと、祖父母が母を見つけるために送りこんだ私立探偵は、いくつかの情報を入手していた。「娘さんは、老人介護の仕事をしていました」探偵は祖父母に告げた。「大変有能だったようです。しかし鬱《うつ》状態になると、飲酒癖がぶりかえしてふたたび路上生活に逆戻りしたんですよ」

探偵はクィニーと一度長時間話をしたというソーシャルワーカーを見つけだしていた。今、ワインをすすりながら、ダンはそのソーシャルワーカーのいったひとつのことをくりかえし考えていた。「この人生で一番したいのはどんなこと、とクィニーにたずねました。彼女はずいぶん長いことわたしを見ていましたが、やがて小さな声でいったんです、『贖《あがな》い』と」

その言葉がダンの胸でこだました。

電話が鳴った。ダンは電話に近づいて、発信者番号をたしかめた。同じビルの四階に住むファッション・デザイナーのペニー・メイナードからだと知って、眉《まゆ》をあげた。彼女とはエレベーターの中で何度かおしゃべりしたことがある。ダンと同じくらいの年で、おしゃれで魅力的な女性だった。そのときデートに誘おうかと思ったが、エレベーターで定期的に会う女性と親しい間柄にならないほうがいいと判断したのだった。

ダンは留守番電話にメッセージを取らせることにした。

マシンがかちりと音をたてた。「ダン、いるのはわかってるのよ」ペニーがきっぱりした口調でいった。「同じビルの人たちが今ふたりうちにきているの。で、せっかくだからこの機会に小児科医と親しくなっておこうってことになったのよ。だからきて。二十分以上はいなくてもいいわ。もちろん、わたしの即席のパスタ・サパーにくわわるなら別だけど」

会話のざわめきも一緒に聞こえてきた。ひとりぽつんと夜をすごさないですむことがふいにありがたく思えてきて、ダンは受話器をつかんだ。「喜んで行かせてもらうよ」

ペニーの家に集まっていたのは、陽気な連中だった。ダンはわれしらずくつろいで、パスタまで居残り、十時のニュースぎりぎりの時間に自分のロフトに帰った。ニューヨーク湾のクルーザー事故で亡《な》くなった建築家アダム・コーリフの追悼ミサのニュースが流れた。

フォックス・ニュースのロザンナ・スコットがニュースをつたえていた。「コーリフほか三名が犠牲となった爆発の原因は、いまだ調査中です。元下院議員のコーネリアス・マクダーモットが、アダム・コーリフの未亡人で孫娘でもあるネルにつきそい、教会から出てきました。現職のボブ・ゴーマンが議員生活の引退を表明してから、ネル・マクダーモットが祖父が五十年近く維持してきた議席獲得のため、立候補するとの噂《うわさ》でもちきりです」

画面にネルのクローズアップが写った。ダン・マイナーの目が大きくなった——みおぼえがある。待てよ。四、五年前に、彼女に会ったことがあるぞ。ホワイトハウスでのレセプションのときだ。彼女は祖父と一緒で、ぼくはデイド下院議員の娘をエスコートしていた。

数分間ネル・マクダーモットと談笑し、ふたりともジョージタウン大学の卒業生だとわかったのを思い出した。あの最後の出会いから、彼女が結婚し、夫を亡くし、今こうして政界に乗り出そうとしているのが夢のようだった。

カメラはしつこくネルの顔を追った。固くこわばった表情と、苦痛をたたえた目は、ダンの記憶にあるきらめくような笑みをうかべた若い女性とは別人のようだった。

彼女に手紙を書こう、とダンは考えた。ぼくのことなどおぼえていないだろうが、それはかまわない。それにしてもなんという打ちひしがれようだろう。アダム・コーリフはすばらしい男だったにちがいない。

六月十六日　金曜日

33

ウィニフレッド・ジョンソンが住んでいた建物は、アムステルダム・アヴェニューと八十一番通りの角にあった。金曜の朝十時、ネルは建物のロビーで祖父と落ち合った。

「かつての美しさは今いずこ、ね、マック」あらわれた祖父にネルはそういった。

コーネリアス・マクダーモットは見る影もないロビーを見まわした。大理石の床はしみだらけで、照明は薄暗かった。置かれている家具はみすぼらしい二脚の肘掛《ひじか》け椅子《いす》だけだった。

「ウィニフレッドのお母さんが今朝管理人に電話をかけて、わたしたちの訪問を伝えてくださったはずなんだけれど」ドアマンもかねているらしい雑役夫にネルが説明すると、彼はひとつしかないエレベーターのほうへ手をふった。

「ネル、ここへきたのは大きなまちがいのような気がするんだ」エレベーターががたがたと五階へ上昇していくあいだ、コーネリアス・マクダーモットはいった。「地区検事の捜査がどこまで進んでいるのか知らんが、ウィニフレッドが汚職に関与していた、あるいはなにかを知っていたとしたら……」彼は口をつぐんだ。

「アダムが収賄《しゅうわい》や不正入札にかかわっていたんじゃないかなんて、考えないでもらいたいわ」ネルの口調は激しかった。

「考えとりゃせんよ、ただ、警察が今すぐにでもここの捜索令状をとれるとしたら、おまえとわしが彼らより先にここへくるのは得策じゃないといっておるんだ」

「マック、お願いよ」ネルは声にいらだちを出すまいとした。「わたしは力になってあげようとしているだけだわ。ここへきたのはおもに、ウィニフレッドがお母さんのためにどんな貯蓄をしていたのか、それをたしかめるためよ。保険証書みたいなものをさがしているの。ミセス・ジョンソンはオールド・ウッズ・マナーを出なくちゃならなくなるんじゃないかと、そのことをとても心配しているわ。あそこなら満足なのよ。特別つきあいやすい人じゃないようだけど、リューマチによるひどい関節炎に冒されているの。一日中体中が痛かったら、わたしだって魅力的にはなれないと思うわ」

「魅力的になることと、われわれがウィニフレッドのアパートメントをかぎまわることと、どういう関係がある?」エレベーターをおりると、マックはいった。「いいか、ネル。われわれは互いに正直にやってきた。おまえは善行にはげむガールスカウトじゃない。ウォルターズ&アースデールで収賄がおこなわれていたのなら、おまえだとてウィニフレッドになんらかの汚点を見つけて、アダムのことは吹き寄せられた雪のごとくクリーンなままにしておきたいはずだ」

ふたりはすすけた廊下を歩いていった。「ウィニフレッドのアパートメントは5Eよ」ネルはミセス・ジョンソンからあずかってきた鍵《かぎ》を出そうと、ショルダーバッグに手をいれた。

「二重ロックに安全ロックか」マックがむっつりいった。「プロなら缶切りひとつで押し入ることができそうだ」

ドアをあけたネルは一瞬ためらってから、足を踏み入れた。ほんの一週間前にはウィニフレッドがここにいたのに、早くも見捨てられたような雰囲気がただよっていた。

彼らはフォワイエでいったん足をとめ、位置関係を確認してから、思い切って奥へ歩きだした。ドアの左手にあるテーブルの花瓶にはしおれた花がいけてあった。食料品店で売っているような、みすぼらしげな花束だった。真正面に見える居間は細長い陰気な部屋で、すりきれたペルシャ風の絨毯《じゅうたん》が敷かれ、古びた赤のヴェロア張りのソファとそれにマッチした椅子、アップライト式のピアノと大型の書き物机が置かれていた。

書き物机の上にはレースのテーブルクロスがかかっている。几帳面《きちょうめん》に等間隔で並んだ額入りの写真、フリンジ付きの笠《かさ》が特徴の一対のテーブルランプ。あまりの古めかしさに、ネルは以前に見たヴィクトリア朝時代の映画を思い出した。

書き物机に近づいて、写真を観察してみた。初々《ういうい》しいウィニフレッドが水着姿で賞状を受け取っている写真がほとんどだった。もうすこし後の二十代のはじめと思われるウィニフレッドは、痩《や》せていて、ひたむきな笑みをうかべ、どことなく浮浪児のようだった。「彼女のお母さんがほしいといったのは、きっとここにある写真のことだわ」ネルはマックにいった。「帰るときに、もっていくわ」

ネルはフォワイエに戻り、左手にあるキッチンをちょっとのぞいてから、右にむきなおり、祖父をすぐうしろにしたがえて廊下を歩きだした。薄暗い廊下の奥にベッドルームがふたつあり、そのうち大きいほうにダブルベッドと化粧だんす、大型の衣類収納箱が置かれていた。ベッドの上に広げられたシェニール織りのカヴァーは、ネルに幼かった頃の祖母のベッドを思い出させた。

隣の部屋は、ウィニフレッドが書斎兼オフィスとして使っていたことが一目でわかった。狭いスペースにソファ、テレビ、雑誌籠《かご》、コンピューターデスクがごたごたとつめこまれている。デスクの上には本棚が二列、ソファの上には額入りのメダルがずらりと並んでいて、ネルがさきほどから感じていた狭いゆえの息苦しさに拍車をかけた。全体にひどく陰気くさくて、ネルは気分がめいってくるのを感じた。ウィニフレッドは人生のほとんどをここで過ごしたのだ。そして、この部屋をのぞけば、母親が老人ホームにはいってから家具の配置換えはまったくしなかったにちがいない。

「ネル、このグランドツアーが終わったら、捜し物を見つける努力をしたほうがいいんじゃないのか。そしてさっさとここから出よう」

マックが気むずかしげな口調になるのは不安のあらわれであることをネルは知っていた。ウィニフレッド・ジョンソンのアパートメントにはいることが、地区検事局の誤解を招く行為だとは考えてもいなかったが、祖父にそのことを指摘されてから、ネルも心配になりだしていた。

「そうね、マック。悪かったわ」ネルはデスクに近づいて、自分のしていることにうしろめたさをおぼえつつ中央の引き出しをあけた。

別世界を発見したようだった。糊《のり》つきの付箋《ふせん》から方眼紙まで、サイズも質もまちまちの紙切れがぎっしり引き出しに詰まっていた。そしてその一枚一枚に、タイプで、手書きで、大きな文字で、読めないほどの小さな文字で、ウィニフレッドは次のような言葉を書いていた。〈ウィニフレッドは、ハリー・レイノルズを、愛している〉

34

リーサ・ライアンの職場であるネイルサロンの経営者は、まるまる一週間休みを取るようすすめていた。「すこしひとりになる時間が必要だよ、ハニー、そうすれば癒《いや》しのプロセスをスタートできるからね」

「癒しのプロセスですって」リーサはベッドにつみあげた衣類の山を見ながら、軽蔑《けいべつ》をこめて思った。なんてばかばかしい言葉だろう。飛行機事故や地震の報道のあと、一部のニュースキャスターが口にするその表現を耳にするたび、ジミーがどんなにそれを小《こ》馬鹿《ばか》にしていたかが思い出された。

「家族や親戚《しんせき》は知らせをうけたばかりで、遺体もまだ発見されていないってのに、マイクを握って、癒しのプロセスのはじまりだなんてよくもいえるもんだ」ジミーはいらだたしげに首をふりながらリーサにそういったものだった。

じっとしていないで忙しく身体《からだ》を動かしているほうが気分も楽になるといわれ、ジミーのクロゼットや引き出しの整頓《せいとん》をしたらどうかとすすめられたので、リーサはこうしてジミーの衣類をよりわけ、処分するために箱にいれているところだった。おじいちゃんのときのように、クロゼットにしまいこんでおくより、どこかの気の毒な人が役だててくれるほうがいい、とリーサは思った。

祖母は祖父の遺品をまるごと保管して、祖父の思い出の神殿をつくりあげていた――すくなくとも当時はそう思えた。子供の頃、祖母のドレスの隣にきちんとハンガーにつるされた祖父の上着やコートを見たのをおぼえている。

わたしはジミーの服などなくても、ちゃんとあの人を思い出せる。リーサはそう思いながら、去年のクリスマスに子供たちがジミーにプレゼントしたスポーツシャツをたたんだ——だってジミーのことを考えない瞬間はないのだから。

「きまりきったパターンを変えたほうがいいですよ」そう教えてくれたのは葬儀社の社員だった。「テーブルでこれまでと同じ場所にすわるのはおよしなさい。ベッドルームの家具も位置を変えたほうがいい。ちょっとした変化が、愛する人を亡くしたあとの最初の一年をどれだけすごしやすくしてくれるか、おどろくほどですよ」

　ジミーのたんすの整頓がすんだら、息子の部屋にたんすを移すつもりだった。夢の家の模型はすでに居間に運びこんである。ジミーのいたダブルベッドにひとりで横たわって、それを目にするのは耐えられない苦痛だった。

　明日はベッドを窓と窓の間に移動させるつもりだったが、いくら家具の位置を変えたところで心が慰められるとは思えなかった。この先、まったくジミーのことを考えずにすごせる日がくるとは想像できなかった。

　時計に目をやったリーサは、もう三時十五分前なのに気づいてがっかりした。あと二十分もしたら、子供たちが帰ってくる。父親のものをよりわけているところを子供たちに見られたくなかった。

　例のお金——ふいにそのことが脳裡《のうり》にうかんだ。

　一日中そのことは考えないようにしてきた。きのう、アダム・コーリフのミサのあと教会からふたりの刑事が出てくるのを見て、リーサはきっと自分が尋問されるのだと思った。警察があのお金のことをつきとめたら、どうなるだろう。あるいは、なにかを疑っていて、令状をとって家宅捜索した結果あれを見つけたら。ジミーがお金をもらったいきさつをわたしが知っているにちがいないと考えて、わたしを逮捕したら。そうなったら、どうしよう？

そう思うと、恐ろしくていてもたってもいられなかった。どうすればいいの？　ああ神様、わたしはどうすればいいのでしょう。

ふいにドアのチャイムが鳴って、家の中の静けさをやぶった。リーサははっと息をのみ、もっていたシャツを落として、階下へかけおりた。きっとブレンダよ、と自分にいい聞かせた。あとで寄るといっていたもの。

だがドアをあけないうちから、訪問者はブレンダではなく、あの刑事のひとりにちがいないとリーサは身構えていた。

ジャック・スクラファニはジミー・ライアンの未亡人の腫《は》れぼったい目とまだらになった顔色を見て、嘘《うそ》偽りのない同情をおぼえた。一日中泣いていたような顔だ、と思った。今度のことが大変なショックだったにちがいない。おまけに、三十三という年齢は三人の子供をひとりで育てるには若すぎる。

最初にリーサ・ライアンに会ったのは、ブレナンと連れだって、ジミー・ライアンの遺体が——というよりその一部だ、と彼は心の中で訂正した——確認されたことを告げにきたときだった。コーリフのミサでも、教会の外にいた自分にリーサが気づいたのはまちがいなかった。

「またわたしです、ジャック・スクラファニ刑事です、ミセス・ライアン。おぼえていますか？　かまわなければ、二、三分お話をしたいのですが」

リーサの目にうかんでいた深い苦悩があからさまな恐怖にとってかわった。これは早く片づくかもしれないとジャックは思った。彼女の頭を占めているものがなんであるにせよ、案外早くあきらかになりそうだ。

「はいってもかまいませんか？」ジャックは礼儀正しくたずねた。

リーサはしゃべることも動くこともできないようにじっとしていたが、ようやくささやくような小声でいった。「ええ、もちろん。どうぞ」

リーサのあとから家にはいりながら、仕事とはいえ、嘆き悲しむ未亡人に質問しなければならない自分をジャックは神にわびた。

彼らは小さいが気持ちのいい居間にむきあってぎごちなく腰をおろした。ジャックはソファの上にかけられた大きな額入りの家族写真をあえてしげしげと眺めた。

「幸福な時期のものですね。ジミーは世界を手にいれたような顔をしている。どこから見ても誇らしげな夫であり父親だ」

その言葉はねらいどおりの効果をひきおこした。リーサ・ライアンの目から涙があふれ、先刻からジャックが気づいていた緊張感がいくらかほぐれたようだった。

「世界はわたしたちのものだったんです」リーサは静かにいった。「ああ、どういう意味かおわかりでしょう。似たような境遇の人はみんなそうでしょうが、わたしたちもひたすら給料をあてにする生活をしてました。でもそれはそれでよかったんです。楽しいこともたくさんあったし、いろいろ計画もありましたから。夢もありました」

リーサはテーブルを指さした。「あれはジミーがいつかわたしたち家族のために建ててくれるはずだった家の模型なんです」

ジャックは立ちあがり、それに近づいて子細に観察した。「見事なもんだ。リーサと呼んでもかまいませんか？」

「ええ、もちろん」

「リーサ、ジミーの死を知らされたとき、あなたはまっさきに、自殺したのかとたずねましたね。彼はきっとなにか大きな問題をかかえていたんでしょうな。しかしいったいそれはなんだったんです？　あなたがた夫婦間の問題だったとは思えんのですが」

「ええ、ちがいます」

「健康上の悩みでもあったんですか？」

「あの人は病気とは無縁でした。ジミーみたいな人が保険料を払うなんてお金がもったいないとふたりでよく冗談をいったものです」

「結婚生活でも健康でもないとすると、通常は金銭問題ということになりますよ」

図星だ。リーサ・ライアンの両手がぎゅっと握りしめられるのを見て、ジャックは思った。

「家族がいると、借金も増える。これが普通ですよ。必要なものはクレジットカードで買ってしまう。二カ月以内に清算する予定でいても、急に車のタイヤをとりかえなくちゃならないとか、屋根の修繕とか、子供の歯医者代とかね」ジャックはためいきをついた。「わたしは結婚しています。子供もいる。よくあることですよ」

「わたしたち、支払をとどこおらせたことはありません」リーサは弁解するようにいった。「すくなくともジミーが失業するまでは、そういうことはなかったんです。なぜジミーが失業したかわかりますか？」リーサは急にだまっていられなくなった。「それはあの人が正直で公平で、あの人を雇っていた建設業者が品質の悪いセメントを使っているのが我慢ならなかったからなんです。ええ、安上がりにすませるために、そうやって建材の質を落とす業者もいるんです。建設業界ってそういうところなんです。でもそれは人の命を危険にさらすことだって、ジミーはいっていました。

ジミーは良心の声にしたがったせいで、クビになったんです。それどころか、就職妨害にまであいました。まったく仕事につけませんでした。うちが経済的に苦しくなりだしたのは、そのときからです」

気をつけて、しゃべりすぎよ、リーサは自戒した。だがスクラファニ刑事の理解にみちた目は、彼女のささくれだった心をなだめてくれた。ほんの一週間しかたっていないのに、わたしはもう男性とおしゃべりすることに飢えている。

「ジミーはどのくらい失業していたんです、リーサ？」

「ほぼ二年。そりゃあちこちでちょっとした短期の仕事はしていましたけど、それでは十分じゃなかったんです。ジミーは口が軽い、生意気だという噂《うわさ》が広まって、どこも信用してくれなかったんです」

「それじゃアダム・コーリフの事務所から電話があったときは、さぞほっとしたでしょう。ジミーはどうやって彼と接触したんです？　コーリフの事務所はできたばかりだったはずですよ」

「ジミーは相手かまわずかたっぱしから接触していました。アダム・コーリフはたまたまジミーの履歴書を見て、アシスタントを通じてサム・クラウスにまわし、クラウスがジミーを雇ったんです」

突然ある可能性がリーサの脳裡にうかびあがった。もちろん、そういうことだったにちがいない。ジミーはいっていたではないか。クラウスは経費をつめるために不正をするので有名だと。だからクラウスに雇われているかぎり、ジミーはその不正に目をつぶらざるをえなかったのだ。さもないと仕事を失うから。

「仕事につけたにもかかわらず、ジミーはなにかのことで深く悩んでいたふしがありますね」スクラファニはそれとなくいった。「あなたがジミーの自殺を疑ったのは、そのなにかのせいにちがいありません。心あたりはありませんか、リーサ。わたしと話しあってみたらどうです。もしかしたら、ジミーがわたしたちに知ってほしがっていたことが出てくるかもしれない。彼自身はもう話せないわけですから」

そうだったのだ、リーサの耳に刑事の言葉はほとんど聞こえていなかった。絶対そうだわ。ジミーはクラウスの仕事によからぬなにかを発見したのだ。そしてクビになるか、見て見ぬふりをするかの選択を迫られた。ジミーに迷いはなかったが、一度賄賂《わいろ》を受け取ったら負けであることも、ジミーは知っていた。

「ジミーは善良で正直な人でした」リーサは切り出した。「見ればわかります」

スクラファニは家族の写真へ顎《あご》をしゃくった。

さあ、くるぞ。彼女はしゃべろうとしている。

「先日、葬儀のあと……」そこまでしゃべったところで、勝手口のドアがあき、子供たちが駆けこんでくる音を聞いて、リーサの言葉は尻切《しりき》れとんぼになった。

「ママ、ただいま」ケリーが呼びかけた。

「ママはここよ」〝汚い金〟としか呼びようのない地下に隠された包みのことを、警察の一員にしゃべりそうになっていたことに愕然《がくぜん》として、リーサは飛びあがった。あれを処分しなくては、とリーサはめまぐるしく考えた。きのうネル・マクダーモットに話そうとしたのは正しかった。彼女は信頼できそうな気がする。彼女ならあれをクラウスの会社のだれかに返すのを手伝ってくれるかもしれない。なんといっても、ジミーをクラウスのところへやったのは、ネルの夫だったのだから。

子供たちがまつわりついて、キスをしようとのびあがった。リーサはジャック・スクラファニを見た。「ジミーはこの三人をそれは自慢にしていました」声はもう落ち着いていた。「子供たちも父親が自慢だったんです。さっきもいいましたけど、ジミー・ライアンは善良で公平な人でした」

35

「するとウィニフレッドにはボーイフレンドがいたのか？」

「びっくりしたわ」ネルは祖父にいった。彼らはウィニフレッドのアパートメントからタクシーで帰宅するところだった。「彼女はあなたに夢中なんじゃないのといって、よくアダムをからかったりしていたの」

「ウィニフレッドがアダムに夢中だったのは、女どもがビートルズやエルヴィス・プレスリーに夢中だったのと同じだろう」コーネリアス・マクダーモットは辛辣《しんらつ》だった。「アダムは自分の会社を興《おこ》すときに一緒にきてもらう目的でウィニフレッドをおだてあげ、ウォルターズ＆アースデールを辞めるようにそそのかしたんだ」

「マック！」

「すまん」彼はあわててわびた。「いや、わしがいおうとしたのは、アダムはウィニフレッドよりだいぶ年下だったうえに、美人と結婚していたという意味だよ。どういう女性だったにしろ、ウィニフレッドはお堅いいっぽうではなかったわけだ。ハリー・レイノルズという男とかかわりをもっていた――すくなくとも、のぼせあがっていたのはあきらかだよ」

「なぜその男性は名乗りでてこないのかしら？」ネルは首をかしげた。「これじゃまるでウィニフレッドがなんの痕跡《こんせき》も残さずに地球上から消えてしまったみたいじゃない。お母さんの話では、連絡してきたのはアパートメントの管理人だけだったらしいの。それも、老人ホームからアパートメントに戻る予定がないのなら、アパートメントを手放してもらいたいという話をするためだったんですって。また貸しされちゃ困るってことね」

「やはりウィニフレッドの自宅へ行ったのはまずかったよ。あそこにはなんの記録書類もなかったのがわかったんだから、なおさらだ。まずオフィスを先にあたるべきだったんだ」

「マック、わたしはウィニフレッドのお母さんの特別な要請をうけて、アパートメントへ行ったのよ」

額入りの写真をおさめた袋は、ネルの膝《ひざ》に載っていた。コーネリアス・マクダーモットはそれを見ていった。「リズに老人ホームへ郵送してもらおうか？」

ネルはためらった。もう一度ミセス・ジョンソンを訪問したほうがいいだろうと考えたが、すぐに思い直した。「そうね、リズにお願いするわ。ミセス・ジョンソンに電話して、郵送すると伝えるわ。ウィニフレッドの記録書類についてはオフィスのほうをさがしてみるつもりだともいっておくわ」

タクシーがスピードを落としてネルのアパートメント・ビルの正面にとまった。彼女はマックの両腕がまわされるのを感じた。「わしがついてるからな」静かにいうと、マックが両腕にそっと力をこめた。

「わかってるわ、マック」

「しゃべってすっきりしたいと思ったら、受話器をつかむだけでいい、昼でも夜でもかまわん。忘れんでくれ――わしも辛《つら》い時期を経験してきたんだ」

ええ、わかってるわ、ネルは思った。妻とひとり息子とその嫁——三人とも突然マックの人生からいなくなったのだ。苦しみやつらさは、おじいちゃんが一番よく知っている。

ふりむくと、カルロがタクシーのドアをあけて待っていた。マックの声がうしろから聞こえた。

「ネル、もうひとつだけ」

マックの口調はめずらしくためらいがちだった。ネルはタクシーの外に片脚だけ出して、マックのほうへ身をよじり、待った。

「ネル、アダムと共同で所得税の申告書を提出しなかったろうな?」

怒りが爆発しそうになったとき、マックの顔に深い憂慮の色を認めて、ネルは胸をつかれた。祖父は日に日に年相応の衰えを見せはじめている。

アダムと結婚したとき、所得税の申告は別々にしろとマックに警告されたことを思い出した。そのとき、祖父はこういった。「ネル、おまえは政治の世界で身をたてるつもりでいる。政界に身をおくというのは、ハゲワシどもに頭上を旋回され、ことあるごとに、なにか落ち度がないかと監視されるということだ。連中に中傷のチャンスをあたえてはならんぞ。アダムに所得税の申告は別個にさせたほうがいい。そうでないと、彼の不用意な発言があとでおまえを傷つけるのに利用されかねない。おまえはおまえで申告しなさい。シンプルが一番だ。複雑な税金のがれに手を出したりするんじゃないぞ」

「ええ、マック、別々に申告したわ」ネルはきっぱりいった。「だから心配するのはやめて」あらためて外に出ようとして、またふりかえった。「でも正直にいって。アダムが不正を働いていたことを、いいから最後まで聞いてよ、そういうことを示唆《しさ》する材料があるとでもいうの？」

「いや」マックは不承不承といった感じで首をふった。「なにもない」

「だったら、アダムが関与していたというのは、噂と、ウォルターズ&アーステールの否認と、地区検事の捜査内容と、あなたの直感がからみあって作りだしたただの妄想なんじゃない？」

コーネリアス・マクダーモットはうなずいた。

「マック、わたしを守ろうとしているのはわかってるわ。ありがたく思うべきなんでしょうけど、でも……」

「おまえにありがたがられているとは、とても思えんよ、ネル」

ネルはやっとのことで微笑した。「率直にいうと、そのとおりよ。でも、もちろん感謝しているわ。ほんとうよ、両方なの」カルロにあやまるような視線を投げて、ネルはやっとタクシーをおりた。エレベーターにのり、アパートメントというありがたい自分の城にたどりついたときには、ネルはひとつの決心をしていた。

自分の霊能力が一定の出来事を認識できるとはとても思えなかった。霊媒が死者と会話するという考えも、理解できないし、受け入れられない。だがボニー・ウィルソンがアダムと接触したと主張しているのなら、その主張の真偽をみきわめる必要があった。どうしてもそうしなくては、わたしのためでなくても、アダムのために、とネルは胸にいい聞かせた。

36

〈コーネリア二世号〉の爆発以来、沿岸警備隊はくる日もくる日もクルーザーとその乗客の残骸《ざんがい》と遺留品を捜索し、できるだけ多くを回収するという根気のいる作業をつづけていた。金曜の午後、四日ぶりに重要な証拠品が発見された。ヴェラザノ橋近辺で、長さ三フィートのさけた木片がぷかぷか浮かびあがり、岸に流れ着いたのである。木片にはよごれてちぎれたブルーのスポーツシャツの一部と人間の骨片がいくつもからみついていた。

その陰鬱《いんうつ》で不気味な発見物は、新たな犠牲者の微細な残骸が回収される可能性を捜索隊に確信させた。それより先、サム・クラウスの秘書はクルーザーでの会議に出かけたさいの上司の服装をたずねられていた。彼女は長袖《ながそで》のブルーのスポーツシャツとカーキ色のスラックスをはっきりとおぼえていた。

ジョージ・ブレナンがその発見物の知らせを受けたのは、ジャック・スクラファニと会うために、東十四番通り四〇五番地へ向かおうとしていたときだった。ブレナンのポケットには、エイダ・カプランの家宅捜索を許可する令状がはいっていた。エイダの息子ジェッドは、今やクルーザー爆発の有力容疑者となっていた。

彼らはビルのロビーで落ち合い、ブレナンはジャック・スクラファニに最新の発見物のニュースを知らせた。「なあジャック、この犯人が使用した爆発物は、遠洋定期船を半分ふっとばせるほどの威力をもってたんだ。先週の金曜はクルーザーに乗るにはもってこいの天気だった。おれが聞いたところでは、湾には小型船舶がごまんと出ていた。コーリフのクルーザーがふっとぶ前に、大半の船舶がマリーナへ引き上げていたのは、もっけのさいわいだよ。すぐ近くに残っている船があったら、あとどれだけ犠牲者がふえたか見当もつかない」

「遠隔操作装置か、タイマー装置でも使われたんだと思うか？　だれのしわざにしろ、相当慎重にしかけたにちがいないな」

「ジェッド・カプランみたいな経験者なら、かなり入念にやったんだろう。ただのアマチュアのしわざだとしたら、よほどツイてたんだ。部品組み立ての最中に、死にかねないからな」

エイダ・カプランは四間のアパートメントがくまなく捜索されているあいだ、隣人たちがなんと噂《うわさ》しあっているかと思うといてもたってもいられず、不安と困惑で声をたてずに泣いた。息子のジェッドは小さな食堂のテーブルについて、軽蔑《けいべつ》の表情をうかべていた。

こいつ、心配していないな、とジャックは思った。あのクルーザーの爆破犯がジェッドなら、証拠になるようなものをこの家にしまいこんでいるはずがない。

刑事たちはひとつだけささやかな勝利をおさめた――クロゼットのダッフルバッグにマリファナを一袋発見したのである。「いいかげんにしろよ、それが古いもんだってくらい、あんたらにもわかるだろ」ジェッドは抗議した。「そんなもの見たこともない。どっちみちおれが最後にこの家にいたのは五年も前なんだぜ」

「ほんとですよ」エイダ・カプランも声をそろえた。「ジェッドがほしがったときにそなえて、わたしがこの古いバッグをそのクロゼットにしまったんです。でも帰ってきてから、ジェッドはそれには手をふれてません。誓います」

「悪いんですがね、ミセス・カプラン」ブレナンはいった。「おまえもだがな、ジェッド、しかしこれだけ大量のマリファナがあったんじゃ、売却目的の所有として起訴されてもしかたないな」

三時間後、スクラファニとブレナンは分署の勾留所にジェッドをいれた。「母親が保釈金を払うだろうが、すくなくも判事はジェッドのパスポート押収《おうしゅう》に同意したよ」ブレナンは浮かぬ口調だった。

「オーストラリアで車に爆薬を隠しもっていた容疑で逮捕されたときに、教訓を学んだにちがいない」ジャック・スクラファニがいった。「あのアパートメントにはクルーザーで起きたこととやつを結びつけるものはひとつもなかった」

ふたりの刑事は車にむかって歩きだした。「リーサ・ライアン訪問はどうだった？」ブレナンがたずねた。

「残念ながら収穫ゼロだ。あとすこしでなにか打ち明けそうになったんだが、子供たちが学校から帰ってきちまった」ジャックはキーをひっぱりだしながら首をふった。「あーあ、あと二分あったら、聞き出せたのになあ。それでもぐずぐず居残って、子供たちとしゃべったりしたんだ」

「一緒にミルクとクッキーを食べたのか？」

「子供たちが遊びに行ったあと、彼女とコーヒーを飲んだ。信じてくれ、努力はしたんだ。だがもう彼女は打ち明ける気持ちを失ってた」

「なんでそうかたくなに口を閉ざしちまったんだろう？」

「さっぱりわからん」スクラファニはいった。「おれの推測では、それを打ち明けたら、子供たちから見たジミー・ライアンの思い出がけがれるってことなんじゃないかな」

「きっとそれだ。まあいい、あした会おう。そのときまでには、なにかわかってるかもしれん」

それぞれの車に着く前にジョージ・ブレナンの携帯電話が鳴って、木片とよごれたスポーツシャツのきれはしが見つかったのと同じあたりで、女性のハンドバッグが発見されたとの知らせがはいった。びしょぬれの財布の中には、ウィニフレッド・ジョンソンのクレジットカードと運転免許証がはいっていた。

「ろくに焦《こ》げてもいなかったそうだ」ブレナンは電話を切ると、スクラファニにいった。

「ありえないことだ。きっと上空に吹っ飛ばされて、水中に落下したんだな」

「爆発が起きたとき、クルーザーにそのハンドバッグがなかったとしたら、話は別だぞ」しばらく考えこんでいたスクラファニがぽつりといった。

37

ネルはデスクの上にこの一週間のうちに山積みになっていたお悔やみの手紙に返事を書いて午後をすごした。終わったときは、五時近かった。しばらく外に出なくては、と思った。この一週間、運動らしい運動もしていなかった。

ショートパンツとTシャツに着替え、クレジットカードと十ドル札を一枚ポケットにいれて、セントラルパークまでの三ブロックをジョギングした。七十二番通りで公園にはいり、南にむかって走りだした。前は一週間に三、四回走っていたのに。どうして平気でやめてしまえたのだろう？

おなじみの動作に身体《からだ》がゆっくりとなじんでいくにつれ、なにものにもしばられない自由な解放感がわきあがってきた。ネルはたくさんの手紙の文面を思いうかべた。

「アダムと一緒にあんなに幸せそうだったあなた……」

「あなたの悲劇を心からともに悲しみ……」

「わたしたちがあなたとともにいることをわすれずに……」

アダムはすばらしい男性だった、彼がいなくなってさびしいという手紙がただの一通もなかったのは、どういうことだろう？

どうしてわたしはこんなになにも感じないのだろう？　なぜ泣けないのだろう？

ネルはスピードをあげたが、疑問を振り払うことはできなかった。走っても自分の考えから逃れることはできないというのは、どこで読んだ言葉だっただろう？

ダン・マイナーはセントラルパーク・サウスをぐるりとまわって公園にふたたびはいり、北にむかって走りはじめた。走るにはもってこいの日だ、と思った。遅い午後の日差しは暖かく、さわやかな風が吹いている。ジョギングする人、ローラーブレードをする者、散策の人々で公園はあふれていた。ベンチの大半は、目の前の眺めを楽しんだり、読書に没頭したりする人々でふさがっている。

ぼうぼうの髪にすりきれた服を着た若い女のいるベンチの前を通りすぎながら、ダンは鋭い痛みをおぼえた。足元にあふれるビニール袋に目をとめ、彼女のそばにはだれもすわりたがらないのだ、と思った。

クィニーもこんなふうにして人生の大半を過ごしてきたのだろうか？　彼女もまたうとまれ、無視されているのだろうか？

妙なことに、彼女のことは〝クィニー〟として考えるほうが楽だった。〝ママ〟はほかの誰かだった——黒髪のきれいな女性、その腕に彼を抱いてダニー・ボーイと呼んでいた人、それがママだった。

ぼくがベッドにはいったあと、毎晩グラスをかたむけるようになった女性でもある、とダンは思った。ときどきぼくは起きて、眠りこんでいる彼女に毛布をかけたものだった。

走りながら、やはりジョギング中の栗色《くりいろ》の髪の背の高い女性とすれちがった。どことなく見おぼえがある。

知っている女性だ、と思った。

それはとっさの反応だった。ふとしたはずみに記憶をゆりおこされた人間が抱くある種の感情につきうごかされて、ダンは足をとめ、ふりかえった。でも、誰だっただろう？　なぜぼくは彼女をおぼえているのだろう？

この二十四時間にあの顔を見たのはまちがいない。

そうか、ネル・マクダーモットだ。昨夜十時のニュースで彼女を見たのだ。夫の追悼ミサのあと、教会の外にたたずむ彼女をとらえたシーンがあった。

わけのわからない衝動にかられて、ダンは回れ右をし、ネル・マクダーモットの流れるような栗色の髪を追ってセントラルパーク・サウスの方角へもどりはじめた。

ブロードウェイが近づいてくると、ネルはペースをゆるめた。ブロードウェイと五十七番通りの角にコロシアム書店がある。アパートメントを出たとき、帰りにどこかへ寄る気になったときのために、ネルは現金とクレジットカードをもってきていた。今、彼女は寄り道をする気になっていた。

ネルは心をきめた。もしもボニー・ウィルソンに会って、アダムと接触したという彼女の主張を問いただすつもりなら、心霊現象をもっとよく知っておく必要がある。マックならその考えを一笑に付して、霊能力者の〝たわごと〟を信じるのはお人よしでちょっとおかしいばあさん連中――もちろんガートおばさまのことだ――だけだというだろう。事実、わたしがガートの提案を拒絶したのはマックの影響にすぎない。でも、テレビ番組で見たボニー・ウィルソンの行為がいんちきでないのなら、彼女は実際にアダムと接触できるかもしれないのだ。すくなくとも、彼女に会うつもりなら、準備をしておきたい。なにを求め、なにをたずねるのか、知っておきたい。

ダンはブロードウェイまでついてきたが、ネルは書店に姿を消した。どうすべきかきめかねて歩道にたたずみ、ディスプレイに見入っているふりをしてウィンドウを見つめた。自分も中にはいるべきか？　現金をもっていないのだから、本を買うわけにはいかない。おまけにネルを見失うまいと必死に走ってきたので、シャワーをあびて服を着替えたほうがよさそうな見てくれになっているのは確実だった。とうていショッピングにふさわしい格好ではない。

ダンはシャツの裾《すそ》で額の汗をぬぐった。手紙を書くのが妥当なところだろう、と思った。

でもほんとうは今ネルと話したかった。彼女の電話番号はおそらく電話帳には載っていないだろうし、時期が時期だけに手紙は山ほど受けとっているはずだ。中にはいろう、ダンはついに決心した。

ウィンドウごしに、本棚のあいだを歩いているネルがちらりと見えた。やがて勘定カウンターに歩いていくのが見え、ダンの胸中に安堵《あんど》と落ち着かぬ期待が渦まいた。

ネルは書店から出てくると、大きく二歩で角に立った。ブロードウェイをやってくるタクシーに合図をしようとしている。

今しかないとダンは判断した。そうと決めたら、迷いはなかった。

「ネル」

ネルはあげかけた手をとめた。長袖のスウェットシャツを着た、長身で砂色の髪のジョガーにはどことなく見おぼえがあった。

「ダン・マイナーだ、ネル。ホワイトハウスで会ったことがある。あれは数年前だった」

彼らはどちらもほほえんだ。「〝前に会ったことがあるかな?〟というせりふがうさんくさいのはわかっているんだが」ダンはいそいでつけくわえた。「きみはおじいさんと一緒だった。ぼくはデイド議員のゲストだったんだ」

たしかに見たおぼえがある、好感のもてる顔を観察しながら、ネルは思った。次の瞬間記憶がよみがえった。「ああ、ええ、おぼえてるわ。お医者さんでいらしたわね。小児外科医。ジョージタウン大学の卒業生だった」

「そうだ」さあ次はなんといえばいい？　ダンは自問した。自然にうかびあがった微笑がネル・マクダーモットのくちもとから消えていくのを見て、ダンはあわてた。「ご主人が亡《な》くなられたと知って、お悔やみをいいたかっただけなんだ」

「ありがとう」

「お客さん、乗るんですか乗らないんですか？」ネルの合図でとまっていたタクシーの運転手がきいた。

「乗るわ、待ってて」ネルは手をさしだした。「声をかけてくださってありがとう、ダン。またお目にかかれてよかったわ」

タクシーがブロードウェイをよこぎって五十七番通りを東へ折れるのをダンは見送った。未亡人になってまだ一週間の女性に、ディナーを御一緒にいかがですかとはとてもいえなかった。

38

金曜の午後、フィラデルフィアに住むベン・タッカーは小児臨床心理士ドクター・メガン・クロウリーのところへ連れていかれた。

母親が別室でドクターと話しあっているあいだ、ベンは待合室にひとりですわっていた。自分もドクターと話をしなくてはならないのはわかっていたが、ベンはいやだった。夢について質問されるにきまっているからだ。夢の話はしたくなかった。

今では毎晩のように同じ夢を見た。昼間ですら、角を曲がったらヘビがいて自分めがけて飛びかかってくるにちがいないと思うことがあった。

ママとダディはそれは現実じゃないんだ、動転しているだけなんだといい聞かせようとする。人々が死ぬようなひどい爆発を目撃したのは、小さい子供にとってはとてもつらいことなのだ、とママもダディもいう。ドクターならそのつらい気持ちを乗り越える手伝いをしてくれるんだ、と。

でも、ママもダディもわかってない――ぼくがこわがってるのは爆発じゃない。ヘビなんだ。

ニューヨークでのあの日のことを考えるときは、自由の女神を見に行ったことだけを考えなさい、とダディはいった。あの階段を全部のぼったことや、像の冠からの眺めだけを考えなさい。

ベンはいわれたとおりにやってみた。ダディのおじいさんのおじいさんのそのまたおじいさんが自由の女神像が最初に建てられるようにとペニー銅貨を集めた子供たちのひとりだったという、退屈な話のことまでむりに考えてみた。ほかの国々からきた移民が像のそばを船で通って、自由の女神を見あげ、合衆国へきたのだと興奮したことも考えてみた。そういうことはすべて考えてみたが、役には立たなかった――ヘビのことを考えずにいられなかった。

ドアがあいて、ママがもうひとりの女の人と出てきた。

「ハーイ、ベン」その女の人がいった。「わたしがドクター・メガンよ」

彼女は若かった。かかりつけの小児科医のドクター・ピーターソンとは全然ちがう。ドクター・ピーターソンはすごいおじいさんだ。

「ドクター・メガンがあなたとお話ししたいんですって、ベンジー」ママがいった。

「ママもいっしょ?」ベンはおじけづいて聞いた。

「いいえ、ママはここで待ってるわ。でも心配しないで。だいじょうぶよ。すぐに終わるから、そうしたらおいしいものを食べに行きましょうね」

ベンはドクターを見た。一緒に行かなくてはならないとわかった。でも、ヘビの話はしないんだ、とベンは自分に約束した。

けれどもドクター・メガンはベンをびっくりさせた。ヘビの話はしたくないみたいだった。彼女は学校のことをたずね、ベンは三年生だと話した。すると今度はスポーツのことをたずね、ベンはレスリングが一番好きなことや、この前は三十秒でほかの子を押さえつけたから試合に勝ったことを話した。音楽の授業の話もして、ベンは自分の演奏が下手なことや、きょうリコーダーを吹いているときにひどいヘマをしたことを話した。

ほかにもいろんな話をしたが、ドクターはヘビのことは一度もたずねなかった。月曜日にまた会いましょうといっただけだった。

「ドクター・メガンはいい人だよ」エレベーターで下におりながら、ベンは母親にいった。「これでもうアイスクリーム食べられるね?」

39

六月十七日　土曜日
六月十八日　日曜日

金曜の午後公園から帰ったあと、ネルは一晩中心霊現象に関する本を読んですごした。土曜の午後には調べたいと思っていた現象のさまざまな局面を解説した部分を残らず読破していた。これらについてなにを信じろというのだろう？　読みながら自問しつづけ、さらに読み直した。

わたしはおばあちゃんとママとダディが亡くなった正確な瞬間を知っていた。ハワイで、もうあきらめてしまいたいと思ったときに、ママとダディがわたしを泳がせつづけたことも知っている——このふたつが心霊現象にまつわるわたしの個人的経験だ。

ネルは何冊かの本の中で著者が人の〝オーラ〟について書いているのに注目した。あの最後の日、爆発のあった日、ウィニフレッドのまわりになにか黒いものが広がっているように見えた。ここに書いてあることによれば、わたしは彼女のオーラを見ていたのだ。あの黒いものは、死の象徴ということになる。

ネルはテレビでボニー・ウィルソンを見たときのことを考えた。依頼者である女性の夫の死の状況について、ボニー・ウィルソンが話した内容はじつにおどろくべきものだった。

懐疑的な人々は、自称霊能力者は話術がたくみで、それとなく聞き出した情報をもとに可能性の高い推測をしているにすぎないと主張する。わたしも懐疑的な人間のひとりだ、とネルは考えた。でも、ボニー・ウィルソンがぺてん師なら、わたしもだまされたといわざるをえない。

死者と接触できると断言する人々は当て推量がうまいだけなのだろうか？　ネルがテレビでボニー・ウィルソンを見た日、彼女が依頼者である女性に話したすべてが推量だったとは思えない。でも、同時性はどう考えたらいいのだろう？　ある人のことを考えていたら、その人から電話があったとき、人はそれを偶然の一致という。まるで片方がファックスをおくり、もう片方がそれを受け取っているかのようだ。同時発生している。ボニー・ウィルソンがやってみせた現象は、そう簡単に説明のつくものではない。死者と接触できるという霊能力者は依頼者の思考を受けとるファックスマシンのようなものなのかもしれない。

ああ、アダム、どうしてわたしはあの日帰ってこなくてもいいなんてあなたにいったりしたのかしら？　ネルは懊悩《おうのう》した。あんなことをいわなかったら、あなたの死を受け入れることができたのだろうか？

でも、あの誤解がなかったとしても、あなたの死はあまりにも多くの疑問を残すことになった。だれがあなたをこんな目にあわせたの、アダム？　そしてその理由は？

ウィニフレッドはてっきりあなたにお熱をあげているのだと思っていたけれど、今では彼女の人生には別の男性がいたことがわかっている。それを知ってほっとしたし、愛されるということをウィニフレッドが知っていたらいいと思う。

マックはあなたの名前がウォルターズ&アースデールでおこなわれていた収賄《しゅうわい》と不正入札疑惑にからんでくるのではないかと、とても心配している。たとえあなたがあの会社にいたあいだに起きたことだとしても、いま、そのすべての罪を死んでしまったあなたになすりつけるのは公正なこと？

あなたはウォルターズ&アースデールで二年以上働いたのに、主要パートナーはふたりともあなたの追悼ミサにはこなかった。彼らがあなたに腹をたてていたのは知っている。カプランの土地を買ったあとで、あなたが退職し、自分の会社をもったからだ。でもあれはただのあなたの野心だったのでしょう？　野心をもつのはよいことだとわたしは教えられて育ったのに。

クルーザーを爆破した人物は、あなたを亡き者にしたかったの？　あなたが標的だったの？　それともサム・クラウス？　ウィニフレッド？　ジミー・ライアンの未亡人はミサのあとわたしに話しかけようとして、急に逃げるように立ちさった。クルーザー上の会議についてわたしが知っていたほうがよいことがあって、彼女はそれを話そうとしていたのだろうか？　他人の命にかかわるなにかを知っていたのか？　彼が標的だったということはありうるだろうか？　ジミー・ライアンだったということはありうるだろうか？

あの最後の朝、アダムは建設業界にはさまざまな潔白の度合いがあるのだ、といっていた。あれはどういう意味だったのだろう？

土曜の夜、ネルはほとんど眠れなかった。今にもアダムがはいってきそうな気がした。ようやくうとうとしかけたが、六時にはふたたび目がさめた。また気持ちのいい六月の朝になりそうだった。ネルはシャワーをあび、着替えて七時のミサに出かけた。

「アダムの魂と亡くなった忠実なる魂が安らかに眠れますように……」ネルの祈りは一週間前と同じだった。これから先の日曜もずっと同じだろう。あの出来事すべての答えを、説明を見つけなくてはならなかった。

でも、もしもアダムがわたしと接触しようとしているなら、安らかに眠れない理由があるにちがいない、とネルは思った。

教会の教義を思いうかべた。司祭たちの守護聖人であるアルスの主任司祭（訳注　聖ヨハネ・マリア・ヴィアンネのこと。人の心を読んだり病気を癒したりするなど奇跡をおこなう能力があったといわれる）は、死後の生にすぐれた理解をもっていたといわれている。ピオ（訳注　体にキリストの傷痕が表れたイタリアの修道士）神父は神秘主義者だった。

なにを信じればいいのかわからない、とネルは思った。

ミサからの帰り道、彼女はベーグルを買いに寄った。まだ焼きたてで熱々だった。日曜の朝のニューヨークはほんとうにすてきだと思いながら、レキシントン・アヴェニューを歩いた。こういう朝は、この都会が目覚めたばかりの小さな町のように見える。人通りもなく、ひっそりしている。

マンハッタンのこのあたりはマックの選挙区だった。彼の町なのだ。いずれわたしの選挙区、わたしの町になるのだろうか？　そう考えると、すこしどきどきした。

アダムがいない今、立候補に頭を悩ますことはもうない。

そのことに一瞬でも安堵した自分に気づいてネルはぞっとした。

40

週末、ピーター・ラングはゴルフやカクテルパーティーやディナーへの半ダースほどの誘いを断って、サウサンプトンの屋敷でひとりで過ごした。思考とエネルギーのすべては新しいヴァンダーミーア・プロジェクトにそそがれていた。プロジェクト実現のためには、アダム・コーリフがカプラン家から購入した土地をなにがなんでもネル・マクダーモットから買い取る必要があった。

財務委員会が歴史的建造物のリストからヴァンダーミーア邸をはずす可能性に気づかなかった自分をラングは心中で叱《しか》りつけた。そのために、案件が審議を通りそうになったときにはもう手遅れだった——コーリフが一足先にエイダ・カプランにアプローチしていた。

カプランの土地がないと、ラング等が建設する複合ビルは便利ではあっても、ありふれたものになりさがってしまう。だがあの土地があれば、マンハッタンの地平線にそびえる壮大な建築物の傑作が誕生し、ラングはその影の力となりうるのだ。

これまで彼は自分で手がけたビルにラングの名前を付けたことは一度もなかった。いつかは一族の名をかぶせるにふさわしい地理とデザインをかねそなえた完璧《かんぺき》なものがあらわれると確信して、待っていたのだ。ラング家三代の記念碑として末永く残るビルが、ついに出現のきざしを見せていた。

カプランの土地を買い取りたいとのオファーをたずさえてアダム・コーリフに接近したとき、案の定コーリフはじつにさまざまな表現で、あの土地をラングに売ったあげくにパートナーシップを強制されるぐらいなら死んだほうがましだといってのけた。

だがアダムはさっさと死んでくれた、ピーターは陰気な満足感とともにそう考えた。

今度はコーリフの未亡人と交渉し、あの土地を確実に手ばなさせる最良の方法を画策しなければならない。彼女が必要に迫られてあの土地を売却せざるをえない可能性が当面ゼロに近いことぐらいは承知していた——ネル・マクダーモットは夫に先だたれたとはいえ、経済的には独立しており、なんら困窮していないらしい。しかしラングはあるカードを隠しもっていた。それを使えば、勝利はもう保証されたようなものだった。二年前の引退時に、孫娘が出馬して議席を引き継いでくれなかったことにコーネリアス・マクダーモットがいたく失望したのは公然の秘密だった。

彼女は信任状をもっているも同然だ。日曜の午後、ピーター・ラングは左右に花の咲き乱れる小道を海へむかって歩きながら、つらつら考えた。前回彼女が立候補しなかったのがつくづく残念だった。ゴーマンは役立たずだった。しかしゴーマンが辞めるとしたら、彼の施政に不満をくすぶらせていた有権者たちの心をとらえるには、ネルにも相当の努力が必要になる。

だがネル・マクダーモットはいい意味で祖父にそっくりだし、非常に抜け目がない。彼女の当選にどれだけわたしが大きな力になれるか、また、わたしを味方につけることがいかに賢明なことかがわからないほどのばかでもない。助けてやれるだけではない。アダムの関与が疑われる不正に捜査の手がのびはじめたら、夫の名誉を守るためにどうか手を貸してくれと彼女のほうから頼んでくるだろう。

ピーター・ラングはもっていたタオルをほうりだし、決然たる足取りで大股《おおまた》に砕ける波の中にはいっていくや、大西洋に飛びこんだ。身体《からだ》が麻痺《まひ》しそうに冷たい海水だったが、数ヤードも行くとなれてきた。熟練したすばやいストロークで泳ぎながら、ラングは致命的な爆発をまぬがれた幸運を思い、ふと、クルーザーの爆発後もアダム・コーリフがまだ生きていたとしたら、溺死《できし》を目前にした自分をどう思っただろうと、考えた。

41

ネル・マクダーモットから色よい返事があったら、いつでもかまわないので電話をくれるよう、ボニー・ウィルソンはガートにつたえておいた。ネルがその気になったとしても、まだためらいを捨てきれないことはじゅうぶん承知していた。世間によく知られた人気のある新聞のコラムニストが霊能力者に相談をもちかけたことが知れたら、ろくでもない大騒ぎになるかもしれなかった。しかも巷《ちまた》では下院に立候補するのではないかとの噂《うわさ》がささやかれている——メディアは候補者を中傷する材料を鵜《う》の目鷹《たか》の目で捜しているから、ボニーのような名の知れた霊能力者を訪問したことがすこしでも気づかれたら、マイナスになることは十分考えられた。

ヒラリー・クリントンが霊媒を通じてエレノア・ルーズヴェルトに接触しようとしたことはメディアの笑いものにされたし、ナンシー・レーガンは占星術師に相談事をしたとしていまだに非難されている。

しかし日曜の夜十時、ボニーはガート・マクダーモットからまち望んでいた電話を受けた。「ネルがあなたに会いたがっているわ」ガートの声は低くおさえられていた。

「なにかあったのね、ガート。霊能力者じゃなくたって、声が緊張しているのがわかるわ」

「ああ、兄がひどくわたしに怒るだろうと思ってね。今夜兄の誘いでネルと三人で食事をしたときに、うっかりあなたとの話をしゃべってしまったのよ。あなたがいったことをちょっとだけもらしてしまったの。兄はかんかんになって、ネルがあなたに会うことを禁じるなんていいだして」

「それでネルはわたしに会う気になったのね」

「たぶんそうだと思うわ。でもネルが超能力を信じているとは思えないの。ただ、あなたに会いたがっているのは確かよ。それもなるべく早く会いたいんですって」

「いいわ、ガート。明日の三時にここへくるようネルにつたえてちょうだい」

42

六月十九日　月曜日

ネイルサロンはきょうは休みだった。月曜が定休日なのだ。リーサ・ライアンは一面ではそれをありがたく思った。おかげで心を落ち着かせ、世間に面とむきあう準備がすこしはできる。だがいっぽうでは早く仕事に戻りたくもあった。職場復帰後の最初の一週間をリーサは恐れていた。きっと顧客たちはこぞってお悔やみをいったあと、ジミーの命を奪った爆発について根ほり葉ほり聞きたがることだろう。

顧客の多くは葬儀場にもきてくれたし、そうでない人たちは花や手紙を送ってきた。しかし世間一般では、事件はもう目新しいものではなくなっていた。顧客たちもそれぞれの生活に忙しく、リーサの不幸をほんのきまぐれに意識するだけになっているだろう。たぶんもうしばらくは、夜、車まわしにはいってくる夫の車の音がしたら、何事もなくてよかったと安堵《あんど》し、感謝するだろうが、それもやがてあたりまえのことになっていくだろう。もちろんリーサを気の毒に思う彼女たちの気持ちにいつわりはない。しかし自分たちがお悔やみを聞く側でなくてよかったと思っているのもまた事実なのだ。

リーサ自身、去年顧客のひとりが自動車事故で夫を亡《な》くしたときは、それとまったく同じ気持ちだった。

そのとき彼女はジミーにその話をした。彼がいったことをわたしはけっして忘れないだろう、とリーサは思った。「リシー、おれたちはみんなちょっと迷信を信じてるんだよ。誰かになにかひどいことが起きると、これでしばらく神々は満足して自分たちをほっておいてくれるだろうと思うんだ」

九時になる頃には、リーサは室内をすっかり片づけていた。返事を書かなくてはならない友だちからの手紙や今後の幸せを祈る挨拶《あいさつ》状がまだたくさん残っていたが、今はペンをとる気持ちになれなかった。

遠くへ引っ越していった古い友人の多くが、ショックと悲しみを手紙でつたえてきた。リーサが好感をおぼえた手紙のひとつは、今はハリウッドの映画スタジオの大物になっているかつての幼友達からのものだった。

「七年生だった頃のジミーを思い出すよ」と彼は書いていた。「一度科学研究の宿題が出たことがあったんだ。親になった今にしてみれば、先生たちが家にひと騒動起こすために出した宿題だってわかるけどね。提出日前日の夜になっても、まだぼくはできていなかったんだが、例によってジミーはもうちゃんと仕上げていて、ぼくを手伝う気になっていた。ジミーはうちにきて、レゴの橋をつくるのを手伝ってくれたあと、ある程度の揺れが生じる理由について説明まで書いてくれた。まったくすごいやつだったよ」

それなのにわたしは夫のすばらしい評判をあやうくけがしそうになった。スクラファニ刑事が訪ねてきた金曜のことを思い出しながら、リーサはそう思った。でも、あの現金の話をだまっていたのでは問題は解決しない――あれを返さなくては。ジミーがあれを喜んで受け取ったのではないことだけは、絶対に確かだった。受け取らざるをえなかったに相違ない。そうでないと説明がつかなかった。ジミーは失業か、仕事場でのなにかの不正に目をつぶるかの選択を迫られたのだ。そしてほしくもない金を受け取ることを余儀なくされた――そうやって、上の連中はあの人の弱みを握ったのだろう。

知りあいではなくても、リーサはネル・マクダーモットが信頼できる人間であることを直感していた。ネルなら、ジミーがどんな仕事をしていたにせよ、なにか知っているかもしれないとも思った。なんといっても、最初にジミーを面接に呼びだし、そのあとジミーの履歴書をサム・クラウス建設会社にまわしたのは、ネルの夫の会社のだれかなのだから。はじめは親切な行為に思われたことが、最後にはジミーの死を招く結果になっていた。

あの箱の現金がすべてを物語っている。借金を清算し、テーブルに食べ物を切らさないようにするには、あの金が必要だったが、一ペニーたりとも手をつけるつもりはなかった。ジミーの血でよごれた金だった。

十時、リーサはネル・マクダーモットに電話をかけようとした。イーストサイドの七十何番通りかに住んでいるのは知っていた。けれども、彼女の電話番号は登録されていなかった。

思案に暮れていたとき、ネルの祖父で元下院議員のコーネリアス・マクダーモットが現在はコンサルティング会社を経営していると新聞で読んだのを思い出した。番号案内でコンサルティング会社の番号を聞き出し、そこへ電話をかけることにした。誰かがネルに連絡してくれるかもしれない。

呼び出し音が鳴ると同時に快活な声の女性が出た。元下院議員マクダーモットの秘書のリズ・ハンリーと名乗った。

リーサは単刀直入にいった。「リーサ・ライアンといいます。ジミー・ライアンの未亡人です。ネル・マクダーモットにどうしてもお話したいことがあるんです」

リズ・ハンリーはすこしお待ちいただけますかといい、一分後に電話口にもどってきた。「今すぐおかけになれば、ネルはつかまりますわ。番号は二一二・五五五・六七八四です。あなたの電話を待っています」

リサはハンリーに礼をいって電話を切り、すぐ教えられた番号をダイヤルした。一回の呼び出し音で相手が出た。五分後の十時二十分すぎ、リーサ・ライアンはクルーザーの爆発で未亡人となったもうひとりの女性ネル・マクダーモットに会いに出かけた。

43

三十八年の人生のあいだたびたび警察の厄介になってきた経験から、ジェッド・カプランは自分が監視されているのにすぐに気づいた。尾行されるとぴんとくる第六感のようなものが発達しているせいだった。

二マイルむこうにサツの臭《にお》いがする。月曜の朝、アパートメントを飛びだしてダウンタウンへむかいながら、ジェッドは苦々しくそう思った。豆ができない靴をはいてるといいがね。これから長い散歩をするんだからな。

ジェッドはニューヨークを出たかった。母親との同居はあと一分でも耐えられなかった。一時間前に起きたとき、あの小汚いソファベッドのべとついたマットレスの上で眠っていたせいで、背中がしびれかけていた。そのあとコーヒーを飲もうとキッチンへはいっていったら、母親がテーブルにむかってさめざめと泣いていた。

「おまえの父さんは生きていたらきょうで八十歳だよ」母親はとぎれとぎれにいった。

「まだ生きていたら、父さんのためにパーティーをしただろう。でもその代わりにわたしはここにひとりぼっちで、隣近所の人たちに顔もむけられないでこそこそしているんだよ」

ジェッドは母親の不安を一笑し、あらためて自分の無実を訴えようとした。しかし母親をだまらせることはできず、同じ繰り言をえんえんと聞かされるはめになった。

「エドワード・G・ロビンソンが出てくる古い映画、おぼえてるだろう?」母親はいった。「先に死んだ奥さんがふたりのあいだに生まれた息子に遺《のこ》したものは、子供用の椅《い》子《す》だけだった。奥さんはこういうんだよ、息子がわたしに幸せをくれたのは、その椅子にすわっていたときだけだったってね」

母親はジェッドにこぶしをふりまわした。「おまえも同じだよ、ジェッド。おまえのふるまいはわたしの恥だよ。おまえは父さんの思い出をけがしてるんだよ」

ジェッドは爆発しそうな気分のまま、絶望がこもった狭苦しいアパートメントをあわてて飛びだした。逃げ出さなくてはならないが、そのためにはパスポートが必要だった。警察はダッフルバッグからマリファナを見つけたのをいいことに大麻不法所持の容疑をでっちあげたが、それが不問に処せられるのがわかっているため、ジェッドがどこにも行けないようにパスポートを押収《おうしゅう》していた。

おれはあのマリファナが自分のものだとは絶対に認めないぞ、ジェッドは心の中で自分をほめた。あのバッグには五年間手をふれなかったとほんとのことをいってやった。だが、容疑が取りさげられたあとも、警察とのトラブルは終わりそうになかった。警察はほかの罪状をでっちあげて、ジェッドをおよがせるつもりでいた。ブロードウェイのデリカテッセンに寄ってコーヒーを飲みながら、ジェッドは考えた。まずいのは、おれがサツに教えてやれるある情報が、へたをすると例の爆発がおれのせいにされる材料になりかねないってことだ。

44

「おくれてすみません」リーサ・ライアンはネルにアパートメントに通されながらあやまった。「駐車場所が見つからないことぐらい、はじめから察しておくべきだったわ。結局駐車場にとめたんです」

リーサは神経質になって度を失っていることを気取られまいとした。マンハッタンの交通量のすごさはいつもリーサを不安にした。そのあげくに車を駐車場にとめなくてはならなかったことが——最低料金が二十五ドルという法外な値段で——彼女をいらだたせ、混乱させていた。

二十五ドルはリーサにとって大金だった。五人から八人分のマニキュア料金で受け取るチップとほぼ同額だ。十年前の古い型式の車を駐車するのに、金を無駄にしてしまった。ネル・マクダーモットに会うことがこれほど重要でなかったら、クィーンズにさっさと帰ってしまったことだろう。

駐車場を出てアパートメント・ビルにむかって歩いていたとき、リーサは落胆と失望の涙がこみあげてくるのを感じてあわてて足をとめ、ハンカチで目頭をおさえた。マンハッタンの町中で見せ物になるのはまっぴらだった。

いつも感じることだったが、ネイヴィーブルーのパンツスーツを着ると、リーサはどこに出ても恥ずかしくない気分になる。けれども目の前の女性を見たとき、リーサはその仕立ての見事な淡黄色のスラックスとクリーム色のブラウスにくらべて、自分の服がバーゲンの見切り品のように見えるのを痛感した。

ネル・マクダーモットは写真うつりがよくないのだ、とリーサは思った。実際の彼女は大変な美人だった。おどろくにはあたらないことだが、夫の追悼ミサの直後に会ったときより、きょうは格段に元気そうに見える。

リーサを迎えたネル・マクダーモットの言葉は思いやりと温かみにあふれていた。会ってすぐにネルと呼んでほしいといわれ、リーサはこの女性が信頼できることを本能的に感じとった。それは今の状況ではじつに重要な資質だった。

ネル・マクダーモットにはほかにも人を安心させるなにかがあった——静かな自信のようなものが身辺にただよっている。リーサはネルを見ていて、彼女がこういう高級なところでの生活に慣れ親しんでいるのをはっきり感じた。

ネルのあとから居間へはいりながら、リーサはインテリアデザインの雑誌を熱心に読んでいる自分をジミーがよくからかったことをあらためて思い出した。わたしはよく夢の家の室内装飾について何時間も空想したものだった。アンティークの家具やペルシャ絨毯《じゅうたん》をはじめとする格式のある装飾様式でまとめようと空想をめぐらしたこともあった。英国のカントリースタイルにしようとか、アールデコやモダンにまで思いがふくらむこともあったが、ジミーがそういうものは好まないので実現しないのは承知の上だった。子供たちの手が離れたら、学校にはいりなおしてインテリアデザインの勉強をしたいとジミーに話していたことを、リーサは悲しく思い出した。あれはもうかなわぬ夢なのだ。

「すばらしいお宅ですね」折衷主義だが見事に統一のとれた家具をみまわしながら、リーサはそっといった。

「ありがとう。わたしも気に入っているんです」ネルの声には哀愁がこもっていた。「わたしの両親はたくさん旅をしましたの。人類学者だったんです。世界中から風変わりな品を買って帰ってきましたわ。そういう民芸品に快適なソファや椅子をくわえたら、全体がしっくりマッチしたんです。実際の話、この一週間わたしにとってここはまさに避難所でした」

しゃべりながら、ネル・マクダーモットは訪問者を観察した。基礎的な化粧はリーサ・ライアンの目の腫《は》れを隠しきれておらず、まだらの残る顔色は泣いた名残をうかがわせた。涙の水門が開くまで、そう時間はかからないように思えた。

「コーヒーをいれたばかりなの。ご一緒にいかが？」ネルはいった。

数分後、ふたりはキッチンテーブルをはさんでむきあっていた。リーサは自分が沈黙をやぶるべきだと承知していた。お宅へうかがいたいと願いでたのはわたしなんだから、わたしからはじめなくちゃ。でもどこから話をしたらいいだろう？　リーサは思案した。

大きくひとつ息をすって、口を切った。「ネル、主人は一年近く失業していたんです。あなたのご主人の会社に仕事の口を求めたら、思いがけず、ご主人の仕事上のパートナーであるサム・クラウスに雇われることになったんです」

「サム・クラウスはパートナーというよりは同業者に近かったと思いますわ」ネルはいった。「アダムは数人の人たちといくつものプロジェクトにかかわっていましたけど、だれのこともパートナーとは思っていませんでした。ウォルターズ＆アーステールにいたときは、ビルの改修担当の建築家という立場でしたし、サム・クラウスは建設業者でした。やがてアダムは自分の会社をもち、クラウスとヴァンダーミーア・プロジェクトで一緒に働くつもりでいたんです」

「知っています。ジミーは古いアパートメントを改築する仕事をしてましたけど、最近になって、会社は大規模な仕事をはじめる気だとわたしに話してくれました。高層アパートメント・ビルの仕事だと。ジミーは現場監督をつとめることになるといってました」

リーサはいったんそこでだまりこんだ。ふたたび口をひらいたが、「ネル」といっただけであとは言葉にならなかった。一拍おいて、リーサはせきをきったようにしゃべりだした。「ネル、ジミーが二年前に失業したのは、正直者で、当時勤めていた会社が品質の悪い建材を使っているのをしゃべってしまったせいなんです。そのせいでジミーは就職を妨害され、長いこと仕事にありつけませんでした。だからサム・クラウスのところで働かせてもらえると知らされたときは、とても喜んでいたんです。でも、ふりかえってみると、クラウスのところで働きだしてすぐ、なにかがあったにちがいありません。ジミーを心から愛していたし、彼はとても身近な存在でしたから、いやでも気づいたんです――あの人は変わってしまいました、ほとんど一晩のうちに」

「〝変わった〟って、どういうふうに？」ネルはそっとたずねた。

「眠れなくなったんです。食欲もなくなりました。まるで別世界にいるみたいでしたよ」

「そうなった理由はなんだったとお思いなの？」

リーサ・ライアンはコーヒーを下に置いて、正面にいる女性をまっすぐ見た。「仕事現場でよからぬことを見ても、見て見ぬふりをすることを強制されていたんだ、と思います。あの人自身は命じられても悪いことはしなかったでしょう。でも、あの頃のジミーはすっかりうちひしがれていました。だから、もう一度失業するか、なにも見なかったふりをするかの選択をせまられたら、たぶん後者をえらんだと思います。でもいうまでもなく、それはまちがった決断でした。とりわけジミーのような人にとっては無理だったんです。そういうことをしておいて、平然と生きていけるほどジミーは悪い人間ではありませんでした。きっとそういうことがあったにちがいありません。だから、あの人は精神状態がおかしくなってしまったんです」

「ジミーがそういうことをあなたに話したの、リーサ？」

「いいえ」リーサはためらった。もう一度口をひらいたとき、神経質な言葉がほとばしりでた。「ネル、あなたは赤の他人ですけど、誰かに話さなくちゃならないから、あなたを信頼します。わたし、自宅の地下室にあるジミーの仕事部屋に現金が隠してあるのを見つけたんです。口をつぐんでいるかわりに、もらったお金だと思います。包んであった様子からして、ジミーがまったく手をふれていなかったのはあきらかです。でもいかにもジミーらしいわ。正直者だから、そんなお金など使えっこないとわかっていたんでしょう」

「いくらあったの？」

リサは声を落とした。「五万ドル」

五万ドル！　ジミー・ライアンがなにかに関与していたのはあきらかだ、とネルは思った。アダムはそのことを疑ったことがあったのだろうか？　それとも知っていたのか？　ジミー・ライアンがクルーザー上の会議に招かれていたのはそのためだったのだろうか？

「そのお金を返却したいんです」リーサはいった。「それも秘密裏にやりたいんです。たとえまた失業することになっても、ジミーはお金など受け取らなかったでしょう。でも、わたしがいうように、彼は不正を知っていました。だから最後の数カ月間仕事があるのに、あれほど元気がなかったんです。今となっては、ジミーがお金を返却することはできませんが、わたしならできます。あれはクラウス建設会社のだれかがジミーに渡したものにちがいありません。だから彼らに返す必要があるんです。だからあなたのところへきたんです」

自分でもおどろくほどの勇気を見せて、リーサは身を乗り出し、テーブルごしにもうひとりの女性の手をつかんだ。「ネル、ジミーがご主人の会社に就職口を求めたとき、ジミーはご主人には会ったこともありませんでした――それはたしかです。そしてご主人がジミーをサム・クラウスに雇わせた直後、おそろしいことが起きました。それがなにかはわかりませんけど、ジミーとご主人がかかわっていたことと関係があるにちがいありません。それがなんだったのかつきとめて、それを正す手段を見つけるのを手伝ってください」

45

ウォルターズ＆アーステール建設会社の上級パートナー、ロバート・ウォルターズは会社の顧問弁護士をともなって、ジョージ・ブレナンとジャック・スクラファニが同席するカル・トンプソン地区検事のオフィスにあらわれた。トンプソンは、建設業界における収賄《しゅうわい》や不正入札の捜査機関として最近発足した地区検事グループのメンバーだった。

その場に居合わせた全員が心得ていたのは、ウォルターズが〝一日女王〟だということだった。すなわち今から話しあう内容において、ウォルターズがあきらかにすることはすべて、制限付きの法的免除の対象だということである。

顧問弁護士はすでに新聞業界にたいし、形式的に次のような声明を発表していた。

「ウォルターズ＆アーステール建設会社ならびに同両人は、一切の不正を否定し、いかなる犯罪容疑も課せられない自信をもっている」

尊大でさりげない無関心を装《よそお》ってはいたが、ロバート・ウォルターズが神経をとがらせ激しく動揺していることは、ブレナンにもスクラファニにも手に取るようにわかった。ウォルターズの立ち居振る舞いはあまりにも正確かつ完璧《かんぺき》すぎて、入念なリハーサルを重ねたすえの行動であることは一目瞭然《いちもくりょうぜん》だった。

おれまでぴりぴりしてきた、とブレナンは思った。ウォルターズのような建設会社の大物が些細《ささい》な罪を認めて刑を軽くすませてもらう手段にたよる例は、過去にも二ダースばかりある。ブレナンは彼らの大半がどのつまりは保釈金を支払い、軽いおしかりを受けるだけで自由の身になっていくのを知っていた。じょうだんじゃない。本人が百万払って出ていくあいだに、会社は五十億を稼ぎまくっている。検察官が実際に動かぬ証拠をにぎっていれば、投獄がわりの無償労働刑罰をくらうこともある。ふたつのケースでは数人の大物が二カ月の刑に服した。しかし出所してしまえば、あとはどうだ？　また同じことの繰り返しじゃないか。

純然たる不正だ。ブレナンはそう思った。大手建設業者のあいだでは、どこが仕事を請け負うかは了解ずみだ。最低入札価格はあいかわらず水増しされているが、建築家やプランナーはそれを受け入れる——そして見返りに賄賂《わいろ》をもらう。すると次の大規模プロジェクトがもちあがったときには、やや、ふしぎ！——今度は建設会社の人間が低い入札価格を出す。全部相殺《そうさい》取り引きだ。すべてがあらかじめ仕組まれている。じつに巧みだ。

努力するだけ無駄なことはわかっていたが、ブレナンはこうしたケースでも追及をあきらめなければいつかは報われると信じていた。トップの卑劣な連中に圧力をかければ、中小の会社はすくなくともまともな仕事を請け負うチャンスをつかめるはずだ。もっとも、自分は楽天家すぎるのではないかと思うこともときにはあったが。

「建設業は、合法的な販売活動の手数料が誤解されてきた業界なんですよ」ウォルターズはいっていた。

「わたしの依頼人がいおうとしているのは……」ウォルターズの弁護士がさえぎった。

質疑の内容は、ようやくジョージ・ブレナンとジャック・スクラファニが聞きたいと思っているところにさしかかった。「ミスター・ウォルターズ、死亡したアダム・コーリフはあなたの会社の社員でしたか？」

ほほう、ウォルターズはその名前が嫌いらしいな。スクラファニはその問いにたいし、ロバート・ウォルターズの顔が怒りに赤くなるのを見守りながら考えた。

「アダム・コーリフは二年半、わが社の従業員でした」ウォルターズの声はそのことにふれるのもけがらわしいといわんばかりに、そっけなく冷淡だった。

「ミスター・コーリフはウォルターズ&アーステールでどんな仕事をしていたんで

す？」

「はじめは建築家のひとりとしてスタートしました。しばらくすると、われわれの考える中程度の改築、改修作業に従事するようになりました」

「あなたがたの考える中程度とは、具体的にはどういうものですか？」

「総費用が百万ドル以下のプロジェクトです」

「ミスター・コーリフは自分の仕事に満足していましたか？」

「そういっていいと思います」

「二年以上あなたの会社にいたといわれましたね。どうして辞めたんですか？」

「独立するためですよ」ロバート・ウォルターズはひややかに微笑した。「アダム・コーリフは物事にこまかい、実に現実的な男でした。われわれがときどき出くわす建築家の中には、オフィスのスペースに一平方フィート単位で家賃を払っているという現実をちっとも見ようとしないやからがいましてね。経済は重要な——最重要ということもあります——問題だとわかっていながら、極端に広い廊下など、スペース無視の不要な体裁を優先させる。仮に三十階、四十階建てのオフィス・ビルであれば、収入を生むスペースを激減させることになりかねません」

「するとアダム・コーリフはそういうミスはしない、有能な従業員だったわけですね」

「有能でした。与えられた仕事はそつなくこなしました。学ぶのも早かった。当時歴史的建造物に指定されていたヴァンダーミーア邸に隣接する一画の土地を購入するぐらい抜け目がなかった。やがて屋敷が歴史的建造物の指定リストからはずれると、アダムが手にいれたカプランの土地は無限の値打ち物となりましたよ」

「あの屋敷は焼失したんでしたね？」地区検事がたずねた。

「そのとおりです。しかし歴史的値打ちはもうなかったんです。火事が起きなくても、早晩取り壊されていたでしょう。跡地を買ったのはピーター・ラングです。彼はアパートメントとオフィスの複合ビルを建てる計画に着手していました」

ウォルターズは冷たい微笑をうかべた。「アダム・コーリフはラングがカプランの土地をのどから手が出るほどほしがるだろうと考えたのです。いまやカプランの土地の所有者となったコーリフは、ラングが自分の設計をのむだろうと思ったんですよ。だが、そうはならなかった。アダムがわが社を辞めず、うちがかかえる才能ある建築家たちとの共同作業に同意していたら、あんなことにはならなかったでしょう」

「あなたの会社がビル建設にのりだした、という意味ですか？」

「構想力が豊かで受賞経験もある建築家チーム、都市デザインの最先端を行く建築物を造れるチームが、彼とともに仕事をしただろう、という意味です。コーリフのデザインは凡庸でまるで新味がなかったんですよ。あれでは投資家はそっぽをむくでしょう。ラングがコーリフにはっきりそう告げたことはたしかです。

コーリフは苦境に立たされました。あのままでは、オファーされる額でカプランの土地をラングに売らざるをえなかったでしょう。そうでもしないと、コーリフとは無関係に、ラングがつまらないビルを建ててしまうでしょうからね。そんなことにでもなれば、カプランの土地は文字通り役立たずなものになりさがってしまいます。つまりコーリフは進退窮《きわ》まっていたんです」

「アダム・コーリフの窮地を気の毒には思わなかったようですね、ミスター・ウォルターズ？」検事が聞いた。

「わたしが彼を雇ったのは、個人的な友人で元下院議員のコーネリアス・マクダーモットに頼まれたからですよ。コーリフは結婚によって、マクダーモットの身内となったんです。ところがコーリフは恩を仇《あだ》で返すような真似《まね》をした。会社を辞めるさいに、二十年来わたしのアシスタントを勤め、文字通りわたしの右腕だったウィニフレッド・ジョンソンをひきぬいたんです。彼の死を残念に思っているかって？　分別ある人間として、彼の死をわたしは悼《いた》んでいますよ。生まれたときから知っているネル・マクダーモットの夫だったんですから。ネルはすばらしい女性です。彼女が味わっている苦しみを思うと、胸が痛む」

オフィスのドアがあいて、地区検事補のジョー・メイズがはいってきた。その顔つきから、ブレナンとスクラファニはなにか大事が起きたのを感じた。

「ミスター・ウォルターズ」メイズはいきなり問いかけた。「数年前におたくの会社が改築したレキシントン・アヴェニューと四十七番通りの角にあるオフィス・ビルですが、今、そこを検査点検中ですね?」

「そうです、今朝ファサードの煉瓦《れんが》がゆるんでいるようだとの連絡があったので、すぐに検査チームを現場へ行かせたんです」

「ゆるんでいるどころではなかったようですよ、ミスター・ウォルターズ。ファサード全体が道路に崩落しました。三人の歩行者が重傷を負い、うちひとりは危篤《きとく》状態です」

ジョージ・ブレナンはロバート・ウォルターズの紅潮していた顔が不気味なほど青ざめるのを見守った。一定基準に達していない建材を使っていたのか? それとも、工事が劣悪だったのか? ブレナンは首をかしげた。もしそうだとしたら、それを見て見ぬふりをするために、誰のポケットに金がつっこまれたのだろう?

46

午後三時きっかりにネルは、七十三番通りとウェストエンド・アヴェニューに面したボニー・ウィルソンのアパートメントのベルを鳴らした。ドアのむこうからかすかな足音が近づいてくるのを聞きながら、今ならまだ間に合う、エレベーターへ駆け込もうとネルは本気で考えた。

いったいぜんたい、わたしはここでなにをしているのだろう？　ネルは自問した。マックのいうとおりだ。霊媒だの、死者からのメッセージだの、くだらないたわごとにすぎない。わたしもどうかしている。こんなことをしていたのがあかるみにでたら、嘲《ちょう》笑《しょう》されるのがおちだというのに。

ドアがあいた。

「ネル、おはいりになって」

とっさに感じたのは、ボニー・ウィルソンがテレビで見たよりも魅力的だということだった。漆黒の髪が陶器のように白い肌をはっとするほどきわだたせている。大きなグレイの目は、濃いまつげにふちどられていた。背丈はふたりとも同じぐらいだが、ボニーは一見すると栄養が足りないのではないかと思われるほど痩《や》せていた。

ボニー・ウィルソンは詫《わ》びるように微笑した。「わたしからお呼びたてするなんて、これまでしたことがないんですよ」フォワイエから長い廊下を通り、こぢんまりした書斎へネルを案内しながら、説明した。「別次元の人と接触しているときに、別の人があらわれるというのは、ときどきあることですけれど、でも、今回のはまったく状況がちがいます」

彼女はみぶりで椅子《いす》を示した。「おすわりになって、ネル。しばらくおしゃべりしたあとで、立ちあがって出ていきたくなっても、わたしはちっともかまいませんの。あなたの叔母様からうかがったところでは、亡《な》くなった人々とコンタクトするという考え全体に、とても不快感をもっていらっしゃるとか」

「正直なところ、ほんとに出ていくかもしれません。そのことに気づいてくださってほっとしていますわ」ネルは固い口調でいった。「でも、ガート叔母から話を聞いたあと、どうしてもうかがわなくてはならないと思いました。わたし自身、心霊経験とでも呼べそうなことを何度か味わっているんです。ガートからお聞きになったかもしれませんわね」

「いいえ、存じません。ここ何年か心霊協会の会合でガートにはお会いしていますし、彼女のアパートメントでの集まりに出席したことは一度だけありますが、あなたのことを話しあったことはないんですよ」

「ボニー、率直になったほうがいいと思うので申しあげるんですが、死んだ人と話ができるという考え自体、わたしは信用していないんです。まるで電話を取りあげて話をするみたいですもの。わたしが読んだ本の表現を借りると、〝向こう側〟にいる誰かが、電話をとりあげて、あなたに接触してくるとも思えませんし」

ボニー・ウィルソンはほほえんだ。「正直にいってくださってありがとう。でも、わたしをはじめとする世界中の霊能力をもつ人々は——どうしてそうなったのかはさっぱりわかりませんけれど——亡くなった人と、こちらの世界に残った彼らの愛する人をとりもつために選ばれた存在なんです。ここへ見える人はたいてい、悲しみに打ちひしがれ、亡くなった人との接触を望んでいます。

でもときどき、たまにですけど、思いがけない状況になることがありますの。たとえば、ある日わたしは奥さんにメッセージをつたえたがっている亡くなった男性に力を貸していたのですが、そのとき自動車事故で死亡したジャッキーという若い人からの接触を受けました。でも彼をどうすれば助けられるのか、そのときはわからなかったんです。それから一週間もたたない頃、見知らぬ女性から電話がかかってきました」

ネルにはボニー・ウィルソンの目がしゃべるにつれて黒っぽくなってきたように思えた。「その女性はテレビでわたしを見て、個人的に会いたいといってきたのです。聞けば、ジャッキーという息子さんを自動車事故で亡くしていました。女性は向こう側からわたしに話しかけてきた若い人のお母さんだったのです」

「でも、わたしが今ここにうかがっているのは偶然じゃありませんわ。まず、あなたはガートをごぞんじだった」ネルは反論した。「次にクルーザーの爆発記事が各紙に掲載され、ほとんどどの記事にもアダムがコーネリアス・マクダーモットの孫娘と結婚していたことが報じられていたんですから」

「まさにそのためなんですよ、アダムが降霊中にわたしに接触してきて、名前を名乗り、ネルと話したいと求めたとき、わたしがガートに連絡したのは」

ネルは立ちあがった。「ボニー、申しわけありませんけど、やっぱり信じられません。あなたの時間をすでにすっかり無駄にしてしまったようです。失礼しないと」

「アダムがあなたにメッセージを伝えたがっているのかどうか、それを確認するチャンスをくださるなら、時間の無駄にはなりませんよ」

ネルは気乗りしないまま、ふたたび腰をおろした。そのくらいは我慢しないと、相手に悪いと思った。

数分が経過した。ボニーは目をとじて、片手に頬をあずけた。ふいに、だれかに、あるいはなにかに聞き耳をたてるかのように、首がかしげられた。しばらくしてからボニーは片手を頬から離し、目をあけてネルを直視した。

「アダムがここにいます」

信じていないにもかかわらず、ネルは全身が総毛立つのを意識した。落ち着くのよ、と狼狽《ろうばい》する自分を心の中で叱咤《しった》した。こんなのばかげているわ。ネルはきびきびと落ち着いた声を出そうと努力した。「彼が見えますの？」

「心の目で。アダムは愛情に満ちたまなざしであなたを見ていますよ、ネル。ほほえみかけています。自分がここにいるのをあなたが信じないのは当然だ、といっています。

あなたはミズーリ生まれだからと」

ネルははっと息をのんだ。『わたしはミズーリ生まれなのよ』というのは、そのうちきみもクルーザーを楽しいと思うようになるとアダムがいうたびに、ネルが冗談まじりに使った表現だった。

「どういう意味かわかります、ネル？」ボニー・ウィルソンがたずねた。

ネルはうなずいた。

「アダムはあなたにあやまりたがっています、ネル。アダムが亡くなる前、最後に一緒にいたときに、あなたがたふたりは喧嘩《けんか》をしたようですね」

喧嘩のことはだれにもしゃべらなかった、とネルは思った。絶対にだれにも。

「アダムはいっています、あの喧嘩は彼が悪かったと。あなたにはやりたいことがなにかあって、アダムがそれをじゃましていた、そういうことかしら」

ネルは熱い涙がまぶたをぬらすのを意識した。

ボニー・ウィルソンはみじろぎもせずにすわっていた。「接触を失いそうです。でもアダムはまだ帰りたがっていません。ネル、あなたの頭上に白いバラが見えます。アダムがあなたを愛しているしるしですよ」

ネルは自分の口から出た言葉が信じられなかった。「わたしも愛していると、アダムにつたえて。喧嘩したことを心から悔いているとつたえてください」

「アダムの姿がまたはっきりしてきました。とても喜んでいるようですよ、ネル。でも、あなたには新しい人生の一歩をはじめてほしいといっています。あなたのエネルギーと時間のすべてを必要とする状況がありますか？」

選挙運動のことだ、とネルは思った。

ボニーは返事を待たなかった。「ええ、わかります」とつぶやいていた。「アダムはこういっています、『ぼくの服をすべて処分するようネルに伝えてください』部屋が見えます。棚や蓋《ふた》のついた大きな箱があって……」

「服を処分するとき、わたしはいつも近所の教会とつながりのある中古品店へもって行くんです」ネルはいった。「あなたがいうような衣類を仕分ける部屋がありますよ」

「今すぐ処分してほしいとアダムはいいました。彼の名前でほかの人々を助けることにより、あなたはアダムがより高い精神の充実を達成する手助けができるのです。彼のために祈って欲しいといっています。祈りの中で彼を思いだしてほしいと。でも、そのあとは解放してほしいと」

ボニーはだまりこんだ。目はまっすぐ前方を見つめていたが、実際にはなにも見ていないようだった。「消えていきます」そっといった。

「とめて！」ネルはさけんだ。「だれかがアダムのクルーザーを爆破したのよ。誰がそんなことをしたのか知っているかどうか聞いて」

ボニーは待った。「わたしたちに話すつもりはないようです、ネル。彼も知らないということでしょう。あるいは、自分はもう犯人を許したのだから、あなたも許すことを望んでいるのかもしれませんね」

すぐにボニーは首をふって、まっすぐネルを見た。「行ってしまいました」微笑をうかべていったかと思うと、突然胸をおさえた。「いえ、待って。アダムの考えていることがつたわってきます。『ピーター』という名前に心あたりは？」

ピーター・ラングだわ、とネルは思った。「あります」静かにいった。

「ネル、彼のまわりに血が点々と落ちています。このピーターという名の人物が犯人なのかどうかわかりません。でも、アダムがピーターに関係のあるなにかについて、あなたに警告しようとしていることはたしかです。このピーターには気をゆるさないでくれと頼んでいます。くれぐれも注意するようにと……」

47

月曜の午後、ダン・マイナーが帰宅すると、留守番電話にリリー・ブラウンからのメッセージがはいっていた。だが再生してみると、それは彼が待ち望んでいた内容ではなかった。

リリーの声は落ち着きがなく、しゃべりかたはせかせかしていた。「ドクター・ダン。クィニーのことをそこらじゅう聞いてまわったんだよ。大勢友だちがいるからね。だけどこの数カ月、彼女を見た者も、噂《うわさ》を聞いた者も、ひとりもいなかった。どうも変だよ。ときどきクィニーが一緒にいるグループが東四十番通りのおんぼろ住宅に住んでるんだけどね。その連中もいぶかしんでるんだよ。病気にでもなって、どっかの病院にとじこめられてるんじゃないかって。ときどき例のすごい鬱《うつ》状態におちこむと、クィニーは何日も口もきかなけりゃ、物も食べなくなっちゃうから」

そういう場所で、彼女を見つけることになるのだろうか？　ダンは暗い気持ちで考えた。精神病棟に閉じこめられているところを？　あるいはさらにひどい状態を？　この冬のニューヨークは特別寒さが厳しかった。去年の秋にクィニーがこの街にとどまっていたとしたら？　もしも長期の鬱状態に陥って、強制収容されていなかったとしたら、なにが起きてもおかしくなかった。

そもそも、絶対に見つかると強い確信をもったのは、なぜだったのだろう？　はじめて決意がくずれていくのを意識しながら、ダンは自問した。だがまだ終わったわけじゃない。彼女があらわれるのを悠長に待つことはもうできない。あした、病院をしらみつぶしにあたってみよう。市当局に身元不明の死体リストがあるかどうかも調べなくてはならないと、無理矢理自分に認めさせた。

リリーは東四十番通り付近の廃屋に不法に寝泊まりしているホームレスたちと話をしていた。来週はぼくがそこへ行って、直接彼らと話をしてみよう、と決心した。

ほかにもできることがある。リリーは現在のクィニーの風貌《ふうぼう》を説明してくれた。髪はすっかり白髪になり、肩までとどく長さだという。「あんたのもってるその昔の写真より、うんと痩せてるよ」とリリーはいっていた。「頬骨がとびでちゃってる。だけど、今でもわかるよ、若かった頃はさぞかしきれいだったろうって」

なんと呼ぶのか知らないが、コンピューターで年を取ったときの顔を再現するところがある、とダンは考えた。たしか警察ならそれができるはずだ。

クィニーを見つけるために積極的にほかの手段を追求する時期だ。あるいはたとえ悪い知らせであっても、彼女に実際になにが起きたのかつきとめる時がきたのだ、とダンは決心した。

ショートパンツと長袖《ながそで》のスウェットシャツに着替え、また公園にジョギングに出かける準備をしながら、運がよければもう一度ネル・マクダーモットに会えるかもしれないと期待している自分に気づいた。

その可能性が、クィニーにたいするいや増す不安を多少やわらげてくれた。クィニーのおかげで今の自分がある。そのことをどうか彼女につたえられますように、とダンは祈った。

48

月曜の午後、コーネリアス・マクダーモットはニューヨーク・シティの党委員長トム・シェイの訪問を受けた。ボブ・ゴーマンの辞職で空いた議席争いにネルが立候補するかどうかの決意をたしかめる必要があったためだ。

「いうまでもなく今年は大統領選挙の年だ、マック」シェイはいった。「この議席争いに立つ候補が強力であれば、われわれの推す人物がホワイトハウス入りするのに必要な票がとりこめる。きみはこの地域のいわば伝説的人物だ。選挙期間中、ネルの横にきみがいれば、それだけで有権者たちはきみの功績をたえず思い出すだろう」

「結婚式の前に花婿《はなむこ》の母親にする助言を聞いたことがないのか？」マックはつっけんどんにいいかえした。「『ベージュ色の服を着て、口をつぐんでおけ』というんだ。ネルが立候補したら、それがわしのやることだ。ネルは利口だし器量もいい、行動力もある。議員職に必然的になにがともなうかも心得ている。わしの知るほかの誰よりも、りっぱにやってのけるさ。なによりの長所は、人々のことを心にかけているという点だ。だから立候補すべきなんだよ。だからこそ人々はネルに一票を投じるべきなんだ――わしが伝説だと思われているからじゃなく」

リズ・ハンリーは同席してメモをとっていた。まあ、きょうのマックはずいぶんぴりぴりしていること！　だがリズにはその理由がわかっていた。しばらく前リズはネルの感情の乱れを案じるマックから不安を打ち明けられていた。ネルが霊能力者を訪問したことが知れてメディアに漏れたらと、彼は心配のあまり気もそぞろになっているのだ。

「なにをいっとるんだ、マック、つまらんことを」トム・シェイは上機嫌でいった。「両親の追悼ミサできみの涙を拭《ふ》こうとしている十歳だったネルの写真を見た者は、みんなネルに恋をしたんだ。世間から見ても、彼女はりっぱになった。三十日の夕食会まで発表はおさえておけるが、ネルの夫の死亡の影響が選挙運動にあまりマイナスにならないことを確認しなくちゃならん」

「ネルにとってマイナス材料などない」マックはがみがみいいかえした。「ネルはプロだ」

しかしシェイが帰ると、強気だったマックは一転した。「リズ、わしはネルがあの霊能力者のところへ行くつもりだと知って、ゆうべネルを叱《しか》りとばしたんだ。電話をかけて、仲直りの労をとってくれんか。一緒に夕食をしたいとつたえてくれ」

「調停人なんてつまりません」リズはそっけなくいった。「いっそ神の子らと呼ばれたいですわ」

「前にも聞いたぞ、そのせりふは」

「だからいってるんです。夕食の場所はどこにしますか？」

「ニアリーの店だ。七時半。きみもくるんだぞ、いいな？」

49

月曜の午後、ベン・タッカーとの二度目の面談でドクター・メガン・クロウリーは、少年がニューヨーク湾でクルーザーの爆発を目撃した日のことへ、巧みに会話をもっていった。あと一、二回会ってから、そのことを持ち出すほうがよかったのだが、ベンは週末ふたたび悪夢にうなされており、それが少年の重荷になっているのはあきらかだった。

ドクターはフェリーでの遊覧の話で面談を開始した。「わたしが子供の頃、家族でよくマーサズヴィニヤード島という所へ行ったのよ」ドクターはいった。「わたしはそこへ行くのが大好きだったんだけど、でも、大変な長旅だったわ。すくなくともここからだとね。車で六時間、そのあとフェリーに一時間以上乗るの」

「フェリーってくさいんだ」ベンがいった。「吐きそうになっちゃった。もう絶対フェリーには乗りたくないよ」

「あら、どこでフェリーに乗ったの、ベンジー？」

「ニューヨーク。ダディが自由の女神を見に連れてってくれたんだ」ベンはいったんだまりこんだ。「クルーザーが爆発したあの日だった」

メガンは待った。

ベンは思い返すような顔つきになった。「ぼくはちょうどあのクルーザーを見てた。かっこいいクルーザーだったんだ。こんなおんぼろフェリーじゃなくて、あれに乗ってたらよかったのにと思ってたけど、今はそうじゃなくてよかったと思うよ」ベンは顔をしかめた。「そのことは話したくない」

メガンはベンジーの顔に恐怖の色がうかぶのを認めた。ヘビのことを考えているにちがいない。だが、クルーザーとヘビ、このふたつがどうむすびついているのか、あいかわらずつかめなかった。「ベン、悩みの原因についてしゃべると、気が軽くなることもあるのよ。クルーザーの爆発を見るなんて、とてもおそろしいことですもの」

「人間が見えたんだ」ささやくようにベンはいった。

「ベン、なにか知ってるの？　見たものを絵に描いたら、それを頭から追い払うのにきっと役立つわ。描きたい？」

「すごく描きたい」

メガンはスケッチ用の紙数枚と、マジックペンとクレヨンを用意していた。数分後、ベンは作業テーブルに身をのりだすようにして、深く集中しはじめた。

その様子を見守りながら、メガンは父親が考えている以上にベンが事故の模様をつぶさに目撃したことに気づいた。できあがっていく空は、あざやかな色彩の破片――その一部は炎につつまれている――で埋め尽くされていた。壊れた家具や皿のかけらのように見えるものもある。

あきらかに人間の手と思われるものを描きながら、ベンの顔が緊張にこわばりはじめた。

彼はクレヨンを置いていった。「ヘビを描くのはいやだ」

50

約束の時間、マックとリズが東五十七番通りのニアリーの店へ行くと、ネルはすでに隅のテーブルでワインをすすりながらスティックパンをかじっていた。

祖父のおどろいた表情に気づいて、ネルはすましていった。「そっちのゲームをやろうと思っただけよ、マック。七時半の約束なら、七時十五分に着き、遅いじゃないかと文句をいって相手のふいをつく」

「わしから学んだのがそれだけとは情けない」ネルの隣にすべりこみながら、祖父は大声でいった。

ネルはマックの頰にキスした。先刻電話をかけてきたリズに、ネルははっきりいわれていた。「ネル、マックのことはわたしの口からいうまでもないわね。見たとおりに考える人なの。彼は心を痛めているわ。アダムの死があなたにとってどんなに打撃だったかわかるからよ。あなたが不憫《ふびん》で見ていられないのよ。あなたのためならマックはなんだってするわ。あなたを悲しませないためなら、喜んでアダムの身代わりにだってなったでしょう」

リズの言葉を聞きながら、ネルは自分を恥じていた。たしかに、祖父とは意見が衝突することもある。でもマックは必要なときはいつでもそこにいてわたしを助けてくれる頼もしい存在なのだ。いつまでもつんけんするのは大人げない。「ハイ、おじいちゃん」ネルの口から挨拶《あいさつ》がこぼれた。

ふたりは手をつなぎあった。「いまでもわしのいい子かね、ネル?」

「もちろんよ」

リズはふたりの正面にすわっていた。「仲直りするあいだ、席をはずしていましょうか?」

「いいえ。今夜のスペシャルは薄切りステーキ、あなたの好物よ。わたしの好物でもあるわ」ネルはリズにほほえみかけてから、祖父のほうへぐいと頭をたおした。「もちろんここにいる〝伝説〟がなにを食べるかは神のみぞ知る、だけど」

「だったら、このままですわっていますわ。でもわたしがお食事にありつくまでは、お天気かヤンキースの話にしていただけない?」

「やってみる」コーネリアスとコーネリア・マクダーモットは異口同音にいったあと、てれくさそうに顔を見あわせた。前菜のシュリンプ・カクテルの途中で、必然的に選挙の話になった。「終わるまでは終わりじゃないんだよ、ネル」マックがいった。「ニューヨーク・シティと合衆国両方の選挙の年だ、なにが起きるか予測がつかん。だからどの選挙区も重要なんだ。有権者がひとりの候補に強く共鳴すると、ほかの候補全員が候補者名簿から脱落することもある。おまえは有権者にそういうことをさせられる候補なんだ」

「ほんとにそう思う?」ネルは聞いた。

「わかっているから、そういっているんだ。だてに一生この世界にいたわけではない。おまえの名前を候補者名簿に載せてみればわかるさ」

「わたしがその気なのは知ってるでしょう、マック。でもじっくり考えるまであと二日ちょうだい」

選挙の話はいつしか終わりになり、ネルは次の話題を察して身構えた。

「例の霊能力者のところへ行くのか?」

「ええ、もう行ったわ」

「イエス・キリストや聖母と話ができたのかね?」

「マック」リズがたしなめた。

一言嫌みをいわずにはいられない性分なのよ、しかたないわ、と自分にいい聞かせながら、ネルは慎重に言葉をえらんだ。「ええ、マック、わたしボニー・ウィルソンのところへ行ったの。彼女にいわれたわ、アダムはわたしの決意に反対したのを後悔しているそうよ。もちろん、選挙にうって出るという決意のことにきまっているわ。アダムが望んでいるのは、わたしが自分の人生を歩むこと、彼のために祈ることのふたつなの。衣類を処分して他人に役立ててもらいたがっているんですって」

「そういうことなら、じつに結構なアドヴァイスじゃないか」

「モンシニョール・ダンカンに相談していたら、きっとあの方も似たようなことをおっしゃったでしょうね。ただひとつちがうのは」ネルはわざとひと呼吸置いてからつけくわえた。「ボニー・ウィルソンが直接アダムからそれを聞いたということよ」

祖父とリズがふたりそろって、自分をまじまじと見つめているのを意識しながらネルはいった。「信じられないのはわかってるわ。でも、ボニーと一緒にいたとき、わたしは本気でこれはぺてんじゃないと思ったの」

「今も信用しているのか？」

「アドヴァイスに関してはね。でもマック、それだけじゃないの。ピーター・ラングの名前が出てきたのよ。どう考えるべきかわからないけれど、でも、ボニー・ウィルソンが本物なら、アダムは向こう側から——霊媒はそういう表現をつかうの——わたしにラングのことを警告しようとしているのよ」

「ネル、いいかげんにしないか！　ばかばかしいにもほどがある」

「わかってる。でも、アダムとピーター・ラングは二十八番通りのあの土地を共同開発する予定だったわ。アダムはそこに建つビルの設計をしていたのよ。きょうの夕方、ピーターから電話があったの、重要な仕事上の相談があるんですって。明日の朝、くることになっているわ」

「いいか、ラングが今の地位にあるのは、過去に不正と無縁ではなかったからだ。したがって、彼の経歴はユリのように真っ白というわけじゃない。人にさぐらせてみよう」

もうひとつの問題を食事の席でもちだしていいものか一瞬ためらったあと、マックは思いきって話をすすめた。「しかし、今気がかりなのはラングだけじゃないんだ。ネル、きょうの午後、レキシントン・アヴェニューでビルのファサードが崩壊したのは聞いただろう？」

「ええ、六時のニュースで」

「あれがもうひとつの悩みの種なんだよ。今夜オフィスを出る前に、ボブ・ウォルターズから電話があった。実際にあのビル工事を手がけた業者はサム・クラウスだった。しかしウォルターズ＆アースデールの記録によると、あそこの改築を担当した建築家はアダムなんだ。コストをきりつめたのだとすると——そういう話は聞いたことがあるだろう、基準に満たない品質の悪い建材を使って、安上がりにすませるんだ——おそらくアダムはそれを知っていたはずだ。崩落事故で通行人数名が怪我《けが》をし、ひとりは命があやぶまれている。助からないかもしれん」彼はいったん口をつぐんだ。「わしがいっているのは、アダムの名がもうひとつの犯罪捜査上に出てくる可能性があるということだよ」

孫娘の目が怒りに燃えるのを見て、マックはほとんど嘆願口調になった。「ネル、わしとしてはおまえにこういういやなことも全部警告しなければならんのだよ。楽しいわけがない。だが、おまえが傷つくのを見たくないんだ」

ネルの脳裡《のうり》に午後の記憶がよみがえった。あのときボニー・ウィルソンはアダムとコンタクトしていたのだ。彼は深い愛情をこめてあなたを見ていますよ……彼女はそういった。……彼は犯人を許しています……。

「マック、どんなことだろうとアダムに関する噂《うわさ》は全部わたしの耳にいれてちょうだい。なぜなら、たとえ政治生命をつまれることになっても、徹底的に真実をつきとめるつもりだからよ。だれかがあのクルーザーに爆発物をしかけて、アダムの命を奪った。どんなことになっても犯人をつきとめてみせる、これだけは誓うわ。そのとき犯人は自分も死んだほうがよかったと後悔するでしょうね。それからウォルターズ&アーステールのことだけど、みずからの不正とあやまちを棚にあげてアダムをスケープゴートにする態度を改めないなら、告訴して全財産をしぼりとってやるつもりよ。そのふたりの旧友と話すチャンスがあったら、わたしの代わりにそうつたえておいて」

つづく沈黙の中で、リズ・ハンリーが咳払《せきばら》いして、そっといった。「ステーキがきたわ。ほかの話をしましょうよ、ヤンキースのラインナップとか？」

六月二十日　火曜日

51

マディソン・アヴェニューの朝の渋滞を縫うように運転手が車を走らせているあいだ、ピーター・ラングはシートに深く沈みこみ神経をとがらせていた。アダムが買った土地の買い取りについて、ネル・マクダーモットにどう切り出そうかと頭の中でリハーサルしていた。電話でこの面会の約束を取りつけたさい、ネルの声には敵意が感じられた。慎重に話を進めなくてはならない。

先週会ったときはごく友好的に見えたのに、どういうわけだろう、とラングは不審でならなかった。あのとき話したのは、アダムがプロジェクトに参加するのを心待ちにしていたことと、アダムが自分の設計に強い自信をもっていたこと、それだけだった。仮にアダムがあのプロジェクトからはずれたいきさつを妻に打ち明けていなかったのなら、今さらそれを教えることはないだろう。適正価格よりも高い額を提示するのだ。そうすれば、彼女もいやとはいうまい。しかし考えれば考えるほど、ラングは自分の決断に自信がもてなくなってきた。なんとなくこの面会はうまくいかないような気がした。

車はかたつむりが這《は》うような速度で動きつづけた。時計を見ると、十時まであと十分しかなかった。ラングは身を乗り出して運転手の肩をたたき、つっけんどんにいった。

「ずっとこの車線から動かないでいる特別な理由でもあるのか?」

ピーター・ラングのためにドアをあけたとき、ネルは生死を分けたクルーザー上の会議を欠席した原因の自動車事故は、どの程度ひどいものだったのかと思わずにいられなかった。最後に会ってからまだ一週間もたっていないのに、ラングの顔には打撲傷の痕《こん》跡《せき》すら見あたらなかった。ひどく腫《は》れていたくちびるさえ、すっかり治っているようだった。

都会的。ハンサム。洗練されている。不動産業者の夢。ゴシップ記事や社交欄でラングにはいつもそういう形容がかぶせられていた。

彼のまわりに血がしたたっている……アダムはあなたに警告しようとしているわ。霊能力者の言葉がふいにネルの脳裡によみがえった。

ラングは彼女の頰にキスした。「ずいぶん心配したよ、ネル。体調はどうだね?」

「あなたが考えていらっしゃる程度には元気ですわ」ネルはひややかな声で答えた。

「たしかにとても元気そうだ」ラングはネルの両手をとって、警戒心をとくような笑みをうかべた。「こんなことをいうのもなんだが、ほんとうだよ」

「すこしも体面をつくろっているように見えない、ということかしら、ピーター？」ネルは手をはずすと、ラングの先に立って居間にはいった。

「いや、気弱な面をさらすような意気地なしではないということだよ」ラングは部屋を見まわした。「すばらしい住まいだ、ネル。いつからここに？」

「十一年になりますわ」機械的にネルは答えた――つい最近、歳月を数えたばかりだったからだ。ここを買ったとき、わたしは二十一歳だった。母が残してくれた信託資金からの収入があったし、両親はふたりとも保険にはいっていた。大学在学中はずっとマックと一緒に暮らしていたが、いったん卒業すると、すこしばかりの自由がほしくなった。マックはわたしにニューヨークの議員事務所をまかせようと説得を試み、わたしはフォーダム・ロースクールの夜間学校に通おうとしていた。マックはコンドミニアム購入を断念させようとしたが、わたしが掘り出し物を見つけると、同意してくれた。

「十一年前か、ほう？」ラングはいった。「ニューヨークの不動産市場が冷え込んでいた時期だ。現在だったら当時のすくなくとも三倍はするだろうね」

「売り物じゃありませんわ」

ラングは彼女の声に冷たさを聞き取って、ネルに談笑のつもりがないことを察知した。

「ネル、アダムとわたしはあるベンチャー・ビジネスに参加していた」

「存じてます」

どこまで知っているのだろう？　ラングは一瞬だまりこんで思案したが、思いきってしゃべることにした。「もちろん知っていると思うが、アダムはわれわれが建設予定の複合高層ビルの設計をしていたんだ」

「ええ、そのプロジェクトにはとても興奮していましたわ」ネルは静かにいった。

「アダムが設計した試作品はすばらしかった。彼は創造力のある、刺激的な建築家だった。じつに残念だ。不幸にも彼を失った以上は、われわれとしては一からやりなおさねばならない。別の建築家にはまた別のコンセプトがあるわけだから」

「仕方のないことです」

では、アダムは妻にしゃべっていなかったのだ、ラングは勝ち誇った気分で考えた。正面にうつむいてすわっているネルを見た。敵意をもっていると思ったのは、気のせいだったのかもしれない。感情的にまいっていただけかもしれない。

「ご承知のはずだが、去年の八月アダムはミセス・カプランなる人物からダウンタウンにある土地と建物を買い取った。彼が支払った金額は、百万ドルをすこしきるぐらいだったはずだ。わたしが購入した土地に隣接する一画でね、われわれが案出した建設協定にアダムがもちこんだ自己資本の一部でもあった。その土地の推定価格は先週時点では八十万ドルだったが、わたしとしては三百万ドル出してもいいと考えている。わずか十カ月の投資としては、結構な見返りになると思うが、どうだろう」

一瞬ネルはむかいにすわっている男の顔を観察した。「どうしてそんな大金を払うとおっしゃるんですか？」

「あの土地があれば、計画中の複合ビルを一段と印象的なものにできるからだよ。カーヴした車まわし、より凝った造園法など、魅力的な追加事項を増やすことが可能になり、ひいては事業の価値を高める牽引力《けんいんりょく》になる。つけくわえれば、われわれの複合高層ビルが完成したら、他を圧する建築物になるはずだ。したがって、このままでは、つまりあなたが土地を手放さずにこのまま保持していたら、あそこは現在秘めている価値を大きくそこなうことになりかねない」

嘘《うそ》だわ、とネルは思った。アダムはラングが計画中の建築物を実際に建てるとしたら、カプランの土地が欠かせないものになるといっていた。「考えてみます」ネルはかすかな笑みをむけた。

ラングは笑いかえした。「もちろんだとも。当然だよ。ミスター・マクダーモットと相談するといい」いったん口をつぐんで、またつけくわえた。「ネル、僭越《せんえつ》かもしれないが、あなたとは友人であると思いたい。どうかわたしには遠慮しないでほしいんだ。気づいているはずだが、巷《ちまた》はあなたの噂でもちきりだ」

「そうですか？　どんな噂でしょう？」

「わたしが耳にはさんだのは、まあ、事実であってほしいが、ミスター・マクダーモットの元議席を獲得すべくあなたが出馬するらしいという噂だ」

ネルは立ちあがって、面談は終わったことを示した。「噂を話題にする気にはなれませんわ、ピーター」無表情にいった。

「出馬を表明するなら今が絶好のチャンスだ」ネルにつられて腰をあげたラングは、ネルが制止する前に手をさしのべて彼女の手をにぎった。「ネル、わたしが心から支援することを知っておいてもらいたい、できるだけの手は打とう」

「どうも」ネルは手をひっこめながら考えた。ずいぶん強引なやりかただこと。

ラングの背後でドアがしまったかしまらないかのうちに、電話が鳴った。ジャック・スクラファニ刑事だった。相棒のブレナン刑事とともにアダムのオフィスに出向いて、ウィニフレッド・ジョンソンのデスクやファイルの中身を調べたいので許可がもらいたいとのことだった。

「捜索令状もとれるはずなんだが、あなたにお願いするほうがずっと簡単なので」とスクラファニは説明した。

「かまいませんわ。わたしもご一緒します」ネルは用心深くつけくわえた。「お話しておいたほうがいいと思うんですが、ウィニフレッドのお母さんの要望で、先日ウィニフレッドのアパートメントに行き、彼女のデスクを調べましたの。お母さんの今後の生活を保障するために、ウィニフレッドがどんな手段を講じたのか、保険証書か個人的な金融関係の書類をさがしてほしいといわれて。でも役にたちそうなものが見つからなかったので、オフィスのほうに書類を保管していたのかどうか確認しようと思っていたんです」

刑事たちはネルより数分早く二十七番通りに到着した。彼らはオフィス・ビルの正面に立ち、ウィンドウに飾られた建築物の模型を眺めた。

「ずいぶん奇抜だな」スクラファニが感想をもらした。「こんな奇抜なものを作りあげるには、相当な金がかかるにちがいないぜ」

「きのうウォルターズがいったことが正しければ」ジョージ・ブレナンが答えた。「素人《しろ》目《うとめ》にはよく見えても、建築にくわしい連中からすればろくでもない駄作ってことになる。ウォルターズによれば、このデザインは却下されたっていうじゃないか」

タクシーをおりて刑事に近づいたネルの耳に、ブレナンの言葉が聞こえた。

「なんですって？　アダムの設計が却下されたっておっしゃるの？」

スクラファニとブレナンはあわててふりむいた。ネルの呆然《ぼうぜん》とした顔つきをみて、スクラファニは夫がプロジェクトからはずされたことをネルがまったく知らずにいたのを悟った。コーリフ自身、そのことをどのくらい前から知っていたのだろう？

「きのう地区検事局にミスター・ウォルターズがきましてね、ミズ・マクダーモット」

ブレナンはいった。「そのとき彼がわれわれにそういったんですよ」

ネルの表情が硬くなった。「ミスター・ウォルターズのいうことは、いっさい信用しません」そういうと、ネルはぷいと向きを変え、ビルのドアに歩みよって管理人を呼ぶベルを鳴らした。「鍵《かぎ》をもってませんの」きびきびと説明し、「アダムの鍵はたぶん彼がもったままクルーザーに乗ったんでしょう」

ふたりの刑事に背を向けて待ちながら、ネルは気分を落ち着けようとした。今聞いたことが事実なら、どうしてピーター・ラングはわずか一時間前、わたしに嘘をついたのだろう？　それに、もし事実なら、どうしてアダムはわたしにそのことを話してくれなかったのだろう？　最後の数週間、あれほどぴりぴりして、なにを話しかけてもうわの空だったのは、そのせいだったのだろうか？　わたしに話してくれるべきだったのだ。そうすれば助けてあげられたかもしれないのに。彼の失望をきっと理解してあげられたのに。

五十代後半の無愛想な管理人があらわれて、ドアをあけた。ネルにお悔やみをいいながら、管理人はオフィスのことで質問があるといい、オフィスを手放す用意があるかと聞いてきた。

オフィスに足をふみいれたジャック・スクラファニは相棒の顔つきから、ジョージ・ブレナンが自分と同じ感想をもったのを確信した。アダム・コーリフの会社はこぎれいではあるが、おどろくほど小さかった。基本的には、受付エリアとふたつの専用オフィスがあるだけで、オフィスのひとつは大きいが、もうひとつはまるで巣穴のような小ささだ。冷たくて人間味に欠けるといわざるをえない。とうてい足を運びたくなる雰囲気ではないし、そこで働く人々の創造性に信頼を置く気にはとてもなれない。受付エリアの壁に一枚だけかけられている絵は、予定された建築物の完成予想図だが、部屋が部屋だけにみすぼらしくさえ見える。

「社員は何人いたんですか？」スクラファニはたずねた。

「ここで仕事をしていたのは、主人とウィニフレッドだけです。建築家の仕事の大部分はコンピューターでおこなわれるご時勢ですから、会社設立当初から人を大勢雇う必要はないんです。アダムもプロジェクトに関する仕事の一部は、フリーの構造技術者など、外部の人間に頼んでいました」

「すると、ここはずっと使われていなかったわけですね、つまり……」ブレナンはためらった。「あの事故以来？」

「そうです」

この十日間というもの、自分が平静を保ち、自制心を失うまいとしながら過ごしてきたことにネルは気づいた。ギリギリとウィンチで神経をしめあげられるような日々がつづき、眠れぬまま夜明けをむかえるたびに、ウィンチの目盛りがまたひとつ増えていった。日を追うにつれ、表向きの平静を保つのが次第に困難になりはじめていた。リーサ・ライアンの無謀とも思える依頼を知ったら、この刑事たちはどう思うだろう？ とネルは考えた。なぜなら、実務的な目的にもかかわらず、あれはまさしく無謀な依頼だったからだ。口止め料として主人に五万ドルをつかませたのは誰だったのかつきとめてください、そしてこの不正をただす方法を見つけるのを手伝ってください。リーサはそういったのだ。いったいどこから手をつけたらいいのかと、ネルは自問しつづけていた。

実務一本やりのこの刑事たちはボニー・ウィルソンをどう思うだろう？ ボニーのアパートメントを出て一時間後、自宅という日常にもどったとき、わたしは早くも彼女のいったすべてを疑いはじめていた。彼女がアダムと話をしたということも、うさんくさく思えはじめた。ボニーがわたしの考えを読みとれるのはまちがいない。でも、ボニーがミズーリのことをいったとき、わたしはあの文句——「わたしはミズーリ出身なの」——のことなどこれっぽっちも考えていなかった。また、アダムと喧嘩《けんか》したことは、誰にも一言もしゃべっていない。

レキシントン・アヴェニューのビルのファサードの崩落はどうだろう？ あれもアダムのせいだというのだろうか？ たくさんの疑問が渦巻いて、ネルは四方八方からひっぱられているような気がした。考える時間が、ひとつひとつの断片をまとめあげる時間が必要だった。どこから手をつけたらいいのかわからず、頭が混乱した。

　はっとわれに返ると、ふたりの刑事がさぐるような目で見つめていた。「ごめんなさい、考えごとをしてしまって。ここにいるのは、思っていたほど楽じゃないようですわ」

　ブレナンとスクラファニの顔に同情と理解の色がうかんだ。ネルは気づくよしもなかったが、彼らはひそかにある確信を得ていた。それはネル・マクダーモットもリーサ・ライアン同様なにかを隠しているという手応《てごた》えだった。

　ウィニフレッドのデスクは鍵がかかっていたが、ジョージ・ブレナンが持参した鍵のひとつがぴたりと合った。「ウィニフレッド・ジョンソンのバッグが回収されましてね」ブレナンはネルにいった。「この鍵束が中にはいっていたんです。不思議なことに、バッグはほとんど焦《こ》げてもいませんでした。あの爆発からすると奇跡的なことです」

「おどろくようなことなら、この十日間にもたくさん起きましたわ。自分の会社で見つかった不正を、ウォルターズ&アースデールがことごとくわたしの夫のせいだと主張していることもふくめて、です。今朝、アダムの会計士と話をしました。どんなに根ほり葉ほり調べられても、困るようなことは絶対にないと断言してくれましたわ」

　そうならいいんだが、ジョージ・ブレナンは思った。というのも、きのう崩落したビルのファサードに低品質の建材が使用されていたことからして、ウォルターズ&アースデールの誰かがサム・クラウス建設会社とぐるになっていたとしか考えられないからだった。ああいう崩落事故が起きた以上、ただのミスではありえない——だれかが賄賂《わいろ》とひきかえに口をつぐんでいたのだ。

「おひきとめしては申しわけない」ブレナンはネルにいった。「ミズ・ジョンソンのデスクをさっさと調べて、みんなでひきあげましょう」

とりたてて不審なものはないと結論づけるまで、数分とかからなかった。「自宅のデスクとまったく同じです」ネルは刑事たちにいった。「みんなありきたりの請求書や領収書やメモですわ。もっとも保険証書と、ウィニフレッドのお父さんのお墓の証文をいれた封筒が見つかりました」

デスク横に置かれたファイルキャビネットの上ふたつの引き出しには、ファイルがはいっていた。一番下の引き出しにはコピー機やプリンター用の紙をいれた箱と、分厚い茶色の包装紙数枚と、撚《よ》り紐《ひも》の玉がしまいこまれていた。

ジャック・スクラファニはファイルをざっと調べた。「何の変哲もない手紙類だ」彼はウィニフレッドのアドレス帳をめくった。「これをお借りしてもかまいませんか？」と、ネルにたずねた。

「ええ、もちろんです。たぶんいずれは彼女のお母さんが引き取るでしょう」

自宅のデスクとひとつだけちがう点がある、とネルは思った——ここにはハリー・レイノルズに関するものがひとつもない。いったい何者なのだろう？　ことによると、その男がウィニフレッドの母親の高い介護料を負担していたのかもしれない。

「ミズ・マクダーモット、この貸金庫の鍵はミズ・ジョンソンのバッグから見つかったものです」しゃべりながら、ジョージ・ブレナンは小さなマニラ封筒から鍵をふりだして、ウィニフレッドのデスクに置いた。「３３２という番号がはいっています。これがこのオフィスのものか、それともミズ・ジョンソン個人のものだったのかご存じですか？」

ネルはその鍵をしげしげと眺めた。「見当もつきません。このオフィスのものだとしても、わたしは知りませんでした。わたしは自分専用の貸金庫をもっていますが、わたしの知るかぎり、アダムは個人的にも、ビジネスとしても、貸金庫はもっていませんでした。銀行へもっていって、調べるわけにはいきませんの？」

ブレナンは首をふった。「あいにくと貸金庫の鍵というのはみなよく似ているものでしてね、どの銀行の貸金庫なのか特定する手だてがないんですよ。新しい貸金庫の鍵となると、番号さえついていません。この鍵を発行した銀行をつきとめるしかありませんが、それには相当時間がかかりそうです」

「干し草の山から針を見つけるようなものですわね」

「そういうことです、ミズ・マクダーモット。しかし、ウィニフレッド・ジョンソンのアパートメントか、このビルの十ブロック以内にある銀行の鍵だという可能性はあります」

「そうですわね」ネルはあいづちをうってから、次にいおうとしていることに自信がもてないかのように躊躇《ちゅうちょ》した。「あの、関係があるのかどうかわかりませんけど、ウィニフレッドはハリー・レイノルズという男性と関わりがあったようなんです」

「どうしてわかったんですか？」ブレナンがすばやくたずねた。

「彼女のアパートメントのデスクを調べたとき、引き出しのひとつに紙切れがぎっしりつまっていたんです。設計図のきれはしだの、封筒だの、クリネックスだのが。その全部にウィニフレッドの筆跡で、『ウィニフレッドは、ハリー・レイノルズを、愛している』と書いてありました。なんだかだれかにのぼせあがっている十五歳の少女が書いたような感じでした」

「のぼせあがっているというより、とりつかれているように聞こえますな」ブレナンがいった。「たしかウィニフレッド・ジョンソンは物静かな女性で、母親が老人ホームにはいるまではずっと母親と二人暮らしでしたね」

「ええ」

「そういう女性にかぎって、まちがった男に灼熱《しゃくねつ》の恋をするものですよ」と、彼は眉《まゆ》をつりあげた。「ハリー・レイノルズはこちらで調べてみましょう」ブレナンは思いきりよくファイルの引き出しをしめた。「ミズ・マクダーモット、ここはそろそろ終わりにして、コーヒーでも飲もうと思っているんですが、一緒にいかがです？」

ネルは一瞬ためらったのち、受け入れることにした。なぜかこのオフィスにひとりで残りたくなかった。タクシーでここへむかっていたときは、時間をかけてアダムのデスクを調べてみようと思っていたが、オフィス内を見ているうちに、今日はやめたほうがいいと本能的に感じたのだった。アダムの死がいまだに現実とは思えなかった。本気で信じているわけではないのに、どういうわけかボニー・ウィルソンへの訪問は、そんな気持ちをやわらげるどころかむしろ強めていた。

ヴァンダーミーア・タワーのためのデザインが却下されたことを、アダムはいつから知っていたのだろう？　はじめてその話をしてくれたときのアダムの自信にあふれた様子が思い出された。アダムはピーター・ラングが会いにきたことや、ヴァンダーミーアの土地を購入ずみだったラングが、カプランの土地を買いたがっているという話をした。自分に建築デザインを担当させるという条件をのまなければ、ラングに土地は売らないと、彼はいっていた。「ラングの投資家たちがぼくにプランと模型の準備を依頼してきたよ」アダムはそういった。

もしもあなたのデザインを先方が受け入れなかったらどうなるのかと、わたしはあのときたずねた。アダムの返事を一字一句おぼえている。カプランの土地はラングが建設したがっているような複合ビルには欠くことのできないものなんだ。受け入れるさ。

「ええ、そうしますわ。コーヒーを飲みたい気分ですし、今朝ピーター・ラングと会ったときのことをお話したいんです。わたしの話をお聞きになったら、わかっていただけるんじゃないかしら。そしてラングはうそつきの策略家だというわたしの気持ちに同意してくださるかもしれません。夫の死で利益を得るのがラングであるのはあきらかです」

52

孫娘と同じように、コーネリアス・マクダーモットも眠れぬ一夜を過ごしていた。火曜日の昼すぎになってようやくオフィスにあらわれたマックを見たとき、ふだんは血色のいい顔が不健康にくすんでいることにリズ・ハンリーはぎょっとした。

マックはすぐにそれが不眠のせいであることをリズに明かした。そして孫娘の当選のチャンスにとりかえしのつかないダメージを与えかねない理由について、説得力のある議論を展開したが、有名人ぶった霊能力者ボニー・ウィルソンが食わせ者にすぎないことをネルに証明するというマックの計画にリズが同意したのは、ひとえにマックの健康が心配なためだった。

「予約の電話をするんだ」マックはリズに命じた。「きみの妹の名前を使いなさい。ガートがきみのことをそのウィルソンて女に話していないともかぎらんからな。わしはあんな女など信用しとらん。いったいどういう女なのか、きみの意見が聞きたい」マックの声はいつになく緊張していた。

「発信者番号通知サーヴィスを利用しているかもしれませんから、ここから電話はできませんよ。すぐにわたしが何者かわかってしまいます」リズは指摘した。

「よく気づいたな。きみの妹はビークマン・プレースに住んでいるんだろう？」

「ええ」

「今から妹さんのところへ行って、そこからかけてくれ。これは非常に重要なことなんだ」

リズは三時にオフィスに帰ってきた。

「モイラ・キャラハンという人物になりすまして、明日の三時にボニー・ウィルソンを訪ねることになりました」

「よし。もしもネルかガートに話をするときは……」

「マック、そんなことといわれるまでもありませんわ、そうでしょう？」

「そうだな」彼はおとなしくいった。「感謝するよ、リズ。きみならあてにできるとわかっていたんだ」

53

リーサ・ライアンは火曜日に職場のネイルサロンに復帰した。同僚やなじみ客は予想どおり、心からの同情を見せたあと、ジミーの命を奪った爆発の詳細について好奇心もあらわにあれこれ質問し、リーサはじっとそれに耐えてすごした。

六時に帰宅すると、一番親しい友人であるブレンダ・カレンがキッチンに立っていた。食欲をそそるローストチキンのこうばしい匂《にお》いが空中にたちこめていた。テーブルには六人分の食器がセットされており、ブレンダの夫のエドが二年生のチャーリーの朗読の宿題を手伝っていた。

「こんなにしてもらって、ありがとう」リーサはそっといった。

「いいのよ」ブレンダは元気よくうけながした。「仕事にもどった最初の日だもの、にぎやかなほうが心が晴れるんじゃないかって思ったの」

「ほんとにそうだわ」リーサは浴室に行って、顔を水でぬらした。一日泣かずに我慢したんじゃない、と強い調子で自分をいましめた。今ここで泣いちゃだいなしよ。

　夕食のあいだ、エド・カレンがジミーの作業部屋にある道具の話をもちだした。「リーサ、ジミーがあそこでなにをしていたかはよく知らないが、かなり高級な工具をもっていたのは知ってるよ。ああいうものなら、すぐに売れると思う。ほうっておいたら、あっというまに値打ちがなくなってしまうんじゃないかな」

　エドはチキンをきりわけはじめた。「きみさえよければ、喜んでジミーの作業部屋に行って、全部整頓《せいとん》してあげるけど」

「やめて！」リーサは叫んだ。次の瞬間、自分にむけられた友人たちや子供たちの驚愕《きょうがく》した表情を見て、隣人の単なる親切心に過敏な反応をしてしまったことに気づいた。

「ごめんなさい。ジミーのものを売ると思っただけで、ほんとに彼はもうもどってこないんだと思い知らされる気がするの。今はまだそういう気持ちになれないのよ」

　子供たちの悲しそうな顔つきを見て、リーサはふざけようとした。「ダディがもどってきて、自分の作業部屋がからっぽなのを見つけたらどうするか、想像できる？」

　だが、しばらくしてカレン夫婦が帰り、子供たちが寝入ると、リーサは忍び足で地下室におり、ファイルの引き出しをあけて金の包みを見つめた。まるで時限爆弾をかかえているようだった。早く処分してしまわなければ！

54

ダン・マイナーは火曜の午後のスケジュールを再調整して、ニューヨーク市警のそばにあるワン・ポリス・プラザの行方不明者調査局まで出かける時間をひねりだした。しかし、そこに着いてまもなく、クィニーの情報を得ようとする試みがいかに絶望的なものであるかを痛感させられた。

応対に出た刑事は同情的だったが、きわめて説得力のある現実的口調で事実を述べた。

「まことにお気の毒です、ドクター・マイナー、しかしお母さんの捜索をはじめた時点で、あなたはお母さんがニューヨークにいるのかどうかすらごぞんじない。〝行方不明者〟であるかどうかすらはっきりとはわかっていない——確実なのは、お母さんが見つからないということだけです。毎年この都会でいったい何人の行方不明者が報告されるか、ごぞんじですか？」

ダンはすっかり気落ちしてビルをあとにし、家に帰るタクシーを拾った。あとはせいぜい東四番通りのあたりを歩きまわってみるしかなかった。

見捨てられたビルに寝起きしているホームレス集団とどうやって接触すればいいのか、

ダンは途方に暮れた。いきなりただ近づいていくわけにもいくまい。だれでもいいから、外で見かけたひとりと親しくなるよう努めるしかなさそうだ。多少顔見知りになったら、クィニーの名前をだし、反応をうかがう。リリーのときは古い写真を見せただけでうまくいったのを思い出して、いくらか気分が落ち着いた。それにすくなくとも今は、母親が仲間にどう呼ばれていたかもわかっている。

家に帰ると、軽いスウェットスーツに着替え、スニーカーをはいた。ビルを出ようとしたとき、ちょうどはいってきたペニー・メイナードとばったり会った。

「わたしのところで七時に飲まない？」彼女は誘うような笑みを浮かべた。

ペニーはとても魅力的だったし、数日前の夜は、ほかの隣人もまじえて彼女のアパートメントでパスタやアルコールを楽しんだ。しかしダンは今夜はもう予定があるからといって、ためらうことなく断った。すぐ近くに住む女性と親しく行き来するような習慣はつけたくないんだ、とつぶやきながら速いペースで歩きだした。

歩調をさらに速めたとき、ネル・マクダーモットの顔が脳裡《のうり》にうかんだ——公園で偶然見かけた日から、しばしば彼女のことを思いだした。電話帳に彼女が番号を載せていないことは知っていた。調べてみたからだ。だが、ネルの祖父のコンサルティング会社は電話帳に載っており、ダンはそこを通じてネルに連絡をとってみようと考えていた。

電話をかけて、マクダーモットにネルの番号をたずねればいいのだ。あるいは、直接立ちよって、マクダーモットに会うほうが早いかもしれない。ホワイトハウスでのレセプションで一度会ったことがある。じかに会えば、すくなくともぼくがストーカーやいかがわしい詐欺師《さぎし》のたぐいでないことがわかってもらえるだろう。

ネル・マクダーモットにまた会えるという期待に元気づけられて、ダンは二時間東四番通りをブロックごとに歩きまわり、クィニーの情報を求めた。

用意してきた電話番号入りの名刺を、話しかける相手ごとに手渡して、約束した。

「彼女の手がかりを与えてくれる人には五十ドル進呈します」

七時、ようやくそれ以上の聞き込みを断念し、タクシーでセントラルパークへひきかえしてジョギングを開始した。七十二番通りで、ダンは再度ネルに出くわした。

55

ネル・マクダーモットと別れたあと、ジャック・スクラファニとジョージ・ブレナンはまっすぐ本部に戻った。暗黙の同意により、オフィスに着くまではふたりとも無言を通し、帰りついてはじめてネルが話した内容をもちだした。

スクラファニはデスクに落ち着くと、椅子《いす》の肘《ひじ》を指でこつこつたたきはじめた。「彼女は、ラングがクルーザーの爆発に関与しているのではないかといわんばかりだったな。しかしわれわれが目を通したときは、ラングの交通事故に関する供述は裏がとれているようだった。

おれの記憶によれば、ラングは携帯電話を使用中で、夕日が目にはいったと主張していた。トレーラートラックとの接触事故だった。とにかく顔はそうとうひどいザマだったよ」

「そうかもしれんが、トラックにぶつかったのはラングのほうだ。トラックがぶつかったわけじゃない」ブレナンはいった。「意図的に起こした事故とも考えられる。いずれにしろ、ネル・マクダーモットは興味深い疑問を山ほど提起してくれた」彼はメモ帳を取りだして、書きとめはじめた。「調査の価値ありと思う一番の項目はこれだ。ラングがじっさいにヴァンダーミーアの跡地に建設したがっていたのは、いったいどんなビルで、その目的を達成するにあたって、カプランの土地はどこまで必須《ひっす》のものだったのか？　回答いかんによっては、これは動機になる」

「まだあるぞ」スクラファニがいった。「コーリフのデザインが却下されたことを、ラングはいつコーリフに告げたのか？」

「それがおれの次の疑問につながってくるんだよ、ジャック。なぜコーリフはラングにコケにされたことを妻にだまっていたのか？　仲のいい夫婦だったら、話すのが当然だろう」

「仲といえば、ウィニフレッドのボーイフレンド、ハリー・レイノルズについてはどう思う？」

「もうひとつ提案がある。ラングとわれらのジェッド・カプランとのあいだにつながりがないかどうか、嗅《か》ぎまわってみようぜ」

スクラファニはうなずいて椅子を押して立ちあがり、窓に近づいた。「いい天気だ。女房は親戚《しんせき》のいるケープ・メイで長い週末を一緒に楽しめたらいいと考えてるんだが、それが実現するのはまだ先になりそうだな」

「ああ」ブレナンがあいづちをうった。

「仕事ついでに、もうひとつリストに名前をつけくわえるよ」

「誰かあててみせよう。アダム・コーリフだろ」

「あたり。カプランはコーリフを憎んでいた。元雇い主のロバート・ウォルターズもコーリフを憎んでいた。ラングはコーリフのデザインを却下した。街一番の人気者じゃなかったわけさ。コーリフのクルーザーがマリーナにもどれなければいいと思っていた人間がほかにもいるんじゃないか？」

「なるほど。忙しくなるぞ。コーリフの素性をしらべてみよう」

二時間後、ブレナンがスクラファニのオフィスに首をつっこんだ。「ノースダコタから糸口になりそうな情報が出てきたぞ。どうやらコーリフは故郷の元雇い主にとっても、教会のピクニックのアリみたいに毛嫌いされていたらしい。こいつはなにかありそうだ」

56

セントラルパークの小道を並んでジョギングしながら、ネルはかたわらにダン・マイナーがいると、妙に心が安らぐのに気づいた。ひきしまった顎《あご》のライン、統制のとれた身ごなし、つまずいた彼女をとっさにしっかりと支えた力強い手、ダンには内に秘めた強さがあった。

彼らは北の貯水池あたりまで走って、Uターンし、七十二番通りのイーストサイドまでもどった。

ネルは息をきらしながら足をとめた。「ここまでにするわ」

思いがけなくふたたびネルに出会えたダンとしては、住所と電話番号を知るまではあっさり別れるつもりはなかった。「自宅まで送ろう」すばやくいった。

途中で彼はさりげなくいった。「きみはどうか知らないが、ネル、ぼくは腹がすいてきたんだ。シャワーをあびて着替えれば、今ほどむさくるしくはなくなる。一時間ぐらいしたら、一緒にディナーをどうだろう？」

「さあ、それは——」

ダンは最後までいわせなかった。「特別な予定でもあるの？」

「いいえ」

「いいかい——ぼくは医者だ。空腹を感じていなくても、きみはきちんと食事をしたほうがいい」

さらに数分間のおだやかな説得のあと、西五十六番通りのイル・ティネッロで落ち合うことにして、彼らは別れた。「一時間半後にしたほうがいいんじゃないかしら」ネルはほのめかした。「あなたがくるのを見て、すべての信号が青に変わるなら話は別だけれど」

その日アダムのオフィスから帰宅したあと、ネルは数時間をかけてアダムの衣類の整頓をした。ゲストルームのベッドや椅子は、靴下、ネクタイ、下着の山に隠れて見えなくなった。クロゼットの中のスーツやスラックスや上着もすべてそこへだした。

ハンガーをもって行ったりきたりしながら、こんなことをする必要があるのかと思ったが、いったんアダムのものを主寝室から一掃する作業を開始してしまうと、最後までやらないと気がすまなかった。

ドレッサーが空になると、ビルの管理会社の人間に頼んでドレッサーを倉庫室へ運びだしてもらった。次にベッドルームの家具の配置変えをして、結婚前の状態に戻した。

今、公園から帰ってベッドルームにかけこみ、ジョギングパンツとTシャツを脱ぎながら、ネルは生まれ変わった室内に親しみを感じていた——誰にも邪魔されない自分だけの聖所のような気がした。

アダムの死——別れを告げるチャンスもない突然の死——が気になってたまらなかったのは、彼のドレッサーやクロゼットの中の衣類が絶えず目にはいっていたからなのだろう。一緒にすごした最後のひとときに喧嘩《けんか》をし、そのあと彼がわたしの人生から永遠に出ていってしまったことを思い出してばかりいたのも、そのせいなのだ。

ディナーから帰宅したら、アダムの遺品が一掃されたベッドルームで今夜は眠れそうな気がした。

すばやくシャワーをあびたあと、ネルはがらんとしたクロゼットをのぞきこみ、去年の夏頃買ったまま忘れていたあかるい青紫色のシルクのパンツスーツを着ることにした。クロゼットの中を整頓しなおしていたときそのスーツを見つけ、試着したときの喜びを思い出した。

だがなんといってもそれをえらんだのは、彼女の装《よそお》いにいちいち目をとめたアダムがそのスーツとはなんのつながりもない事実だった。

ネルがイル・ティネッロに着いたとき、ダン・マイナーはテーブルで待っていた。だが、彼女の到着にも気づかないほど深く物思いに沈んでいるようで、なにか心配事があるように見えた。支配人がネルのために椅子をひくと、ダンはあわてて立ちあがり、微笑した。

「あなたのためにすべての信号が青に変わったみたいね」ネルはいった。

「すべてとはいわないまでも、ほとんどね。すてきだ、ネル。つきあってくれてありがとう。むりやりうんといわせてしまったんじゃないかと心配になってね。医者の困ったところなんだよ。相手が自分のいうとおりにしてくれるものと思っている」

「むりやりじゃないわ。外に出るよう説得してくださってよかったと思ってるの。それに正直なところ、おなかもぺこぺこよ」

それは事実だった。おいしそうなイタリア料理の匂《にお》いがレストランに満ちていた。店内を見まわしたネルは、それがウェイターがとなりのテーブルに運んできたパスタの匂いであるのに気づいた。彼女はダンにむきなおって、笑った。「もうすこしでおとなりを指さして、『あれがいいわ』というところだったわ」

ワイングラスを傾けながら、彼らはワシントンに共通の友人がいるのを発見した。生ハムとメロンを食べながらきたる大統領選の話をし、相対立する候補にそれぞれ一票を投じようとしているのを知った。パスタがくると、ダンはネルにニューヨークに移り住む決意をしたことや、その陰にひそむ理由について話した。

「こっちの病院が小児専門の火傷治療の拠点になりつつあってね、ぼくの専門ということもあって、その実現を後押しするのは、ぼくにとっても大きなチャンスなんだ」

母親をさがしていることも話した。

「なんのまえぶれもなく、お母さんがあなたの人生からいなくなってしまったというの!?」ネルはびっくりした。

「母は深刻な鬱病《うつびょう》に苦しんでいた。アルコール依存症になっていたこともあり、ぼくを祖父母にあずけたほうがいいと判断したんだ」ダンはためらった。「話せば長くなる。そのうち、きみが関心をもってくれたら、すべてを話すよ。気がかりなのは、母が年老いてきているということなんだ。たぶん長い歳月のあいだに身体《からだ》も相当弱っているだろう。こうしてニューヨークにきたからには、ぼく自身の手で母を捜すこともできるかもしれない。一時は手がかりがつかめたと思ったんだが、いまだに見つからないままなんだ。しかも去年の秋以来母を見たという人間がひとりもいないんだよ」

「お母さんはあなたに見つけてもらいたいと思っているかしら、ダン?」

「母が出ていったのは、ぼくがあやうく命拾いした事故に責任を感じたからなんだ。あの事故が結局はそう悪いことではなかったと、母に教えてやりたい。それどころか、ぼくにははかりしれない価値をもつ出来事だったことを話してやりたいんだ」

行方不明者調査局へ出むいたことを話したあと、ダンはつけくわえた。「あそこに期待をかけるのは無駄だ」

「マックなら助けになれるかもしれないわ。コネがいくらでもあるし、祖父が何カ所かに電話をかければ、記録を調べてくれるはずよ。わたしから祖父に話してみるわ。でも、あなたもマックのオフィスに立ち寄ったほうがいいと思うの。名刺を渡しておくわね」

食後のコーヒーが運ばれてくると、ダンはいった。「ネル、ぼくの話ばかりして退屈させてしまったね。いやならそういってくれれば話題を変えるが、これだけは質問させてほしい。本当のところ、きみは元気なのか?」

「本当のところ?」ネルはエスプレッソのカップに小さなレモンの皮を落とした。「どう答えたらいいのかわからないわ。人が亡《な》くなったのに、遺体も棺《ひつぎ》も墓地までの葬送もなかったら、心の区切りがつけられないものよ。実際はいないとわかっていても、その人がまだどこかにいるような気持ち、わたしが感じているのはそういうものだわ。非現実感にいつもつきまとわれているようなものね。だからずっと自分にいいつづけているの。『アダムは死んだ、アダムは死んだ』って。でもただの意味のない言葉のように聞こえるわ」

「ご両親が亡くなったときも、そうだったの？」

「いいえ、両親が亡くなったことはちゃんと感じたわ。ちがうのは、両親が事故死したということよ。アダムはちがった——それはまちがいないわ。考えてもみて。四人があのクルーザーで死亡したのよ。だれかがそのうちのひとりを殺す必要を感じていたんだわ。四人全員かもしれない。だれにもわからないわ。その犯人はいまだに大手をふって人生を楽しんでいるのよ。今この瞬間だって、わたしたちと同じようにおそい夕食を食べているかもしれない」ネルは言葉を切って、自分の両手を見つめ、ダンの顔を見あげた。「ダン、わたし犯人をつきとめるつもりよ——わたしひとりのためじゃないわ。三人の幼い子供をもつ若い母親、リーサ・ライアンも答えを求めているの。彼女のご主人がクルーザーにいた四人のうちのひとりだったのよ」

「わかっていると思うが、ネル、四人の命を計画的に奪ったのだとしたら、それは非常に危険な人間だよ」

正面にすわっているネルの顔がふいに苦痛にゆがみ、大きく見開かれた目にパニックに近い表情がみなぎった。

ダンはぎくりとした。「ネル、どうしたんだ？」

ネルはかぶりをふった。「だいじょうぶ、なんでもないわ」ダンだけでなく、自分自身をも安心させるような口調だった。

「なんでもないことはない、ネル。どうした？」

ほんのつかの間、離岸流にとらわれたときにも似た恐るべき一瞬が彼女をのみこんでいた。罠《わな》にかけられ、空気をもとめて戦っているような心地がした。だが今回は、泳ごうとしているのではなく、ドアをあけようともがいているのだった。冷たい水の代わりに感じていたのは熱さだった。焼けるような熱さ――そして自分は死ぬのだというあきらめだった。

57

六月二十一日　水曜日
「ヴァンダーミーアの跡地はラング・エンタープライズが開発中の多数の所有地のひとつにすぎませんよ」ピーター・ラングはそっけなくいった。

水曜の朝、アヴェニュー・オブ・ジ・アメリカス一二〇〇番地の最上階にあるオフィスを訪れたジャック・スクラファニとジョージ・ブレナン両刑事を、ラングが歓迎していないのは、あきらかだった。

「たとえば」ラングは謙遜《けんそん》口調でつづけた。「このビルは自社ビルです。不動産業者としてあつかっているものだけでなく、おふたりを車でマンハッタン中案内し、われわれが所有するその他の物件をお見せすることもできますよ。しかしこれ以上わたしの時間を無駄にされる前に、お聞きしなくてはなりませんな、目的はなんですか?」

おれたちの目的はだな、あんたが四人を殺した最有力容疑者のように見えてきてるってことだよ。スクラファニは思った。だからあんまり急がないほうがいいぜ。

「ミスター・ラング、お忙しいのは承知していますよ」ジョージ・ブレナンはよどみなくいった。「しかし二、三質問の必要があることはご理解いただけるはずです。きのうあなたはネル・マクダーモットに会いにいきましたね？」

ラングは眉《まゆ》をあげた。「ええ、それがなにか？」

そのことをもちだされたのが気に入らなかったようだな、とスクラファニは思った。今の今までラングは自分の土俵にいて、自信満々だった。しかしおれたちが四人殺害の嫌疑をかけることができたら、金もルックスも氏育ちも模造コインほどの価値もなくなるんだ。当人もそれを知っている。

「ミズ・マクダーモット訪問の目的はなんだったんです？」

「純粋にビジネスですよ」ラングは時計に目をやった。「刑事さん、もう失礼しなければなりませんな。会議があるんです」

「これも会議のようなものですよ、ミスター・ラング」ブレナンの声がきびしくなった。

「十日ほど前に話をうかがったとき、あなたはアダム・コーリフとふたりで、彼を建築家とする共同企画を検討中だったといいましたね」

「そうです、事実ですよ」

「その企画とやらをご説明いただきましょうか？」

「前にもう説明したはずだ。アダム・コーリフとわたしは二十八番通りに隣接しあった土地を所有していたんだ。われわれはそれを一緒にして、アパートメントとオフィスをかねたビルを建てるつもりだった」

「ミスター・コーリフがそのプロジェクトの設計を担当するはずでしたな？」

「アダム・コーリフはその目的のための設計案を提出するよう求められていた」

「あなたはいつ彼の設計を拒否したんです、ミスター・ラング？」

「拒否したとはわたしならいわない。かなりの再考を要したとでもいっておこう」

「彼の未亡人に話したこととはちがいますな」

ピーター・ラングは立ちあがった。「協力しようと努力していたのに、なんだ。わたしの努力は無駄だったらしいな。友好的にあんたがたと話しあうのは不可能だよ。その口調と態度には腹が立つ。このままつづけるなら、弁護士を呼ぶことを要求する」

「ミスター・ラング、あとひとつだけ」スクラファニ刑事がいった。「あなたはヴァンダーミーア邸が歴史的建造物のリストからはずされたあと、まっさきに競《せ》り落としましたね？」

「市はわたしが所有するもうひとつの土地をのどから手が出るほどほしがっていた。だから交換したんだ。市はいい取り引きをしたよ」

「もうすこしだけお願いします。あなたがアダム・コーリフをプロジェクトの建築家として契約していなかったら、彼はあの土地をあなたに売ったでしょうか？」

「われわれに売らなかったとしたら、彼は相当な愚か者ということになっただろう。だが、もちろん彼は取り引きが完了する前に死亡した」

「だから未亡人を訪問したわけですな。ネル・マクダーモットがその土地をあなたに売らなかったらどうします？」

「もちろんそれを決めるのは彼女だ」ピーター・ラングは立ちあがった。「では失礼する。まだ質問があるなら、わたしの弁護士に電話してくれてかまわない」ラングはインターコムを押して秘書に命じた。「ミスター・ブレナンとミスター・スクラファニがお帰りだ。エレベーターまでお送りしてくれ」

58

ガート・マクダーモットは水曜の朝、ネルに電話した。「家にいる予定？　今朝クラムケーキをこしらえたのよ。あなたの好物のひとつでしょう」

ネルはデスクにむかっていた。「今も昔もね、ガートおばさま。ええ——どうぞいらして」

「でもとても忙しいようなら……」

「コラムを書いているところだけど、もうほとんど終わったわ」

「十一時までに行くわ」

「お湯を沸かしておくわね」

十一時十五分前、ネルはコンピューターのスイッチを切った。コラムの出来はほぼ完《かん》璧《ぺき》だと思ったが、最後の推敲《すいこう》をする前にしばらく寝かせておきたかった。やかんに水を満たしながらネルは考えた。

思えばこの二年間、わたしはコラムを書くのを楽しんできた。やかんに水を満たしながらネルは考えた。でも、今は前にすすむときだ。

すすむというより、もどるというほうが適切かもしれない、とティーポットを出しながら認めた。自分にとって第二の天性である世界への復帰、選挙運動や選挙の夜――そして、選出されたあかつきには、連邦議会にのぞむ。とりもなおさずそれは、マンハッタンとワシントンDCのあいだをいったりきたりする生活にもどることを意味する。

もしも選挙で勝ったら、自分がどんな世界にはいっていくことになるか、すくなくともそれだけはわかっている。ボブ・ゴーマンのようにそれに耐えられない人もいる。あるいはマックのいったとおり、ゴーマンは別のビジネスへの踏み石として議員の地位を利用していただけかもしれないが……。

十一時きっかりにドアマンが電話でミズ・マクダーモットが上にあがっていかれました、とつたえてきた。マックはガートとわたしの両方に時間厳守を教えこんだとネルは思った。だがアダムは遅刻の常習犯だった。その性癖にマックはよくかんかんになったものだ。

そんなことを思い出した自分が夫を裏切っているように思えた。

「前より元気そうだわ」が、キスをしながらガートが口にした第一声だった。両手にケーキの金属容器をもっている。

「ざっと二週間ぶりにぐっすり眠れたの。そのせいだわ」ネルはいった。

「ええ、そうね。ゆうべ電話したのだけれど、あなたはいなかったわ。ボニー・ウィルソンからあなたはどうしているかと電話があってね」

「ご親切に」ネルは大叔母からケーキを受け取った。「さあどうぞ。お茶をいただきましょうよ」

紅茶をすすりながらネルはガートの両手がわずかにふるえているのに気づいた。ガートほどの年齢になればめずらしいことではないが、でも、ガートやマックには当分元気でいてほしかった。

ネルはディナーの席でダン・マイナーがいったことを思い出した。「兄妹がいたらなあと思うんだ。母は見つからないかもしれないし、これで祖父母が亡くなりでもしたら、ぼくは天涯孤独だからね」そのあと彼はつけくわえた。「父は勘定にいれていない。父親はぼくの人生にとってはあいにく重要な存在じゃないんだ。しばらく連絡もとりあっていない」それからダンは微笑した。「もちろん、すごい美人の継母がひとり、いやその前にもふたりいるけどね」

マックに電話をかけて、ダンから電話があると伝えること、とネルは記憶にきざみこんだ。

十一時半ちょうど、ガートは立ちあがった。「もう失礼するわ。ネル、きゅうに思いついてお邪魔しただけだしね。気分がふさいで、話し相手がほしいとき、誰に電話すればいいのかわかってるわね」

ネルはガートをぎゅっと抱きしめた。「おばさまよ」

「ええそう。それからね、アダムの衣類の処分、実行してくれてるといいけど。ボニーはそれを重要なことだと考えているの」

「まとめはじめたところよ」

「お手伝いが必要？」

「いいえ。管理人が段ボールをいくつかもってきてくれることになってるの。車に積んで、土曜の朝教会に置いてくるわ。いまでも寄付の受付は土曜なんでしょう？」

「ええ。それに土曜はわたしも教会に行ってるわ。わたしが寄付された品を点検するお当番なの」

ファースト・アヴェニューと八十五番通りの角にある小さな教会は中古品店も経営し

ており、ガートはそこのボランティアをしている。ネルはいらなくなった衣類はすべてそこに寄付していた。そこが受けつけるのはいわゆる〝傷《いた》みの少ない〟衣類だけで、そうしたものを最小限度の金額で売っているのだ。

去年の感謝祭前の土曜日のことを思い出して、ネルは胸に刺すような痛みをおぼえた。衣類を点検して、もう二度と着ないものを全部まとめた彼女は、アダムを説得して同じことをさせた。そして一切合財を段ボールに詰め込み中古品店へもっていった。

善いおこないをしたような気分になって、ふたりはセカンド・アヴェニューと八十一番通りの角に新しくできたタイ・レストランでランチを食べた。食事中、アダムはまだ着られる服を処分するのがいかにむずかしかったかを認めた。〝雨の日のためにとっておく〟が口癖で、どんなものも捨てようとしなかった母親の習慣のせいなのだ、とアダムはいった。

「そういうところは、母親似なんだろうな」彼はいった。「きみにせっつかれなかったら、ハンガーが壊れるまで着ない服がクロゼットにぶらさがっていただろう」

それはネルの好きなアダムの思い出ではなかった。

59

リズ・ハンリーは一度の動作で、コーネリアス・マクダーモットの専用オフィスのドアをノックし、あけた。「今から出かけます」と告げた。

「そろそろ出発したほうがいいといおうとしていたところだ。二時半だぞ」

「三時には着きますわ」

「なあ、リズ、きみにこんな頼みごとをして、少々うしろめたく思っているが、重要なことなんだ」

「マック、あの女性がわたしに魔法をかけたら、あなたの責任ですよ」

「片をつけたら、まっすぐここへ帰ってきてくれ」

「片をつけるのは彼女のほうかもしれませんわよ」

ボニー・ウィルソンのウェストエンド・アヴェニューのアパートメントの住所をタクシーの運転手に告げたあと、リズはシートにもたれて神経を鎮《しず》めようとした。

厄介なのは、リズ自身、一部の人々には本当に心霊能力――あるいは超能力だかなんだか呼び名はどうでもいいが——があると信じていることだった。彼女はこの懸念《けねん》をマックに打ち明けたことがあったが、例によって、彼はちゃんと答えてくれた。

「わしの母親は自分に心霊能力があるとは思っていなかったが、霊的なサインを察知することはできると確信していた」マックはリズにそういった。「真夜中にドアを三回たたく音がしたり、絵が壁から落ちたり、あるいは鳩《はと》が窓から飛びこんできたりすると、母はロザリオを取りだしたものだったよ。こういう出来事がどれかひとつでもあったら、死が近づいている確かな証拠だと断言した」あきらかに自分の独白を楽しんでいる様子で、マックはいったん言葉を切った。

「そうやって半年後に故国から九十八歳の伯母が亡《な》くなったという手紙がくると、母親はわしの父親にこういったもんだった、『そらごらん、パトリック、あの晩三回ノックを聞いたとき、そのうち悪い知らせがくるといっただろう?』」

マックははなからそういうものを信じていないから、わざと滑稽《こっけい》に聞こえるように話すけれど、死んだ人間が愛する者に別れを告げにきたという記録は数え切れないほどたくさんあるのだ、とリズは思った。何年か前、『リーダーズダイジェスト』に往年のテレビスターだったアーサー・ゴドフリーについての物語が掲載されたことがある。第二次大戦中、海軍の船に乗り込んでいたときのこと、ゴドフリーは父親が寝台の足元に立っている夢を見た。翌朝、彼はまさしくその時間に父親が死亡したことを知らされた。

あの記事を見つけだして、マックに見せよう、とリズは考えた。アーサー・ゴドフリーの体験ならマックも信じるかもしれない。

だからといって、それが本当に役に立つとは思えないわ、タクシーが縁石にとまったとき、リズは自分に認めた。マックはわたしがなにをいおうと、相手にしない方法を見つけるにちがいない。


ボニー・ウィルソンにたいするリズの第一印象は、ネルがニアリーの店で夕食をとりながら説明した印象と似たりよったりだった。ボニーはおどろくほど魅力的な女性で、思っていたよりずっと若々しかった。だがアパートメントの雰囲気は、リズの予想以上であり、陰気なフォワイエは、リズが今までいた六月のまばゆい午後とは対照的だった。

「エアコンディショナーが故障中なんですの」ボニーは謝った。「アパートメント内の気温をあげないためには、日差しを閉め出すしかないんです。このあたりのビルにはすばらしい広々とした部屋がありますけれど、老朽化していますのよ。そのせいでしょうね」

もうすこしで自分もヨーク・アヴェニューの似たようなビルに住んでいるといいそうになったとき、リズはビークマン・プレースのモイラ・キャラハンとして予約したことを思い出した。うまく嘘《うそ》をつけたためしがないし、六十一近くにもなって嘘つきじょうずになるコツを学ぶにはおそすぎるわ、と彼女は神経質に考えた。

おとなしくボニー・ウィルソンのあとについてフォワイエから細長い廊下をすこしだけ歩き、右側にある書斎にはいった。

「このソファにおすわりいただけます?」ボニーがいった。「そうすれば、椅子《いす》を近くまでひっぱってこられますので。しばらくのあいだ、あなたの両手をにぎりたいんです」

不安が高まるのを意識しながら、リズはいわれたとおり腰をおろして、両手をさしだした。

ボニー・ウィルソンは目をとじた。「結婚指輪をはめていらっしゃいますが、未亡人になられてもうずいぶんになると感じます。そうなんでしょうか?」

「はい」まあ、ほんとにそんなにすぐにわかるのかしら? リズはおどろいた。

「特別な記念日があったばかりですね。四十という数字が見えます。ご主人がご健在なら四十回めの結婚記念日を祝ったはずだったせいで、この二、三週間はすこししんみりしておすごしでした。ジューンブライドだったのですね」

リズは口もきけずに、うなずくのが精一杯だった。

「〝ショーン〟という名前が聞こえます。ご家族にショーンという人がいましたか? ご主人ではないようですね。むしろ兄妹、弟さんのようです」ボニー・ウィルソンは片手を頭のわきへもちあげた。「ここに非常に強い痛みを感じます。ショーンは事故で亡くなったという意味ですね。車に乗っていましたね?」

「ショーンはまだ十七歳でした」リズは涙声でいった。「スピードを出していて、車のコントロールがきかなくなったんです。頭蓋骨《ずがいこつ》骨折でした」

「彼はあなたのご主人や、亡くなったあなたのご家族全員と一緒に向こう側にいます。みんながあなたを見守っていることをショーンはあなたに知ってもらいたがっていますよ。当分あなたは彼らのもとへ行く運命ではありません。けれども、愛する人々はつねにあなたを囲んでおり、現世に生きるわたしたちの魂の道案内となってくれているのです。それが事実であることを知って、なぐさめられますように」

しばらくのち、リズ・ハンリーはほとんど茫然《ぼうぜん》自失の状態でボニーのあとから薄暗い廊下をひきかえした。フォワイエにもどる角の壁際《かべぎわ》にテーブルが置かれていて、その上に鏡がかけられていた。テーブル上の銀皿にボニーの名刺がはいっていた。リズは立ちどまり、手をのばして名刺を一枚取った。突然全身の血の気がひいて、リズは凍りついた。彼女は鏡をのぞきこんでいたが、そこにはもうひとつの顔がうつっていた。リズの顔の背後から彼女をじっと見つめている顔。もちろん、気のせいだったにちがいない。はっと思ったときには、その顔はもう消えていた。

だがタクシーでオフィスへひきかえす途中、リズはおののきながらあの鏡にうつっていたのはまちがいなくアダム・コーリフの顔だったと考えた。

あの幻を見たことは、絶対に誰にも口外しないつもりだった。

60

ベン・タッカーは月曜、火曜と二晩つづけてまた悪夢を見たが、幼い少年にとってそれらは以前ほど怖くなかった。クルーザーの爆発の絵を描き、ドクター・メガンとおしゃべりをして、人々がひどい目にあうのを見たらどんな子供でも動転してこわがるものだとわかって以来、ベンの気分はすこし上向きはじめていた。

きょう診療にいけば、リトルリーグの試合に遅れる――しかも、ベンのチームはリーグ中第二位の成績を保っていた――ことも、気にならなかった。ドクター・メガンのオフィスにはいっていくなり、ベンは彼女にそういった。

「まあ、うれしいわ、ベンジー。きょうはわたしのためにもっと絵を描いてくれるかしら？」

今回はヘビがあまり怖く感じられなかったせいで、描くのは楽だった。事実、ベンは〝ヘビ〟がちっともヘビらしく見えないことに気づいた。ゆうべも、その前の夜の夢の中でもあまり怖くなかったから、もっとはっきりとそれを見ることができた。

描きながらすっかり没頭していたために、ベンは舌を噛《か》んでしまった。その妙に不愉快な感触に、ベンは口ごもりながらドクター・メガンに訴えた。「ぼくがこれをやると、ママは笑うんだ」

「あなたがなにをすると笑うの、ベン？」

「舌を噛むとだよ。一生懸命集中してると、ママのダディもいつも舌を噛んだんだって」

「おじいちゃんに似てるのはいいことよ。そのまま集中してね」

ベンの手がすばやく確実に動きはじめた。絵が好きなだけあって、ベンはとても絵が上手で、子供ながらにそのことを誇らしく思っていた。なんでも冗談の種にして、本物そっくりの絵を描こうとせずにくだらないものばかり描いているクラスメートがいたが、ベンはそういうタイプではなかった。あいつらはほんとのばかだとベンは思っていた。

ドクター・メガンが横のほうで書き物をしていて、全然こっちを見ていないのがベンはうれしかった。そのほうがずっと描きやすかったからだ。

彼は絵を完成させて鉛筆を置いた。椅子にもたれ、自分が描いたものをじっくり眺めた。

かなりよくできたと思ったが、自分の描いたものは彼をびっくりさせた。こうして見ると、〃ヘビ〃はちっともヘビではなかった。爆発の瞬間にそう見えただけだったのだ。すべてがあまりにもおそろしかったので、頭が混乱してしまったのだろう。クルーザーからするりと出てくるところをベンが見たものは、ヘビではなかった。それは、身体《からだ》にぴったりした黒く光るものとマスクをつけ、女性用のハンドバッグみたいなものをつかんでいる人間に見えた。

61

水曜の午後、ネイルサロンにいたリーサ・ライアンのもとに、ケリーの学校の生徒指導員であるミセス・エヴァンズから電話がはいった。「ケリーはお父さんのことでとても苦しんでいるんです」エヴァンズはいった。「きょうは教室で泣きだしてしまって」

リーサは愕然《がくぜん》とした。「でも、三人のうちではケリーが一番しっかりしていると思ってましたのに。自宅でも元気そうですし」

「話をしようとしたんですけど、ほとんど口をきかないんです。ケリーは十歳にしては、とても大人びたところがありますから、お母さんに心配をかけまいとしているんじゃないかしら、ミセス・ライアン」

わたしに心配をかけまいとしていたなんて、とリーサは目の前が暗くなった。わたしのほうこそしっかりしなくちゃならないのに。自分のことにすっかりかまけて、あの現金のことを心配するあまり、子供たちをなおざりにしてしまったのだ。一日も早く手を打たなくては。

リーサはバッグの中をかきまわして求めていた番号を見つけると、公衆電話に近づいた。それから客がこれみよがしに時計を見ているのを尻目《しりめ》に事務所にかけこみ、最後の予約ふたつをキャンセルしなければならないと支配人に告げた。

彼が不満を表明すると、リーサは冷静にいった。「今夜中にどうしてもやらなくてはならない仕事があるんです。でもその前に、子供たちに夕食を食べさせなくちゃなりません」

「リーサ、家のほうが落ち着くまでということでもう一週間の休みをあげたじゃないか。これを習慣にしてもらっちゃ困るよ」

リーサはいそいで持ち場にもどり、客に謝るようにほほえんだ。「ほんとにすみません。学校から電話があったんです。子供たちのひとりが教室で泣きだしたとかで」

「それは大変だこと。でもリーサ、頼むからちゃんと仕上げてちょうだい。わたしもやらなくちゃならない用事が山ほどあるのよ」

七時にモーガン・カレンがベビーシッターにくることになった。五時半にはリーサはテーブルに夕食を並べていた。葬儀社スタッフの忠告にしたがって、リーサは椅子を動かしていた。椅子は四脚で足りてしまい、中央の自在板をとりはずしたので、テーブルはふたたび円形になっていた。チャーリーが子供用の高い椅子を卒業するまでは、やはりこうだったのだ。チャーリーが〝大きい子用の椅子〟に昇格したのが家族の一大イベントだったことを思い出し、リーサは胸をつかれる思いがした。

子供たちが経験している苦しみにあらためて意識をむけてみて、リーサははじめてケリーの目が深い苦悩にかげっているだけでなく、カイルの顔にも煩悶《はんもん》を読みとることができた。幼いチャーリーまでが不自然なほどおとなしかった。

「きょうはどうだったの、学校のほうは？」努めて元気よくリーサはだれにともなくたずねた。

「オーケイだよ」カイルがぎごちなくいった。「次の週末にある一泊旅行のこと、知ってるよね？」

リーサの心は沈んだ。カイルがいっているのは、友だちのひとりが住むグリーンウッド・レイクに父子で出かける計画のことだった。「それがどうかしたの？」リーサはいった。

「きっとボビーのお父さんが電話してきて、ぼくにもぜひきてほしいっていうよ。でも、行きたくない。お願い、ママ、ぼくを行かせないで」

リーサは泣きたかった。行けば、カイルは父親のいないたったひとりの子供になる。

「あなたにはあまり面白くないかもしれないわね。ボビーのお父さんに、今回はやめておくとお伝えするわ」

葬儀屋からのもうひとつのアドヴァイスをリーサは思い出した。「お子さんたちが期待して待てるようなことをなにか提供してあげるといいですよ」ブレンダ・カレンのおかげで、それができそうだった。

「いい知らせよ」リーサはあかるくいった。「カレン一家が今年はブリージー・ポイントにいつもより大きな家を借りているの。毎週末、わたしたちにきてほしいからですって。それでね、一番のお楽しみはなんだと思う？　その家は目の前が海なの！」

「ほんと、ママ！　すごいね」チャーリーが大きな吐息をもらした。

チャーリーは水遊びが大好きだから、と末っ子の顔がうっとりとほころぶのを見ながら、リーサはほっとした。

「楽しみだね、ママ」カイルもすっかりリラックスした様子で、あきらかに喜んでいた。

リーサはケリーに目をやった。彼女はそのニュースにも無関心に見えた。まるで聞いていなかったかのようだ。目の前のパスタはほとんど手がつけられていなかった。

でも、今はケリーをせっついてはいけない。リーサにもそれぐらいはわかった。喪失と折り合いをつけるには、ケリーにはもっと時間が必要なのだ。今はそのことを話しあっている暇もなかった。テーブルを片づけ、子供たちを宿題にとりかからせて、七時半にはマンハッタンに着いていなければならない。

「カイル」リーサはいった。「夕食がすんだらすぐに地下室のダディの作業部屋から箱をふたつ運びあげるのを手伝ってもらいたいの。ダディのボスのだれかのものなのよ。だから、ママはそれをある女の人のところへもって行くつもりなの。その人なら、だれに返せばいいのかつきとめてくれるから」

62

水曜の午後病院を出ると、ダン・マイナーはまっすぐコーネリアス・マクダーモットのオフィスにむかった。前日、面会の約束を取りつけようと電話をかけてみると、ネルがすでに祖父に説明ずみで、自分の電話を先方が待っていたことがわかった。

マクダーモットは誠意をもってダンをむかえた。「きみもネルもジョージタウン大学の卒業生だそうだね」

「そうなんです、もっともぼくのほうが四、五年上でしたが」

「ニューヨークでの生活は気に入っているかな？」

「祖母はふたりともここの生まれでしたし、母はマンハッタンで育ち、十二歳頃までここに住んでいました。そのあとDCに引っ越したんです。ですから遺伝的にはいつも片足がここ、片足がワシントンにあるような気がしています」

「わしもだよ」マクダーモットはあいづちをうった。「わしはここで生まれたんだが、当時はこの界隈《かいわい》はあまり上等じゃなかったんだ。実際、ジェイコブ・ルパートのビール工場から出るにおいを嗅《か》ぐと、それだけでよっぱらうことができるなどという冗談があったくらいだ」

ダンはほほえんだ。「六パック缶を買うより安上がりだ」

「しかしその満足感も最初だけさ」

談笑するうちに、コーネリアス・マクダーモットはドクター・ダン・マイナーに大いなる好意を感じている自分に気づいた。さいわいにも、この男は父親とはちがう、と思った。過去数年にわたって、マックはワシントンのさまざまな行事でダンの父親に会ったことがあり、うぬぼれ屋の退屈な男だという印象をもっていた。ダンはあきらかにもっとずっと堅実なタイプだった。並みの人間なら、自分を捨てた母親、それも飲んだくれのホームレスだとわかっている母親など、死んだことにしてしまうだろう。ところがこの息子は彼女を見つけだし、助けの手をさしのべることを望んでいる。わしの同類だ、とマクダーモットは考えた。

「ここらの役人たちに、きみのいうクィニーを本腰をいれてさがすようけしかけてみよう。最後に彼女が目撃されたのは、今からかれこれ九カ月前の去年の九月で、場所はトンプキンズ・スクエアの南にある、不法占拠されていた家ということだったね？」

「はい、ただ、そこにいた友だちはクィニーは街を出たのではないかと思っていました」ダンは説明した。「わたしが聞き出したわずかな情報によれば、最後に目撃されたとき、クィニーは深刻な鬱《うつ》状態で、そういうときはいつもひとりでいたがったらしいんです。自分ひとりの場所を見つけて、そこへもぐりこむのが習慣だったようです」

話すにつれて、母親はもはや生きていないのだという確信がダンの中に芽生えはじめた。「生きているなら、母の世話をしたいと思いますが、死んでいても不思議ではありません。死んで無縁墓地に埋められているなら、メリーランドにある家族の墓地へ連れていきたいと思います。いずれにしても、祖父母にとっては、娘が病に冒され路頭をいまだにさまよっていると知るよりは、そのほうがずっとなぐさめになるでしょう」ダンはすこし置いて、つづけた。「ぼくにとってもそれは同じです」

「写真はあるのかね？」コーネリアスはたずねた。

ダンは財布をあけて、つねにもち歩いている写真を取りだし、ネルの祖父にわたした。写真をつくづく見るうちに、コーネリアス・マクダーモットの喉《のど》に熱いかたまりがこみあげてきた。若々しくきれいな女性とその両腕に抱かれた幼い少年のあいだに通いあう愛情が、すりきれた白黒写真からあふれ出ているように思えた。ふたりとも風に吹かれ、顔を寄せ合い、少年の小さな両腕は母親の首にしっかりと巻きついている。

「七年前、公共放送網で放映されたホームレスのドキュメンタリー番組からとった母の写真もあります。コンピューター処理で加齢し、母の友だちから聞いた去年の夏の容貌《ようぼう》にあうよう、技術者が調整したものです」

マクダーモットは話の内容から、ダンの母親が六十がらみであることを知っていたが、二枚めの写真にうつる、白髪まじりの髪を肩までたらしたやつれた女性は、八十歳に見えた。「焼き増しして、町中にポスターを貼《は》ろう」マクダーモットは約束した。「ファイルを調べることしか能のない連中に、九月以降、この人相にマッチする身元不明の女性が無縁墓地に埋葬された記録がないかどうかチェックさせよう」

ダンは立ちあがった。「もう失礼しないと。すっかりお邪魔してしまいました、議員。心から感謝しています」

マクダーモットは身振りでダンをすわらせた。「わしは友人連中からはマックと呼ばれているんだ。五時半だよ、カクテルタイムというわけだ。どうするね？」

ふたりがうちとけてかなりドライなマティーニをすすっているところへ、リズ・ハンリーがいきなりはいってきた。彼女が動転していることは、ふたりの目にもあきらかだった。

「ボニー・ウィルソンのアパートメントを出たあと、自宅で休んできました」リズは静かにいった。「すっかり動揺してしまったんです」

マクダーモットは飛びあがった。「どうした、リズ？　真っ青じゃないか！」

ダンはすでに立ちあがっていた。「ぼくは医者です、なにか……」

リズは首をふって、椅子《いす》にぐったりすわりこんだ。「だいじょうぶです。ただ……マック、マック、ワインを一杯ついでくださいな。それですこしはしゃんとなるでしょう。

わたしが頭から信用しないであそこへ行ったことはごぞんじですわね。でも、気が変わったといわなくてはなりません。ボニー・ウィルソンはいんちきではありません。本物の心霊術師です──彼女がネルにピーター・ラングについて警告したのなら、まじめに考えたほうがいいということですわ」

63

ガートが帰ったあと、ネルはデスクにもどって《ジャーナル》の金曜版のために先刻下書きしておいたコラムを読みなおした。合衆国大統領選挙の特徴である、長い狂乱の選挙運動についての文章だ。

次回の――そして万事計画どおりに運べば、最終の――コラムは、読者への別れと、下院への出馬をつたえる内容になるだろう。祖父の前議席を争うことで、選挙運動の熱狂ぶりをじかに自分の目で見たいという意志を書きつづるつもりだった。

決心したのは二週間前だったが、今になってやっと混乱も疑いも自分への疑問も片づいたように思える、と下書き原稿に手をいれながらネルは思った。マックから刺激をうけ、公職につくことこそが念願であることはずっとわかっていたが、多くの恐れや気遣いのために長い歳月をむだにしてしまった。

この消極性はすべてアダムの影響だろうか？　書斎にすわったまま、ネルは議員への立候補をめぐるアダムとの数々の話しあいを思い返した。なにがアダムを変えたのかさっぱりわからなかった。三年前に結婚したとき、アダムはわたしがマックの議席を継ぐことに賛成だったのに、やがてその考えにひややかな態度を示しはじめただけでなく、敵意すらもつようになった。あの急激な変化の原因はなんだったのだろう？

それはアダムの死以降、ますますネルを悩ませるようになった執拗《しつよう》な疑問だった。わたしが議員職につけば、ふたりともおおっぴらな好奇心に対処せざるをえなくなる。それを恐れるようななにかが、アダムの生活には起きていたのだろうか？　ネルはデスクから立ちあがって落ち着きなくアパートメントの中を歩きまわり、居間の暖炉の両側にある本棚の前で立ちどまった。アダムはまだ読んでいない本をひきぬいてざっと目を通し、また適当に本棚にもどす習慣があった。ネルは目と手を同時に使って、特別気に入って再読している本をすわりごこちのいいクラブチェアからすぐ届く場所にならびかえた。

思い返してみれば、アダムからはじめて電話がかかってきたとき、わたしはこの椅子にすわって小説を読んでいた。彼からなんの音沙汰《おとさた》もないことに、わたしはすこしがっかりしていた。わたしたちはあるカクテルパーティーで出会って、互いに惹《ひ》かれあった。夕食をともにし、アダムはそのうち電話するといった。でもそれから二週間たっても、わたしはまだ待っていた。失望していた。

思い出したわ、わたしはジョージタウンでおこなわれたスー・レオーネの結婚式から帰ったばかりだった。わたしたちの仲間の大半はすでに結婚していて、赤ちゃんの写真を交換しあっていた。わたしは出会いをまちこがれていたのだ。そのことで、ガートと冗談を飛ばしたことさえある。まぎれもない巣作り願望ね、とガートはいったものだ。

あまり長く待ちすぎるのはよくない、とガートは警告してくれた。「わたしがそうだったのよ。思い返してみると、結婚できた男性がふたりはいたはずなの。それなのに、いったいわたしはなにを待っているつもりだったんだか」

そしてアダムから電話があった。夜の十時頃だった。出張が思った以上に長引いてしまったと、彼はいった。会いたかったが、ニューヨークのアパートメントにきみの電話番号を忘れてきたので電話できなかったと説明してくれた。

わたしはいつ恋に落ちてもおかしくない状態だった。アダムはとても魅力的だった。当時のわたしはマックのところで働いていたし、アダムはニューヨークの小さな建築会社に就職したばかりだった。わたしたちの人生ははじまったばかりだった。嵐《あらし》のような求婚だった。前途は洋々だった。三カ月後、わたしの家族だけが出席して、わたしたちは地味な結婚式をあげた。でも、それは気にならなかった。おおげさで派手な式はしたくなかったから。

今、気に入りの椅子に腰をおろして、ネルは当時の熱にうかされたような日々を思い返していた。いろんなことがいっぺんに起きたようなめまぐるしさだったが、刺激的だった。あんなにもアダムに夢中になったのは、なんのせいだったのだろう？　自分が愛し、唐突に失った男のことを悲しく思いうかべながら、ネルは回想した。答えはわかっている。アダムはほんとうに魅力的だったのだ。彼はわたしを特別な気持ちにさせてくれた。

もちろん、それだけではなかった。はっきりいえば、アダムはいくつかの点でマックと対照的なタイプだった。マックがわたしを愛してくれているのは知っているが、彼は〝愛している〟とは気恥ずかしくていおうとしない。わたしは愛していると直截《ちょくせつ》に、情熱的にいってくれる人に飢えていたのだ。

でも、アダムとマックにはよく似ている部分もあり、わたしはそれも気に入っていた。アダムにはマックのようなとことん戦うといった意志の強さはあまりなかったが、道義心の強さは似ていた。マックと同じように独立心旺盛《おうせい》で、大学と大学院を働いて卒業した。

「母は学費を払いたがったが、ぼくが断ったんだ」アダムはそういっていた。「人に貸し借りはするなと教えてくれたのは、母さんだったじゃないかとぼくはいったんだよ。それがしみこんでいたんだ」

わたしは彼のそんな姿勢を称賛した。アダムもマックと同じように、なけなしの金を人にやってでも借金はしないタイプだと信じていた。「あるものでやりくりする、なければ我慢するんだ、ネル」それがマックにたたきこまれた教訓だった。

けれども、その一切が変わってしまった。アダムは百万ドル以上のわたしの信託資金を自分に投資してくれと平然と要求した。借金はしないという堅い信条はどうしたのだろう? でももちろん、そのときネルは問いただすようなことはしなかった。

結婚するとすぐにアダムはマックにもっといい勤め口を紹介してくれるよう頼んだ。彼がウォルターズ＆アースデールに勤めるようになったのは、そういういきさつがあったからだ。

やがてアダムはそこを辞め、わたしから借りたお金の残りを使って自分の会社をもった。

この二週間は惨憺《さんたん》たるものだった。まず夫を失い、次にアダムが自分の考えていたような人間ではなかったことを匂《にお》わせることがあきらかになった。アダムがあの不正入札や収賄《しゅうわい》に関与していたとは信じたくない、とネルはつぶやいた。だが、もしそうだとするなら、なぜそんなことにかかわったのだろう？　お金に困っていたわけではない。クルーザーはアダムの唯一《ゆいいつ》の贅沢《ぜいたく》だった。袖《そで》の下をうけとっていたなら、わたしに借金をする必要はなかったはずだ。

だが、ピーター・ラングに自分の設計が却下されたことをわたしにいわなかったのは、なぜなのだろう？　それはどうしても答えを見つけなければならない疑問だった。

そしてわたしがマックの議席を引き継ぐために出馬したいと真剣にきりだしたとき、それまでの態度を一変させて強力に反対したのはなぜなのか？　アダムは怒りをマックのせいにした。マックがわたしに影響力をふるっているかぎり、わたしは本来の自分にはなれない、とアダムはいった。祖父の操り人形のままで終わってしまうと。わたしは同意した。でも今になってみると、じつはアダムにあやつられていたのではないかと思わざるをえない。

アダムがわたしをメディアの監視の目から遠ざけておこうとした理由は――マックと

政治一般を毛嫌いしていたことのほかに——なんなのだろう？

　この数日間に知った事柄を反芻《はんすう》するうちに、自分を悩ませているいくつかの疑問への答えがすこしずつ見えてきた。それは説得力のある、ぞっとするような答えだった。もしもわたしが立候補したら、メディアや対立候補がわたしたち夫婦のどちらかに外聞をはばかる秘密がないかどうか根ほり葉ほり調べることをアダムは知っていた。わたしにやましいところはひとつもない、ネルは自信をもってそう考えた。だったら、アダムはなにを恐れていたのだろう？

　アダムが賄賂《わいろ》を受け取っていたのではないかという疑念がじつは当たっているのだろうか？　先日ファサードが崩落した、レキシントン・アヴェニューの欠陥工事にアダムがかかわっていたのだろうか？

　こうした疑問を頭から追い出したくて、ネルは延期していた雑用のひとつに取り組むことにした。アダムの衣類を詰めるために、管理会社の人間が一山の段ボール箱をアパートメントまでもってきていた。ネルはゲストルームに行って、ひとつめの箱をベッドにのせた。きちんとたたんだ下着や靴下がその中にすっぽりおさまった。

　疑問は疑問を呼ぶものだと思いつつ、ネルはアダムの衣類を詰めながら、この数週間断固としてはねつけてきたひとつの疑問に真っ向から取り組むことにした。『わたしはほんとうにアダムを愛していたのだろうか、それとも愛していると思いたがっていただけなのだろうか？』

あんなスピード結婚をせず、もうしばらくつきあっていたら、当初感じていたアダムの魅力はあせていったのだろうか？　わたしはアダムの中に理想の部分だけを見ていたのではないだろうか？　正直なところ、すばらしい結婚とはいえなかった——すくなくともわたしにとっては。アダムのために目標とする仕事を断念しなければならず、わたしはそれに腹をたてていた。週末になるとアダムはクルーザーで釣りやクルージングに出かけたものだが、わたしはそれをさびしいとも思わなかった。ひとりの時間が楽しく、いきおいわたしはマックとすごすようになった。

それともわたしの疑念はみな見当はずれのものなのだろうか？　段ボールに封をして床におろし、次の段ボールをもちあげながらネルは自問した。幼いときからさんざん苦しんできたから、もう苦しまないような理由を見つけようとしているだけなのかもしれない。

愛する人が死ぬと、人はしばしば怒りをおぼえるものだとなにかで読んだことがある。今のわたしもそれなのだろうか？

ネルはスポーティーな衣服——チノパンツやジーンズや半袖シャツ——を丁寧にたたんで段ボール箱にいれた。あとはネクタイやハンカチーフ、手袋をかたづけるだけだった。ベッドの上はきれいになった。クロゼットの中身を整頓《せいとん》する気力はもうなかった。

それはまたの日にしよう、と思った。

午後早々にリーサ・ライアンが電話をかけてきて、夜、どうしても会いたいといってきていた。突然の電話で、無遠慮ともいえる申し出だったので、ネルは断りたい誘惑にかられた。だが、リーサ・ライアンが悲嘆にくれているのはわかっていた。夫を失った彼女の悲しみにつきあうのはいたしかたのないことだった。

時計を見ると、六時をまわっていた。七時半にはうかがう、とリーサはいっていた。シャワーを浴びてさっぱりし、しばらくくつろぐ時間は十分にある。おいしいシャルドネをグラスに一杯飲むのもいいかもしれない。

エレベーター係がリーサを手伝って、ネルのアパートメントに重そうなふたつの包みを運びこんできた。「どこへおきましょう、ミズ・マクダーモット」係はたずねた。答えたのはリーサだった。「あそこにおいて」彼女はパーク・アヴェニューをみおろす窓下の円形テーブルを指さしていた。

エレベーター係がネルをちらりと見た。ネルはうなずいた。

エレベーター係が出ていくと、リーサがいどむようにいった。「ネル、わたし悪夢を見るの。警察が捜索令状をもってふみこんできて、この呪《のろ》われたお金を発見し、子供たちの目の前でわたしを逮捕する夢よ。でも、あなたになら警察はそんなことはしないわ。

だから、あなたからだれかにこれを返せる日がくるまで、ここに保管しておいて」

「リーサ、そんなことできるわけないわ。あなたが打ち明けてくれたことは尊重するけれど、ご主人が不法行為に同意した見返りのお金を、わたしが保管したり、だれかに送りかえしたりできるはずがないでしょう」

「あなたのご主人だってこれに関与していたかもしれないじゃないの」リーサは問いつめた。「だいたいジミーが雇われたいきさつだって、すごく奇妙だったのよ。あらゆる建設業関係者に履歴書を送ったけど、反応したのはあなたのご主人だけだったんだから。アダム・コーリフには、正直なばっかりに業界からボイコットされる人間におおげさに同情する癖でもあったの？　それとも主人をサム・クラウスに紹介したのは、死にものぐるいになっているジミーなら役に立つだろうと考えたから？　わたしが知りたいのはそのことよ」

「わたしにはわからないわ」ネルはゆっくりいった。「確実なのは、ジミーがだれにとって役立つ存在だったのか、その理由をつきとめるのが大事だということよ、それによってだれが傷つくことになろうとも」

リーサ・ライアンの顔から血の気がひいた。「わたしの目の黒いうちは、ジミーの名前は絶対に出させない」彼女は叫んだ。「あのいまいましい金なんかまっさきに川に捨ててやるわ。見つけたときにそうしておくべきだったのよ」

「リーサ、聞いて」ネルは相手をなだめた。「レキシントン・アヴェニューでファサードが崩落したビルのことは新聞で読んだでしょう。三人が負傷して、そのうちのひとりは助からないかもしれないのよ」

「わたしのジミーはレキシントン・アヴェニューで働いたことなんかなかったわ！」

「ジミーのせいだといっているんじゃないの。でも彼はサム・クラウスに雇われていた。あのビルの改修工事をしたのは、サムの会社だったのよ。もしクラウスがあのビルで手抜き工事をしたのだとしたら、よそでもやっている見込みがあるわ。ジミーがたずさわっていたのも、安くあげるために質の悪い建材を使用した別の工事現場だったかもしれないのよ。構造のいいかげんなビルがほかにもあって、また事故が起きる可能性だってあるわ。ジミー・ライアンはあのお金を隠したきり、指一本ふれなかった。それにひどくふさぎこんでいたんでしょう？　ジミーならきっと、同様の悲劇を防ぐためならどんなことでもいいからあなたにやってほしいと思うんじゃないかしら」

リーサの顔からいどむような怒りが薄れて、口から低い嗚咽《おえつ》がもれはじめた。ネルはリーサの身体《からだ》に両腕をまわした。ずいぶん痩《や》せている、と気の毒になった。わたしよりほんのふたつほど年上なだけなのに、たくわえひとつなく三人の子供を育てるという重荷を背負っているのだ。それなのに、よごれたお金で子供たちを食べさせ、服をきせるよりは、川に五万ドルを投げすてたほうがましだと思っている。

「リーサ、あなたがどんなに辛《つら》い気持ちでいるか、わかっているつもりよ。わたしも夫が不正入札に関与していたか、あるいは、そこまではいかなくても、低品質の建材の使用に目をつぶっていた可能性があるという事実に直面しているんですもの。たしかに、わたしには守らなくてはならない子供はいないけれど、もしも不法行為にアダムが関与していたことがあかるみに出たら、政治生命を断たれる可能性だってあるわ。前にもいったけれど、このお金のことは爆発を捜査している刑事さんたちにいったほうがいいと思うの。そのためにはあなたの許可が必要なのよ。

もちろんそのときには、ジミーの名前を公表しないようできるかぎりの手を尽くしてくれるよう依頼するわ。でもリーサ、気づいていて？　ジミーが知りすぎているとしたら、クルーザーでのあの爆発は彼が標的だったかもしれないってこと？」

ネルはいったん言葉をきってから、はじめてリーサから現金のことを打ち明けられた月曜以来、脳裡《のうり》を離れないあることを口にした。「リーサ、ジミーがあのお金の出所をあなたにしゃべったのではないかと心配している人間がいるとしたら、あなたの身も危険かもしれないのよ。そのことを考えてみた？」

「だけどジミーはしゃべらなかったわ！」

「それを知っているのはあなたとわたしだけだわ」ネルはそっと相手の腕にふれた。

「お金のことを警察に話すべきだという理由、これでわかってもらえたわね」

六月二十二日　木曜日

64

木曜の朝、ジャック・スクラファニとジョージ・ブレナンは十四番通りとファースト・アヴェニューのエイダ・カプランのアパートメントをふたたび訪ねていた。

「ジェッドはいますか？」スクラファニはたずねた。

「まだ寝てるんですよ」エイダ・カプランはまたしても泣きだしそうだった。「また家の中を調べるんじゃないでしょうね？　もう耐えられません。どうかわかってください」目の下の黒いくまが、ミセス・カプランの顔色の悪さを強調していた。

「いえ、家宅捜索のためにきたんじゃありませんよ、ミセス・カプラン」ブレナンがなだめるようにいった。「ご迷惑をかけて申し訳なく思ってます。ジェッドに着替えて、ここへくるようにいっていただけませんか。彼と話がしたいだけなんです」

「あなたがたが相手なら、あの子もしゃべるかもしれませんね。わたしとはろくに口もきかないんですよ」ミセス・カプランは訴えるような目をむけた。「アダム・コーリフをひどい目にあわせたところで、ジェッドにどんな得がありますか？　たしかに、コーリフにいくるめられてわたしがビルを売ったものだから、ジェッドはかんかんになっていましたよ――ジェッドの考えでは金額が安すぎたようですしね――でも、正直なところ、たとえコーリフに売らなくたって、あの大物不動産業者のミスター・ラングに売っていたでしょう。ジェッドにもそういったんです」

「ピーター・ラングに？」ブレナンは聞きとがめた。「土地のことで、ラングと話をしたんですか？」

「ええ、しました。あの屋敷が火事になった直後、ミスター・ラングが会いにきたんです。小切手をもって」ミセス・カプランの声がささやくように小さくなった。「彼が申し出た金額は、二百万ドルでした。つい一カ月前に百万ドルにも満たない額でミスター・コーリフに売ってしまったというのに！　あの土地はもうわたしのものではないと、ミスター・ラングにいわなくてはならないのは、胸がはりさけそうでしたよ。だから、ジェッドにはそのことは内緒にしていたんです」

「あなたがすでに売ったあとだと知って、ラングは動揺しましたか？」

「ええ、そりゃもう。もしもミスター・コーリフがあの場にいたら、素手でその首を絞めそうな怒りようでした」

「おれに話しかけてるのかい、母さん？」

三人がふりかえると、無精ひげをはやしたジェッド・カプランが戸口に立っていた。

「いえ、ちがうよ」エイダ・カプランは神経質にいった。「ピーター・ラングもわたしの土地を買うことに興味をもっていたと、このおふたりに話していただけ」

ジェッド・カプランは顔をゆがめた。「おれたちの土地だろ、母さん。忘れちゃこまるな」彼はブレナンとスクラファニのほうをむいた。「なんの用だ？」

刑事たちは立ちあがった。「おまえがあいかわらず魅力的かどうかたしかめにきただけさ」スクラファニがいった。「われわれがいいというまでは、休暇旅行などの計画はたてちゃならんことも忘れないでくれよ。この捜査がつづいているあいだは、おまえの居所を知っておく必要があるんだ。だから、またわれわれがちょっと顔を出してもあたふたするな」

「お話できてよかったですよ、ミセス・カプラン」ブレナンはいった。

エレベーターの中で、最初に口をきいたのはスクラファニだった。「おまえもおれと同意見か？」

「ああ。カプランはただのごくつぶしだな。やつを調べるのは時間の無駄だ。だがラングはもうちょっとくわしく調べる価値があるぞ。アダム・コーリフを亡《な》き者にしたい動機があるし、ばかに都合よくクルーザーの爆発をまぬがれている」

十一時に本署にもどったふたりを、思いがけない客が待っていた。受付が説明した。「彼の名前はケネス・タッカー。フィラデルフィアの住民です。二週間前のクルーザーの爆発事件の担当者に話したいことがあるそうです」

スクラファニは肩をすくめた。世間の注目を浴びた事件には、でたらめな情報や奇妙きてれつな仮説をもってあらわれる変人があとをたたない。「コーヒーを飲むから十分だけ待ってくれ」

タッカーがオフィスに案内されてきたとき、スクラファニは眉《まゆ》をつりあげないようにするのに苦労した。典型的な若社長タイプで、開口一番、「刑事さんの時間を無駄にさせてしまうかもしれませんが」といったからである。まったくそのとおりだとふたりが思ったのも無理はなかった。

「単刀直入にいいます」タッカーはそう切りだした。「二週間前にあのクルーザーが爆発したとき、息子とわたしはニューヨーク湾で観光船に乗っていました。以来、息子が悪夢にうなされるようになりまして」

「息子さんはおいくつです、ミスター・タッカー？」

「ベンジーは八歳です」

「で、その悪夢が爆発に関係があるとお思いなんですな？」

「そうです。ベンジーもわたしも爆発を目撃しました。自由の女神を見て帰る途中だったんです。わたしにはすべてが一瞬のぼやけた印象しかないんですが、ベンはどうも重大ななにかを見たようなんですよ」

スクラファニとブレナンは目を見交わした。「ミスター・タッカー、われわれはあの時間フェリーに乗っていた多数の人々から事情を聞きました。爆発を目撃した人も何人かいますが、全員がフェリーはクルーザーからかなり離れていて、はっきりと見えたものはひとつもなかったといっています。こっぱみじんになるクルーザーを偶然見たのだとしたら、ぼっちゃんが悪夢にうなされるのは無理もないことですが、たいしたものは見えなかったはずですがね」

ケネス・タッカーは顔を紅潮させた。「息子は強度の遠視なんです」と静かな威厳をこめていった。「普段は読み書きができるようにと眼鏡をかけて視力を矯正していますが、あの爆発の直前に、ベンは眼鏡をはずしていました。申し上げたように、悪夢を見はじめたのはその直後からなんです。夢の中であのクルーザーが爆発し、ヘビがクルーザーからとびおりて自分のほうへむかってくると、ずっといいつづけていました。わたしどもはベンを小児専門の精神科医のところへ連れていきました。何度かそこへ通ったあと、ドクターにいわれてベンはこんな絵を描いたんです」

ケネス・タッカーはベンの最新のスケッチを刑事たちにわたした。「現在ベンは、爆発の瞬間に自分が見たのは、ウェットスーツを着て、女性のハンドバッグをもちクルーザーから水中に飛びこんだ人間だったと信じています。そりゃ、子供の空想かもしれません。しかしせめてこのスケッチはごらんになるべきじゃないでしょうか。このような事件のあとは、おかしな電話が山ほどかかってくることでしょう。はじめはこれを郵送しようかと思ったんですが、それでは無視される可能性がありますからね、そうはなってほしくなかったんですよ。なんの役にも立たないかもしれませんが、こうして持参すれば目にとめてもらえると思ったんです」

タッカーは立ちあがった。「あきらかにフェイスマスクのせいでウェットスーツの人物がどんな顔をしていたのか、ベンにはまったくわかっていません。この絵を信用してくださるとしても、息子への質問にはあまり意味がないことをご理解ください。ベンは昨夜二週間ぶりに熟睡したんです。それからいうまでもありませんが、わたしどもはメディアからは注目されたくないんです」

ブレナンとスクラファニはまた視線を交わした。

「ミスター・タッカー、ご協力に心から感謝します」ジョージ・ブレナンはいった。「さらに捜査しないことにはわかりませんが、息子さんの絵は重要な手がかりになりそうです。ベンの名前は絶対に出しません、お約束しますよ。今の話は他言無用に願います。あのクルーザーから脱出した人間がいるとしても、最低ふたりの死亡が確認されています。おそらく三人めも死亡しているでしょう。これは複数殺人なんですよ。そういうことをする人間はきわめて凶悪だと思われます」

「では互いに合意できたわけですね」

ケネス・タッカーが出ていくと、スクラファニは低く口笛をふいた。「ウィニフレッド・ジョンソンのハンドバッグが発見されたことは、絶対にメディアには漏れていない。したがって、あの男がそれを知っているわけがないんだ」

「ありえない」

「これでハンドバッグがほとんど焦《こ》げていなかった理由がわかったな。クルーザーから脱出した人間がもっていたんだ」

「そしておそらく爆発のあおりをくらい水中で紛失した。その子供が正しいとすれば、クルーザーから飛びおりたやつは間一髪で逃げたわけだ」

「だれだと思う?」スクラファニが聞いた。

ノックもせずに、ロバート・ウォルターズに事情聴取をおこなっていた地区検事のカル・トンプソンがドアをあけて顔をのぞかせた。「最新情報にきみらが興味をもちそうだと思ったんでね。また新事実があきらかになった。サム・クラウスの右腕が弁護士をともなってあらわれてね。多くの建築現場で品質の悪い建材を使用していたこと、ウォルターズ&アースデールから請け負った仕事に超過請求をしていたことを認めている」

「ウォルターズ&アースデールでの交渉相手がだれだったかいったんですか?」

「いや。ウォルターズとアースデール本人だったと思うといってるが、断言はできないらしい。交渉の仲介役はウィニフレッド・ジョンソンだった。彼女にはあだ名までついていたそうだよ。〝女交渉人ウィニー〟とね」

「彼女は水泳の名手でもあるらしいですよ」ブレナンがいった。

トンプソンは眉をあげた。「おれのまちがいじゃなければ、それは昔の話だろ」

「そうかもしれないし、そうじゃないかもしれない」スクラファニが答えた。

65

木曜の朝、ネルは夜明けに起きていた。いやな夢ばかりで夜のあいだはよく眠れず、何度か物音がしたような気がしてぎくりと目がさめた。涙で顔がぬれているのを感じて目ざめたことも一度ならずあった。

アダムのための涙だろうか？　実際のところ、自分でもよくわからなかった。わたしはなにひとつ確信をもてなくなっている、そう思いながら、上掛けを身体《からだ》にしっかりとまきつけた。昨夜ベッドにはいったとき、空気がひんやりしていたため、エアコンディショナーのスイッチを切って窓を大きくあけておいたのだ。

そのせいで一晩中ニューヨークの喧噪《けんそう》がはいりこんできた――車の行き交う音、パトカーや救急車のむせぶようなサイレン、階下のアパートメントからほとんどノンストップでステレオから漏れるかすかな音楽。

しかし部屋はしっかりとネルを抱擁し、わが家にもどってきたような感覚でくるみこんでくれた。アダムが使っていた背の高いドレッサーがなくなると、部屋はふたたび広々と感じられ、彼女自身のドレッサーがもとからあった場所に落ち着いた。おかげで目がさめたときはいつも、小さな常夜灯の明かりで両親の写真を見ることができた。

その写真はいくつもの思い出を呼びさましたが、さいわいどれも幸福な記憶だった。まだ学齢に達していなかったとき、両親はネルを何度か南米への調査旅行へ連れていった。人里離れた村で現地の人々と話しあう両親の姿や、小さな子供たちと遊んだことをぼんやりとおぼえていた。子供同士の遊びはたいがい鼻、耳、目、歯といった身体の部分の言葉を教えあうというものだった。

当時のことを思い出しているのは、今自分が見知らぬ世界にいて、未知の言葉をおぼえようとしているような、あの頃とよく似た気分でいるためだと思いあたった。ちがうのはネルがトラブルにまきこまれないように目配りしてくれていた両親がもういないということだった。

夜中に目ざめたとき、何度かダン・マイナーの顔が心にうかんだ。それは心安らぐイメージだった。彼もまたさまよえる人であり、苦難の子供時代の経験者であり、答えをさがしている探求者だからなのだろう。

その朝、コーヒーを飲みながらネルは昨夜リーサ・ライアンにおしつけられた包みをあけて、金額を数えることにした。リーサは五万ドルあるといっていた。その数字にあやまりがないことをたしかめておいたほうが賢明だろう。

包みはかなり重く、食堂テーブルまでもってくるのは一苦労だった。緑色の撚《よ》り紐《ひも》に留意しながら、細心の注意をはらって結び目をほどいた。茶色の包み紙が子供時代の記憶をよみがえらせた。世界中にできた友人たちに小包を送るとき、両親が使っていたのもそんな紙だった。

撚り紐と包み紙。

無意識のうちに感じたひっかかるものを無視して、そのまま最初の箱をあけ、輪ゴムでたばねられ、きちんと詰め込まれた札束を見おろした。

数える前に、まず箱を慎重にあらためた。デパートで婦人用のスーツを包むときに使う箱の三分の二ぐらいの大きさだった。側面には会社名も、なんの生産者名もはいっていない。箱は用心深く選ばれたものにちがいなかった。出所をたどられたくなかったのはあきらかだ。

ネルはコーヒーをつぎたすと、札束をかぞえはじめた。一束一束二度数えて、数字をメモした。最初の箱にはおもに五十ドル札で二万八千ドルはいっていた。

ふたつめの箱をあけ、勘定を開始しながら、こちらは使い古しの小額紙幣が多いことに注目した。五十ドル札もあるが、五ドル、十ドル、二十ドル札が多い。百ドル札は数えるほどしかなかった。だれがこれを用意したにせよ、ジミー・ライアンが百ドル札をもっていては注意をひきかねないことを見抜いたうえでのことにちがいない。

ふたつめの箱には総額二万二千ドルがはいっていた。ふたつあわせると、ぴったり五万ドルになる。なにをさせられたにせよ、ジミーはこれを口封じとして受け取ったのだ。だが、どうして彼は一セントも使わなかったのだろう？　罪の意識が重すぎて、手をふれることさえ耐えられなかったのだろうか？

ジミー・ライアンの心中を忖度《そんたく》しながら、ネルは聖書のある一節を思い出した。イエスの磔《はりつけ》のあと、罪悪感にさいなまれたユダはイエスを裏切ったことへの引き替えにもらった三十枚の銀貨を返そうとした。

それから首をつったのだ。ふたつめの箱に現金をもどしながらネルは考えた。ジミー・ライアンが自殺をはかった可能性はあるのだろうか？

最初の箱を茶色の包み紙でつつもうとしたとき、このふたつの箱について先刻からずっとなにが気になっていたのか、ふいに気づいた。緑色の撚り紐同様、これと同じ厚手の紙を前に見たことがあったのだ。

ウィニフレッドのファイルがはいっていた引き出しで。

66

リーサ・ライアンはその晩いつまでたっても寝つけず、戸外から聞こえてくるなじみのある音に耳をすませていた。前庭のカエデの木をさわがせる風のように、たのもしくてなぐさめられるような音もあった。隣に住むバーテンダーの車が早朝車まわしにはいってくる音や、それからほどなくして近所の線路を通過する貨物列車の轟音《ごうおん》は、あまり快いものではなかった。

五時になる頃には、眠ろうという気持ちは失《う》せていた。リーサはベッドを出てシェニール織りのローブをはおった。ベルトを結びながら、ジミーの死からまだいくらもたっていないのに、すっかり痩《や》せてしまったことにあらためて気づいた。

無理もない、と陰気に考えた。

ネル・マクダーモットが事件を担当する刑事たちにあの現金の話をしたら、まちがいなく彼らはわたしにまた話を聞きにやってくる。サム・クラウスに雇われていた数カ月のあいだ、ジミーは多数の異なる建設プロジェクトにたずさわっていた。どの建築現場でいつ彼が働いていたか、リーサはつきとめたかった。そうすれば、刑事たちに強度の鬱《うつ》状態がはじまったときジミーがどこで働いていたのかきちんと話ができる。ジミーが賄賂《わいろ》をもらうようななにをしたにせよ、しなかったにせよ、現場がどこだったかが鍵《かぎ》になるにちがいない。

階下へおりる途中、リーサは子供たちの様子をのぞいた。カイルとチャーリーは二段ベッドでぐっすり眠っていた。

かすかな早朝の光の中で、ふたりの顔をじっと眺めた。カイルの顎《あご》は若者らしいラインを見せはじめていた。わたしに似て、この子は痩せ形の大人になりそうだ、とリーサは思った。

チャーリーは兄よりもがっしりしていた。ジミーみたいな大男になるわ。ふたりとも父親ゆずりの赤毛とはしばみ色の目をもっていた。

ケリーは一番小さなベッドルームで眠っていた——ジミーはその部屋を栄光のクロゼットと呼んでいた。ほっそりした身体は胎児のように丸まっていた。あかるいブロンドの長い髪が頰にかかり、肩にひろがっている。

日記が枕の下から半分のぞいていた。ケリーは毎晩日記をつけている。学校の宿題としてはじまったものだが、そのまま習慣がついたようだ。「とってもプライベートなものなのよ」ケリーはいかめしくそういっていた。「先生だって、家族は生徒のプライバシーを尊重すべきだっていってたわ」

家族全員が絶対に日記を読まないと誓っていたが、カイルとチャーリーがいたずらっぽく目を見交わすのを見たジミーは、用心のためにケリーに金庫をこしらえてやった。今、それは彼女のドレッサーの上にのっていた。金庫にはふたつ鍵がある。ひとつはケリーが鎖に通して首にぶらさげていた。もうひとつはそれが紛失した場合のために、リーサが自分のドレッサーに隠してある。

ケリーは「十字を切って誓って」と強要して、リーサにその鍵で金庫を絶対にあけないよう約束させていたし、これまでリーサは金庫には手もふれなかった。しかし今、眠っているわが子を見ながら、リーサはその約束を破る気になっていた。

完璧《かんぺき》な〝パパっ子〟だったケリーが今なにを考え、どう感じているのかを知る必要があったためだけではない。注意深くて人の様子に敏感なケリーなら、ジミーがふさぎこむようになった時期を記しているかもしれないからだった。

67

ダン・マイナーは木曜の朝早く病院に着いた。手術が三件たてつづけにはいっており、最初のそれは七時にはじまった。そのあとダンは、一カ月入院していた五歳の患者を退院させる喜びをあじわった。

両親の口から出る尽きることのない感謝の言葉を機嫌よくさえぎって、ダンはいった。

「早く坊やをここから連れだしたほうがいいですよ。看護婦たちが彼を養子にしたいと請願書にサインを集めてますからね」

「二目と見られぬ痕《あと》が残るにちがいないと思っていました」母親がいった。

「痕はちょっと残るでしょうが、十年もたてばほとんど気にならなくなりますよ。女性にも大モテだ」

医師専用のラウンジでサンドイッチとコーヒーにありついたのは、一時だった。彼はその時間を利用して、母親についてなにかわかったかどうかコーネリアス・マクダーモットのオフィスに電話をかけた。まだ一日もたっていないのだから、期待はしていなかったが、かけずにいられなかった。だがたぶん議員はランチに出ているだろうと思いつつ、ダイヤルした。

最初の呼び出し音でリズ・ハンリーが出た。「彼はオフィスにいますよ、ドクター。でも、警告しておかないとね。善の神様が三輪車でフィフス・アヴェニューを驀進《ばくしん》してきたって、きょうのマックをほほえませることはできないでしょう。だから八つ当たりされても、気になさらないでね」

「今議員と話すのは遠慮したほうがいいかもしれませんね」

「あら、そんなことありませんよ。でも、しばらく待っていただけるかしら。今、別の電話に出ているんですよ。あと一分もすれば終わるでしょうけど。そうしたらすぐにおつなぎします」

「ちょっと待ってください、リズ、きょうの体調はいかがです。お気づきかどうか知りませんが、きのうは呆然《ぼうぜん》としておいででした」

「あら、もうすっかり元気ですよ。でもきのう経験したことは、まぎれもないショックでしたわ。ドクター、ボニー・ウィルソンはまぎれもない超能力者だとわたしが申しあげたら、信じてくださらなくちゃいけません。わたし確信しているんです、わたしが見たのはまちがいなく……いえ、やめておきましょう」

口調が突然一変したことから、リズ・ハンリーが経験したのが心をかき乱すようなものので、それを自分にしゃべるつもりがないことがダンにはわかった。「いいですとも、今の体調に問題がないかぎり」

「嘘《うそ》でなくだいじょうぶですわ。あ、お待ちになって、ドクター。偉い方がわたしのオフィスにおでましになりましたから」

ダンの耳にリズの声が聞こえた。「ドクター・ダンですよ、議員」

一瞬の間があって、受話器が手渡される気配がし、コーネリアス・マクダーモットのわれ鐘のような声が聞こえた。「リズはネルに似とる。わしを議員と呼ぶときは、わしにカンカンになっているしるしなんだ。調子はどうだね、ダン？」

「元気ですよ、マック。きのうご親切にしていただいたお礼を申しあげようと電話をしたんです」

「今朝いの一番にいくつか電話をかけておいたよ。関係者にも記録をあたらせている。きみのお母さんに関する記録があれば、見つかるだろう。リズから聞いたかどうか知らんが、こっちはひとつ問題があってね」

「なにかのことで動転しておいでだと彼女から聞きましたが」ダンは慎重にいった。

「それじゃ表現が穏やかすぎる。昨夜ネルと夕食をとったんだろう？　わしの元の議席をめぐって出馬することについてネルは話したかね？」

「ええ。その日が待ちきれないようでしたよ」

「そうか、じつは三十分前にネルから電話があって、党の有力者たちに出馬しないことに決めたと知らせてくれといってきたんだよ」

ダンはびっくりした。「どうして気が変わったんでしょう？　具合が悪いんじゃないでしょうね？」

「いや。だがわしがネルの死んだ夫の仕事内容についていいつづけてきたことが本当かもしれないと思いはじめとるんだ。アダム・コーリフか、すくなくとも彼のアシスタントが、最近新聞を騒がせている汚職スキャンダルにかかわっていたかもしれんのだよ」

「しかしネルとはなんの関係もないじゃありませんか」

「政治の世界では、すべてがつながっとるんだ。だが、まだ決心を固めるのは時期尚早だとネルにはいっておいた。すくなくとも来週まではひきのばせる」

ダンはおもいきってたずねることにした。「アダム・コーリフはどんな人物だったんですか、マック?」露骨な関心を見せないように努めた。

「抜け目のない——無情ともいえるかもしれん——ビジネスマンだったのか、あるいは分不相応な成功をねらった田舎者だったのか。どちらがほんとうのアダムなのか、永久にわからんだろうな。だが、ひとつだけ確かなことがある。わしの孫娘にふさわしい男ではなかったよ」

68

マックに電話をかけたあと、ネルはすぐにスクラファニ刑事の番号をまわしはじめたが、いきなり受話器を置いた。彼と話す前にアダムのオフィスへ行って、ウィニフレッドのオフィスで見た撚り紐と包み紙をとってこようと思ったのだ。

シャワーをあびて服を着替えた。白のチノパンツに半袖《はんそで》のブラウス、青いデニムの軽い上着にサンダルをはいた。

ブラッシングをして髪をうしろになでつけながら、そろそろカットしなくてはと思っていたとき、鏡にうつる自分に違和感をおぼえて急に手をとめた。顔のせいだった——緊張と不安の表情をうかべている自分の顔がまるで他人のように見えた。苦しい体験のツケがあらわれていた。早く事件を解決してもらったほうがいい。さもないとわたしは完全に参ってしまうだろう。

本心を明かせば、出馬のチャンスをあきらめたくはなかった。だからマックが最終決断を来週までのばせといってくれたときはほっとした。そのころにはいくつか答えが出ているだろう。アダムはただの世間知らずで、彼の目と鼻の先でなにかが崩壊しつつあったことに気づいていなかったのかもしれない。

ウィニフレッドの引き出しにあった包み紙と撚り紐——ネルはそれを克明におぼえていた。ウィニフレッドがハリー・レイノルズという人物と関わっていたこともわかっている。ただ、それが何者なのか手がかりはまだなかった。ウィニフレッドは二十年以上ウォルターズ&アースデールで働いていた。アダムが入社するはるか以前からだ。職場で親しくなり、アダムに信頼されているのにつけこんで、彼を利用したのだろうか？　アダムが右も左もわからない新参者だったのにひきかえ、ウィニフレッドは建設業界の裏も表も知り尽くしていた。

アパートメントを出ようとして、リーサ・ライアンが無理矢理あずけていった現金が気になった。テーブルの上に無造作に置いていくわけにはいかないだろう。病的に神経質になっているのかもしれないが、だれかが部屋にはいってきたら、ちらりと見ただけで、現金がはいっているのがわかってしまうような気がした。

　自宅にこれがあったときのリーサの気持ちが理解できると思いながら、ふたつの箱をゲストルームに運び、クロゼットの前の床に置いた。

　アダムのスーツや上着やスラックス、コート類はまだこのクロゼットにかかっていた。ネルはクロゼットの扉をあけて、中を見た。アダムと一緒に見立てた服がたくさんある。楽しんでそれらの服を着ていたアダム。彼の誠実を疑っている自分を、服が叱《しか》っているように思えた。

　きょうじゅうにすべての衣類をまとめて、土曜の朝まっさきに中古品店にもっていけるようにしておこう、とネルは自分に約束した。

　タクシーは右折してセントラルパーク・サウスにはいり、つづいてセヴンス・アヴェニューを左折してアダムのオフィスがある南へむかった。一ブロック手前で、ヴァンダーミーア邸の廃墟《はいきょ》のまわりにはりめぐらされた建設用フェンスを通過した。その隣のみすぼらしい細長いビルが、今ネルが所有し、ピーター・ラングが喉《のど》から手が出るほどほしがっているものだった。

アダムがすばやく買い取ったものだ、ネルはふいにそう思い、「ここでおろして」と運転手に告げた。

角でタクシーをおり、すこしひきかえして彼女の所有物となったビルの正面に立った。このあたりにある建物は多くが老朽化していたが、ネルは近隣に変化の兆《きざ》しがあるのを見逃さなかった。通りの反対側にはアパートメント複合ビルが建設中だし、同じブロックの先には近い将来また別のビルが建設されることをうたった看板が出ている。この土地を買うためにネルに借金をしたとき、アダムはここはマンハッタンでもっとも新しい不動産ゾーンに生まれ変わるといっていた。

ヴァンダーミーア邸は広大な敷地に建っていたが、ネルの所有する土地は細長い小さな土地にすぎない。店子《たなこ》は全員ビルから出ていってしまい、さびれたみすぼらしさがただよっている。黒っぽい石の外壁をよごす落書きが、陰気な印象をさらに強めていた。

この土地でアダムはなにをするつもりだったのだろう？　今あるビルを取り壊し、なにかを建てるにはどのくらいのお金が必要になったことだろう？　つくづく位置関係をながめるうちに、ヴァンダーミーアの土地につけくわえるという利点をとりさった真の価値が、はじめてネルにものみこめてきた。

だったら、なぜアダムはこの土地をわたしに借金までして買いたがったのだろうか？

購入時点ではまだヴァンダーミーア邸が建っていて、歴史的建造物としての地位を保っていたのだから、なおさら不思議だった。ヴァンダーミーア邸が歴史的建造物からはずされるという内部情報を、どこかでアダムがキャッチしていたのだろうか？

それはもうひとつのよからぬ可能性だった。

ネルはきびすを返して、アダムのオフィスまでの一ブロック半を歩きはじめた。火曜日に刑事たちとビルを出たとき、管理人が正面ドアのスペアキーを渡してくれていた。ひとりで中にはいったネルは、ドアが背後で閉じたとき、あらためて深い静寂を意識した。

ウィニフレッドの小さなオフィスにはいったとき、訪問者におとなしい笑みをなげながら、デスクにすわっている彼女の姿が見えるような気がした。

デスクのほうを向いて立ったまま、ネルは思い返した。一番よくおぼえているのは、ウィニフレッドの目にうかぶ表情だった。批判されるのを恐れているかのような、いつも不安げで、ほとんど懇願しているような目。

あれは演技だったのだろうか？

ネルは一番下のファイル用の引き出しをあけて、茶色の包み紙と撚《よ》り紐《ひも》を取りだした。それらを入れるための買い物袋をあらかじめ用意してきていた。撚り紐のよじれ具合を比較するまでもなく、現金の箱をしばっていた紐と同一のものだった。

そこにいたのはほんの数分だったにもかかわらず、ネルは温度が急激にあがりはじめているのに気づいていた。自分の居場所がわからなくなったような感覚におそわれながら、またあれが起きようとしていると直感した。

外に出なければ。

引き出しを力まかせにしめ、買い物袋をつかんでウィニフレッドの小部屋から受け付けエリアを抜けて、外に通じるドアにかけよった。

ノブをつかんでひっぱったが、あかない。ドアがくっついていた。ノブが熱く、ネルは突然咳《せ》き込みはじめた。両手に水ぶくれができるのを感じながら、ネルは狂ったようにドアを蹴《け》った。

「どうかしましたか、ミズ・コーリフ？　ドアがまたあかないんですか？」どこからともなく管理人の声がして、肩でしずかにドアをおしあけてくれた。ネルは彼のわきをころげるようにすりぬけて、階段に近づいた。両脚から力がぬけ、彼女は最下段にすわりこむと両手で顔をおおった。

またださわ。これは警告だ。咳はおさまりはじめたが、彼女はまだ空気を求めてあえいでいた。両手を見たが、あるはずの水ぶくれはどこにもなかった。

「旦那《だんな》さんのオフィスにはいると、感情が高ぶるんでしょう」管理人は同情的だった。

「旦那さんもミズ・ジョンソンも永遠に帰ってこないとわかってるせいですよ」

アパートメントに帰ると、留守番電話にダン・マイナーからのメッセージがはいっていた。「ネル、たった今マックと話をしたんだ」彼はいった。「彼とはまるで旧知の仲のようになってきたよ。母に関する情報がないかと、人を介していろいろ記録を調べてくれている。今夜夕食を一緒にする時間がきみにあるかどうか、あとでまた電話するよ」

アダムのオフィスでの不気味な経験にまだ動転したまま、ネルはメッセージを再生して、ダンの声に聞きとれる気遣いに心をなぐさめられた。マックからわたしのことをいやというほど聞かされたにちがいない、と思った。

ジャック・スクラファニの名刺が電話のわきにあるのに気づいて、ネルはふたたび番号をダイヤルし、今度は接続を切らなかった。スクラファニは最初の呼び出し音で出た。

「どうしてもお目にかかる必要があります。申しわけありませんが、わたしのアパートメントまでおいでになってください。電話で話さないほうがいいと思います」

「一時間で行きます」刑事は断言した。

アダムのオフィスでのぞっとするような経験をふりはらおうと、ネルはゲストルームへ行ってクロゼットをからにする作業に取りかかった。上着やスーツやスラックスをハンガーからはずしながら、まだ若いにもかかわらず服に関するアダムの趣味がごく保守的だったことを思い返した。色をえらぶときはいつもネイヴィーかチャコールグレイか淡褐色にきまっていた。一年前、サックスのウィンドウで見かけたダークグリーンのサマージャケットをすすめたのに、アダムが買ったのは結局またネイヴィーのブレザーだったことが思いだされた。

これじゃ今もっているのとまったく同じじゃない、とわたしは文句をつけたのだっけ。クロゼットからネイヴィーの上着を出しながら思った。

だが上着をつかんだとたん、ネルは自分のまちがいに気づいた。これは二着あるうちの新しいほうの上着だった——軽さで判断がついた。ネルは困惑して両手に上着をつかんだまま考えこんだ。あの日ウィニフレッドにこの上着をわたしたつもりでいた。アダムがベッドの上に置いていたのは、この上着だった。もう一着のほうでは暑すぎただろう。

ああ、そうだった！　ふいにひとつながりの出来事を思い出した。あの最後の夜、アダムはここで着替えてこのベッドの上に翌朝着ていくつもりの服を出しておいたのだ。けれども朝喧嘩《けんか》をしたあと、飛びだすように出ていってしまい、わたしは彼のブリーフケースを書斎にかたづけ、この上着をクロゼットにしまった。ウィニフレッドにわたしたのはちがう上着、もっと厚手の上着のほうだったのだ。

もしアダムが生きていたら、このまちがいを喜んだだろう。あの日、気温はかなり低かったし、夜には雨が激しくふっていたのだから。

上着をたたんで段ボール箱にしまおうとして、ネルはためらった。彼の死後数日、喪失感にさいなまれ、このブレザーをはおってアダムの存在感をたしかめようとしたことをおぼえていた。それなのに今のわたしは、これを処分するのが待ちきれないようにふるまっている。

フォワイエのインターコムが鳴った。ジャック・スクラファニ刑事とジョージ・ブレナン刑事がエレベーターであがっていったことを知らせる合図にちがいなかった。ネルはネイヴィーの上着を椅子《いす》の背にかけた。あれを取っておくかどうかはあとで決めよう。いや増すおびえを隠して、ネルは刑事たちを迎えにいそいだ。

69

ドクター・ダン・マイナーと話をしたとき、コーネリアス・マクダーモットがだまっていたことがあった。ダンの母親の居所をたどるべくリズにかけさせた電話の一本が、検死官事務所だったことである。

リズはその電話から、去年一年間に無縁墓地に埋葬された身元不明の遺体が五十体で、うち男が三十二体、女が十八体であることを知らされていた。

検死官事務所の事務員の要請に応じて、リズはダンからあずかったクィニーのコンピュータ処理された写真をダンから聞いたスリーサイズとあわせてファックス送信した。午後三時頃、リズは事務所から電話をうけた。「特徴が合致するものが一体ありそうです」言葉数のすくない事務員がそう告げた。

70

ジャック・スクラファニとジョージ・ブレナンはネルと食堂にすわっていた。彼らは現金の箱をテーブルまで運び、ふたをあけ、金額の確認を終えていた。

「質の悪いセメントの使用を見てみぬふりをするだけで、五万ドルもの大金をもらうことはありえません」スクラファニがいった。「ジミー・ライアンはもっとおおがかりな不正にからんでいたと思われます」

「わたしもそう思いました」ネルはそっといった。「だれがジミーに現金をわたしたかもわかったような気がします」

ネルはキッチンに置いていた買い物袋を取りにいった。もどってきて、撚り紐の玉と包み紙の束を現金のとなりに置いた。「ウィニフレッド・ジョンソンのファイル用引き出しにあったものです」と説明した。「あなたがたと火曜日にあそこにいたときに気づきました」

ブレナンが現金の箱を包むのに使われている撚り紐を、玉からほどいた撚り紐と比較した。「鑑識が検証してくれるでしょうが、同じものと見てまちがいないですな」

スクラファニは茶色の包み紙をくらべていた。「これも同じだ。しかし確実な判断は鑑識にまかせますよ」

「ジミー・ライアンに賄賂《わいろ》を渡したのがウィニフレッド・ジョンソンだとしても、必ずしも夫が関わっていたことにはならないと考えていただきたいんです」ネルは感じてもいない確信をこめていった。

スクラファニは正面にすわっているネルを観察した。なにを信じればいいのかわからなくなっているのだ、と判断した。彼女はわれわれに率直に接している。金を警察に渡すしか方法はないことをリーサ・ライアンに納得させたのも彼女だ。われわれも率直に対するべきだろう。

「ミズ・マクダーモット、眉《まゆ》ツバかもしれませんが、目撃者が出たんですよ。八歳の子供なんだが、爆発の直前にご主人のクルーザーからウェットスーツを着て水中に飛びこんだ人物を目撃した可能性があるんです」

ネルはまじまじとスクラファニを見た。「ほんとですか？」

「ミズ・マクダーモット、ありえないことじゃありません。だが生き延びた可能性があるかといえば、まず無理でしょう。湾のあのあたりは非常に流れが速い。達者なスイマーならスタテン島かジャージー・シティまで泳ぎつけるか？　微妙なところです」

「じゃ、その子がほんとに誰かを見たと信じていらっしゃるの？」

「子供が描いた絵の中に、これはと思わせる部分があるんです。そのダイヴァーが女物のハンドバッグをもっているんですよ。じつはですね、われわれはウィニフレッドのハンドバッグを発見したんです。しかし、その詳細はメディアには一切公表していません。したがって、実際に見たのでもないかぎり――あるいはただのあてずっぽうが偶然当ったのでもないかぎり――その子がそれを知っているはずがないんです。あなたがお気づきかどうかはともかく、まだ二、三の事実がありましてね」スクラファニはいったん言葉を切った。ここから先は難しい部分だった。「DNA鑑定の結果、サム・クラウスとジミー・ライアン両人の死亡は確認されています。しかしながらあとのふたりの死はまだ検証できていません。ウィニフレッド・ジョンソンとアダム・コーリフです」

ネルは一言も発しなかった。その目には困惑がうかんでいた。

「ほかの可能性もあるんです、ミズ・マクダーモット」ブレナンが口を開いた。「ほかの何者か――第五の人物――がクルーザーのエンジン室に隠れていたかもしれないんですよ。種々のテストにより、エンジン室に爆弾が仕掛けられていたことが判明していま す」

「でもその子供の目撃したものが正しいとしても」ネルはいった。「どうしてウィニフレッドのハンドバッグがほしかったのか、まだわかりませんけど」

「その点はわれわれも完全に理解できているわけではありません」ジョージ・ブレナンはいった。「しかし、答えはつかんだと考えています。そのバッグから価値のありそうなものはひとつしか見つかりませんでした。332という番号のついた貸金庫の鍵《かぎ》です」

「それを発行した銀行へ行って、中身を確かめるわけにはいきませんの？」

「できないことはないでしょうが、どこの銀行が発行したものなのかわかっていません。鍵にはほかの表示はまったくないうえ、一帯のすべての銀行をあたるのは時間がかかります。しかし、それが目下われわれがやっていることでして、見つけるまで捜しつづけるつもりですよ」

「わたしも貸金庫をもっています」ネルはいった。「鍵をなくしたら、ただ銀行に電話をかけて、もうひとつ鍵をつくってほしいと頼むだけですむんじゃありません？」

「そうでしょうな」スクラファニがすかさずいった。「しかし、しかるべき身分証明書が必要です。貸金庫の借り手のサインが銀行のファイルに載っていなければなりません。

おまけに、錠前屋を呼んで金庫をあけてもらい、あたらしい鍵を作らせるには百二十五ドルはかかるでしょう」

「では、ウィニフレッドのハンドバッグの中の鍵は、持ち主にのみ役立つということですか？」

「そのとおりです」

ネルは刑事たちを見た。「ウィニフレッドのハンドバッグですわね。それに彼女は水泳の名手でした。すくなくとも、かつてはそうだったんです。ウィニフレッドのアパートメントの壁は、彼女が勝利をおさめた大会での金メダルや写真でうまっていましたわ。昔のことなのはわかっていますが、まだ力は衰えていなかったとも考えられます」

「その点はすでに調査していますよ。彼女はあるアスレティック・クラブのメンバーでした。仕事の前にも後にも、毎日のようにクラブのプールで泳いでいました」刑事はためらったあと、言葉をついだ。「申しわけありませんが、もうひとつおたずねしなくてはなりません。理由はおわかりでしょう。ご主人は泳ぎが得意でしたか？」

ネルは一瞬考えこみ、答えを知らないことに気づいて愕然《がくぜん》とした。これまで考えたこともない問いかけだったが、答えられないことが心をさわがせた。これはアダムについてわたしの知らないもうひとつのことだ、と思った。

長い間のあと、彼女は口を開いた。「わたしは十五歳のときに、すんでにおぼれそうになりました。そのとき以来、水への恐怖を克服できたためしがありません。アダムと一緒にクルーザーに乗ったのも、二、三度しかありませんでしたし、そのときもみじめなものでしたわ。観光船ならだいじょうぶなのに、小さな船はからきしだめなんです。水がすぐそばにあるのを意識してしまうせいです。長い前置きになりましたけれど、そういうわけでご質問にはお答えできません。アダムが泳げたのはたしかですが、どのくらいうまかったのかとなると、よくわからないんです」

ふたりの刑事はうなずきあって、立ちあがった。「これからミズ・ライアンに会いにいきます。おわかりと思いますが、この金の出所をつきとめる必要があるんですよ。しかし彼女に話をする機会があったら、ジミー・ライアンの名前は極力出さないようわれわれが最善を尽くす――すくなくともメディアに関しては――と伝えてください」

「これだけは教えていただけません？」ネルは立ちあがって、刑事たちに顔をむけた。「夫が収賄や不正入札疑惑にからんでいたとする確かな証拠はあるんでしょうか？」

「いや、ありません」ブレナンはすばやく答えた。「ウィニフレッド・ジョンソンが百万単位の多額の金を手渡す役目をになっていたのはたしかです。ここであなたから提供された証拠をもとに推理すれば、彼女がジミー・ライアンの口止め料を用意した本人と思われます。ウィニフレッドに金を払った連中が出頭してきたんですよ。彼らはどうやら全額がウォルターズとアーステール両人の手にわたったとの印象をもっているようですが、現在のところその証拠はあがっていません」

「ではアダムが口止め料をうけとっていたという証拠も、これまでのところはないと考えていいんですか?」ネルはたずねた。

スクラファニはちょっと間をおいてから答えた。「そう考えてけっこうです。ご主人がウォルターズ&アーステールで進行中の出来事に関与していたとしても、どんな役割を果たしていたのかは不明です。ウィニフレッドが独自に動いていた可能性はある。自分の巣作りのために計画を立てていたのかもしれません。あるいは謎《なぞ》のハリー・レイノルズと共謀していたとも考えられます」

「ピーター・ラングはどうなんです?」ネルは聞いた。

スクラファニは肩をすくめた。「ミズ・マクダーモット、この捜査はまだまだ未解決なんですよ」

刑事たちが出ていったあとのドアをしめながら、きょう知ったことはある意味ではなぐさめになると思ったが、不安が払拭されたわけではなかった。スクラファニがいったことは基本的には、アダムをふくめだれひとり潔白ではないということだ。

鉢植えに元気がないことに気づいていたネルは、フォワイエや居間や食堂からいくつもの鉢植えをキッチンに運びこんだ。すばやい慣れた手つきで、枯れた葉をつみとり、土を掘り起こして、葉やつぼみに水をスプレーした。

植物が元気を取りもどすのが見えるようだった。あなたたち、ひからびそうになっていたのね、と思ったとたん、ある記憶が脳裡《のうり》にひらめいた。アダムと会う直前、わたしはある日植物に水をやりながら、自分も植物と同じだと気づいたのだった。感情的にわたしはからからになっていた。マックとガートはたちの悪い流感から回復したばかりで、もしもふたりになにかあったら、自分は天涯孤独の身になってしまうと痛感していた。たった今、この植物たちが水を必要としていたように、わたしも愛されるのを必要としていたのだ。

だから恋に落ちた。でも、なににたいして？　たぶん恋に恋しただけだったのだ……そんな歌があったじゃないの。

わたしはいつもウィニフレッドをみくだしていたような気がする。にこやかに接してはいたが、内心では彼女のことを忠実にこつこつ仕事をするだけのつまらない女性だと思っていた。でも、あのおとなしくて従順な外見の下には、まったく別の人間がひそんでいたような気がしはじめている。愛情に飢えていたウィニフレッドがだれかに出会ったとしよう。そのだれかが彼女を愛しているふりをし、この女は自分を喜ばせるためなら――自分をつなぎとめておくためなら――なんだってしてくれそうだと考えたのだとしたら？

わたしはアダムを喜ばせるために、政治の世界にはいることを断念した。わたしの場合はあれが愛情とひきかえの犠牲だった。

水やりを終えると、ネルは鉢植えをそれまでどおりの場所にもどしはじめた。その途中、突然ある鉢植えを取りあげて、キッチンカウンターの上にもどした。自分自身にすら完全には認めていないことだったが、実のところ、ネルは二年前、アダムが誕生日のプレゼントにくれたそのオリヅルランがきらいだった。衝動的に彼女はその鉢植えをつかんで、廊下の先の焼却炉のわきに出した。管理会社の人がもらってくれる、と自分にいい聞かせて。

残りの鉢植えは窓がまちと、コーヒーテーブルと、フォワイエのボンベイチェストの上に置きなおした。それがすむと、フォワイエに立って居間を眺めた。

結婚記念の思いがけないプレゼントとして、アダムはふたりの結婚式の写真をあるアーティストによって複製させていた。暖炉の上にはそれがかかっていたが、大きすぎてネルの好みにはあわなかった。

彼女は暖炉に近づいて両手で額を壁からはずした。これを製作したアーティストはよくいっても、凡才だった。彼女の笑顔には生気がなく、アダムの笑みもうわべだけのものに見える。それともことによるとアーティストは、カメラがとらえそこねたものを巧みにすくいとっていたのだろうか？　その可能性を考えながら、ポートレートを倉庫を兼ねたクロゼットにしまい、かわりに数年前スイスへスキーに出かけたときに買ったアーデルボーデンの村の水彩画を取りだした。

それを壁にかけ、もう一度フォワイエに立って眺めてみた。アダムの痕跡《こんせき》は、いつしか居間からも食堂からも一掃されていた。

そのあとネルは衣類のことを思い出し、それを終わらせてしまうことにして、ゲストルームにひきかえした。スーツや上着を段ボール箱にすっかり詰め込む作業は、十五分足らずで終わった。彼女は段ボールの口を閉じて、内容をしるした。

これですんだと思った瞬間、例のネイヴィーの上着を椅子《いす》の背にかけたままだったのに気づき、ふいにもう一つの記憶が浮かびあがってきた。去年の夏、アダムとディナーに出かけたときのことだ。レストランのエアコンディショニングが強すぎて、袖《そで》なしの服を着ていたネルはふるえあがった。

するとアダムが立ちあがり、この上着を脱いでかけてくれたのだ。「さあ、腕を通して」彼はそううながした。

だがアダムのシャツは半袖だったから、そんなことをしたらあなたが風邪をひくといいうと、アダムはきみが暖かいなら、それでいいんだと答えた。

ちょっとした心使い、やさしい言葉をかけるのがアダムはとてもじょうずだった。ネルは思い出しながら上着をとりあげ、袖を通してみた。身体《からだ》にしっかりまきつけ、あの日アダムがこれを貸してくれたときのやさしさとぬくもりをもっと感じようとした。

最後の夜彼が着ていたのはこの上着だったのだ。アダムが使っていたオーデコロン、ポロの残り香がしないかと、衿《えり》の折り返し部分を顔に近づけた。かすかな香がしたように思えたが、さだかではなかった。

ボニー・ウィルソンはネルが衣類を処分して他の人々に役立てることを、アダムが望んでいるといっていた。わたしに会うまでは着古した衣類をためこんでいたことが、死後彼をさいなんでいるのだろうか、とネルは思った。

この上着も一緒に処分することに決め、ネルはなにもはいっていないことを確かめようとわきのポケットに両手をいれた。アダムは上着を脱いだときにポケットをいつもからにしていたが、最後の日にこれをまた着るつもりだったのだから、念には念をいれて調べたほうがよいと思ったのだ。

左ポケットにはきちんとアイロンのかかったハンカチがはいっていた。右ポケットはからっぽだった。胸ポケットに指をいれてみたが、そこもからだった。

上着をたたみ、最後の段ボール箱の口をもういちどあけてそこにいれた。ガムテープを貼る段になって、この上着にも内ポケットがいくつかあるのを思い出した。万が一のために、そこも調べることにした。

右側の内ポケットの口にはきちんとボタンがはまっていた。ふくらんではいないが、なにかがはいっている手触りがした。ボタンをはずし、指をいれて、ネルは小さなマニラ封筒をひっぱりだした。

封筒の中から、貸金庫の鍵があらわれた。３３２と番号がふられていた。

71

午後三時、リーサ・ライアンの職場に彼女が期待し、恐れてもいた電話がかかってきた。

ジャック・スクラファニ刑事がブレナン刑事とともに、仕事が終わったら会いたいといってきたのだ。

「ミズ・マクダーモットのアパートメントを出たところなんですよ」スクラファニはいった。

リーサは支配人のオフィスにいた。「そうでしたか」支配人の詮索《せんさく》好きな目に見られたくなくて、リーサは背中をむけた。

「率直に話してくださいよ」スクラファニは警告した。「先週はお子さんたちが学校から帰ってきたから無理もありませんでしたが、きょうは隠し事はしないように」

「友人に子供たちを食事に連れていってもらいます。六時半ではどうでしょう？」

った。

「けっこうです」

実際の気分とは裏腹のあかるさをよそおって、リーサはどうにか午後の残りを乗りきった。

ふたりの刑事が到着したとき、リーサはドアをあけると、片手にもったコーヒーカップをしめしながらいった。「いれたてなんです、いかがですか?」

うわべだけの申し出だったが、ジャック・スクラファニはもらうことにした。食事ぬきでコーヒーを飲むのはいっこうにかまわなかった。にこやかな出迎えにもかかわらず、リーサ・ライアンがおびえており、防御的になっているのは一目でわかった。スクラファニは自分たちふたりにたいして彼女が緊張をとき、リラックスしてもらう必要があると感じていた。

「イエスというつもりはなかったんだが、いいにおいだ」ブレナンが微笑をうかべて答えた。

「ジミーはわたしのコーヒーが好きでした」リーサは戸棚からマグをふたつ取りだした。「魔法の手際《てぎわ》だ、なんていって。もちろんばかげた褒め言葉です。コーヒーのいれかたはだれだって同じですから。ただのお世辞です」

彼らはコーヒーを居間へもっていった。スクラファニは夢の家の模型がもうテーブルの上にないことに、すぐ気づいた。

リーサはスクラファニの視線をたどって、答えた。「片づけたんです。この部屋にいると、いやでも目にはいりますから。あれを見るのは、子供たちにとっても、わたしにとっても苦痛だったんです」

「わかりますよ」

わたしにあれを片づけさせたのは、ケリーが日記に書いた内容だった、とリーサは思った。

〝ママの夢の家を見るたびに、わたしはダディを思い出す。ダディは夢の家を作っているところを見せてくれた。これはおまえとダディだけの秘密だよ、ママへのクリスマスプレゼントなんだから、とダディはいった。わたしはだれにもいわなかった。ダディに会いたい。夢の家、特に、ダディがわたしのために作ってくれるはずだった部屋で暮らしたい〟

ケリーが日記に書いていた秘密はもうひとつあった。リーサはそれをこれから刑事たちに話すつもりだった。質問されるのを待つのはやめようと決心して、口を開いた。

「刑事さんたちにもお子さんがおありでしたね。もし刑事さんたちの身になにか起きたら、強制されてしかたなくやったたったひとつの過《あやま》ちによって、子供たちからだめなお父さんだと思われるのは心外でしょう。だれだってそうだと思います」

リーサは刑事たちを見た。彼らの目には共感の色があった。それがうわべだけの、刑事としての演技ではないことを彼女は祈った。

「知っていることはすべてお話しするつもりです。でも、ジミーの名前だけは出さないでください。あのふたつの現金の箱には封がしてありました。だれかがジミーにあれをあずけたんです。だからジミーは中身のことは知りもしなかったんです」

「まさかそれを信じているわけじゃないでしょうね、リーサ」ジャック・スクラファニがいった。

「なにを信じればいいのか、わからなくなりました。大事故につながりかねない悪質な建設工事にかかわっていたなら、ジミーはきっと最終的に名乗りでていただろうと思います。でももうあの人はいません。だからわたしが代わりにあきらかにしなくちゃならないんです」

「あなたはミズ・マクダーモットに、ご主人のファイルキャビネットで封印をした包みを見つけたといいましたね」ブレナンがいった。

「ええ。ファイルキャビネットは主人の仕事場にあります。所得税の書類とか、捨てないほうがいいものがはいっていないかと調べていたんです」リーサのくちびるにかすかな笑みがうかんだ。「子供の頃、大叔母が大叔父の机から、思いがけずに保険証書を見つけたという話を何度も聞かされていたんですよ。二万五千ドルの証書は一九四七年当時は大金でしたから」口をつぐみ、膝《ひざ》においた両手をにぎったり、ひらいたりした。

「地下室から保険証書は見つかりませんでした。代わりにあの包みを発見したんです」

「出所の見当はつきませんか?」

「全然。でもあれを渡されるようなことをジミーがやった日付なら、特定できます。去年の九月九日です」

「どうしてそんなにはっきりわかるんです?」

「娘の日記です」リーサの声が小さくなった。リーサは両手をもみしだいた。「ああ、わたしったらなにをしてるのかしら?」と叫んだ。「ケリーに絶対日記を読まないって誓ったのに」

ほうっておいたら、また貝のように口をとざしてしまうぞとジャック・スクラファニは不安になった。「リーサ、おっしゃるとおり、われわれにも子供がいます。あなたと同じでわれわれだって子供の心を傷つけたくはない。しかし頼むから話してください、ケリーが九月九日の日記になにを書いていたのか。そしてあなたがそれを重要だと思う理由はなんなのか。話してくれたら、われわれは帰ります、約束しますよ」

すくなくとも今のところはうまくやってる、とブレナンは相棒を見ながら考えた。スクラファニの態度はリーサ・ライアンの兄のようだ。さらにいいのは、あれが演技じゃないことだ。

リーサはうつむいたまましゃべりはじめた。「日記を読んだあと、九月九日の木曜日はジミーの帰宅がおそかったことを思いだしたんです。アッパーウェストサイドと百番通りのあたりの工事現場で働いていました。アパートメント・ビルの改修工事だったと思います。ジミーが帰宅する前に、知らない人から電話がかかってきました。ジミーと話がしたい、緊急の用件だといい、まだ帰っていないとつたえると携帯電話をもっているかどうか知りたがりました。ジミーはそういうものを信用していませんでしたから、伝言があるならつたえますといったんです」

「それは男でしたか、それとも女？」

「男でした。低い神経質そうな声でした」

リーサは立ちあがって窓に近づいた。「彼がジミーにつたえてくれといったのはこういう内容でした、『仕事はとりやめになった』わたしはジミーがまた失業するという意味ではないかと、とても心配しました。ようやくジミーが帰ってきたのは九時半頃で、電話の内容をつたえるとすごく動転したんです」

「どういう意味ですか、〝動転した〟とは？」

「真っ青になって汗をかきはじめたんです。それから胸をおさえました。わたし、ジミーが心臓発作をおこすんじゃないかと気が気じゃありませんでした。でもやがて落ち着きを取りもどすと、ジミーはオーナーがいくつかの変更を要求していたんだが、もうやったあとなのでいまさらとりやめはむりだ、といいました」

「そのことをあなたはどうしてそんなにはっきりおぼえているんです？」

「ケリーが日記につけていたことのせいです。そのときは、ジミーはびくびくしているだけなんだと思いました。なにかのせいで、また失業しやしないかと恐れているだけだって。だからそれっきり、そのことは考えませんでした。わたしはジミーの帰宅から一時間ぐらいして、もう休みました。ケリーの日記には、目がさめたらテレビがついているのが聞こえた、と書いてありました。あの子は下へおりていったんです。ジミーが帰宅したときはもう眠っていたので、ひとことお休みをいいたかったんでしょう」

リーサは部屋をよこぎってデスクに歩みより、引き出しから一枚の紙を取りだした。

「ケリーの日記をコピーしたんです。九月九日のです。『わたしはダディの膝にすわった。ダディはすごく静かだった。ニュースを見ていた。それから急にダディは泣きだした。マミーを呼びに行きたかったけど、ダディがいかせてくれなかった。しばらくしてダディはなんでもないんだ、ダディが悲しかったのはふたりだけの秘密だよ、といった。ちょっと疲れただけだし、仕事がすごく大変な日だったんだといった。ダディはわたしを寝かせてくれて、トイレにいった。吐いているのが聞こえたので、流感かなにかにかかっただけなんだと思う』」

もっている紙をゆっくりたたんだあと、リーサはびりびりに引き裂いた。「法律のことはよく知りませんけど、法廷でこれが証拠として考慮されないことぐらいは知っています。すこしでも思いやりがおありなら、このことはおおやけにはしないでください。でもジミーが〝いまさらとりやめはむりだ〟と表現した仕事がどんなものだったにせよ、それがこの口止め料の理由なんじゃないでしょうか。去年の九月九日にジミーが働いていた改修現場のアパートメント・ビルも検査したほうがいいと思います」

数分後、両刑事はリーサ・ライアンの家を辞した。車に乗ると、スクラファニが口をひらいた。「おれと同じ考えか？」

「ああ。九月九日の深夜のニュース番組の録画テープをすべて集めて、その中にジミー・ライアンのでかい口止め料に関連のありそうな報道がなかったかどうか確かめる必要があるな」

72

「ミズ・マクダーモットからお電話です、サー」秘書の声に謝罪がこめられていた。

「お忙しいといったんですが、自分からだといえば断らないはずだとしつこくおっしゃるものですから。どういえばいいでしょう？」

ピーター・ラングは眉《まゆ》をあげて、デスクをはさんで会議をしていた会社の顧問弁護士ルイス・グレイモアを見ながら、一瞬考えこんだ。「出よう」

ネルとの会話はすぐに終わった。受話器をおきながらラングはいった。「これはおどろいた。すぐにわたしに会いたいらしい。どういうことだと思う、ルー？」

「先日彼女に会ったときは、つまみだされたも同然だったといわなかったか？　彼女になんといったんだ？」

「どうぞおこしくださいといったよ。二十分ほどであらわれるだろう」

「同席しようか？」

「その必要はないだろう」

「きみや彼女が生まれる前から、きみの一族が彼女の祖父の選挙運動を支援してきたことを、やんわりと思い出させてやってもいい」弁護士はいった。

「それはどうかな。すでに一度それとなくいってみたんだ、彼女が出馬するなら喜んで支援するとね。あれほど冷淡にあしらわれたことは生まれてはじめてだった」

グレイモアは立ちあがった。銀髪で都会的風貌《ふうぼう》の彼はピーターだけでなく、彼の父親にとっても不動産関係の法的アドヴァイザーだった。「ひとつ助言をしてもいいかな、ピーター、カプランの土地の利用案について正直とはいえない態度をとったとき、きみは戦略上のミスを犯したんだよ。率直に話したほうが効果を生む相手もいるんだ」

ルーのいうとおりかもしれないと考えていると、秘書がネルを案内してはいってきた。デニムの上着にチノパンツというくだけた服装ながら、ネルの態度には育ちのよさと気品がうかがえた。ゆるやかな巻き毛が顔をふちどっているのに目をとめながら、ラングはネルが非常に魅力的であることにも気づいた。

ごく洗練された訪問者たちですら、たいていラングのオフィスの眺望と見事な調度には感心する。しかし、ネルの眼中にはそういったものはまったくないようだった——眺望も調度も壁の高価なアートも。

ラングは秘書に顎《あご》をしゃくって、ハドソン川を見下ろす窓際の椅子《いす》へネルをすわらせるよう合図した。

「どうしても話しあう必要があるんです」ネルは腰をおろすといきなりいった。

「だからおいでになった、そうでしょう?」ラングは微笑した。

ネルはいらだたしげにかぶりをふった。「ピーター、わたしたちは互いをあまり知りませんが、以前から何度も会っています。でもそのことには今は関心はありません。わたしが関心をもっているのは、あなたがどの程度夫を知っていたかということと、先日アダムがカプラン家から買った土地の利用案についてあなたが嘘《うそ》をついた理由についてですわ」

ルーのいったことは図星だ、とピーター・ラングは考えた。ごまかしはこの女にはかえって逆効果だ。「ネル、こう申しあげておこう。アダムとは彼がウォルターズ&アーステールに勤めていたときに、何度も会ったことがある。わが社はあの会社と長年建設計画をともにしてきたからね」

「ご自分をアダムの友人と思いますか？」

「いや。率直なところ、そうは思わないね。彼とは知りあいだった、それだけのことだ」

ネルはうなずいた。「建築家としてのアダムをどう思っておいでした？ 他人が先日のあなたの話しぶりを聞いたら、世界はひとりの天才を失ったと思ったかもしれませんわ」

ラングは苦笑した。「そこまでほめちぎったとは思わないがね。わたしがつたえようとしたのは、ヴァンダーミーア・プロジェクトにはアダムの設計は使えなかったということだよ。はっきりいえば、アダムが生きていたら彼のデザインを使っただろうといったのは、あなたへの礼儀にすぎない。アダムがデザインを却下されたことをあなたに話していないことがあきらかだった以上、亡《な》くなったあとになってまで否定的なことを知らせるのは無意味だと思ったんだ」

「わたしが現在所有している土地がほしいのは、付加的な景色のためにすぎないとおっしゃったのも、嘘でしたわね」ネルは感情をまじえずにいった。

それには答えず、ラングは壁に近づいてボタンを押した。隠れていたスクリーンがするするとおりてきてあかるくなった。スクリーンに映しだされたのは、マンハッタンの全景だった。ビルや計画中の建物が番号をふられ、青で輪郭を描かれて、東西南北に点々と散在している。右側の金文字の説明文には、さまざまな土地の名前と位置がリストアップされていた。

「青でしるされているのは、マンハッタンにおけるラング社の保有地だよ、ネル。刑事たちにもいったんだがね、ちなみにあのふたりはわたしがアダムのクルーザーに爆弾をしかけたとわたしを侮辱するようなことしかいわなかった。わたしがカプランの土地を手にいれたいのは、今手元にある見事な建築設計書を実現させたいからなんだ。そのためにはあの土地が必要なんだよ」

ネルは彼が示しているイラストのほうへ歩いていって、子細に観察し、うなずいた。

ピーター・ラングはボタンを押してスクリーンを巻きあげた。「たしかにあなたのいうとおりだ」と静かにいった。「あなたには正直ではなかった。もうしわけなかった。カプランの土地をヴァンダーミーアの土地とひとつにしたいのは、十八歳でアイルランドからやってきた祖父が、まさにあの場所に腰をすえたからなんだよ。ラング家の三代——祖父、父、そしてわたし——が達成したことへの一種の記念碑となるようなすばらしいビルを建てたい。ほかならぬ記念の場所でそれを達成するには、カプランの土地がいるんだ」

ラングはまっすぐネルを見た。「しかし、土地が手にはいらなくても、計画はすすめるつもりだ。おそかれはやかれ、あのあたりで別の土地が見つかるだろう」

「なぜご自分でカプランの土地を買わなかったんですか?」

「ヴァンダーミーア邸が歴史的建造物のリストに載っているかぎり、利用価値がなかったからね。屋敷がリストからはずれたのは、まったくの予想外だった」

「では、アダムはどうしてあれを買ったんでしょう?」

「たいした先見の明があったか、あるいは財務委員会のだれかが屋敷がリストからはずれることをしゃべったのかもしれないな。ついでだが、そのことも捜査の対象になっているらしいね」

「ラング・タワーはすでにあなたの土地計画の一部としてリストにのっていますね」ネルはスクリーンがあった壁を指さした。「つまり、あそこにそれを建てられる絶対の確信がおありになるってことですわね」

「心からそう願っているよ、ネル、確信があるわけじゃない。この商売では、ねらったものは手にいれると予想するものなんだ。もちろんいつもそうなるとはかぎらないが、不動産屋は楽天家の傾向があってね」

帰る前にもうひとつ質問があった。「ハリー・レイノルズという名前の人物をごぞんじですか?」ネルは注意深くピーター・ラングを観察しながら、反応をうかがった。

ラングはまごついたようだったが、すぐにあかるい顔になった。「イェール大学のヘンリー・レイノルズという男なら知っているよ。中世史を教えていたが、亡くなって十年になる。しかし、彼をハリーと呼んでいる人間はいなかったな。なぜだね?」

ネルは肩をすくめた。「たいしたことじゃありませんわ」

ラングはネルをエレベーターまで送った。「ネル、あの土地をどうするかはあなた次第だ。わたしは野球選手のようなものだ。バッターボックスに立つと興奮するが、三振するとすぐに興奮したのを後悔する。打率をあげたいなら、次の打席のことを考えはじめる」

「先日のおっしゃりようとはちがいますのね」

「事情が変わったんだよ。警察に人殺しあつかいされてまで手にいれる価値など、土地にはありゃしないからね。あれを買いたいというわたしのオファーはまだ有効だ。しかしこれは純粋な商売上の取り引きだからね、有効期限は月曜の夜までにする」

ピーター・ラング、あなたはボーイスカウトの誠実賞は獲得できないわね、ペントハウスからロビーまでエレベーターがまたたくまに降下していくあいだ、ネルは考えた。あなたはマニアックなまでのエゴのかたまりだわ。あの土地に関するかぎり、あなたが手を引くとは一分たりとも信じない。手を引くどころか、ほしくてほしくてたまらないはずよ。でもそれはどうだっていい。わたしがここへきた本当の理由はそんなことではないからだ。わたしはある疑問への答えを求めていた。それは得られたような気がする。心のどこか深いところでネルはピーター・ラングについて知る必要のあることはすべて知ったと確信していた。それは、これまでに何度か死んだ両親の話しかけてくる声を聞いたときの手応《てごた》えと似ていた。

エレベーターに乗っているのはネルひとりだった。急降下する箱の中で、彼女は声に出していった。「ピーター・ラング、あなたの両手に血はついていないわ」

73

一日の終わりに期待と恐れがあいなかばする気持ちで留守番電話をチェックするのが、ダン・マイナーの習慣になっていた。積極的な母親捜しは必ずしも喜ばしい結果を生むとはかぎらないのだという不安が、なぜかつきまとって離れなかった。

木曜日、帰宅するとマックからのメッセージがはいっていた。「電話をくれないか、ダン。重要なことだ」

コーネリアス・マクダーモットの沈痛な口調から、ダンはクィニー捜しが終わったことを直感した。

外科医であるダンはつねにごくデリケートな医療器具をあつかっている。彼の手元がほんのわずかに狂っただけで、人の命を左右しかねない。だが、普段は頼もしいその手が、コーネリアス・マクダーモットのオフィスの番号をダイヤルしている今はふるえていた。

時刻は五時十五分前だった。病院から帰宅するのはだいたいその時間だと、以前にダンから聞いていたマックは、オフィスの電話が鳴ったとき、リズの手を介さず直接受話器を取った。

「メッセージを聞きました、ダン、マック」

「いいにくいことだが、明朝きみが最終確認をすることになりそうだよ。きみからあずかっていた写真にマッチする女性が去年の九月に死亡したホームレスの女性の写真と合致したんだ。スリーサイズもあっているし、ブラジャーにきみがもっているのと同じ写真がピンで留めてあった」

ダンは喉《のど》にひろがる固まりを飲みくだそうとした。

「なにがあったんです？」

コーネリアス・マクダーモットはためらった。今なにもかも知る必要はないだろう、と判断した。「彼女が寝泊まりしていた場所が火事になったんだ。窒息死だった」

「窒息死！」なんてことだ、ダンはいたたまれなかった。どうしてそんな目にあわなければならなかったんだ？

「ダン、これがどんなにつらいことかよくわかる。夕食を一緒にどうだろう？」

しゃべるのは努力がいった。「いえ、マック」やっとのことで声をしぼりだした。「今夜はひとりでいたほうがよさそうです」

「そうだな。では明朝九時に電話をくれないか。財務委員会のオフィスで落ち合おう。打ち合わせがある」

「今、母はどこにいるんですか？」

「埋葬されている。無縁墓地に」

「遺体を埋めた場所はわかってるんですか？」

「だいじょうぶだ。掘り返す手続きもとれる」

「ありがとう、マック」

ダンは受話器をおくと財布を取りだしてコーヒーテーブルに投げだし、ソファにすわりこんだ。六歳のときから肌身離さずもち歩いていた写真を財布からとりだし、たてかけた。

数分がすぎ、一時間がすぎ、一時間半がすぎても、彼はみじろぎもせずにすわったまま、どんなにおぼろげでも思い出せるかぎりの母の記憶をたどっていた。

ああ、クィニー、なぜそんな死に方をしなければならなかったんだ？　あれはあなたのせいじゃなかった。ぼくに起きたことで、なぜ自分を責めたりしたんですか？　あれはあなただがそれはよい結果を生んだ、とダンは思った。事故をまねいたのは、ばかな子供のぼくだったのに。

だがそれはよい結果を生んだ、実際、不幸は大きな実をみのらせたのだ。せめてそのことだけでも知ってほしかった、とダンは思った。

呼び鈴が鳴った。彼は無視した。また鳴った。今度は執拗《しつよう》だった。

くそ！　ひとりにしておいてくれ。隣人たちと飲むなんてまっぴらだ。

ダンはしぶしぶ立ちあがり、部屋を横切ってドアをあけた。ネル・マクダーモットが立っていた。「マックから聞いたの。ほんとにお気の毒に、ダン」

言葉もなく彼はわきにどいてネルを中へいれた。ドアをしめると、ダンはネルの身体《からだ》に腕をまわし、泣きだした。

74

六月二十三日　金曜日

金曜の朝、九月九日にニューヨーク・シティの六つの主なテレビ局から放映された深夜のニュース番組のビデオテープを集めるために、メッセンジャーが送りこまれた。集まったテープは、そのあと地区検事局にとどけられた。

メッセンジャーの到着を待っていたスクラファニとブレナン両刑事は、届いたテープを九階にある技術室へもっていった。機材やワイヤーの迷路を通りぬけて、部屋の片側にある一台のビデオカセットレコーダーとテレビをえらんだ。ブレナンが椅子を二脚ひっぱってくるあいだに、スクラファニはCBSのビデオテープをいれた。

「ショウタイムだ」彼は相棒にいった。「ポップコーンを買ってこいよ」

トップニュースは二十八番通りとセヴンス・アヴェニューに建つ歴史的建造物、ヴァンダーミーア邸をのみこんだ火事の速報だった。

画面ではCBSの記者、ダナ・アダムスが現場から報告を送っていた。「ニューヨーク・シティでもっとも古い風変わりなオランダ風農園のひとつで、過去八年間空き家となっていた歴史的建造物、ヴァンダーミーア邸が今夜炎に包まれました。地元の消防署に第一報がはいったのは七時三十四分、火の手はまたたくまに建物全体に広がり、屋根全体をのみこみました。敷地内にときおりホームレスの人々が出入りしていたとの報告があったため、消防士たちは生命の危険を冒して建物を捜索、その結果、二階の浴室にホームレスの女性の遺体を発見しました。死因は煙を吸い込んだことによる一酸化炭素中毒と見られています。この女性は、建物を焼き尽くした火災を起こした当人であるとも思われます。当局の話では、身元の確認は一応おこなわれたようですが、裏付けがとれ、近親者の居所をつきとめて連絡できるまでは犠牲者の名前は公表されないもようです」

火事のニュースはそこで終わって、コマーシャルがはいった。

「ヴァンダーミーア邸だと！」スクラファニが叫んだ。「あそこはラングが所有しているんだろう？」

「そうだ。そしてコーリフがその隣の土地を所有していた」

「ということは、あの火事でどちらもひともうけできそうだったということだ」

「そのとおり」

「よし、ほかにもジミー・ライアンのでかい口止め料につながりそうなニュースがないかどうか、残りのテープを見てみようぜ」

ほぼ三時間後、ジミー・ライアンを不安がらせそうなニュースはどの局の番組にも見つからなかった。もちろん、どの局のニュースも古い屋敷の焼失報道でもちきりだった。彼らは念のためにそれらのテープをテクニカル・サポートへまわして、コピーをとってもらうことにした。「ヴァンダーミーアの六つの火災報道を順番にまとめてコピーしてくれ」スクラファニは技術者に指示した。

この新たな発見を検討すべく、ふたりはスクラファニのオフィスにひきかえした。

「おれたちにわかっているのはなんだ?」ブレナンがいった。「偶然の一致ってやつと――じつに意味深な言葉じゃないか――ニュースを見ているうちにダディが泣きだしたという十歳の少女の意見。ビールを二杯ばかりひっかけたあとだからダディは気が滅入《めい》っていただけかもしれん」

「リーサ・ライアンの話じゃ、〝仕事はとりやめになった〟という電話の伝言をつたえたら、ジミーはもうやっちまった特別な仕事のことだと説明したんだったよな」

「そいつを調べるのは簡単だろう」ブレナンは立ちあがった。「ホームレスが空き家になった建物にはからずも火をつけちまうというケースはままある」と考えこむようにいった。「そのせいで他人が命を落とすんだ」

「別の見方をしてみよう。ホームレスがある建物に不法に住みついていることが知られていて、そこが焼け落ちたとしたら、だれが火事を起こしたか想像するのは簡単だ」

「九月九日ヴァンダーミーア邸で正確にはなにが起きたのか、よく調べたほうがいいということだな」ジョージ・ブレナンはノートを取りだした。「徹底的な調査開始だ。ええと。二十八番通りとセヴンス・アヴェニューの東側の角だったな。十三分署がファイルをもっているだろう」

「おれは〝交渉人ウィニー・ジョンソン〟の鍵《かぎ》をあたってみる。問題の貸金庫がある銀行を見つけないとな」

「手遅れじゃなければ、の話だ」

「そういうこと」スクラファニはうなずいた。「フィラデルフィアの八歳の子供が正しければ、何者かが爆発前にあのクルーザーを脱出したことになる。今のところ、少年が見たのはウィニフレッド・ジョンソンのような気がするんだよ。だとしたら、鍵がなくても、貸金庫にたどりつけたはずだ」

「今おれたちが追っている手がかりが、遠視の八歳の少年と、日記をつけていた十歳の少女から得たものだってこと、わかってるか?」ブレナンがためいきまじりにいった。

「こういう時代がやがてくるだろうとおふくろがいってたよ」

75

金曜日の朝、ネルはオールド・ウッズ・マナー老人ホームに電話をかけて、ウィニフレッド・ジョンソンの母親の様子をたずねた。電話は二階の看護婦のデスクへまわされた。

「すっかり気落ちしているんですよ」看護婦はネルにいった。「ウィニフレッドはとても義理堅い娘さんだったんです。毎週土曜日はここへきてましたし、ときには平日の夜に見舞いにくることもありましたから」

義理堅い娘ウィニフレッド。泳ぎ上手のウィニフレッド。交渉人ウィニフレッド。ハリー・レイノルズの恋人ウィニフレッド。どれが彼女なのだろう？　それとも四人とも彼女なのだろうか？　そして今頃は南米か、当局が居所をつきとめたとしても、合衆国へ送還される心配のないカリブ海の島にいるのだろうか？

「ミセス・ジョンソンのためにわたしができることがなにかあります？」ネルはたずねた。

「面会にきてくださることがなによりだと思いますよ」看護婦は率直にいった。「娘さんの話がしたいんですよ。でもあいにくとほかの入居者はミセス・ジョンソンを避けているんです。愚痴の多い方ですからね」

「来週にでもお見舞いに行くつもりだったんです」ネルはいった。娘さんの話がしたいんですよ。もしも彼女がまだ生きているとして、ミセス・ジョンソンの口からウィニフレッドの居所を知る手がかりになりそうなことが聞けないだろうか？

「でもかわりにきょううかがいますわ」ネルは約束した。「お昼頃には着けると思います」

受話器を置くと、ネルは窓に歩みよった。灰色の雨もよいの朝だった。目覚めたあとも、彼女は目をとじてずっとベッドに横たわったまま、この二週間に起きたすべてを頭の中でさらってみた。

アダムの顔を思いうかべ、こまかなところまで徹底的に思いかえした。あの最後の朝、はじめての出会いでネルの心をつかんだ微笑は微塵《みじん》もなかった。アダムは怒りっぽく神経質になっていて、一刻も早く出ていきたいあまり上着もブリーフケースも忘れていった。

その上着のポケットには332番の貸金庫の鍵がはいっていた。

あの鍵を刑事たちにわたすべきだと考えながら、ネルはバスルームに行ってシャワーをひねった。わたすべきなのはわかっている。でも今はまだ早い……そこから先は考えがまとまらなかった。

グロテスクで不気味なひとつの可能性がしばらく前から頭に浮かんでいた——鍵をもっていれば確かめることも、異議をとなえることもできる可能性だ。

第二の鍵が出てきたからといって、銀行をさがしあてるのが早くなるわけではないと理由づけながら、ネルは湯気の立つシャワーの下に立った。

自分がなにを計画しているか、なぜそれが必要なのか、もうすこしでダンに打ち明けるところだったが、昨夜はそれにふさわしい夜ではなかった。ダンには彼自身の苦悩と苦痛を吐き出させることが大切だったのだ。つっかえつっかえ、ぶつぎりのセンテンスで、ダンはネルに語った。母親の失踪をまねいた事故について、病室のドアがあいてそこに母親が立っていることを祈りつづけた数カ月の入院生活について。そして、祖父母がどれだけ献身的に彼を支え、そのおかげで肉体的精神的に立ち直ることができたかを。最後に彼はこういった。「母をメリーランドの家族の墓地へ移すことができたら、安らかな気持ちで母を思うことができるようになる。真夜中に目をさまして、見知らぬ路上で寒さや飢えや病気に苦しんでいるんじゃないかと心配することもなくなるだろう」

わたしたちが愛した人々はいつもそばにいてくれるのよ、わたしは心からそう信じているの。わたしはダンにそういった。ネルは思いかえしながら、たたきつけるようなシャワーを顔に受けた。母と父がわたしにさよならをいいにきたときのこともダンに話した。

するとダンは、アダムも同じようにさよならをいいにきたのかとたずねた。わたしは首をふった。昨夜はアダムの話はしたくなかった。

十時頃ネルはダンのキッチンに行って、夕食の材料になりそうなものはないかとあたりを捜しまわった。「あなたは料理上手な独身者じゃないみたいね」ネルは微笑しながら彼にいった。

卵とチーズとトマトがあったので、それでオムレツを作り、トーストとコーヒーを用意することができた。食べながらダンは多少元気になり、冗談を飛ばせるまでになった。

「きみは透明人間になれるのかい、ネル？　きみがどうやってドアマンの前をすりぬけられたのか、さっきから不思議に思ってたんだ。彼は刑務所の看守よりきびしいからね。店子《たなこ》じゃない人間は、血液サンプルを渡さなくちゃ中にいれてもらえないくらいなんだ」

「このビルのだれかがパーティーをやっていたのよ。六、七人のグループにまぎれこんで、彼らが四階でおりたあと、エレベーター係にあなたを訪ねるところだといったの。彼はわたしをこのフロアでおろして、あなたのアパートメントを指さしてくれたわ。あらかじめ訪問を知らされたら、あなたがインターコムに出ないんじゃないか、わたしを追い払うんじゃないかと心配だったの」

「いや、その考えはまちがってる。こういったはずだよ、『あがってきてくれ、ネル。きみが必要なんだ』」ダンはじっとネルを見つめた。

ダンが彼女を階下まで送ってきて、タクシーに乗せたのは真夜中近かった。「ベルビューでマックに会えるのは、昼をすぎてからなんだ」ダンはいった。「午前中は二件手術の予定があってね」

十五分後にネルが帰宅すると、留守番電話にダンからのメッセージがはいっていた。「ネル、今夜きてくれたことにお礼をいい忘れたようだ。病室のドアがあいて、そこに愛する美しい女性がいるのを見た子供のような気分だったよ。こんなことをいけしゃあしゃあというなんてまったくずうずうしいかぎりだ。それはわかっている。最低あと半年は二度といわない、約束する。きみがご主人をなくしてまだ二週間しかたっていないことは重々承知している。ただ、ぼくの人生にはいってきてくれたことへの感謝でいっぱいなんだ」

ネルはそのテープを取りだして、ドレッサーの引き出しにしまった。

今、彼女はふたたびそのテープのことを思いながらシャワーから出ていきおいよく身体をふき、髪を乾かし、あかるいブルーのギャバジンのスラックスと男仕立てのブルーと白のストライプのシャツを着た。

引き出しからテープを取りだしてもう一度聞きたい気持ちにかられた。すくなくとも将来はもうすこし幸福になれそうな気がした。だが昨夜それを聞いたときのほとんど魔法にかけられたような特別な気分はきょうは味わえそうにない。

　事実ネルはこれからはじまる一日に恐れをいだいていた。なにかおそろしいことが起きそうな予感がする。今朝、きまぐれな夢が跋扈《ばっこ》する浅い眠りからさめた瞬間から、いやな気分がした。災厄の気配が周囲の空中にたちこめていた。空低くたれこめ、地上にふれたが最後、その通り道にあるものをことごとく見えなくしてしまう竜巻の逆巻く黒雲のように。

　ネルはそうしたすべてを感じとったが、それがどんなものであるにせよ、阻止するだけの力はなかった。彼女がその一部であり、上演されなければならない避けがたい場面の登場人物のようなものなのだ。長年の経験を通じて、またガートの影響ゆえに、ネルは自分が感じているのが予知能力であるのを理解していた。

　予知能力。超感覚的知覚によって将来の出来事がわかる力。

　ガートはそう説明してくれた。ネルには数回、それが起きていた。

　くちびるにグロスをつけながら、彼女は理性的になろうと努めた。先日、熱さと焦《こ》げくさい臭《にお》いと窒息しそうな苦しさを感じたとき、わたしはこれは予知能力だと悟った。あれはあの火事で窒息死したダンのお母さんの経験だったにちがいない。わたしはなんらかのヴァイブレーションを彼女から受け取ったのだろうか？

今はまだわからない。一晩中夢の中でつきまとっていた疑問が、ふたたび脳裡《のうり》にこだました。あのクルーザーから本当に誰かが脱出したのだろうか？　爆発をまぬがれた人がいるとしたら、それはウィニフレッドなのだろうか？　それともエンジン室に身をひそめていた、金で雇われた殺し屋なのか？

あるいはアダム？

それは答えを見つけなくてはならない疑問だった。そしてネルの考えが正しいなら、その答えの見つけかたはわかっていた。

76

正午、ダン・マイナーは十三番通りとファースト・アヴェニューの角に建つ検死局のドアを押しあけた。受付エリアでマックが待っていた。

「おそくなりました」ダンはいった。

「そうじゃない。わしがいつも早目なんだ。ネルにいわせると、相手より優位に立つためのわしのやり口なんだそうだ」マックはダンの手をにぎった。「こういう結果になって、まことに残念だよ」

　ダンはうなずいた。「協力していただいて感謝しています」

「わしが話したら、ネルはショックを受けていた。いずれきみのところに電話が行くはずだ」

「もうありました。昨夜、きてくれたんです」ダンの口もとにかすかな笑みがうかんだ。

「食料棚になにもはいっていないことをぼくに知らせたあとで、夕食まで作ってくれました」

「ネルらしいよ」コーネリアス・マクダーモットは受付エリアのむこうのドアのほうを顎《あご》でしゃくった。「あっちにいる事務員がお母さんのファイルが見られるように用意してくれている」

　検死局ではクィニーの顔と裸体の写真を撮っていた。こんなに痩《や》せて、とダンは思った――衰弱しきっていたにちがいない。コンピューターで加齢させた写真の顔にそっくりだったが、死によってある種の穏やかさがもどってきたように見えた。高い頬骨、細い鼻、大きな目は、記憶の中にある若々しい女性と変わっていなかった。

「身体《からだ》についていた目立つ痕《あと》は、掌《てのひら》の傷だけでした」事務員が説明した。「検死医は火傷によるものだと判断しています」

「そうですか」ダンは悲しみをおさえた低い声で同意した。

ダンがいつももち歩いていたのと同じスナップ写真も撮影されていた。

「この写真は今はどこに？」ダンはたずねた。

「証拠品として保管されています。十三分署の保管室にあります」

「証拠！　いったいなんの証拠です？」

「おどろくようなことじゃないんだ」マックがなだめた。「クィニーがわざとあの火事を起こしたんじゃないことはわかっている。しかし専門家が推測しているように、九月九日の夜は一年のあの時期としては異例の寒さだった。クィニーは暖炉にがらくたを投げこみ、火をつけたあと二階のバスルームへあがったと思われる。節気弁があいていなかったし、彼女の持ち物は炎のすぐそばにあった。屋敷が炎につつまれるまで数分とかからなかった」

「母はあの火事で死んだのかもしれませんが、暖炉に火をつけたのは母じゃありません」ダンはきっぱりといった。「理由をお話ししましょう」大きく息をすった。「いや、お見せしたほうがいいでしょうね」

77

ネルが外出しようとした矢先、ガートが電話をかけてきた。「ネル、あした中古品店に段ボール箱を出す計画、変わっていないでしょうね？」

「ええ、忘れていないわ」

「ねえ、もし手伝いが必要なら喜んで行きますよ」

「ありがとう、ガートおばさま。でももう終わったの。あとは出すばかりよ。ヴァンが必要なときにいつも利用している代車サーヴィスをもう手配したの。荷物を運ぶのは運転手が手伝ってくれるから、だいじょうぶよ」

ガートは申しわけなさそうに笑った。「あなたが万事ぬかりなくやったことぐらい、察しておくべきだったわね。あなたはとてもきちんとしているから」

「それをいわないで、じつはそうじゃないんだから。たくさんありすぎる思い出をこの家から追い出してしまいたい一心でやっているだけよ」

「ああ、それで思い出したわ、ネル。どれを新しいアルバムに貼《は》ろうかと写真を整頓《せいとん》していたらね――」

「ガートおばさま、悪いんだけどもう出かけなくちゃならないの、遅刻しそうなのよ。一時間以内にホワイトプレーンズに行くことになっているの」

「あらあら、大変。もう行ってちょうだい。では明日中古品店で会えるのね？」

「かならず。運転手がここにくるのが十時だから、十時半頃には着くはずよ」

「わかったわ、ネル。じゃ行ってらっしゃい。あしたね」

やれやれ、ネルは受話器を置きながら考えた。ガートおばさまが利用している電話会社の株は、おばさまが亡《な》くなったりしたら二十パーセントは下落するわ。

ミセス・ジョンソンの部屋に行く前に、ネルは二階の看護婦のデスクに立ちよった。

「ネル・マクダーモットです、ミセス・ジョンソンの面会にきました。今朝、電話でお話しましたわ」

白髪混じりの陽気な顔立ちの看護婦が立ちあがった。「あなたが見えることをつたえておきましたよ、ミズ・マクダーモット。それを聞いたらきっとミセス・ジョンソンも元気づくと思ったんです。そのとおりでしたよ、ほんのいっときでしたけど。そのあと家主さんから電話がかかってきたんです。どうやらアパートメントの家財道具を引き払ってもらいたがっているらしくって、ミセス・ジョンソンはそれを聞いてすっかり動転してしまったんです。あなたにとばっちりがおよばないといいんですけどね」

廊下を歩いていく途中、こぢんまりした食堂の前を通った。三つあるテーブルはランチのサーヴィスをうけている人でふさがっていた。「一階に大食堂があるんですが、朝食やお昼は部屋のあるフロアで食べるほうがいいと思う人たちもいるものですから、なるべく期待にそえるよう努力しているんです」看護婦は説明した。

「拝見したかぎりでは、こちらでは入居者のためにやらないことなどほとんどないようですね」

「それでもひとつだけみなさんを満足させられないことがあるんですよ。わたしたちではしあわせにはしてあげられないんです。そして皮肉にもそれがもっともみなさんが必要としていることなんです。無理もありませんよ。みなさん高齢だし、傷ついています。夫や妻や子供や友達が恋しいんです。ここでの生活にすっかり順応できる人もいれば、そうじゃない人もいます。そんな人たちが苦しんでいるのを見るのはつらいものですよ。『年を取れば取るほど豊かになる』って古いことわざがありますけど、生まれつき楽天的な人は比較的満足する度合いも高いようですね」

ミセス・ジョンソンの部屋はもうすぐだった。「ミセス・ジョンソンはあまり順応していらっしゃらないみたいですわね」ネルはいった。

「これ以上を望んだらバチが当たるとわかっているんでしょうが、やっぱり自分のうちのほうがいいんでしょう——彼女の場合は、主導権もにぎりたいんですよ。きっといろいろ聞かされますよ」

彼らはミセス・ジョンソンの部屋に通じるすこし開いたドアの前に立った。看護婦がノックした。「お客さまですよ、ミセス・ジョンソン」

返事を待たずに、看護婦はドアを押しあけた。ネルもつづいてはいった。

ローダ・ジョンソンは小さなスイートの寝室にいた。ベッドに起きあがって枕《まくら》によりかかり、アフガン毛布をまきつけている。

ふたりが寝室にはいったとき、ミセス・ジョンソンは目をあけた。「ネル・マクダーモットかい？」それは質問だった。

「ええ」ネルは前回とは目に見えて面変わりしたミセス・ジョンソンにショックを受けた。

「ひとつ頼みたいことがあるんだよ。ウィニフレッドはここから一マイルばかり離れたショッピングモールのパン屋で、よくあたしにコーヒーケーキを買ってきてくれたものだった。あんたもひとつ買ってきてくれないか？　ここの食事は食べられないんだよ——まずくって」

おやおや。ネルは思った。「かまいませんわ、ミセス・ジョンソン」

「ごゆっくり」看護婦が陽気にいった。

ネルは椅子《いす》をひきよせて、ベッドわきに腰かけた。「きょうはお加減がよくないんですね、ミセス・ジョンソン？」

「そんなことはない。ただここの連中があまり友好的じゃないだけさ。あたしが上流の出じゃないって知ってるもんだから、あたしを無視してるんだよ」

「そうでしょうか。今一緒にきてくれた看護婦さんは、ちょっと元気がないようだから今日面会にきてくださいとわたしに頼まれたんですよ。それに先週案内してくださった女性も、あなたのことが大好きみたいでしたわ」

「あのふたりはいいんだよ。でもルームサーヴィスとか、掃除の人たちは、ウィニフレッドがやっていた二十ドルの心付けがもらえなくなったら、ころりと態度を変えたんだ」

「ウィニフレッドはずいぶん気前がよかったんですね」

「結局金をどぶに捨てたようなものだった。あの子がいなくなった今、そういう連中がすこしは同情してくれたと思うかい？」

ローダ・ジョンソンは泣きだした。「ずっとこんなふうだったよ……いつもあたしが損をする。あのアパートメントにだって四十二年も住んでたというのに、今じゃ家主が二週間以内に出ていけっていうんだからね。クロゼットには服がはいっているし、母の上等の陶器だっておいてある。四十二年間、カップひとつ割らなかったなんて信じられるかい？」

「ミセス・ジョンソン、ちょっと看護婦さんに聞いてきたいことがあるんです。すぐにもどりますから」

ネルは五分足らずでもどってきた。「いい知らせですよ。期待どおりです。あなたさえお望みなら、家財道具をここに運んでもいいんですって。来週にでも車でアパートメントまでお連れしますわ。ここへもってきたいお気に入りのものをえらんでください。発送してもらえるよう手配します」

ローダ・ジョンソンはいぶかしげにネルを見た。「なんでそこまでしてくれるの？」

「娘さんを亡くされたからです。お気の毒だからですわ。お気に入りのものがまわりにあれば、なぐさめになります。お手伝いさせてください」

「ウィニフレッドがあんたのご亭主のクルーザーに乗っていたから、あたしに借りがあるような気がしてるんだね、きっと。あのままウォルターズ&アースデールに勤めていれば、あの子は職場からまっすぐ帰宅していただろう。そしてきょうも生きていただろうに！」

ローダ・ジョンソンの顔がくしゃくしゃになり、涙が目からこぼれだした。「ウィニフレッドが恋しくてたまらないんだよ。土曜日、あの子は一度だって面会にこないことはなかった――一度たりとも。平日の夜はこないときもあったけど、土曜日はわたしたちの面会の日ときまっていたんだよ、ずっと。最後に会ったのは、死ぬ前の夜だった」

「二週間前の木曜日の夜ですね」ネルはいった。「楽しいひとときでしたか？」

「あの子はちょっと動転していた。銀行に寄りたかったのに、着いたのがおそくてもうしまっていたといっていたよ」

とっさにネルは次の質問をした。「その夜、彼女がここに何時にきたのか、おぼえていらっしゃいます？」

「正確には夜じゃなかったね。夕方の五時をちょっとまわった頃だったよ。なぜおぼえているかというと、あの子がきたとき夕食をとっていたからさ。あたしの夕食は五時ときまっているんだ」

銀行は五時にしまる。マンハッタンの銀行ならホワイトプレーンズへくる前にたっぷり寄る時間はあったはずだ。ということは、この近くの銀行を利用していたにちがいない。

ローダ・ジョンソンは手の甲で涙をふいた。「あたしはこんなに長生きしちゃいけないんだよ。でももう先は長くない。心臓がだいぶ弱っているからね。よくウィニフレッドに聞いたものだったよ、あたしがどうかなったら、どうするのかって。あの子がいつもなんて答えたかわかるかい？」

ネルは待った。

「仕事を辞めて、最初の飛行機であてもない旅に出るといってた。冗談のつもりだったんだろうよ」ミセス・ジョンソンはためいきをついた。「いつまでもひきとめちゃ悪いね、ネル。ここへくるだけでいいことをたくさんしてくれたんだから。そうだ、コーヒーケーキを買ってきてくれると約束したっけね？」

パン屋は老人ホームから車で十分ほどのショッピングモールにあった。ネルはコーヒーケーキを買い、パン屋の外の歩道にしばしたたずんだ。雨はあがっていたが、空には灰色の雲が低くたれこめていた。モールの右手の先に、大きな銀行が見えた。円形の車まわしと、それと分離した駐車場がある。行ってみよう、車にむかいながらネルは思った。調べてみる値打ちはおおいにある。

ネルは銀行まで車を走らせ、駐車場にとめて中にはいった。向こう側のカウンターの窓口に金属の表示が出ていた。貸金庫。

そこへ歩いていって、ショルダーバッグをあけた。財布を取りだし、アダムの上着の内ポケットから見つかった小さなマニラ封筒をひっぱりだした。

鍵《かぎ》をカウンターの上にふりだすと、なにも聞かないうちに、行員が微笑してサインを求めるカードを差し出した。

「支店長と話がしたいのですが」ネルは静かにいった。

アーリーン・バロンは四十代はじめの端正なアフリカ系アメリカ人だった。「この鍵は現在捜査中の犯罪と関係があるんです」ネルは説明した。「今すぐマンハッタンの検事局に電話をかける必要があります」

スクラファニもブレナンも外出中だったが、すぐに戻るとのことだった。ネルは332の鍵の貸金庫を見つけたことと、バロンの名前と電話番号をふたりの刑事につたえるよう依頼した。

「きょうの閉店前に、刑事たちが捜索令状をもってここにあらわれるはずです」ネルは支店長にいった。

「わかりました」

「貸金庫がだれの名前で登録されているのかをわたしにしゃべるのは規則違反ですか？」

バロンは躊躇《ちゅうちょ》した。「それはどうでしょうか、もしも……」

ネルはさえぎった。「登録人は女性ですか、それともハリー・レイノルズ？」

「その情報はあかすべきではないんです」といいながら、アーリーン・バロンはあるかなきかの動作でうなずいてみせた。

「やっぱり」ネルは立ちあがった。「もうひとつだけ教えてください。貸金庫は六月九日以来あけられましたか？」

「その記録はありません」

「でしたら、警察がここへくる前に誰かが金庫をあけようとしたら、阻止してください。中身がすでにもちだされていないなら、複数の殺人に関する重大な証拠がはいっているかもしれないんです」

ネルが外へ出ようとしたとき、アーリーン・バロンが呼びかけた。「ミズ・マクダーモット、忘れものですよ」

コーヒーケーキをいれた紙袋が、今まですわっていた椅子のわきの床におきざりになっていた。「ありがとう。それを銀行にもってきたことさえ忘れていましたわ。老人ホームにいる女性のところへもっていかなくちゃならないんです。それだけのことはしてくれましたから」

78

スクラファニとブレナンが十三分署に着いてみると、マックとダン・マイナーがきていた。

「デスクにだれがいるか見てみろよ」ブレナンは相棒にささやいた。「マクダーモット下院議員だ。いったいなんの用だろう?」

「それをつきとめるいい方法がある」スクラファニは大股《おおまた》にデスクに歩みより、「よお、リッチ」と巡査部長に声をかけたあと、めいっぱい笑みをうかべてコーネリアス・マクダーモットのほうをむいた。「サー、はじめまして。スクラファニ刑事です。ブレナン刑事とわたしは、クルーザーの悲劇的な爆発以来、お孫さんとは緊密な連絡をとってきました。ご協力いただいて大変助かっていますよ」

「ネルはきみたちのことはなにもいわなかったが、おどろくにはあたらんな」マクダーモットはいった。「自分のことは自分でするよう育ててきたんだ。どうやらわしは一流の教師らしい」マックはスクラファニと握手をしてから、いった。「きょうきたのは、それとはまったく別の問題でね。ここにいるドクター・マイナーが母上の死に関する情報を必要としているんだ」

ブレナンが会話にくわわった。「お気の毒です、ドクター。亡《な》くなられたのは最近ですか？」

マックがダンに代わって答えた。「九カ月前だ。ダンの母上は悩める女性だった。彼は長いあいだその消息を求めつづけてきたんだよ。去年の九月九日、ヴァンダーミーア邸の火事で窒息死した女性が母上なんだ」

ふたりの刑事は思わず顔を見あわせた。十分後、四人の男たちは署の専用会議室の細長いテーブルを囲んでいた。勤務中の分署長であるジョン・マーフィー警部が同席していた。テーブルの上にはその事件に関するファイルと、ダン・マイナーの母親の身の回り品をおさめた箱がのっていた。

マーフィー警部はファイルからもっとも重要な情報と思われるものを読みあげた。

「ヴァンダーミーア邸の二階から煙が出ているのが見つかったのは、夜の七時三十四分頃でした。警報が鳴ったんです。最初の消防車が到着したのは、四分半後でしたが、すでに建物の大半が炎に包まれていました。火はゴミ捨て用シャフトから一気に屋根まで広がったようです。四人の消防隊員が危険をかえりみず、ロープで身体《からだ》をつなぎあい、燃えさかる一階二階を調べました。外からは梯子《はしご》をかけあがって、三階および四階を別の隊員が調べました。その結果、二階のバスルームに白人の成人女性の遺体を発見。バスタブに逃げ込んだと見え、顔にはぬれたきれをかけた状態でした。二階が火の手に包まれる前に、女性は運びだされました。心肺機能蘇生《そせい》のため懸命の努力がつづけられましたが、反応がなく、午後九時半死亡が宣告されました。死因は煙を吸い込んだための窒息死です」

警部はちらりとダンを見た。ダンは目をふせ、両手をテーブルの上でくんで、じっと耳を傾けていた。

「焼死ではなかったことがせめてものなぐさめかもしれません。しかし猛烈な熱と煙が彼女を死にいたらしめたのです」

「よかった」ダンはいった。「しかしわたしが知りたいのは、なぜ母が放火の責任を問われているかということです」

「火が出たのは、一階の図書室からでした。図書室の窓はたちまち吹きとばされ、福祉サーヴィスやいわゆるスープ・キッチン・カードなどの紙類が通りに散乱したのです。

お母さんがしばらく別人と思われていたのは、そのためでした。そのカードは火事の数時間前にショッピングバッグを盗まれたと主張していた別のホームレスの女性のものだということが、あとでわかったんです」

「建物の中にもうひとりホームレスがいたというんですか？」

「そう考える理由はありません。ほかに被害者が出なかったのは確かですし、図書室からは食べ物や寝床の痕跡《こんせき》が発見されました。われわれはあなたのお母さんがヴァンダーミーア邸で寝起きしており、たまたま火を燃えひろがらせてしまったあと――おそらく夕食の仕度かなにかをしようとして――二階のバスルームへあがったにちがいないと考えています。そうとしか考えられないんですよ。お母さんはそこから出るにも出られなかった。逃げようとしたとしても、煙がひどくて、階段が見えなかったでしょう」

「わたしからも母についてお話したいことがあります」ダンはいった。「母は火というものに病的恐怖心をいだいていました。格子《こうし》のない暖炉の火は、特に恐れたはずです。母が暖炉に火を起こしたはずがありません」

マーフィー警部とふたりの刑事の顔にそれとない不信の色を認めて、ダンはいった。

「わたしの父はわたしが三歳のとき母を捨てました。母は深刻な鬱《うつ》状態になり、毎日深酒を飲むようになったんです。昼間はなんとか抑えていましたが、わたしを寝かしつけると、人事不省になるまで飲んでいたんです」

ダンの声がふるえた。「子供の頃のわたしはよく母のことを心配したものでした。夜中に目をさまし、毛布をにぎりしめたままそっと階段をおりていくと、母はきまってソファで眠っており、かたわらにはウィスキーの空き瓶がころがっていました。当時の母は暖炉を愛しており、わたしが寝る前には暖炉のそばのそのソファで本を読んでくれたものでした。ある晩、様子を見におりていくと、母は火格子の前の床で大の字になっていました。母に毛布をかけようとして、その端に火がつきました。火を消そうとしたわたしのパジャマの袖《そで》に火が燃え移りました」

ダンは立ちあがって上着をぬぎ、シャツの袖のボタンをはずした。「この腕をあやうく失うところだったんです」いいながら、袖をまくりあげた。「皮膚移植のためにほぼ一年間入院し、そのあと一定期間、もう一度腕の使いかたを学びました。筆舌に尽くせない苦痛でした。母は罪の意識にさいなまれ、不注意による過失傷害の罪に問われるのが恐ろしくもあったのでしょう。ある日、病院のベッドにつきそって夜を明かしたあと、ふらりと出ていって、それきり二度と帰ってきませんでした。わたしの腕を見るのが耐えられなかったんです。

母の居所は杳《よう》として知れませんでしたが、七年前、ニューヨークのホームレスを取材したテレビのドキュメンタリー番組で母を見たんです。わたしたちの雇った私立探偵が、母を知っているという数人の人々にマンハッタンの収容施設で話を聞きました。彼らの話はまちまちでしたが、ひとつだけ一致していることがあったんです。燃えひろがる火を見ると、母がパニックをきたしたということです」

ダンの左腕はつるりとした傷だらけの肉のかたまりだった。彼は指をおりまげ、腕をのばした。「自由に動かせるようになるまでには長い時間がかかりました。見られたものではありませんが、子供だった頃、医師や看護婦たちに親切にしてもらったおかげで、現在のわたしは腕のいい小児外科医、それも火傷専門の外科医になったんです」

ダンはシャツの袖をおろしてボタンをはめた。「二週間前、母をよく知っていたリリーというホームレスの女性に会いました。かなり長時間話をしましたが、リリーも母が火をこわがるという話をしていました」

「有力な反証です、ドクター」ジャック・スクラファニは静かにいった。「スープ・キッチン・カードを盗まれたと主張している女性、カレン・レンフルーが実は火事を起こした可能性もおおいにある。焼け落ちた屋敷はとてつもなく広い家だったんですよ。お母さんがいたことにまったく気づいていなかったのかもしれません」

「そうですね。わたしの理解するところでは、鬱状態におちいると、母は完全にひとりになれる場所を見つけようとしました」

ダンは上着を着た。「母を母自身から救いだすことはできませんでしたが、現在母が着せられている疑いを晴らすことはできます。あの火事を起こした容疑から母の名前を抹消したいんです」

電話が鳴った。「取りつがないようにいっておいたんだが」警部がぼやきながら受話器を取った。「きみにだ、ジャック」

スクラファニは受話器を受け取り、気短かにいった。「スクラファニだ」

電話をきると、スクラファニはブレナンを見た。「一時間すこし前にネル・マクダーモットから電話があったそうだ。銀行を見つけたぞ。ウィニフレッド・ジョンソンの母親が暮らすウェストチェスター郡の老人ホームの近くだ。おれたちが捜索令状をもって到着すると、銀行側につたえてくれたらしい」

いったん言葉を切って、先をつづけた。「もうひとつあるんだ。ノースダコタにいる連絡役がなにかつかんでいないかと、今朝電話したんだ。ついさっき電話をかけてきて、メッセージを残していった。アダム・コーリフの詳細な報告書を作成して、今そいつをファックスで送信してきているらしい」

「なんの話だ?」マックが問いつめた。「ネルはなにをするつもりなんだね、きみたちはなぜアダム・コーリフを捜査しているんだ?」

「さっきもいいましたが、お孫さんは今回の捜査に大変協力的なんです、サー」スクラファニが答えた。「彼女のご主人に関しては、ノースダコタでわれわれの連絡役が素性を詳しく調べていたんですよ。どうやらきわめて問題のある情報をつかんだようです。

アダム・コーリフにはあなたにもお孫さんにも知られたくないことがあったようですね」

79

マンハッタンまでの帰り道、ふたたび雨がふりはじめた――フロントウィンドウを激しくたたくどしゃぶりだった。

前の車のブレーキランプが一瞬赤く光ったあと、さらに赤味をまして、ついたままになった。車の流れがのろのろになり、ほぼ完全に停止した。

左車線にいた一台が目と鼻の先にわりこんできて、ネルはひやりとした。助手席のドアにあやうくかするところだった。

午前中の出来事が先刻から脳裡《のうり》をかけめぐっていたが、ネルは運転だけに意識を集中することをきびしく自分に命じた。

アパートメントのあるビルの駐車場にたどりつき、車をとめてはじめて、新たに判明した衝撃的な事実をかみしめた。

ウィニフレッドはハリー・レイノルズと共同で貸金庫を利用していた。

アダムはその金庫の鍵をもっていた。それがどういうことなのかはじめはわからなかったが、こうして考えてみると、アダムが〝ハリー・レイノルズ〟である可能性はかなり高い。

「だいじょうぶですか、ミズ・マクダーモット?」エレベーター係のマヌエルが気遣うような目をむけてきた。

「なんでもないわ、ありがとう。気分がちょっと不安定になっているだけよ。この雨ですもの、運転で神経をすりへらしちゃったの」

アパートメントのドアをあけ、中にはいったのは三時近かった。

ああ、わたしの聖所! こうなったからには、なにがなんでもアダムの所有物を家の中においておきたくなかった。ほかにどんな事実があきらかになろうとも、アダムとウィニフレッドはなんらかの秘密の関係をもっていたにちがいない。厳密に不正なビジネスにかぎった関係だったかもしれない。ウィニフレッドが勝手にロマンティックな関係だと思いこんでいただけかもしれない。今でもネルには信じられなかったが、本当にその可能性はあった。その答えがどう出ようと、アダムの存在を思い出させるものがアパートメントの中にあるのは、耐えられなかった。

わたしは恋に恋していたのだ……。

二度と恋などしない! ネルは無言で誓った。

二度までもそんな過《あやま》ちをおかすことはないわ。

留守番電話のライトが点滅していた。メッセージがあるしるしだ。最初の一件は祖父からだった。「ネル、ダンとわしは彼のお母さんの死にまつわる警察の捜査を調べにきたんだ。たまたまスクラファニとブレナン両刑事に会ってな。おまえは彼らあてにメッセージを残したそうだね。どうやら今、彼らはアダムに関する情報を入手したらしい。楽しい情報じゃないようだ。五時頃、彼らがわしのオフィスにくることになっている。ダンもくる。おまえもきてくれ」

次のメッセージはダンからだった。「ネル、きみのことが心配だ。ぼくは携帯電話をもっている。できるだけ早く、電話をくれないか。番号は九一七・五五五・一二八五だ」スイッチを切ろうとしたとき、ダンの声がまた聞こえた。「ネル、もう一度いうよ。ぼくにはきみが必要だ」

ネルはせつない笑みをうかべて、メッセージを消去した。キッチンに行き、冷蔵庫をあけた。乏しい中身を眺めながら、よくもダンになにもないのねなどといえたものだ、と思った。

おなかはすいていないが、なにかいれておいたほうがいい。りんごで我慢することにして一口かじったとき、昔の歴史の授業の記憶がよみがえった。アン・ブーリン（訳注 イングランド王ヘンリー八世の二度めの妻で、処刑された）は処刑場へひきたてられていく途中で、りんごを所望した――あるいは食べた——という。

どっちだったかしら？　なぜかそれを知るのが急に大事なことのように思えてきた。

運よくガートおばさまが自宅にいますように、ネルは祈りながら電話に手をのばした。

ガートおばさまは最初の呼び出し音で出た。「ネル、ディア、とても楽しい一日をすごしているところなの。写真をアルバムに貼《は》っているのよ——ここで開いたパーティーでの心霊グループの写真をね。今テレビのショウ番組ですっかり人気者のラウル・カンバーランドを知ってるでしょう、彼は四年前にここへきたことがあったのよ。すっかり忘れていたわ。それからね——」

「ガートおばさま、途中で悪いんだけれど、きょうは目のまわるような日だったの」ネルはいった。「お聞きしなくちゃならないことがあるのよ。あした、衣類の段ボール箱を五つもっていくわ。おばさまひとりでもちあげたり、つるしたり、仕分けしたりするのは大変でしょう。なんなら運転手には帰ってもらって、わたしがお手伝いしましょうか」

「まあ、やさしいのね」ガートは神経質に笑った。「でもその必要はないわ、ディア」と、また笑った。「自発的にお手伝いしてくれる人がちゃんといるの。でも、このことはだれにもしゃべらないと彼女に約束したのよ。顧客の個人的な生活に立ち入りたくないんですって、たとえ——」

「ガートおばさま、ボニー・ウィルソンはわたしには、中古品店への寄付を受け取るボランティアに行っていると話してくれたわよ」

「あら、そうだったの？」意外そうなガートの声には安堵《あんど》がまじっていた。「ボニーって親切だと思わないこと？」

「わたしも行くことは彼女にはだまっていてね」ネルは釘《くぎ》をさした。「じゃ、あした」

「アルバムをもっていくわ」ガートはいった。

80

カレン・レンフルーはセントラルパーク内にあるレストラン、タヴァーン・オン・ザ・グリーン近くのベンチにすわるのが好きだった。荷物をまわりにおいて日差しをあびながら、行き来するローラーブレーダーやジョガー、ベビーカーを押すお手伝い、観光客を眺めては楽しんだ。とりわけ好きなのは、口をあけて公園の光景に見とれる観光客を見ることだった。

わたしの光景。わたしのニューヨーク。世界一の都会。

カレンは母親の死後しばらく病院にはいっていた。「様子を見るため」と彼らはいった。そのあと彼らは彼女を退院させた。女家主はカレンが帰ってくるのを喜ばなかった。「あんたはお荷物でしかないんだよ」家主はいった。「あんたと、あんたが集めてくるあのがらくたは」

がらくたなんかじゃない。わたしの大事なものだ。これがあれば気分がいい。大事なものは友だちなのだ。ふたつのショッピングカート——一台は押し、一台はひっぱる——におしこんだ袋のひとつひとつにいたるまで、カレンには大切なものだった。袋の中身も大切でないものはひとつもなかった。

カレンは大事なものと、公園と、都会を愛していた。でもきょうは彼女の好きな日ではなかった。きょうの公園にはほとんど人気《ひとけ》がなかった。雨が激しくふっていた。カレンはビニールをひっぱりだして、自分とショッピングカートの上にかけた。警官が通りかかったら、追い払われることだろう。だがそのときまでは、公園を楽しむつもりだった。

雨の中にいるのも好きだった。事実、カレンは雨が好きだった。雨は清潔だし、やさしい。これだけ激しくふっていても。

「カレン、話したいことがあるんだ」

ぶっきらぼうな男の声がして、彼女はビニールの下から外をのぞいた。

ショッピングカートのとなりにひとりの警官が立っていた。収容施設へ行こうとしないわたしを怒鳴りつけるつもりだろう。それとも頭のおかしいこわい人々でいっぱいのあそこへ、わたしをむりやりほうりこむつもりかもしれない。

「なんの用だい?」カレンは不機嫌にたずねたが、聞くまでもなかった。この警官に同行しなければならないのだ。

ところがこの警官は思いのほか親切だった。彼女の大事なものを運ぶ手伝いさえしてくれた。通りにでると、警官はショッピングカートのひとつをヴァンに運びこんだ。

「やめとくれ!」カレンはわめいた。「それはあたしのだよ。さわるんじゃない!」

「わかってるよ、カレン。だが本部でいくつかあんたに質問しなくちゃならないんだ。それがすんだら、荷物と一緒にここまで車に乗せてきてやる。あんたの望むほかの場所でおろしてやってもいい。信用してくれ、カレン」

「選択権はあるのかい?」大切な手回り品をひとつでも警官が落としはしないかと目を光らせながら、カレンはしぶしぶたずねた。

81

ネルはボニー・ウィルソンの番号をダイヤルした。四度めの呼び出し音で、留守番電話に切り替わった。

「世界的に有名な心霊術師ボニー・ウィルソンと面会の予約を取りたいかたは、お名前と電話番号をおっしゃってください」うすっぺらな声が一本調子にいった。

「ボニー、ネル・マクダーモットです。お忙しいところ、申しわけないんですけど」ネルは謝罪を含んだ口調をつかっていった。「どうしてももう一度お目にかかりたいんです。あの、もしやもう一度アダムとコンタクトできると思いますか？　緊急に彼と話がしたいんです。どうしても知りたいことがあって。自宅でお返事をお待ちしています」

ほぼ一時間後、電話が鳴った。ボニーだった。「ネル、もっと早くお電話できなくてごめんなさい、今あなたのメッセージを聞いたところなの。新しいお客さまのひとりと一緒だったのよ。もちろん、すぐにきてくださってかまわないわ。アダムとコンタクトできるかどうかわからないけれど、やってみましょう。最善を尽くすつもりよ」

「きっとそうしてくださると思いましたわ」ネルは注意深く平静な声で応じた。

82

ジャック・スクラファニとジョージ・ブレナンはデリカテッセンでサンドイッチを買

い、分署で車をおりた。一休みしてランチを食べる前にすませなくてはならないことが山ほどあった。まず彼らはウェストチェスター・エクスチェンジ銀行の支店長に電話をかけた。そのあと判事のもとへ出向き、その銀行の332番の貸金庫の捜索令状を申請した。最後に地区検事にたのんで、分署の他の刑事たちに貸金庫をあけるよう命じてもらった。

貸金庫になにがはいっているのか知りたいのはやまやまだったが、ヴァンダーミーア邸で見つかったスープ・キッチン・カードの持ち主であるホームレス、カレン・レンフルーの居場所がつきとめられた場合にそなえて、署を離れるのも気がすすまなかった。カレンが連れてこられたら、尋問の場に居合わせたかった。

ふたりがサンドイッチにありついたのは三時すぎだった。ジャックのオフィスに腰をおろし、遅いランチをぱくつきながら、彼らはノースダコタから届いていたアダム・コーリフに関する詳細な報告書に目を通しはじめた。

「地区検事にビズマーク（訳注 ノースダコタ州の州都）にいるこの男を雇うよう進言すべきだな」スクラファニが感想をもらした。「一日たらずのうちに、芸能記者が一生かかってもほりおこせないヘドロをほりあてたぞ」

「そうとう問題のあるヘドロでもあるな」ブレナンがいった。

「崩壊家庭にはじまって、抹殺された少年犯罪記録か。しかしこの内容を見ろよ。万引き。けちな窃盗。十七歳のときに死んだ叔父の死因について尋問されたものの、起訴はされなかった。コーリフの母親はその叔父からかなりの遺産を相続してる。それがコーリフの大学への切符になったんだ」

「われらが内偵はどうやってこれだけのものをつかんだんだろうな？」

「緻密《ちみつ》な警察仕事だよ。記憶力のいい引退した保安官をだきこんだんだ。しゃべるのをおそれない大学の教授を見つけた手柄もある。読みつづけようぜ」

「嘘《うそ》つきの常習犯だ。たいしたうぬぼれ屋だ。大学の最終試験内容を事前に入手した疑いもある。ビズマークでの最初の就職口には偽《にせ》の推薦状を書いている。ボスはコーリフが辞めたいというとさっさと追い出した。二度めの仕事では、経営者の妻に手を出してクビになってる。別の仕事先ではライヴァル会社に封印された入札の中身を売ったのではないかと疑われている。

　報告書はこうしめくくられてるぞ。読み上げてみよう」スクラファニがいった。「ビズマークでの彼の最後の雇用主はいった、『アダム・コーリフはほしいものは女であれ、単純な所有物であれ、すべて手にいれる権利があると思いこんでいた。わたしはこの資料を精神科医である友人に提出した。わたしのあたえた情報をもとに、彼が結論づけたのは、アダム・コーリフには重大な人格障害があり、おそらく完全な社会病質者だということだった。そういう人々の例にもれず、彼はきわめて知性的で見かけは非常に魅力的である。彼の一般的な行動はとりたてておかしなものではなく、場合によっては非の打ち所がないとさえいえるかもしれない。しかし状況が不利になると、とたんに手のひらを返したようになり、みずからの目的を達成するためならどんなことでもする。どんなことでもだ。たいがいの人間が行動の規範とする通常の社会的ルールなど完全に無視しているとしか思えない』」

「へえ！」報告書を読みおえたあと、ブレナンはおどろきの声をあげた。「どうしてネル・マクダーモットのような女性がこんなやつとかかわったんだろう？」

「どうして聡明な多くの女性がそういう男とかかわりをもつのか？　おれの考えを教えてやろう」スクラファニが答えた。「それはな、自分自身がでたらめな人間でないために、この世のアダム・コーリフたちの異常性に気づかないからなんだ。気づくためには、最低一度は火傷《やけど》をしなけりゃならない。それもときには、大火傷をな」

「こうなるとわからなくなってきたぞ、あのクルーザーから脱出したのはアダムだったのか、それともウィニフレッド・ジョンソンだったのか？」

「それとも、ほんとうに脱出した者がいたのか？　例の貸金庫をあけたら、だれがあらわれて中身をとっていったかわかるだろう」

電話が鳴った。スクラファニが受話器をつかんだ。「よし、今行く」彼はブレナンを見た。「カレン・レンフルーが見つかった。十三分署にいる。行こう」

83

大きなゴルフ用の傘をさしていても、タクシーから歩道を横切ってボニー・ウィルソンのアパートメント・ビルのドアまで歩いただけで、身体《からだ》がぬれた。玄関ホールにはいったあと、ネルは傘を閉じ、ハンカチで顔をふいた。それから大きく深呼吸して、ボニーのアパートメントのボタンを押した。

名前を告げるより先に、ボニーがいった。「あがっていらして、ネル」ブザーが鳴ってロビーのドアの鍵《かぎ》があいた。

エレベーターはがたがた揺れながら五階まであがった。廊下に出たとき、ネルはボニーがアパートメントの戸口に立っているのを見た。「どうぞ、ネル」

その背後でアパートメントの内部がぼんやりと照らされていた。ネルは突然喉《のど》が苦しくなって、息をあえがせた。ボニーのまわりのかすかな光が黒ずみはじめていた。

「ネル、とても不安そうに見えるわ。はいって」ボニーがうながした。

ネルは呆然《ぼうぜん》としたまま従った。これからここでなにが起きるにせよ、それが避けられないものであるのがわかった。選択権はなかった。文字通りコントロールのしようがないのだ。行き着くところまで行かなくてはならなかった。

アパートメントにはいると、ボニーがドアを後ろ手にしめた。二重ロックがカチャリと音をたて、つづいてデッドボルトがかけられた。

「火災避難の緊急訓練をしているところなのよ」ボニーが低い声で説明した。「管理人は合い鍵をもっているでしょう、あなたが見えているときに、管理人やほかの人がいきなりはいってきたら困るわ」

ネルはボニーのあとについてフォワイエを出た。死のような静けさの中で、ふたりの足音がむきだしの床板に反響した。鏡の前を通りしな、ネルは立ちどまってじっと鏡を見つめた。

ボニーが足をとめ、ふりかえった。「どうかして、ネル？」

ふたりは並んで立っていた。鏡の中からふたつの顔がこちらを見返していた。あなたには見えないの？　ネルは叫びたかった。あなたのオーラはほとんど真っ黒だわ、ちょうどウィニフレッドのオーラがそうだったように。あなたはもうじき死ぬのよ。

そのとき、恐ろしいことに、目の前の闇《やみ》が広がって、ネルをも取り巻きはじめた。

ボニーがネルの腕をひっぱった。「ネル、書斎にはいって。アダムと話をする時間だわ」

84

ふたりの術後患者の容態をみるために病院にいたダンは、四時半になってやっと身体があいた。もう一度ネルのアパートメントに電話をかけたが、誰も出なかった。マックなら彼女から連絡を受けているかもしれない、と考えた。

コーネリアス・マクダーモットは孫娘とは話をしていないが、妹から電話があったといった。「ネルをどこかの頭のいかれた霊媒のところへやっただけでも困ったものだが、今度はわしにまでばかなことをいいだしてな。ネルの身になにか悪いことがおこりそうな予感がするといって、不安がっておるんだ」

「どういう意味だと思いますか、マック?」

「あれこれ気をもむしかないって意味さ。この雨だ。ガートの関節炎も悪化しとるだろう。だから自分の不快感を心理的不安に置き換えているんだ。関節の痛みをわしら全員に分配しとるようなものさ。ダン、わが家でまともなのはわしだけなんだ。リズのあの顔つき、きみも見ただろう。彼女まで超常現象なんてたわごとを信じとるらしい」

「マック、ネルのことを心配する理由が実際にあると思うんですか?」ダンは鋭くたずねた。不安は不安を呼ぶものだ。きょうは朝からずっと心配なことがつぎつぎに起きる。

「どんな心配事があるというんだね？　わしはガートにオフィスへきて、あのふたりの刑事のアダム・コーリフに関する報告を聞いたらどうかといってやったよ。アダムにちやほやされたもんだから、ガートはあの男を手放しで買っていたんだ。しかしブレナンが話してくれたことによれば、どうやらよからぬ事実があきらかになったらしい。電話ではくわしく話そうとしなかったが、あの口ぶりからすると、アダムが死んだのはわれわれにとっていい厄介払いだったようだ。

刑事たちは一時間ほどでこっちへくるといっていた。きみとわしがきょう行った十三分署に立ちよっているんだよ。屋敷の火事現場から発見されたスープ・キッチン・カードの持ち主の女を見つけだしたそうなんだ。尋問のために十三分署へ連れてこられたらしい」

「どんな話をしたのか、知りたいですね」

「そうだろうな」マックの口調がおだやかになっていた。「一切合財じかに聞けるよう、今からこっちにくるといい。話がすんだらネルも一緒に早めのディナーに出かけよう」

「もうひとつだけ。ネルがメッセージを聞いても知らんぷりすることがありますか？　つまり、自宅にいるのに気分がよくないから受話器をとらないってことですが？」

「おいおいダン、きみまで心配することはないよ」だがダンはコーネリアス・マクダーモットの声に不安を聞き取った。「ネルのアパートメントのドアマンに電話をかけて、ネルがうちにいるのか外出中なのか確かめてもらおう」

85

「あの火事の数時間前に警察に通報したんだよ、あたしの大事なものをいれた紙袋が盗まれたって」カレン・レンフルーはいらだっていた。カレンがいるのは、午前中マーフィー警部やスクラファニ、ブレナン両刑事がコーネリアス・マクダーモットとダン・マイナーと会った会議室で、今同席しているのも同じ顔ぶれだった。

「通報した相手は誰だった、カレン？」スクラファニが聞いた。

「パトカーで通りかかった警官さ。あたしは手をふったんだ。そしたら、そいつがなんていったかわかるかい？」

想像はつくな、とブレナンは思った。

「『紙袋が一個ころげおちたってかまわないくらい、そのショッピングカートにはがらくたがごまんと積んであるじゃないか』だとさ。だけどいいかい、あれはころげおちたんじゃない。盗まれたんだ」

「とすると、それを盗んだ者はあの屋敷の中にいたことになる」マーフィー警部がいった。「ということはだ、ドクター・マイナーの母親を殺した火事を起こしたのは、そいつだというわけだ。となると——」

カレン・レンフルーは警部をさえぎった。「どんな警官だったか教えてやるよ。でぶでぶで、パトカーに乗ってるもうひとりの警官のことをアーティーって呼んでた」

「信用するよ、カレン」スクラファニがなだめるようにいった。「紙袋が盗まれたとき、あんたはどこにいたんだ？」

「百番通りさ。あの工事中の古いアパートメント・ビルの向かい側に、具合のいい戸口があるんだよ」

スクラファニはそれを聞くなり、慎重に質問した。「百番通りの向かい側にある通りはなんだ、カレン？」

「アムステルダム・アヴェニューだよ。なんでさ？」

「そう、それがどうしたんだ？」マーフィーが聞いた。

「なんでもないかもしれません。が、重大なことかもしれないんです。おれたちはその工事の現場監督だった男のことを捜査中なんですよ。妻の話では、男はそこでやっていた仕事を中止するとの変更命令のせいで、ものすごく動転していたそうなんです。しかしこれまでのところ、そういう工事の中断があったのかどうかわかっていません——そんな命令が出た形跡がないんです。したがって、男は別のことで動転したのではないかと考えているんですよ。おまけにそれが起きたのが、ヴァンダーミーア邸で火事が発生したのと同じ夜ときている。偶然の一致ということもないわけじゃないが、妻の話をもとに、おれたちはふたつの現場に男をむすびつける手がかりをさがしていたんです」

ジョージ・ブレナンは相棒を見た。たった今判明した手がかりの残りを声に出して説明する必要はなかった。ジミー・ライアンはカレン・レンフルーが寝起きしていた通りの向かい側で工事監督をしていた。カレンはアル中だ。眠りこけているすきに、紙袋のひとつを車のトランクにほうりこむのは、わけないことだったろう。屋敷の火事をホームレスのしわざにしてしまう偽の証拠をでっちあげるにはいい方法だ。ジミー・ライアンがたまたまスープ・キッチン・カードのはいった袋をつかんだこと、そのカードが火事で焼けなかったのは、運命の皮肉というものだ。パズルの断片がようやく所定の位置におさまりつつあった。そこから浮かびあがってきたものは、どす黒い構図だった。

もしもこの推理があたっていたら、ジミー・ライアンは結果的に謀殺を生んだ放火の罪ばかりでなく、ぼろやがらくたに哀れな執着心をもつホームレスの女の所有物を奪うという窃盗罪までおかしていたことになる、ブレナンは嫌悪《けんお》をこめてそう考えた。

86

「ネル、とても悩んでいらっしゃるのを感じます」

ふたりの女は室内中央のテーブルにすわっており、ボニーがネルの両手をつかんでいた。

ボニーの手はまるで氷のように冷たい、とネルは思った。

「アダムに聞く必要があるというのは、どんなことでしょう？」ボニーがささやいた。

ネルは両手をひこうとしたが、ボニーはしっかりと握りしめていた。おびえているんだわ、とネルは思った――そして必死になっている。彼女はわたしがどこまでアダムとあの爆発について知っているのか、疑っているのかわからないのだ。

「ウィニフレッドのことをアダムに聞く必要があるんです」ネルは冷静な声を保とうとした。「彼女はまだ生きているかもしれません」

「そう考える理由はなにかしら？」

「自由の女神の観光からの帰り道、フェリーからあの爆発を見た少年がいるんです。少年はウェットスーツを着た何者かがクルーザーから水中に飛び込むのを見たといっています。ウィニフレッドは泳ぎが達者だったんです。だから、少年が見たのは彼女じゃないかと思って」

「少年がまちがっていたのかもしれませんよ」ボニーの声は低かった。

ネルはちらりと周囲を見まわした。薄闇が部屋を包んでいた。カーテンがおりている。聞こえるのは自分たちふたりの息づかいと、窓をたたく雨の音だけだ。

「少年がまちがっていたとは思いませんわ」ネルはきっぱりといった。「誰かが爆発前にあのクルーザーから脱出したんです。あなただってそれが誰か知っているんじゃありません？」

ボニーの身体にふるえが走るのを感じ、両手が痙攣《けいれん》したすきに、ネルは自分の手をひきぬいた。

「ボニー、わたしはテレビであなたを見ました。あなたには本物の心霊能力があると信じていますわ。なにが原因で一部の人間にそういう特殊な能力がそなわるのか、よくわかりませんけれど、わたし自身何度か超常現象を経験したことがあるんです――ごくリアルな現象でしたが、理性の世界の一部として説明のつく出来事ではありません。ガートおばにもそういう経験があるのです。

でもあなたはわたしたちとはちがう。まれな才能の持ち主ですわ。でもそれを誤用していることに罪の意識をもっていらっしゃるのではないかしら。以前ガートはわたしに、心霊能力という才能はよいことだけのために使わなくてはならない、といいました。濫《らん》用《よう》すれば、その才能の持ち主はきびしく罰せられることになると」

ボニーはネルに目を釘付《くぎづ》けにして聞いていた。一言ごとに瞳《ひとみ》が暗くかげり、顔から血の気がひいて雪花石膏《せっかせっこう》のようになっていった。

「あなたはアダムから接触を得たといって、ガートに近づいた。わたしはチャネリングは信じていませんが、アダムの死で心が乱れていたため、彼と接触を得たいと思いました。両親が死亡したとき、彼らがわたしに別れを告げにきたのは、わたしを愛していたからです。アダムが別れを告げにこないのは、わたしと喧嘩《けんか》をしたせいだと思いました。だから彼と接触したかったのです。そうすれば仲直りができると思いました。愛情をもってアダムと別れる必要があったのです。だから、あなたを信じたかった」

「ネル、きっと向こう側にいるアダムは――」

「最後まで聞いて、ボニー。あなたがほんとうにアダムと交信したのだとしても、彼の言葉としてあなたがわたしにつたえたことは、真実ではなかった。彼はわたしを愛していなかった。妻を愛する男は、アシスタントと関係などもたないわ。別名を使って、アシスタントと共同で貸金庫を借りたりしない。それが彼のしたことなのだから、アダムがわたしを愛していなかったのはたしかなのよ」

「あなたはまちがっているわ、ネル。アダムは本当にあなたを愛していたのよ」

「いいえ、ちがう。それにわたしはばかでもない。アダムの上着にうっかり残されていた貸金庫の鍵《かぎ》を手にいれようとして、あなたがアダムかウィニフレッドのどちらかを助けていることもわかっているのよ」

図星だったのだ、ネルは思った。ボニー・ウィルソンは絶望というより激しく否定するように首を左右にふっていた。

「あの鍵を利用する人間はふたりだけ――アダムかウィニフレッドよ。あなたが共謀しているのがウィニフレッドで、死んだのがアダムであることを願うわ。三年以上一緒に生活し、食べたり眠ったりしていた相手が、故意に三人の命を奪い、ホームレス女性の命を奪った火事をおこした人間だなんて、考えるだけで気分が悪くなる。

それとは別に、生涯ずっと望んできたキャリアを、女に走った泥棒――アダムがその両方だったことははっきりしているわ――の機嫌を取るためにあきらめたのかと思うと、もう耐えられない。せめて人殺しではないことを祈るしかないわ」

ネルはポケットに手をいれ、貸金庫の鍵を取りだした。「ボニー、アダムかウィニフレッドがどこに隠れているのか、あなたは知っているのね。気づいていないのかもしれないけれど、どんな方法であれ、彼らのどちらかに手を貸したら、それだけであなたは複数殺人の共犯になるのよ。さあ、この鍵を受けとって。そしてまだ生きているひとりに渡すの。ホワイトプレーンズの銀行に行っても安全だと思わせるのよ。それが唯一《ゆいいつ》の情状酌量のチャンスだわ」

「〝安全だと思わせる〟とはどういう意味だ、ネル？」

ネルは背後から近づいてくる足音に気づかなかった。ショックに身体《からだ》をこわばらせ、恐怖にかられながら、ネルはふりかえって上を見た。

アダムがのしかかるように立っていた。

87

たたきつける雨があがりそうな気配はないかとダン・マイナーは窓を一瞥《いちべつ》した。あいにくと雨はまだふりつづいており、ガラスを打つ雨足は滝のようだった。雨がこんなふうにふるのは、天使が泣いているせいだ、と祖母がよくいったものだった。きょうのダンにはそれがことのほか不吉に思えた。

ネルはどこへ行ったのだろう？ さっきからそう自問しつづけてきた。

彼らは全員マックのオフィスに集まっていた。マックとガートとリズ、それに今着いたばかりのふたりの刑事も一緒だった。

ネルのドアマンは彼女が三時頃帰宅し、四時すこしすぎにふたたび外出したと断言していた。だとしたら、ぼくが残したメッセージは聞いたはずだ。なぜ電話をくれなかったのだろう？

エレベーター係はネルが動転しているように見えたといっていた。

ジャック・スクラファニとジョージ・ブレナンは到着後、リズとガートに紹介された。スクラファニが口火を切った。「屋敷の火事のわずか数時間前に、紙袋のひとつを盗まれたと通報したホームレスの女性のことからはじめましょう。その日彼女が呼びとめた警察官の話から、彼女の通報が作り事でなかったことがわかりました。したがって、ヴァンダーミーア邸の火事を起こしたのは、ホームレスの女性ではないということになります。

絶対確実な証拠があるわけではありませんが、われわれの考えでは、ホームレスのしわざに見せかけてジミー・ライアン――クルーザーの爆発で死亡した人間のひとりですが――を抱きこみ、放火させたのは、ウィニフレッド・ジョンソンにまずまちがいありません」

「ではわたしの母は――」ダンが口をはさんだ。

「お母さんの容疑は晴れたということです」

「ウィニフレッド・ジョンソンの単独行為なのか、それともアダムの指示を受けていたのか、どちらだと考えているんだね？」マックがたずねた。

「すべてアダム・コーリフの差し金だったと推測しています」

「でもわからないわ」ガートがいった。「火事を起こして、アダムにどんな利益があったの？」

「アダムはあの古い屋敷に隣接するカプランの土地を購入していたんですよ。屋敷が焼失して歴史的建造物でなくなれば、購入した土地の価値がはねあがる。それを見越していたんです。そのあとで、ヴァンダーミーアの土地を買ったピーター・ラングに接近し、取り引きを申しでた。開発計画の建築家として自分を売り込めると考えるほど傲慢《ごうまん》でもあったんです」

「未亡人の話では、火事の夜、仕事の中止を指示する電話をジミー・ライアンにかけてきた男がいたそうです」ブレナンが説明した。「アダムもウィニフレッドも火災発生に関与していたとわれわれが信じている理由のひとつがそれなんですよ。ヴァンダーミーア邸が歴史的建造物のリストからはずされると知ったのは、その日のことだったのかもしれません。リストからはずされれば、わざわざ放火をする必要はありませんからね」

「でもふたりのどちらにとっても、それは無駄になったわけですわね」リズがいった。

「あのクルーザーの爆発で、ふたりともこっぱみじんになってしまったんですもの」

「われわれはそうは思っていません」マックをはじめとする四人の驚愕《きょうがく》の表情に気づいて、ブレナンはいった。「爆発の寸前にクルーザーから飛びおりたウェットスーツの人間を見たという目撃者がいるんですよ。ひきあげられていない遺体がふたつありましてね——アダム・コーリフとウィニフレッド・ジョンソンの遺体です」

「お孫さんの追跡調査のおかげで」とスクラファニがあとをひきとっていった。「われわれはある貸金庫を調べることができました。ハリーとローダ・レイノルズと名乗る男女が共同で利用していた貸金庫です。中には偽造パスポートとその他さまざまな身分証明書がはいっていました。実際に貸金庫の中身を見たわけじゃありませんが、パスポートの写真のコピーがオフィスにファックスで送られてきましてね。男女とも変装していますが、ウィニフレッド・ジョンソンとアダム・コーリフの写真であるのはあきらかです」

「貸金庫からは現金で三十万ドルと、数百万ドル相当の債券や有価証券が見つかりました」ブレナン刑事がつけくわえた。

思いがけない説明に一同は声もなくだまりこんだ。ややあってガートが沈黙をやぶって、質問した。「いったいそのふたりはどうやってそんな大金をためたんでしょう？」

「ウォルターズ&アースデールがあつかうようなプロジェクトを悪用すれば、さほどむずかしいことではありません。現在でもあの会社の帳簿には八百万ドル近い取り扱い高が記録されています。また、ウィニフレッドとアダムはしばらく以前から今度のことを計画していたとわれわれは見ています」

スクラファニはマックの失意に沈んだ顔を見ながら、いった。「お孫さんの結婚相手は、半端《はんぱ》でない卑劣漢だったようです、議員。たいした前歴ですよ。すべてこの報告書に書いてあります。あとでゆっくりごらんになってください。ミズ・マクダーモットがお気の毒だ。聡明《そうめい》なすばらしい女性です。ミズ・マクダーモットにはさぞかしショックでしょうが、立ち直りの早い方だ、いずれ克服するでしょう」

「彼女も見えるんでしょう？」ブレナンがきいた。「これまでのご協力に感謝したいと思っているんですよ」

「ネルがどこにいるのかわからないのよ」ガートがいった。いらだちと不安がいりまじった口調だった。「だれもわたしのいうことに耳を貸そうとしないけれど、わたしはネルのことが心配で胸が悪くなりそうだわ。なにかが変よ。きょうの午後電話で話したときも、うわの空でいつものネルらしくなかったの。ウェストチェスターから帰ってきたところだといっていたわ。こんな雨の日に、どうしてまた外出したのかしら？」

たしかにおかしい、ダンは不安におしつぶされる思いだった。ネルの身になにか起きたのだ。

ブレナンとスクラファニは顔を見あわせた。「彼女の居所をだれもごぞんじないんですか？」スクラファニがたずねた。

「そのことが気になるようだが、なぜなのかね？」マックが鋭くたずねた。

「ミズ・マクダーモットが貸金庫のもうひとつの鍵を見つけたことがあきらかだからですよ。そして見事な推理を働かせて、ウィニフレッド・ジョンソンの母親が住む老人ホームの近くの銀行を見つけだしたんです。もしもウィニフレッドかアダムが隠れていそうな場所をつきとめ、彼らに接触をはかろうとしているのだとすると、非常に危険です。相手は数人を巻き添えにしてクルーザーを爆破させることなどなんとも思っていない冷血人間ですからね、発覚をさけるためなら、殺人もふくめてなにをしてもおかしくない」

「クルーザーから泳いで逃げたのはきっとウィニフレッドよ」ガートの声はふるえていた。「だって、ボニー・ウィルソンはアダムとコンタクトしたんですもの。アダムはネルに向こう側から話しかけたの。だから、彼は死んでいるにちがいないわ」

「アダムがなにをしたですって?」スクラファニが聞き返した。

「ガート、いいかげんにしろ!」マックが雷を落とした。

「マック、あなたが信じていないのはわかってるけど、ネルは信じていたわ。ボニーの忠告にしたがって、アダムの衣類を中古品店に寄付しようとさえしているのよ。きょうの午後、そのことを確認したばかりなんだから。衣類はもう全部箱につめて、明日もってきてくれることになっているの。ボニー・ウィルソンが仕分けの手伝いを申しでてくれたわ。ネルにもそういったのよ。ボニーはとても協力的だったわ。ただね、おどろいたのは、ボニーは一度わたしのパーティーでアダムに会っているのに、そのことを忘れているの。それともわたしにいわなかっただけかしら。ふたりが一緒にうつっている写真が見つかったのよ。ボニーのほうからそのことをいいだすとばかり思っていたのにね」

「ボニーがミズ・マクダーモットにアダムの衣類を処分するよういったんですか？　そして自分は仕分けを手伝いたいと？」ブレナンがはじかれたように立ちあがって叫んだ。

「例の鍵を取りもどすための工作にきまっている。ボニーはこの事件のどこかにかかわっているんですよ、アダムかウィニフレッドのいずれかとぐるなんだ」

「なんてことかしら」リズ・ハンリーがいった。「わたしはてっきりアダムの霊があらわれたんだと思っていたわ」

一同はまじまじとリズを見た。

「どういう意味だ、リズ？」マックが聞いた。

「ボニー・ウィルソンのアパートメントの鏡に、アダムの顔が映るのを見たのよ。ボニーが彼とコンタクトしたからだと思ったけれど、じっさいにアダムがあの場にいたのかもしれないわ」

ネルが行ったのはそこだ、ウィルソンという女のアパートメントだ、とダンは思った。まちがいない。

不安に胸をむかつかせながら、室内全員の顔を見まわしたダンは、自分と同じ恐怖の色をそこに認めた。

88

アダムがのしかかるように立っていた。

薄闇《うすやみ》の中でも、ネルはアダムを見分けることができた。まちがいなくアダムだった。しかし顔の片側は水ぶくれにおおわれて皮がむけており、右手と右足にはぶあつく包帯が巻かれていた。憤怒《ふんぬ》をみなぎらせた目も見えた。

「おまえが鍵を見つけ、警察を呼んだんだな」しわがれ声でアダムはいった。「こつこつと計画をたて、あのまぬけでつまらない女に三年も我慢したってのに、おまえがあの女にまちがった上着をわたしたせいで、おれは女のハンドバッグの中をさがすはめになったんだ。おかげであやうく死にかけたあげく、おれに残ったのはこの焼けるような痛みだけだ」

アダムは左手をもちあげた。なにか重そうなものをつかんでいるが、ネルには見えなかった。立ちあがろうとしたが、包帯をまいた手で手荒におしもどされた。激痛にゆがむ表情が目にはいったとき、ボニーの悲鳴が聞こえた。「アダム。やめて。やめてちょうだい！」

次の瞬間、目がくらみそうな痛みが側頭部に炸裂《さくれつ》し、ネルは暗闇に落ちていくのを感じた、暗い暗い闇の底へ……。

遠くからうめきともためいきともつかぬ奇妙な音が聞こえた。頭が割れるようだった。頭髪と顔がぬれてべとついている。やがてその音は自分の声だと気づいた。

「頭が痛い」ネルはささやいた。とたんに思い出した。アダムが生きている。アダムがここにいる。

だれかが彼女にさわっていた。だれだろう？　なにが起きているのだろう？

「もっときつく。もっときつくしばれ！」アダムの声だった。

両脚が痛むのはなぜだろう？

目をこじあけると、ボニーが泣きながらネルの上にかがみこんでいた。両手に太い撚《よ》り紐《ひも》の玉をもっていた。ボニーがわたしの脚をしばっているのだ。

「両手もだ。さあ、両手をしばれ」またアダムの声がした——とげとげしい冷酷な声。

ネルはベッドにうつぶせになっていた。ボニーが両手を背中のほうへひっぱり、撚り紐をかけていた。

ネルはしゃべろうとしたが、頭の中にある言葉をくちびるまでもっていくことができなかった。やめるのよ、ボニー、といいたかった。あなたの人生はあと数分しか残っていない。オーラがもうほとんど黒になっている。これ以上自分の手をけがすようなことはしないで。

ボニーはネルの手首を重ねあわせていたが、ネルはボニーに手を押されるのを感じた。ボニーはそのまま撚り紐をまきつけていたが、今度はさっきよりゆるめだった。

わたしを助けようとしている、とネルは思った。

「さっさとやれよ」アダムが吐き捨てるようにいった。

ネルはゆっくり頭を動かした。床に丸めた新聞紙の山が見えた。アダムがそこに蠟燭《ろうそく》を近づけようとしている。ぱっと新聞に火が燃え移った。ああ、アダムはここに火を放とうとしている！　なにが起きているのか、突然ネルははっきりと悟った。

「どのくらい気に入るかあじわってみるんだな、ネル」アダムがいった。「おれと同じ苦痛を感じてもらいたいんだよ。みんなおまえのせいなんだからな。おまえのせいだ。鍵《かぎ》がなかったのはおまえのせいなんだ。おまけにこのざまじゃ、銀行へ行って、貸金庫に近づくことさえできない。それもこれもみんなおまえと、まちがった上着をもってきたあのばか女のせいだ」

「アダム、なぜ……？」ネルはしゃべろうとした。

「なぜ？　本気で聞いてるのか？　なんにもわからないのか？」アダムの憤怒にはいまや嫌悪《けんお》がまじっていた。「おれはおまえには不釣り合いだった。おまえの大事なじいさんの仲間になるにはふさわしくなかった。おまえが立候補したら、おれにとっては一巻の終わりだってことに気づかないのか？　おれの過去には、下院議員の立候補者をちょっとばかり当惑させる汚点がいろいろあったんだよ。おまえがマックのよい子でいることを主張しなけりゃ、なんでもじじいのいうなりになっていなけりゃ、おれにもチャンスはあったかもしれない。だが、立候補するとおまえが決心したとき、もう終わりだとわかった。おれの素性をあばくことがメディアにとってどんなにすてきなごちそうか、わからないのか？　そんなことをさせてたまるか」

アダムは今、ベッドの横にひざまずき、ネルの顔に顔を近づけていた。「そういうわけさ、ネル、自業自得《じごうじとく》だよ。おまえも、あのまぬけな笑みをうかべたジミー・ライアンも、哀れな涙目でかさかさに荒れたくちびるのウィニフレッドも。まあいい。いずれにしろ、おれはもう行く。もう一度一からやり直しだ」アダムは立ちあがり、ネルを見おろした。「新たな一歩をふみだすチャンスがすこしでもあるなら、おれはやってやるさ。だが、おまえはおしまいだ。じゃあな、ネル」

「アダム、いけないわ、彼女を殺しちゃ」ボニーが金切り声をあげてアダムの腕をつかんだ。炎が広がりだしていた。

「ボニー、おれと組むか組まないか、決めるのはおまえだ。ネルとここに残るも、おれと一緒にあのドアから出ていくも、自由だぜ」

そのとき呼び鈴が鳴りはじめた。つんざくような執拗《しつよう》な音が小さなアパートメントにひびきわたった。新聞紙の背後の壁に火が燃え移って、室内に煙が充満し、外の廊下から声が怒鳴った。「警察だ、あけろ」

アダムはフォワイエにかけこんで正面のドアを見た。それからふりかえってネルを見た。「聞こえるか、ネル？　警察がおまえを助けようとしてる。どうなるかわかるか？　まず間にあわないね。おれが今から間にあわなくしてやる」アダムはドアにかけよって二重の鍵とデッドボルトをたしかめた。ベッドルームにもどってドアをしめ、鍵をかけ、ドレッサーを肩でおしてドアの前においた。まだ燃えていない新聞を山からひきぬいて、火のついた蠟燭をその上にほうりなげた。

「急げ、避難梯子《ばしご》だ」

炎がカーテンに燃え広がった。「窓をあけろ、早くしろ」アダムはボニーにどなった。

「避難梯子は点検中なのよ、アダム。あそこには出られないわ。危険よ」ボニーはすすり泣いた。

アダムはボニーを外に押しだし、避難梯子のほうへおしやった。ネルを室内に閉じこめようと、すさまじい形相でアダムは入念に窓をしめた。

ネルはひとりぼっちだった――熱さの中にひとり取り残された。たえがたい熱さだった。マットレスが焼けていた。ネルは死にものぐるいで身体《からだ》中の力をかきあつめベッドから床にころがり落ちた。必死の思いで立ちあがり、ころばないようドレッサーによりかかって、ボニーがゆるくむすんだいましめから両手をひきぬくと、ドレッサーをドアの前から押しだした。

ドアが燃えていた。ノブをまわそうとしたが赤く焼けていた。水ぶくれ、煙――こうなることはわかっていたのだ。頭部からしたたる血が目にしみた。酸素が足りない。あるのは煙ばかりだ。息ができなかった。

だれかがアパートメントのドアをがんがんたたいている。さわいでいる気配がつたわってくる。ドアはあかないだろう。鍵がないのだ。

もう間に合わない。ネルは床にずるずると沈みこんで這《は》いながら思った。もう手遅れだ。

89

ひとすじの細い煙が廊下にしみだした。「火事だ」スクラファニが怒鳴った。スクラファニ、ブレナン、ダン・マイナーは一丸となってドアを蹴《け》った。びくともしない。

「おれは屋根にあがる」ブレナンが叫んだ。

スクラファニは階段をかけおり、ダンがそのあとにつづいた。彼らはロビーにおりると通りに飛びだし、避難梯子のあるビルの横手めがけて走った。ずぶぬれになりながら角を曲がった。

「おい、見ろ！」ダンが叫んだ。

ぬれてすべりやすくなった避難梯子に人影がふたつ見えた。

薄闇とたたきつける雨の中で頭上の男の顔を見たジャックは、ベンジー・タッカーが目撃したウェットスーツの男、おそろしい悪夢となってベンジーを苦しめたアダム・コーリフをついに追いつめたことを知った。


燃えあがるベッドルームには煙が充満していた。ネルはなにも見えないまま床を這いずりまわり、最後に残った空気をもとめてあえいでいた。煙で息がつまりそうだった。窓だ。窓を見つけなくてはならない。ふいに頭が固いものにふれた。壁だ！　部屋をよこぎったにちがいない——この右のほうに窓があるはずだった。ネルは膝《ひざ》をつき、窓がまちをつかもうと両腕を伸ばした。だが、手にふれたのは熱く焼けた金属だった。これはなんだろう？　取っ手？　ドレッサーの取っ手だ。ああ、室内を一周してしまったのだ。またドアの前にきていた。

もうだめだ、とネルは思った。息ができない。急にまた離岸流につかまったような気分に襲われた。逆巻く渦の底にひきずりこまれるようだった。ネルは疲労のきわみにあった。息もできず、たまらなく眠りたい気持ちだった。

声が聞こえた。ただ、今度頭の中いっぱいにひびくその声は両親のものではなかった――ダンの声だ。ダンがいっている、「ネル、きみが必要なんだ」

回れ右をするのよ、ネルは自分に命令した。窓の位置を頭に描いて。まっすぐ前方にあるわ。ベッドのそばをはなれずに、右へ進むのよ。両脚をしばられたまま、ネルは這って部屋をよこぎりはじめた。

きみが必要なんだ、ネル。きみが必要なんだ。

あえぎ、咳《せ》き込みながら、ネルは窓にたどりつくことだけを考えて前進した。

「警察だ！　とまれ！」スクラファニが避難梯子の上のふたりに叫んだ。「両手を上にあげろ」

アダムは足をとめてふりかえった。わきをすりぬけようとしたボニーをつかみ、「もどれ」とわめきながら、彼女を階段の上に押しかえした。

三階でアダムは足をすべらせ、包帯をまいた右手で手すりをつかんだ。右手を貫く激痛にうめいたが、それでもとまろうとしなかった。

ふたりは五階にあるボニーのアパートメントの窓の前を通って、最上階である六階の踊り場にたどりついた。下方からガラスの砕ける音がし、渦巻く煙が見えた。

アダムは六階の踊り場から上を見た。屋根までの距離は六フィートだった。

「無駄よ、アダム！」ボニーが金切り声をあげた。

アダムは金属の手すりをつかんで身体をもちあげ、腕をのばした。指先が屋根のはしにふれた。負傷した手にかかる圧力とその激痛を無視して、アダムは屋根のはしをつかみ、いっきに屋根まではいあがろうとした。

足元からきしむような音がし、視界が急に傾いたと思うと、避難梯子が壁からはがれはじめた。

下方の路上にいるダン・マイナーの耳に、ウェストエンド・アヴェニューを疾走してくる消防車のサイレンの音が聞こえた。ダンは組んだ両手にジャック・スクラファニの片足をいれて押し上げた。刑事は避難梯子の一番下の横木をつかんだ。「梯子をおろせ」二階へのぼっていくスクラファニにダンは呼びかけた。

すぐにダンもあぶなっかしい避難梯子をのぼりはじめた。五階の窓から炎が噴き出しているのが見えた。ネル！　ネルがあの煉獄《れんごく》の中にいる！

　ネルは立ちあがり、よろめきながら窓にたどりついた。身体ごとぶつかると、大きな一枚ガラスが割れた。背後から猛烈な熱さがおしよせ、足元の床は今にもぬけそうだった。上体を割れた窓に押しつけると、冷たく湿った空気が下から吹きあげてきて、やっとまた呼吸ができるようになった。だが、窓から出ているのは上半身だけで、足元の床が焼け落ちると同時にそのまま落下しそうになった。水ぶくれのできた両手で窓枠をつかんだ。ガラスの破片が手のひらにつきささる。すさまじい痛みだった。長くはもちこたえられそうもない。背後では火が猛《たけ》り狂っている。下方でサイレンが鳴りひびき、人々がそこらじゅうでどなっている。だがネルの頭の中にあるのは静寂だけだった。これが死ぬということなのだろうか、とネルは思った。

　アダムは指先をしっかりと屋根にひっかけると、人間離れした力を発揮して屋根の上へはいあがりはじめた。そのとき両脚に腕がまきついて、身体がずるずるとひきずりおろされるのを感じた。ボニーだった。蹴飛ばして腕をもぎはなそうとしたが、無駄だった。それ以上屋根にしがみついていられず、アダムは踊り場に落下した。避難梯子が彼らの下でいがみ声をあげて彼はボニーをつかみ、頭上にかかえあげた。

旋回していた。

「女を放せ、さもないと撃つぞ」ブレナンが屋根からさけんだ。

「それこそおれがやろうとしていることさ」コーリフは怒鳴りかえした。

梯子をあがってきたスクラファニはなにが起きようとしているかに気づいた。コーリフは女を投げおとす気だ。スクラファニは最上階の踊り場にたどりつき、コーリフにタックルしようとした。が、間に合わなかった。ボニーは絶叫しながら下の通りに落ちていった。

アダムはすぐにまた手すりのそばに戻り、あらためて屋根にのぼろうとした。かろうじて屋根のはしを指がつかんだが、それもつかのまだった。身体がぐらりと揺れ、バランスを失うまいと両腕が空をきった。

スクラファニは目の前の男が死のダンスを踊るのを見て凍りついた。一瞬ののち、コーリフは声ひとつたてずに眼下の歩道へ落ちていった。

スクラファニのすぐ下では、ダンがボニーのベッドルームの窓にたどりついていた。窓枠にしがみついたネルが煉獄にいまにものみこまれそうなのを見るや、ダンは彼女の両手首を力強い頼もしい手でしっかりとつかまえた。一瞬後にジャック・スクラファニがおりてきて、ネルをひっぱりだすのに力をかした。

「彼女を救出したぞ！」ジャックは叫んだ。「早くしよう。こいつは壊れかけてる」

大きく揺れる避難梯子をつたって、彼らは五階の踊り場から下へくだりはじめた。ダンは意識を失ったネルをなかばひきずるようにしてかかえていた。

延長梯子にたどりついたとき、下にいる消防士がダンに叫んだ。「女性をこっちにわたして、飛びおりろ！」

ダンはネルを消防士の腕におろした。ダンとジャック・スクラファニが手すりを飛びこえて大急ぎで走りだしたのと同時に、六階まである金属の避難梯子が崩壊し、地面にくずれおちてアダム・コーリフとボニー・ウィルソンの死体をおおいつくした。

十一月七日　火曜日
選挙当日

90

今後四年間にわたってアメリカ合衆国を率いる新大統領がえらばれようとしていた。新しい上院議員がこの国のもっとも高級なクラブでニューヨーク州を代表して演説をすることになっている。そして一日の終わりに、ニューヨークの街はコーネリアス・マクダーモットが五十年近く統括してきた下院議員選挙区が、新しい代表者として、彼の孫娘ネル・マクダーモットをえらんだかどうかを知るのだ。

懐かしさのせいもあるが、縁起をかつぐ意味もあって、ネルは祖父のすべての勝利の場であるルーズヴェルト・ホテルに選挙本部を設置していた。投票が終わり、結果がぽつぽつはいりはじめると、彼らはホテルの十階のスイートに集まり、部屋の片側に置いた三台のテレビ——三大ネットワークをそれぞれ放映中の——に注意をむけた。

ガート・マクダーモット、リズ・ハンリー、リーサ・ライアンが一緒だった。見あたらないのはダン・マイナーだけで、その彼からは今から病院を出てそちらへむかうという電話がはいったところだった。選挙運動員たちが室内をうろうろと出たりはいったりし、出入りする全員のために用意されている凝った食べ物や飲み物をそわそわとつまんでいた。楽観的な運動員もいれば、不安がっている運動員もいた――格別きびしい選挙戦だったからだ。

ネルは祖父のほうをむいた。「勝っても負けても、立候補させてくれてよかったと思ってるわ、マック」

「わしらがおまえを立候補させないわけがなかろう？」マックはつっけんどんに答えた。「党委員会もわしの意見に賛成だったんだ――夫の罪が妻にまでおよぶべきではないと。しかしごく現実的に考えれば、もし裁判になっていたら、おまえが法廷にひっぱりだされ、メディアが大騒ぎしたのは避けられなかっただろうし、選挙運動どころではなくなっていただろう。だがアダムもあとの者たちも死んでしまったんだ、もう過去のニュースだよ」

過去のニュース。アダムがわたしを裏切ったのは、過去のニュースなのだ、とネルは思った。ジミー・ライアンやウィニフレッド・ジョンソンをはじめ自分を告発しそうな人間を、アダムが冷酷にもあのクルーザーを爆破させて殺したのは、過去のニュースなのだ。ネル・マクダーモットがひとりの怪物と結婚していたのは過去のニュースなのだ。

わたしはアダムと三年間暮らした。わたしたちの結婚の中心部分にとんでもないまちがいがあったことに、わたしはずっと気づいていたのだろうか？　そのはずだ、と思う。ビズマークの調査員はアダムに関するさらに不穏な情報をほりあてていた。ノースダコタでのうさんくさい取り引きのひとつに、アダムはハリー・レイノルズという偽名を使っていたのだ。彼はそのことをウィニフレッドに話したにちがいない。

ネルは部屋のむこうに目をやった。リーサ・ライアンがその目をとらえて、励ますように親指をたてるサインをしてみせた。夏のはじめ、リーサはネルに連絡してきて、選挙運動を手伝いたいと申しでた。ネルは喜んでリーサを受け入れ、その結果さらにうれしい思いをすることになった。選挙戦中、リーサは夜も本部ですごし、電話で有権者たちと話し、選挙用の印刷物を郵送するという疲れ知らずの働きぶりを見せてくれたのだった。

リーサの子供たちは夏を隣人であるブレンダ・カレンとその夫とともにビーチですごした。父親をめぐる噂《うわさ》がおさまるまで、近所にはいないほうがいいというリーサの判断だった。しかし心配するほどのことはなかった。ジミー・ライアンの名前は警察のファイルには掲載されたが、メディアの注目はほとんどひかなかった。

「子供たちは父親が大変なまちがいをしたのを知っているわ」ネルに会ったときリーサは勇敢にもそういった。「でも父親が亡《な》くなったのは、そのまちがいを正面からみすえようとしたからだということも知っているの。ジミーは罪をあがないたかったのよ。彼が最後にわたしにいった言葉は『すまない』だったわ。今なら彼がなにをいおうとしていたかわかるの。ジミーは許されて当然なのよ」

ネルが当選したら、リーサはニューヨークのネルの議員事務所で働くことになるだろう。それが実現するといい、と思いながらネルはテレビの列へ注意をもどした。

電話が鳴った。リーサが出て、ネルのところまでやってきた。「エイダ・カプランだったわ。あなたが勝つことを祈っていますって。あなたは聖女だといっていたわ」

ネルはカプラン家の土地を、アダムが買い取ったのと同じ金額でエイダに売っていた。エイダはそのあとピーター・ラングに三百万ドルで土地を売った。「息子には内緒でね」とエイダはネルにいっていた。「息子にはわたしが約束しただけのものをやりますよ。差額はユダヤ統一アピールに寄付します。困っている人々のために使われることになるでしょう」

「接戦だぞ、ネル」マックは気をもんでいた。「思っていたよりきびしいな」

「マック、いつからテレビを見ながらそわそわするようになったの？」ネルは笑った。

「おまえが出馬してからだ。あれを見ろ――五分と五分だといってる！」

九時半だった。三十分後、ダンが到着した。彼はまっしぐらにネルの隣にすわって、肩に腕をまわした。「すっかり遅くなってすまなかった。緊急手術が二件あったんだよ。どんな具合だい？　脈をはかろうか？」

「おかまいなく――はかれないほど速いことはもうわかってるの」

十時半、専門家たちがネルが有利になってきたといいはじめた。「そうだ！　その調子だぞ」マックがつぶやいた。

十一時半、ネルの対立候補が敗北を認めた。スイートに集まっていた人々が発した喝《かっ》采《さい》が階下のホールにまで大きくこだました。テレビのモニターがルーズヴェルト・ホテルの宴会場でネルの勝利を祝う群衆をとらえたとき、ネルは人生でもっとも大切な人々に囲まれて立っていた。出馬表明をしたときにはじめてバンドが演奏して以来、ネルの選挙運動にいつも流れるようになった歌を、群衆がうたいはじめた。それは二十世紀が好んだ歌、〈日がさすまで待とう、ネリー〉だった。

日がさすまで待とう、ネリー
雲が流れすぎていったら……
彼らは流れすぎていった、とネルは思った。
ぼくたちは幸せになるよ、ネリー……
いとしい君とぼくは……
「ぼくたちはきっとそうなる」ダンがささやいた。
だから日がさすまで待とう、ネリー、バイバイ歌が終わると、群衆がそうだ、というようにどよめいた。宴会場で、ネルの選挙委員長がマイクロフォンをつかんだ。「日はさしています！」と叫んだ。「われわれは望みどおりの大統領をえらび、望みどおりの上院議員を選び、そして今、望みどおりの下院議員をえらびました！」彼はうたいだした。「ネル！　ネル！」

無数の声が唱和した。

「さあ、マクダーモット下院議員。みんながおまえを待っとるぞ」マックがネルをドアのほうへせきたてた。

マックはネルの腕をつかんで歩き、ダンとリズとガートがそのあとにつづいた。

「いいか、ネル、わしがおまえならまずまっさきにするのは……」マックの講釈がはじまった。

解説

宇佐川晶子

メアリ・ヒギンズ・クラークの長篇は本書『さよならを言う前に』(Before I Say Good-Bye, 2000) で十九作めとなった。献辞に「二十五年分の感謝をもって」とあることからもわかるように、七十歳すぎの現在までクラークは休むことなくサスペンスを世に送りつづけてきた。しかも、新作は常にベストセラー入りするという根強い人気を誇っている。

今回のテーマとなるのは建設業界の不正疑惑。それに政治というスパイスがふりかけられている。ヒロインの職業としては、これまでの作品中でもっとも堅い部類に属するだろう。

汚職と選挙運動にくわえて、もうひとつ大きな役割をになっているのが心霊術である。本文中に、ナンシー・レーガンやヒラリー・クリントンも占いや霊媒とつきあいがあったという記述があるが、アメリカでは心霊術師(霊能力者)を名乗る人の数はかなり多く、政治や警察の世界でも、実際に活用（?）されているという。クラーク作品で見ると、超常現象の専門家が登場したことはこれまでにもあるが、今回のような準主役級の扱いははじめてだ。Writers Write Inc. によるインタビューの中に、著者の関心の深さを物語るエピソードがあったので、すこし長くなるが、かいつまんでご紹介しよう。

「フロリダへブックツアーに出かけたとき、お世話になった女性の本職が心霊術師であると知って、びっくりしたことがありました。でも、さらに突っ込んでたずねてみると、心霊術師になるには資格などいらないことや、本物かそうでないかの判断基準がきわめて曖昧《あいまい》であることがわかったのです。生活保護を受けている人々に心霊術師になるノウハウを教える場所さえあると聞いて、おどろきましたね。そんなことから〝心霊術業界〟にはペテンが横行しているのではないかと思うようになったのです。

でも、本当に不思議な能力に恵まれている人がいることも事実です。『子供たちはどこにいる』がペーパーバックで出版されたあと、手相占いに凝っていた友人に連れられて、わたしも手相を見てもらったことがありました。占い師はわたしの手を見ると、こう言ったんです。『あなたは世界中に名前を知られるようになり、大金持ちになりますよ。とても長生きをして、外国で亡《な》くなるでしょう』もちろん信じませんでした。『八十過ぎたら、外国旅行はやめるわ』と冗談を飛ばしたのをおぼえています。ところがその翌週、突如本がベストセラーリストにのり、映画化権が売れたんです。あれがわたしのキャリアのはじまりでした。結果的に、占いは当たったということになるのかしら。それにわたしの母にはたしかにそういう能力がありましたよ。わたしの兄は十八歳で海軍に志願し、新兵訓練キャンプから手紙と一緒に写真をよこしました。水兵服姿のその写真を見たとき、母は死相があらわれている、といったのです。そのあとまもなく兄は亡くなりました」

幼くして両親を亡くし、政治家の祖父に育てられて、政界入りをめざすヒロイン。なぜかそれを快く思わない夫。厳しいが愛情深い祖父。正体不明の心霊術師など、ざっと十人ほどの登場人物がさまざまにからみあってストーリーが展開する。場面転換の多用が今回は裏目に出たのか、同じシーンを何度も読んでいるような錯覚に陥り（実際に、似たような描写が異なるシーンで使われている個所もある）混乱させられる点が、ちょっと残念。夫の潔白を疑いだしたヒロインのネルが、さまざまな可能性を頭の中で考えはじめるシーンは、映画『ガス燈《とう》』の不安心理を連想させてサスペンス満点だ。

ベストセラー作家として不動の地位を築いているクラークでも辛辣《しんらつ》な批評にさらされることはあるらしく、先の同じインタビューの中で、そんなときの対処法をこう述べている。「そういう批評家がどんな容貌《ようぼう》をしているかまずつきとめます。そして次作の悪役のモデルにしてしまうの。頭を撃ち抜かれる犠牲者に仕立ててしまおうかしらと思うともあります。これぞ作家の醍醐味《だいごみ》でしょうね」

別のジャンルに挑む予定もあるというが、やっぱり当分はサスペンスを楽しみたいというのがファンの偽らざる気持ちではないだろうか。

（二〇〇二年十一月）

新潮文庫最新刊

山本有三編
日本少国民文庫
世界名作選（一・二）
戦前の児童文学集の金字塔である本書は、皇后・美智子様も国際児童図書評議会の大会で、少女時代の愛読書として紹介されている。

小林信彦著
コラムは誘う
―エンタテインメント時評 1995〜98―
渥美清を喪った。横山やすしが逝った。そして小林信彦はこんなことを考えていた――。当代一の面白指南師が活写した「芸《エンタテインメント》」の現在。

永六輔著
聞いちゃった！
決定版「無名人語録」
永六輔が全国津々浦々を歩いて集めた、無名の人のちょっといい言葉。人生を鋭く捉え、含蓄とユーモアに溢れた名語録の決定版！

久保三千雄著
謎解き宮本武蔵
真剣二刀を使った対決はたった一回、他は単なる「撲殺」が多かったとは……。武蔵は本当に強かったのか。宮本武蔵の真実の生涯！

山折哲雄著
西行巡礼
ガンジス、モンセラ、熊野、四国……。世界の聖地、霊場を辿った宗教学者が重ねた歌人・西行の眼差し。人は何故さまようのか――。

下田治美著
ハルさんちの母親卒業宣言
ケンカ相手だったヤツが18歳になり、家を出る――。母子が巻き起こすガチンコ騒動の顛末と、子育て卒業の寂しさを綴るエッセイ。

Title: BEFORE I SAY GOOD-BYE
Author: Mary Higgins Clark

さよならを言《い》う前《まえ》に

新潮文庫　　ク－4－19

Published 2003 in Japan
by Shinchosha Company

平成十五年一月一日発行

訳者　宇《う》佐《さ》川《がわ》晶《あき》子《こ》

発行者　佐藤隆信

発行所　株式会社 新潮社

郵便番号　一六二―八七一一
東京都新宿区矢来町七一
電話 編集部(〇三)三二六六―五四四〇
読者係(〇三)三二六六―五一一一

価格はカバーに表示してあります。

乱丁・落丁本は、ご面倒ですが小社読者係宛ご送付ください。送料小社負担にてお取替えいたします。

印刷・三晃印刷株式会社　製本・株式会社大進堂

ISBN4-10-216619-X C0197